Minsk im Jahr 2044, eine Provinzmetropole im Nordwesten des chinesisch-russischen Unionsstaates. Trotz drakonischer Strafen gelangt immer wieder eine Droge ins Land: Mova. Das weißrussische Wort für ›Sprache‹. Wer die Mova-Briefchen liest, versteht kaum ein Wort, erlebt aber beglückende Rauschzustände. Chinesische Triaden, belarussische Untergrundkämpfer und die staatliche Suchtmittelkontrolle sind in den Drogenkrieg verstrickt. Oder geht es eigentlich um etwas ganz anderes?

VIKTOR MARTINOWITSCH, 1977 in Belarus geboren, studierte Journalistik in Minsk und lehrt heute Politikwissenschaften an der Europäischen Humanistischen Universität in Vilnius. Er schreibt regelmäßig für ZEIT online. Martinowitsch wurde bekannt mit dem Roman »Paranoia«, der in Belarus nach Erscheinen inoffiziell verboten wurde.

VIKTOR MARTINOWITSCH BEI BTB
Paranoia. Roman (btb 71418)

VIKTOR MARTINOWITSCH

MOVA

Roman

Aus dem Belarussischen
von Thomas Weiler

btb

… wobei jede, auch noch so »tiefe« Lexik kodiert bleibt, falls, wie man heute denkt, die Psyche selbst wie eine Sprache gegliedert ist; noch besser: Je tiefer man in die Psyche eines Individuums »hinabsteigt«, umso spärlicher werden die Zeichen.

Roland Barthes: Rhetorik des Bildes

ERSTER TEIL

DEALER

»Es ist das Gesicht, verstehst du? Ausdruck, Augen, Stirn. Pass auf.« Ich stützte mich auf den Tresen und beugte mich vor, stieß dabei gegen mein Glas, dass das Bier aufspritzte, fing es aber ab, bevor es umfallen konnte – so besoffen war ich noch nicht. »Also, schau in diese blauen Augen, mein Freund. Kannst du glauben, dass ein Mensch, der so grundanständige Augen hat, mit Drogen handelt?«

Der Barmann lächelte und sprach mir nach: »Mi-di-lo-ge-han-del.« Er hatte es nicht so mit dem »r«. Kam wohl aus dem kantonesischen Süden von China.

Keine Ahnung, ob er überhaupt etwas kapiert hatte. Mit den Chinesen ist das eh so eine Sache. Du weißt nie, wann sie dich verstehen und wann sie nur so tun, als ob sie dich verstehen. Und schon gar nicht, wann sie dich nicht verstehen und wann sie nur so tun, als ob sie dich nicht verstehen. Dieser hier sah aus, wie ein Barmann in einer chinesischen Bar mitten in

Warschaus Chinatown in unserem gesegneten Jahr 4741 (dem Jahr des Schweins) auszusehen hat. Total unbeteiligt nämlich. Er trug *Big Star*-Jeans und ein *Le Coq*-Poloshirt, dabei hätte *Zara China* besser zu seinem Persönlichkeitsprofil gepasst. Der oberste Kragenknopf war geschlossen. Schon da hätte ich misstrauisch werden müssen. Vorsicht vor zugeknöpften Poloshirtträgern.

In die Bar zu gehen und sich mit Bier abzufüllen ist bestimmt nicht das Erste, was man tun sollte, wenn man sich eben rund einhundert Trips im Gesamtwert von siebentausend Neuen Yuan besorgt hat. Schon gar nicht, wenn du auf dem Sprung zum Zug bist, in dem dich eine Stunde später der Zoll, Spürhunde, »Spürhunde«, Scanner und die Staatliche Suchtmittelkontrollbehörde erwarten. Aber ich habe da so meine Methoden.

Außerdem ist es schon Tradition. Nach jedem erfolgreichen Ankauf gehe ich ins finsterste Chinatown und gönne mir zwei Triumphgläser Bier. Diesmal waren es halt ein paar mehr als zwei geworden, ja, verdammt. Deshalb konnte ich dann auch die Klappe nicht halten.

»Wie heißt du?«, fragte ich den Barmann zum vierten Mal.

»Iwan. Wanja.« Er lächelte höflich. Sie sagen immer, dass sie Wanja heißen, wenn sie einen Russen vor sich haben.

»Und wie heißt du wirklich?«

Er sagte etwas, das ich wie immer nicht einmal wiederholen, geschweige denn mir merken konnte. Was wollte ich auch mit seinem Namen?

»Noch eins, ein Dunkles«, bestellte ich. Das letzte Glas war irgendwie schon leer, hatte ich gar nicht mitbekommen. Nein, wie gesagt, ich war nicht betrunken! Früher war ich nach einem erfolgreichen Ankauf immer zu den Türken gegangen und hatte eine Shisha mit ordentlich Ganja weggeraucht. Warschau ist um einiges attraktiver geworden, seit sie Gras legalisiert und Döner verboten haben. Aber Shishas gehen angeblich auf die Gesundheit. So habe ich halt die Triumphbiertradition begründet.

Ihr fragt jetzt vielleicht, ob ich auch mal probiert habe, was ich da weiterverkaufe. Bin ich bescheuert? Die Suchtmittelkontrolle erkennt einen Suchti doch sofort! Das prägt sich ein. Wer im Stoff steht, weiß, was ich meine. Wer nicht, braucht eh nicht weiterzufragen.

»Das Gesicht, da …« Ich wollte das Gespräch mit dem Barmann fortsetzen, das er, wie es schien, gar nicht aufgenommen hatte. »Da fließt doch alles ein, was du tust. Hier, pass auf, ich hab grad ein Bierchen gezischt. Was ein anständiger Physiognomiker ist, der sieht in meiner Visage auf Anhieb den Bierdurst. Und die Physiognomiker bei denen erst …« Ich wiegte anerkennend den Kopf.

Der Chinese hatte jegliches Interesse an meinen Ausführungen verloren und sich dem Netvisor zugewandt, auf dem eine Talkshow lief oder die Wettervorhersage – in den chinesischen Programmen erkennst du das nie so genau. Ich musterte mich kritisch im Spiegel hinter dem Tresen: Persönlichkeitsprofil *Marks & Spencer* mit einer Spur *Tommy Hilfiger*-Romantik. Stahlblaue Augen. Jungenhaft rosige Wangen. Student in den höheren Semestern oder Jungdozent. Vielleicht auch Priesteranwärter im *Hugo Boss*-Tempel. Oder Verkäufer in einer Boutique. Kurzum, eine Assoziationskette aus ausnahmslos positiven, ansprechenden Berufen zum Wohle der Gesellschaft. Bloß nicht lächeln. Ich hätte das Lächeln der besonders Schlauen, heißt es. Das passt nicht zu blauen Augen und rosigen Wangen.

»Es ist nämlich so: Ich habe ein Musterschülergesicht. Ich weiß das. Sie wissen das. Die Zollies sehen das Gesicht eines braven, lauteren Menschen, der seinen Brand in einem Warschauer Bierschuppen gelöscht hat – alles klar, keine weiteren Fragen. Macht man eben so in der Welt dort. Wer tatsächlich vor ihnen steht, bleibt schön unter uns beiden. Verstehst du, Wanja, altes Haus, mein Gesicht ist mein größter Trumpf! Weil sonst hätten sie mich bei der ersten Kontrolle am Arsch! Und du willst mir erzählen …«

Das alte Haus ignorierte mich beharrlich weiter, aber ich wollte seine Aufmerksamkeit.

»In meinem ganzen Leben, Wanja! Nicht ein einziges Mal geschnappt! Und ich fahre seit fünf Jahren alle drei, vier Monate. Nicht ein einziges Mal!« Da bemerkte ich plötzlich, dass ich mich gleich einpissen würde. Ist schon ein Kreuz mit diesem Bier – immer lässt es dir erst ausrichten, es wäre Zeit für den Klogang, wenn du nicht mehr hingehen kannst, sondern rennen musst. Ich also losgerannt und – zum ersten Mal überhaupt an diesem Tag! – meinen Rucksack mit den hundert Trips im Gesamtwert von siebentausend Yuan unbeaufsichtigt stehen gelassen.

»Bin ja gleich zurück«, habe ich mir noch gesagt, als ich die Klotür schon hinter mir geschlossen hatte. Hier in Warschau kann ja eh keiner was anfangen mit diesen hundert Trips. Hier kosten sie ja nichts. Also nichts heißt: so gut wie nichts. Keine fünfzig Euro alles zusammen. Aber drüben, daheim, in Minsk, in Chinesisch-Russland, kriege ich dafür, sechs-, ach was, locker siebentausend Yuan, und für einen Neuen Yuan gibt es bekanntlich 1,36 Euro. Glückwunsch, Alter, das nenne ich einen guten Schnitt!

Jetzt wollt ihr natürlich wissen, wo ich eingekauft habe. Und denkt, ich erzähle euch nichts. Aber ich erzähle es eben doch, in allen Einzelheiten. Geht doch hin und kauft euch selber was! Und versucht es einzuführen! In Brest sacken sie euch ein, stecken euch bis zur Gerichtsverhandlung für zwanzig Tage in den Knast zu den verlausten westeuropäischen Migranten, die ins Reich der Mitte drängeln, um sich ein paar Tausend Euro für *Gallina Blanca*-Tütensuppen zu verdienen, damit sie im Alter was zu beißen haben. Das Gericht wird euch dann als Dealer verurteilen, nichts anderes bin ich nämlich, wie ihr inzwischen wohl kapiert habt, und über euch zu Recht die Todesstrafe verhängen, oder es nimmt an, ihr hättet euch für den Eigenbedarf eingedeckt, dann bekommt ihr sechs bis zehn Jahre verschärften Arrest. Also schreibt ruhig mit, bitte sehr!

Wenn du in Warschau aus den Bahnhofskatakomben kommst, siehst du den Kulturpalast-Wolkenkratzer, in dem jetzt lauter Boutiquentempel sind (ich kaufe mir immer was am Südeingang, bei der *Hermès*-Kapelle. Bei ihrem letzten Clip »Temptation is salvation« sind mir die Tränen gekommen, ganz ehrlich. So viel Leidenschaft und dann am Ende das Gefühl, dir sind sämtliche Sünden vergeben! Das ist echt das Allerheiligste! Diese aufrichtigen Menschen sind wirklich das Geld wert, um das sie dich bitten, damit du blasser Niemand dich ihren Ikonen nähern darfst. Die Kohle für die Erlösung durch den Kauf eines kompletten *Hermès*-Anzugs habe ich mit meinen Minsker Drogengeschäften natürlich noch nicht zusammen, aber ich kaufe mir die Vergebung im Kleinen: Knöpfe, ein Kuli, sogar eine Krawatte habe ich, auch wenn ich sie zu nichts anderem tragen kann. Ich glaube, dass sie gut fürs Karma ist. Und dass gut gekleidete Menschen wie in der *Reserved*-Werbung auf jeden Fall in den Himmel kommen. Erlösung durch Shopping ist die Top-Religion, auch wenn sie bei uns im Reich der Mitte kaum verbreitet ist).

Aber egal.

Also, du gehst durch den Tempel zur *McDonald's*-Ranch mit den weidenden Sojastieren und der Schockerwerbung »Und wie siehst du nach dem Tod aus?« mit dem taufrischen Toten im Sarg, knackig-frisch wie das Plastikgemüse und die ewigen Pommes. Coole Idee, die Kunden, die sich nur um ihr Aussehen sorgen, mit dem Gedanken zu ködern, die *McDonald's*-Konservierungsstoffe würden ihren Körper vor dem Zerfall bewahren. Aber irgendwie auch gruselig.

Dann ist es auch schon vorbei mit der »besseren Gegend«, und du kommst nach Turkestan. Da wird Fleisch gebraten und Feuer geschluckt, werden *Mavi*-Jeans nach Gewicht verkauft und Souvenirs aus Paris und Pamukkale verhökert. »Sonderpreis! Sonderpreis!«, rufen sie in einem fort und enthüllen damit das offene Geheimnis, dass sie nicht mit Waren handeln, sondern mit Billigkram, mit der Möglichkeit, sich für einen Appel und ein Ei etwas zu kaufen, das kein Mensch braucht. Jedem sein Merchandising. Angeblich leben hier nicht nur Türken mit ihren Türkinnen, sondern auch Marokkaner, Äthiopier und Pakistaner. Ich kann die eh nicht unterscheiden, für mich gibt es nur Russen und Chinesen. Alle anderen haben ein und dasselbe Gesicht. Hier kommt es millionenfach vor. Ein millionenfaches Grinsen. Nach einer halben Stunde drehst du durch. Multikulti halt. Bei uns herrscht Sinologie, bei ihnen Multikulti.

Jetzt musst du dich zusammenreißen, sonst bist du verloren, konvertierst zum Islam und findest dich plötzlich als Pamukkale-Souvenirhändler wieder. Frag nach dem Weg zum Fluss, möglichst ohne dir was andrehen zu lassen. Und lass dich bloß nicht ins »Kontakt-Haus« schleppen – da kriegst du nur gewöhnlichen Sex mit einer abgefuckten Französin, die voll auf exotische Perserin oder Afghanin macht.

Zwischen dem Türkenviertel und dem Fluss findest du das große rote Schriftzeichen für »Volk«, das Eingangstor zum gelben Getto. Das Chinatown von Warschau unterscheidet sich nicht großartig von dem in Minsk – ein riesiger Asia-Markt, der sich verselbstständigt und in ein ganzes Dorf verwandelt hat. Nur dass in Warschau alles flach bleibt, eingeschossig.

Ich will dir jetzt keinen konkreten Chinesen empfehlen, wo du dir deinen Stoff besorgen sollst. Erstens würdest du ihn sowieso nicht finden, weil man sich hier unmöglich orientieren kann, nicht mal mit GPS, und zweitens ist der Stoff überall derselbe. Genau wie der Preis.

Zuerst wollen sie einen Euro für ein Briefchen. Daraufhin musst du das Gesicht verziehen und dich abwenden. Dann bieten sie es dir für fünfundsiebzig Cent an. fünfundsiebzig Cent für ein Briefchen sind in Warschau, nur nebenbei, ein ordentlicher Preis. Aber jetzt pass auf: Hier musst du dich wieder entschieden umdrehen und sagen: »Ich nehme hundert für fünfzig Euro.« Und dir vorher klargemacht haben, dass das ein ordentlicher Preis ist. Wenn sie nicht drauf eingehen, ziehst du ab. Sonst wird es nichts. Sonst musst du halt doch die fünfundsiebzig Cent zahlen. Oder abziehen. Das geht auch. Nicht vergessen: hundert für fünfzig ist mein Preis. Der Preis für mein Musterschülergesicht und meine blauen Augen. Wenn du rausfinden willst, was ein guter Preis für dich ist, geh in zehn Asialäden rein. Nach dem elften kennst du deinen Preis.

Diesmal war es bei mir allerdings ohne den üblichen Zirkus und das leidige Gefeilsche abgegangen. Das hätte mich ebenfalls misstrauisch machen müssen.

Ich fand einen der typischen Anbieter. In den Läden, die das verkaufen, worauf ich spezialisiert bin, werden meistens auch noch Kalender verticht, Horoskopbücher, Papproboter, vorsintflutliche Radios, aus denen man nach langer Sendersuche die Stimme seiner Ahnen hören kann, die einem verrät, womit man handeln muss, um schnell Millionär zu werden, Meditationsteppiche, Kimonos mit Drachenmuster, Opiumpfeifen, Mao- und Laotse-Zitate, wundertätige Greisenbilder, wobei man schon Chinese sein muss, um zu kapieren, was für Greise das sein sollen und warum die wundertätig sind. Hinter den Schaufensterscheiben, wenn es denn Schaufenster und Scheiben gibt, liegen bündelweise getrocknete Kräuter, Ginsengwurzeln, Fasanenschwanzgras, geschwärzte Eidechsen. Daran erkenne ich übrigens, dass ich richtig bin, an diesen Kräutern und Eidechsen.

Diesmal stand eine »Glückslotterie«-Trommel am Eingang, aus der man nach Einwurf einer Zwei-Euro-Münze ein Zettelchen mit »beter livin« oder »beter hels« entnehmen konnte, das einem allein schon ein »besseres Leben« oder die sagenhafte »bessere Gesundheit« garantieren wollte. Klar, wer's glaubt! Ich kann mich nicht beklagen, weder über mein Leben noch über meine Gesundheit. Und selbst wenn – ich würde mein Heil nicht in der chinesischen Lotterie suchen. Sondern in der hochgeistigen *Hermès*-Tempelboutique, wenn ihr wisst, was ich meine.

Der alte Verkäufer saß hinter dem Ladentisch und übte chinesische Schriftzeichen. Tusche und ein Stückchen grau-gelblichen Aquarellpapiers, nicht größer als eine Kinderhand. Pinselte ein Zeichen und ab damit in den Müll, dann das nächste.

Im Laden herrschte eine Stille, wie sie nur in diesen kleinen Asialäden anzutreffen ist, die bloß Ramsch im Angebot haben, dessen Verkauf sich finanziell überhaupt nicht rechnen kann. Neben dem Alten stand eine echte mechanische Uhr, die tatsächlich tickte wie in der *Breitling*-Werbung, unglaublich! Eine mechanische Uhr in unserem aufgeklärten Jahr 4741!

Ich grüßte ihn und fragte, ob er Mafia-Tusche im Angebot hätte.

Aber er konnte mit meinem Humor nichts anfangen und fuhr weiter mit seinem Pinsel über das Zettelchen. Da fragte ich rundheraus: »Hast du Stoff?« Er schaute auf und sagte in ordentlichem Polnisch: »Weißt du, weshalb ich für die Kalligraphieübungen diese kleinen Papiere verwende?«

Ich antwortete mit einem frechen Grinsen: »Klar weiß ich das, Väterchen! Papier ist sackteuer, und du hast hier einen ziemlichen Verbrauch! Könntest wenigstens noch die Rückseite vollpinseln. Ist doch keine Art – ein Zeichen pro Zettel und dann in den Müll!«

Er lachte und pinselte: 老外. Dann streckte er mir den Zettel hin und erklärte: »Auf dem kleinen Papier ist es viel schwieriger. Der Pinsel sträubt sich gegen die Ränder, die Hand kann weder Kraft noch Tempo entfalten. Bei der Kalligraphie geht es vor allem um eines: schnelle Striche. Nur so erreicht man Dynamik und Geschmeidigkeit.«

Ich räusperte mich vernehmlich, wie jener Mähdrescherfahrer im lokalen Kunstmuseum, dem erklärt wird, warum man der Mona-Lisa-Reproduktion keinen Schnurrbart aufmalen soll.

Aber er überging meinen feinen Sarkasmus geflissentlich.

»Unser Leben ist ebenso ein Versuch, künstlerische Schönheit auf einem kleinen Stück Papier unterzubringen.« Er blickte auf. »Ich bin schon achtzig.«

Der letzte Satz schien mir keinerlei Zusammenhang zum vorher Gesagten zu haben.

»Der Kalligraph ist immer ein Krieger«, fuhr er fort. »Und der Krieger sieht, wen er vor sich hat, einen Bauern oder einen Großmeister der Klinge, denn dieses Verständnis rettet ihm das Leben, wenn er auf einen ernsthaften Gegner trifft.« Er musterte mich eingehend. »Aber ich bin weder Kalligraph noch Krieger. Ich bin nur ein kleiner Händler, der seine besten Jahre mit dem Verkauf von Ramsch in einem kalten Land vergeudet hat, unter unkultivierten Barbaren, die eine Terrakottakanne nicht von einem Tonkrug unterscheiden können. Das Papier, auf dem ich mein Leben ausgebreitet habe, ist fast voll, aber der Wunsch, etwas Schönes zu hinterlassen, ist immer noch da.«

Ich hatte sein Gerede jetzt schon über und fragte mich, wie lange sein Vortrag wohl noch dauern würde. Wenn die alten Chinesen dich erst am Wickel haben, können sie dich stundenlang zutexten. Aber ich musste auf den Zug. Und vorher noch meine Bierchen kippen.

Er stand auf, trat vor einen großen, schwarz lackierten Holzschrank und zog eine der vielen Schubladen auf. Sie war in ihrer gesamten Tiefe mit Schätzen ausgelegt, für die man in Minsk die halbe Stadt hätte kaufen können. Der Stoff war noch nicht gefaltet, Unmengen Zettelchen in allen Formaten, größtenteils mit Pinsel und Tusche beschrieben, womöglich sogar von dem Alten selbst.

Dann war er also auch Produzent. Normalerweise handelten die Dealer mit Stoff aus speziellen Fabriken, in denen hunderte Chinesen unter hygienewidrigen Umständen … Die Sozialmarketing-Spots der Staatlichen Suchtmittelkontrolle sind ja allgemein bekannt, ihr wisst, wie es weitergeht. Die Buchstaben waren klar und leserlich geschrieben, manchmal war nämlich auch kein Wort zu verstehen und die Kunden beschwerten sich. Hier aber – alles wie mit dem Lineal gezogen. Ich konnte ein paar Wörter erkennen und wandte schnell den Blick ab.

Wie gesagt, ich lasse die Finger davon, ich darf nicht.

»Daher folgender Vorschlag …« Seine Fingerspitzen glitten über die Papiere, betasteten sie, huschten durch die Zeilen. »Du wählst die Ware selbst und nennst deinen Preis.«

Er hielt kurz inne und ergänzte dann: »Ein seltsames Land habt ihr, wenn euch das hier als Droge gilt.«

»Nicht ›ihr‹, sondern wir, Väterchen!«, entgegnete ich. »Wir leben doch im selben Land.«

Schnell zählte ich, ohne richtig hinzusehen, um bloß nicht irgendwo hängen zu bleiben und geflasht zu werden, die hundert Trips ab, türmte sie zu einem Stapel und legte sie dem Alten vor. Der wollte sie schon zu den szenetypischen Päckchen falten, die sich später dem Kunden bequem in die Hand schieben lassen, da kam mir ein überraschender Gedanke. Ich wollte das Schicksal auf die Probe stellen und mich noch einmal meiner besonderen

Fähigkeiten an der Grenze versichern. Vielleicht hatte ich auch einfach keinen Bock zu warten, bis der ganze Stoß kleingefaltet war. Dann hätte ich mir ja noch die ganze Zeit seine Predigten anhören müssen. Über Land und Schriftzeichen. Ich finde Weisheit super, aber nur in den Talkshows im Netvisor. Hier hatte ich keine Weisheit bestellt.

»Lass gut sein«, sagte ich zu ihm. »Ich nehme sie so mit. Ich werde nie kontrolliert.«

Er sah mich erstaunt an, wahrscheinlich war ihm so ein komischer Vogel in seinem ganzen Leben noch nicht begegnet. Geschwind teilte ich den Stoß in zwei etwa gleich hohe Stapel und packte die brandheiße Ladung in meinen Rucksack. Ein grandioser Anblick, wie von einer Weichselbrücke: Die Drogen füllten fast den gesamten Innenraum aus. Da gab es nichts zu suchen. Man brauchte nur den Reißverschluss aufzuziehen. Neunzig Prozent der Fahrgäste müssen an der Grenze ihre Koffer öffnen. Wie konnte ich, ehrlich jetzt, wie konnte ich da so sicher sein, dass ich zu den zehn Prozent gehören würde, die unsere chinesischen Zöllner durchwinken?

»Hier hast du fünfzig Euro, Väterchen«, sagte ich gönnerhaft und streckte ihm einen schillernden Schein hin.

Ich finde, es sagt einiges über mich als Person aus, dass ich den Händler auf sein Angebot hin, selbst einen Preis zu nennen, anständig bezahlt habe. Jedenfalls gefällt mir der Gedanke, dass das einiges über mich aussagen könnte. Wie gesagt, das Musterschülergesicht will gut gepflegt sein. Einen Alten beleidigen, der eine der stärksten Drogen überhaupt herstellen kann, hieße, dieses Gesicht mit dem Ausdruck übertriebener Selbstsucht und Geldgier zu entstellen. Ihr findet es komisch, so etwas aus dem Munde eines Pushers und Drogenschmugglers zu hören? Jeder hat so seine Schwächen. Wenn mich das Gewissen zwickt, mache ich einen Opferkauf in der *Hermès*-Kapelle.

Jetzt, wo ich langsam klarkriege, wie komisch das alles gelaufen ist, frage ich mich: Hat mich etwa dieser Alte verpfiffen? Bin ich wirklich nur zufällig in dieser Bar gelandet, in der ich Bier gesoffen habe wie eine Fledermaus Blut? Hätte ich besser die Klappe gehalten mit meinen besonderen Grenzfähigkeiten? Dann wäre die ganze Geschichte nie passiert!

Oder war es am Ende genau richtig? Wie hatte er gesagt? Kleines Stück Papier, die Hand kann kaum Kraft und Tempo entfalten, um geschmeidige Schönheit zu malen? Geduld, Geduld. Gleich gibt es hier so viel Geschmeidigkeit und Schönheit, dass ihr kotzen könntet.

Aber erst mal komme ich, höchstens leicht angetrunken (das ist mir wirklich wichtig!), schwankend, aber noch sicher auf den eigenen Beinen, vom Klo zurück in die Bar. Der Barmann im hochgeschlossenen *Le Coq*-Shirt schaut seine Talkshow oder Wettervorhersage, die Wände wanken widerlich, auf dem Tisch steht mein halb volles dunkles *Lech*, auf dem Boden liegt mein Rucksack mit den Schätzen. Ich zahle mein Bier, will dem Barmann erklären, dass bei uns in Russisch-China *Le Coq*-Träger nur verarscht werden, weil »coq« ja »Hahn« heißt und »Hahn« nicht nur der »Hahn« ist und … Aber da verliere ich den Faden, zahle mein Bier noch mal (der Barmann hätte auch nichts dagegen, wenn ich dreimal zahlen würde), werfe mir den Rucksack über, wundere mich kurz, dass er so schwer ist, mein ganzer Gleichgewichtsapparat kommt aus dem Tritt, der Sauhund, und ich mache vornübergebeugt, um nicht nach hinten zu kippen, einen Schritt und treffe auf Anhieb die Tür …

Ich trete hinaus ins oktoberklare, kristallene Warschau. Die Stadt mit dem vielen Himmel und den wenigen Wolken, den breitschultrigen Brücken und den Häusern, die mehr Sonne abstrahlen, als der Himmel hergibt. Wo so viel Platz ist, dass einem eng wird ums Herz und die Füße überallhin zugleich wollen. Wo

du den Gedanken erst richtig genießen kannst, dass dein Rucksack bis oben hin voll ist mit diesen Papierchen hochwertigen
erstklassigen Stoffs, der stärker ist als LSD – mit Mova.

JUNKIE

Mein erster Mova-Flash? Klar kann ich mich daran erinnern. An meinen ersten Kuss nicht mehr, aber an diese Nacht ganz genau. Das ist wie dein erstes Mal, die erste Prügelei, die erste Platonlektüre.

Moment, halt, stopp! Dass das gleich mal klar ist, mes amis: Bitte keine Verachtung. Und kein Mitleid. Eure tränenreiche Anteilnahme könnt ihr euch sparen. Ich bin kein Drogenabhängiger. Wieso nicht? Vier Gründe:

1. Mova macht nicht abhängig. Das ist medizinisch erwiesen. Fragt einen Arzt eurer Wahl außerhalb der lauschigen vier Wände seiner Praxis, wo die medizinische Aufsicht alles mitschneidet, und er wird es euch unter vier Augen erklären. Mova geht direkt auf die Psyche, ohne Umweg über den Körper, deshalb sind Vergiftungserscheinungen von vornherein ausgeschlossen. Ohne Ver-

giftung kein Entzug, um mit meinem Junkie-Kumpel mit Medizinerdiplom zu sprechen, den sie inzwischen hopsgenommen haben. Wenn ich nicht auf Turkey komme, bin ich auch kein Junker. *Dixi et animam meam levavi!* Oder vielleicht sogar *salvavi!*

2. Ich könnte jederzeit aufhören. Ich war in meinem Leben wochenlang vollkommen clean. Ohne Entzug. Der einzige Grund, warum ich wieder bei Mova gelandet bin, ist der, dass ein Leben ohne Mova kotzlangweilig ist. Schaut euch doch mal um. Wenn ihr dann noch zufrieden seid, lernt drei Sprachen, lest euch den Grundkurs Philosophiegeschichte durch und schaut euch noch mal um. Früher oder später seid ihr ganz bei mir, I swear!

3. Wenn ich nicht auf Mova bin, bin ich vollkommen im Lot. Mein regelmäßiger Konsum hat sich nicht negativ auf meine intellektuellen Fähigkeiten ausgewirkt. Eher im Gegenteil.

4. Die sogenannte »Mova-Psychose« ist ein Popanz, den die Staatliche Suchtmittelkontrolle aufgebaut hat, damit ihr bei den Staatsdrogen bleibt: Alk, Cannabis und medizinische Opiate.

Aber zurück zu besagter Nacht. Natürlich hatte ich auch vorher schon von Mova gehört. Von wegen »gar, gar nie probieren, sonst kriegst du sofort Aids, und schwul wirst du davon auch«. Aber der Kopf wollte trotzdem. Wie die Jungs bei Mark Twain Pfeife rauchen wollten. Als Zeichen ihrer erwachsenen Verderbtheit. In unserer Jugend zieht es uns alle zum Derben, aber wenn wir dann älter und tatsächlich verdorben sind, sehnen wir uns zurück nach der naiven Unschuld unserer jungen Jahre.

Meine Geschichte unterscheidet sich kaum von den meisten anderen. Nachtclub. Laute Musik. Und: ein Mädchen.

Damals war das *CocoInn* in der Komsomolskaja so ein Szeneschuppen, üble Gegend, direkt an der Grenze zu Chinatown. Dahinter begann der Ameisenhaufen von Minsk-Shanghai, wo man sich, wie ich damals meinte, als weißer Mann nach achtzehn Uhr besser nicht mehr hin verirrte, wollte man nicht zu Chop Suey verarbeitet werden. Das *CocoInn* war die letzte Bastion bourgeoiser Dekadenz: Livejazz alter Schule, Musiker mit echten Gitarren und Saxophonen. Die Inneneinrichtung war ganz in Schwarz und Gold gehalten, Kristall, Lichter, Topless-Bedienungen in venezianischen Masken, die unvermeidlichen Türsteher mit ihren strengen »Ganoven«-Anzügen und den weißen Kaninchenköpfen – ein kleiner Gruß aus der Welt vergangener LSD-Trips, als Eurasien noch Lewis Carroll las, bevor es sich mit Psychedelika zuschüttete (die Zeiten sind längst vorbei, die heutigen Tschandalas haben noch nie etwas von Carroll gehört, aber weiße Kaninchen sind bei uns im Dorf gerade in, weiß der Henker, warum). An den Wänden billige Aubrey-Beardsley-Kopien, ein auf *art nouveau* gebürsteter Tresen, mit einem Wort – geschmackloser Agroglamour mit Niveau. In Tokio gab es solche Clubs vor dreißig Jahren, in Peking noch vor zwanzig, bis Nowosibirsk und Zentralchina hatten sie sich vor vielleicht zehn Jahren vorgearbeitet, bis sie nun auch in der Peripherie angekommen sind, bei uns, in Moskau und in den Petersburger Sümpfen, wo angeblich kein fehlerfreies Chinesisch mehr zu hören ist.

Ich war in einer zufällig zusammengewürfelten Runde in diesem Club gelandet, die sich wohl nur gefunden hatte, weil ein nächtliches Taxi für vier Leute billiger kam. Nach einer halben Stunde und dem ersten Cocktail hatte sich jeder in eine andere

Ecke verzogen, eine weitere Stunde später wurde es so voll, dass es kein Verziehen mehr gab und alle dicht an dicht, Schulter an Schulter tanzten. Zu Michael Jackson, finalized by FJ Lee – graue Vorzeit übersetzt in chinesische Data-Psychose. Und an dieser Stelle komme ich ins Schwimmen, weil sich Magie bekanntlich schwer in Worte fassen lässt.

Also, stellt euch vor: Dunkelheit, Stroboblitze und digital fire, Musik, die unter die Haut geht. Genau die Zeit, in der du nichts dazutun musst, sondern ganz im Hier und Jetzt sein kannst; der totale Flow, sattes, sinniges Leben. Inspiration. Zwischen Mitternacht und zwei Uhr früh gibt es immer diesen kurzen Moment, in dem es sich so anfühlt, als wären die anderen alle deine Geschwister und du nicht das einsame, von der Welt verstoßene Wesen (das du ja real bist), sondern ein erwünschter, lebendiger Mensch.

Und in diesem Augenblick geistiger Umnachtung materialisierte sich neben mir diese scharfe Lady: langbeinig, lüsterne Lippen, fiebriger Blick, Kurzhaarschnitt. Schwarz. Und, Gott, wie sie tanzte! Ich hatte sofort das Gefühl, sie seit Jahrmillionen zu kennen, sie so durch und durch erkannt zu haben, wie wir unvollkommenen Menschengeschöpfe, deren Dasein so flüchtig ist wie das eines Schmetterlings, einander unmöglich erkennen können. Im Nachhinein denke ich, ein kurzes Gespräch hätte genügt, diese Illusion zu zerstreuen. Ein Gespräch über Beardsley, zum Beispiel. Oder über chinesische Clubs, in denen das schöne Kind natürlich nie gewesen ist. Aber wir führten kein Gespräch in Worten. Wir ließen unsere Körper sprechen, unsere Blicke, den Rhythmus unserer Bewegungen. Bis sie mich an der Hand nahm und mir lüstern ins Ohr wisperte: »Chadziem!«

Sie sagte nicht »Komm!«, sondern »Chadziem!«. Das allein ist doch schon der Hammer, oder? Ist euch so was schon mal passiert? Hat mit euch schon mal jemand einfach so Mova gesprochen?

Sie nahm mich also an der Hand, sagte dieses Wort und zog mich hinter sich her zu den Toiletten. Ich dachte damals, jetzt kommt die klassische Coldsex-Nummer – das wäre die normale, anständige und durchaus vorzeigbare Konsequenz gewesen. Wir tanzten längere Zeit in der Warteschlange, der üblichen trunkenen Nachtclubschlange, in der die Hälfte der Leute so zugedröhnt ist, dass sie vor der Toilettentür nicht mehr weiß, wofür sie sich eigentlich angestellt hat.

Wir tanzten also, ich hatte einen Ständer und überlegte mir, wie ich sie am liebsten nehmen würde. Dann schlüpften wir hinein. Die Toilette verfügte über die provinzielle Luxusausstattung, wie sie bei den hiesigen Kleinhändlern, die sich für die finanzielle Elite im Reich der Mitte halten, so beliebt ist: badewannengroßes Waschbecken, Silberablage für die Kokslines, eine Kloschüssel gab es nicht, jedenfalls nicht in diesem Raum, und ob es noch weitere Räume gab, ist mir verborgen geblieben. Die Clubbesitzer hatten offenbar verstanden, dass die heutige Jugend nur noch zum Chillen und Vögeln auf die Toilette ging. Wenn einer richtig Druck hat, kann er ja raus und an die Hauswand pissen wie ein anständiger Dorfmacho.

Ich knöpfte mir also die Jeans auf, aber sie stoppte mich mit dem sanften, aber bestimmten Griff einer satten Raubkatze, schlang die Beine um mich, griff sich in den BH und zog ein Papierchen hervor, szenetypisch gefaltet à l'enveloppe, nicht größer als ihr Daumennagel. Sie schaute mir tief in die Augen und flüsterte, direkt an meinem Ohr: »Fliegst du mit mir in den Süden?«

Ich bekam es mit der Angst zu tun, weil ich vorher noch nie probiert hatte, und sie muss das gespürt haben, eine gewisse emotionale Bindung zwischen uns gab es also doch. Sagen wir so: Wenn es zwischen Fremden überhaupt eine emotionale Bindung geben kann, dann gab es sie zwischen uns. Dieses namenlose

Mädchen öffnete mir die Tür zu einer Welt, aus der ich bis heute nicht zurückgekehrt bin (weil es mir hier gut geht). Sie spürte also, dass ich Novize war, und flüsterte noch einmal mit einer mir unverständlichen Zärtlichkeit: »Dein erstes Mal?«

Ich nickte wortlos.

»Das soll Glück bringen«, säuselte sie und blickte mir wieder in die Augen. »Mova mag es, wenn man jemanden zum ersten Mal flasht. Aber vielleicht hast du auch keinen Trip. Bei vielen wirkt es nicht im ersten Versuch.«

Wieso ging sie das Risiko ein, ihren Stoff mit mir zu teilen? Ich weiß es bis heute nicht. Angeblich ist die Wirkung viel stärker, wenn du zu zweit auf einen Trip gehst. Bestätigen kann ich das aber nicht, das war meine erste und letzte derartige Erfahrung damals. Ist viel zu gefährlich. Ich hätte sie ohne Probleme wegen »Verleitung zum Erstkonsum von Suchtmitteln« bei der Kontrolle anschwärzen und dafür meine viertausend Neue Yuan einstreichen können. Aber sie hatte sich mir anvertraut, wie ich mich seither keinem Menschen mehr anvertraut habe. Was habe ich da von wegen emotionaler Bindung erzählt?

Sie entfaltete also rasch das Briefchen in ihrer Hand, der Text darauf war so winzig, dass wir die Köpfe zusammenstecken mussten, das fühlte sich gut an. Er war von Hand geschrieben, in unterschiedlich großen Druckbuchstaben, mit Verzerrungen wie bei den Captchas zur Onlinesicherheit. Inzwischen weiß ich, dass damit die mobilen Scanner ausgetrickst werden sollen, damals wunderte ich mich noch darüber. Der Text war gereimt und wunderschön. Beim ersten Lesen blieb mir ungefähr ein Drittel der Wörter unverständlich, ich las noch mal von vorn, und da kam ich auf den Trip. Wie so oft bei Mova-Texten ist er fest in meinem Hirn gespeichert, er wird noch da sein, wenn ich schon tot bin.

Es handelte sich wohl um einen Auszug aus einem Text der deutschen feministischen Romantik des 19. Jahrhunderts, über-

tragen in einen linguistischen Drogencode. Dafür sprechen jedenfalls das erwähnte Pferd, der »Pflug« (vermutlich ein archa-
isches deutsches Automobil, da es »gelenkt« werden muss) und
das Schwert als beliebtestes Attribut der Spätromantiker. Hier
kommt der Text. Aufgepasst, er flasht:

Kali ciabie, miły, Kraina pakliča
za rodny zmahacca paroh,
to sumu nia budzie ŭ mianie na abliččy,
ni strachu nia budzie ŭ hrudzioch ...

Wenn, Liebster, die Heimat ruft, für sie zu streiten,
du fort in die Schlacht ziehen musst,
so lasse ich Angst nicht die Augen mir weiten
noch Trauer mir schnüren die Brust.

Mein Mädchenherz wird in den schwierigen Zeiten
nicht zittern noch zagen vor Pein,
so tapfer wie du werde vorwärts ich schreiten,
dir größere Kraft zu verleihn.

Mein Herz brennt so hell wie die Herzen der teuersten
Söhne fürs ureigne Land,
es loht für das Erbe der Väter in feuriger
Lieb' unterm Leinengewand.

Du ziehst in den Kampf, ich versorge den Braunen
und lenke behende den Pflug –
so schützen wir, hegen, beackern, erbauen
gemeinsam das Land Belarus.

Genau wie an Flinten, an pfeifenden Kugeln,
an Schwertern, blau glänzend und scharf,
so hat unsre Heimat an tapferen Jungen
und Mädchen wohl allzeit Bedarf.

Sie war schneller drauf als ich, es dauerte keine Sekunde, da straffte sich ihr Körper wie von selbst, und sie lachte heiser auf. Ich kämpfte noch mit dunklen Wörtern wie »spadčyna«, als ich hörte, wie mein Herzschlag lauter wurde, schneller, die Clubmusik übertönte und sich in das Hufgetrappel eines Pferdes im wilden Galopp über ein Feld verwandelte. Kurz bevor ich gänzlich weg war, sah ich noch, wie das Textblatt in einer künstlich blauen Flamme aufloderte – es war wohl aus selbstzerstörendem Papier. Es loderte auf und verschwand, ließ lediglich einen bläulichen Molekularnebel zurück, dann war ich endgültig drauf. Die Wirklichkeit verdunkelte sich zu einem rasenden Kaleidoskop aus Alltagsszenen von einem fremden Planeten: Da stehe ich neben einem erdverwachsenen Haus aus groben Baumstämmen, ja, aus dicken Bohlen, sogar mit hölzernen Zierleisten über den Fenstern, himmelblau gestrichen. Da verstehe ich, dass diese Gruft bewohnt ist, dann verstehe ich, dass ich es bin, der dort wohnt, dann verstehe ich, dass ich dort wohne und – holy shit – glücklich bin. Dann sehe ich, wie mir und einer schwarzhaarigen jungen Frau, deren Gesicht mir irgendwie bekannt vorkommt, unter einer mächtigen Eiche weiße Tücher um die Unterarme geschlungen werden, alte Mütterchen singen in einer unverständlichen Sprache schräg im Chor, und weiter geht es mit Schlaglichtern aus einer Wirklichkeit, die es nie gegeben hat und auch nicht geben konnte: Da schlage ich Rundhölzer auf einen Eichenpfahl, und irgendetwas sagt mir, dass dieser Zaun »płot« heißt, da schleppe ich mich hinter einem Pferd übers Feld, in den Händen ein furchtbar schweres Gerät, nur mein gepresster Atem ist zu hören, da wird ein urtümliches

Fest gefeiert, bei dem alle übers Feuer springen, und wieder diese schwarzhaarige Frau, mit der ich Hand in Hand im Kreis herumwirble, und plötzlich wird mir klar, dass die Musik – Geklimper auf primitiven Saiteninstrumenten – wunderschön ist und man dazu wunderbar unterm Sternenhimmel übers taufeuchte Gras springen kann, da rüttelt mich jemand an der Schulter und tätschelt mir die Wange – der Trip war tatsächlich reichlich kurz und ging nicht besonders in die Tiefe.

Vor mir standen zwei provokant gekleidete chinesische Jugendliche, einer streckte mir einen Fünf-Yuan-Schein hin.

»Is abe Toilette velewenden«, erklärte er mir, und ich kapiere, dass diese »Velewendung« stattgefunden haben musste (zu welchem Zweck, wollte ich gar nicht wissen), während ich hier im Off stand.

»Ihle Geld!« Er hielt mir immer noch den Schein unter die Nase.

Na klar: Sie waren hier reingekommen, hatten einen komischen Kauz gesehen, der mit abwesendem Blick in der Ecke stand, und messerscharf geschlossen, dass ich der Wachmann, der Kloputzer oder jedenfalls derjenige sein musste, dem die WC-Gebühr zu entrichten war, hatten ihre dunklen Geschäfte erledigt und wollten jetzt, als rechtschaffene Bürger, ihr Geld loswerden. Ich hatte mich schnell wieder gefangen: »Chinesen gehen aufs Haus.« Erst jetzt fiel mir auf, dass meine Hose offen stand, das Hemd hervorschaute und der Gürtel weg war.

Das schwarzhaarige Mädchen, meine Reiseführerin nach Mova-Land, war nirgends zu sehen, mehr noch: Ich sollte ihr nie wieder begegnen. Sie war verschwunden und hatte mir zum Abschied nur eine leichte Gonorrhö hinterlassen, sorry für mein Griechisch. Mit Antibiotika hatte ich die Krankheit nach drei Tagen wieder los. Nicht aber die Langeweile, die mich dazu treibt, den fehlenden Sinn des Lebens im Rausch zu suchen.

DEALER

Ich mag den Anblick der Chinesischen Mauer von Terespol aus: ein grauer Betonmonolith, himmelhoch, als hätte sich die Erde auf die Hinterbeine gestellt. Tagsüber sieht sie aus wie eine Staumauer, die unendliche Wassermassen zurückhält, ein Meer oder so. In der Nachtbeleuchtung, alle fünfzig Meter ein Strahler, hat sie eher etwas von einer zwanzigspurigen Autobahn, die plötzlich senkrecht nach oben führt.

Manche sagen, die Mauer stand früher mal in Berlin, aber das ist natürlich Vollquark: China und Berlin! Aber keine Ahnung, Geschichte interessiert mich nicht so, obwohl ich gehört habe, dass ungefähr zu der Zeit die tatarischen Horden Europa besetzt haben. Die Tataren sind auch bloß so was wie die Chinesen, ebenfalls Schlitzaugen. Vielleicht haben sie ja die Mauer gebaut, damit die Barbaren im Westen den Frieden im Reich der Mitte nicht stören.

Krass finde ich vor allem diesen Bruch, die gespaltene Wirklichkeit. Hier, auf der polnischen Seite, das verarmte Multikultieuropa, drüben bei uns – das vermögende, stabile, ethnisch homogene Russisch-China. Hier geht eigentlich alles. Und bei uns geht eigentlich gar nichts. Trotzdem gefällt es mir da besser mit all den verdorrten Wiesen, gefrorenen Böden, Mao-Statuen und Uniformierten. Vielleicht, weil ich dort geboren bin?

Die polnischen Grenzer durchsuchen dich nie. Denen ist eh alles scheißegal. Vor allem, wenn du aus Europa rausfährst. Was gibt es da auch Wertvolles auszuführen?

Der Zug hielt wie immer am Fuß der Mauer, auf den letzten Metern europäischen Bodens. Ich ging frische Luft schnappen, weil ich vom Bier einen ziemlich schweren Schädel hatte. Als wäre er mit zerschmissenen Bierflaschen voll bis oben hin. Schon ging das Katerzittern los. Außerdem war es kühl, Oktobertemperaturen halt.

»Was stehst du? Weißt du nisch, dass hier nisch stehen?«, raunzte mich ein uniformierter Zollie oder Grenzer mit Palituch um den Hals an. Türke? Ägypter? Europäer! »Bei Kontrolle is verboten Zug verlassen! Gibt Strafe gleich!«

»Salam aleikum!«, entgegnete ich mit einem breiten Grinsen. Von wegen Strafe – nicht bei einem, der dich gegrüßt hat. Das ist *haram*.

»Aleikum salam!«, knurrte er zurück und gab mir mit einer Handbewegung zu verstehen, ich solle mich verziehen, um Allah nicht zu ärgern.

Ich folgte ihm in den Waggon, wo er mir schwungvoll einen »Terespol«-Stempel in den Pass knallte. Die ganze Kontrolle dauerte auf polnischer Seite keine Viertelstunde. Wahrscheinlich hatten es die Grenzer eilig, zum Ischa-Gebet zu kommen. Der Zug gab einen Seufzer von sich, ein durchdringendes Quietschen, und rollte dann mit zunehmender Geschwindigkeit direkt in die Mauer hinein. Wer noch nie bei Terespol über die Grenze gefahren ist, hätte denken können, gleich kracht die Lok auf Beton. Aber kurz vor Erreichen des düsteren Stahlbetontrumms kam ein schmaler Tunnel in Sicht, in den wir eintauchten, um in die eigentliche Mauer vorzudringen, in halbrunde, von gelblichen Funzeln erleuchtete Gewölbe. Entlang der Zugstrecke zog sich Stacheldraht mit Warnhinweisen auf Russisch und Chinesisch. Heimat, du hast mich wieder!

Tief im Inneren der Mauer (sie muss irre dick sein!) ließ der Zug die Bremsen kreischen, und er verlor allmählich an Geschwindigkeit. Weiß der Henker, wieso die immer so rasen müssen, vielleicht, damit kein illegaler Einwanderer aus der bettelarmen Schweiz oder aus Frankreich vom fahrenden Zug auf unser Territorium springt. Sonst hätten die Leute ja ihre Kraft für die schöne Mauer ganz umsonst aufgebracht!

Und da kam mir so ein Gedanke. Der Chinese ist ja im Grunde gutmütig und nicht der Typ für fiese Nummern, solange er nicht persönlich was davon hat, versteht sich. Aber wieso hatte ich überall rumposaunen müssen, dass ich nie geschnappt werde? Wieso musste ich den großen Macker des großen Kaisers Qin Shihuangdi spielen? Schließlich konnte jeder meiner zufälligen Gesprächspartner … Wie viele waren es überhaupt? Zwei? Wem hatte ich denn vorgeschwärmt, wie unfassbar ich war? Dem Taxifahrer? Oder dem doch nicht? Jedenfalls hätten sie alle die Nummer des Vertrauens wählen können, um den Laowai anzuschwärzen, der mit hundert Trips auf dem Weg ins Reich der Mitte ist. Das dürfte in etwa der Monatsschnitt der Drogenkuriere am Übergang Terespol sein. Waren nicht Belohnungen für solche Anrufe ausgesetzt? Wenn ja, war ich geliefert – ein Chinese lässt so was nicht aus.

Klare Sache, das waren ein paar Bier zu viel gewesen. Und Bier löst die Zunge. Aber jetzt wurde es ernst. Hundert Trips! Kein Richter würde mir abnehmen, dass die für den Eigenbedarf waren. Schon rannte der Schaffner durch den Waggon und drückte jedem einen der roten Zettel in die Hand, die in sechs Sprachen nüchtern erklärten:

Der Bündnisstaat China-Russland macht darauf aufmerksam, dass die Einfuhr und Verbringung von Waren gemäß Paragraph 264 Strafgesetzbuch der Region Nordwest mit der Todesstrafe geahndet wird.

Mein Rucksack war mit »Waren gemäß Paragraph 264« voll bis oben hin. Gut, in letzter Zeit würden Schmuggler und Dealer nicht mehr erschossen, heißt es. Aber im günstigsten Fall gibt es trotzdem noch zehn Jahre. Mann, wo hatte ich nur meinen Kopf? Warum habe ich den Opa nicht wenigstens Briefchen falten lassen? Wozu diese Heldennummer? Wem wollte ich da was beweisen? Dem Alten? Der erfährt doch nicht mal was von meinem Tod!

Über den Boden des Waggons polterten schon die beschlagenen Stiefel der Grenzer. Wie üblich waren sie mit mindestens zwei Trupps am Start – klarer Fall, hier ging man ernsthaft zur Sache, nicht wie bei den Europäern.

Gleich fiepen die Scanner los. Normalerweise kriegen alle das große Zittern, wenn die Scanner fiepen, außer mir. Ich habe nämlich blaue Augen und ein Persönlichkeitsprofil *Marks & Spencer* mit einer Spur *Hilfiger*. Ich habe nämlich ein Musterschülergesicht. Aber jetzt war mein Musterschülergesicht angstverzerrt, und der kalte Schweiß tropfte mir von der Stirn. Wieso fiepen die Scanner denn nicht? Ach so, schon klar! Sie erkennen Druckbuchstaben, sogar unterschiedliche Schriftgrößen, aber der Alte hatte mit dem Pinsel geschrieben, das war wohl meine Rettung.

Krachend flog die Abteiltür auf. Ein Offizier, Typus *Absolut Vodka*, erfasste mit einem Blick sein Publikum: zwei Vietnamesen, ein verdächtiger Deutscher und meine schweißnasse Wenigkeit.

»Du und du, aussteigen, Gepäckkontrolle«, pickte er mit dem Zeigefinger den Deutschen und mich heraus, und der Himmel fiel mir auf die Schultern.

Aus. Jetzt war es so weit. Gleich schaut der Kontrolloffizier in meinen Rucksack, zieht mit der Rechten seinen chinesischen »Colt«, drückt mit dem Daumen der Linken das Knöpfchen auf seinem Funkgerät und gibt durch: »Achtung! Dealer!« Dann heult eine Sirene auf, alle Fahrgäste im Waggon müssen sich auf den Boden legen, Gesicht nach unten, sie werden gefilzt, die Kleidernähte aufgetrennt, die Knöpfe aufgebrochen, um sicherzugehen, dass ich keinem etwas untergejubelt habe. Das habe ich schon mal gesehen, auch den leeren Blick des Typen, den sie erwischt haben. Weiter geht es in die Absetzkammer am Kontrollpunkt, ein, zwei Wochen U-Haft bis zur Verhandlung, danach Urteil und Gefängnis. Oder noch schlimmer.

Halt, eine andere Möglichkeit gibt es noch. Schmiergeld. Ich setzte den Rucksack auf, zog meinen Geldbeutel aus der Tasche und zählte die Scheine: fünfhundert Euro, eintausend Yuan. Für die Ergreifung eines Großdealers bekommt der Grenzer fünfmal so viel. Ich bin geliefert. Mit wackligen Knien sprang ich aus dem Waggon. Dort hatte sich schon eine riesige Schlange gebildet. Die Zusatzbeleuchtung wurde eingeschaltet – frontales Scheinwerferlicht, das jede Regung sichtbar machte. Neben jedem Waggon stand ein Tisch, dahinter der Kontrolloffizier. Aus den Lautsprechern ergoss sich die offizielle Erklärung in allen Amtssprachen des Unionsstaates. Die Sprecherin schlug einen feierlich-ergriffenen Ton an, als hielte sie eine Grabrede:

»Werte Fahrgäste! Das Grenzkomitee und die Staatliche Suchtmittelkontrollbehörde der Region Nordwest heißen Sie im Bündnisstaat China-Russland willkommen. Bitte reihen Sie sich in die Schlange ein und treten Sie einzeln vor den Kontrolloffizier. Folgen Sie den Anweisungen, achten Sie auf Ordnung und Sauberkeit.«

Wie denn, dachte ich. Wie denn? Da habe ich jahrelang geschmuggelt und bin nicht nur nie geschnappt worden, sondern nicht mal verdächtigt! Was haben sich die anderen Dealer nicht alles einfallen lassen: präparierte Zäpfchen hinten reingeschoben, Kapseln mit Briefchen geschluckt, in die Kleider eingenäht. Trotzdem haben sie einen nach dem anderen erwischt, überführt und eingesackt. Die sitzen jetzt alle. Du kannst dich noch so verkünsteln, dir das Zeug sonst wo hinstecken, der Schmuggler steht dir immer noch ins Gesicht geschrieben.

Die Schlange kam zügig voran. Der Offizier hatte einen Scanner neben sich auf dem Tisch liegen, aber er schien die Augen der Fahrgäste genauer zu studieren als deren Gepäck. Plötzlich drängelte sich der verdächtige, torkelnde Deutsche vor mich. Der Typ hatte es offenbar eilig. Persönlichkeitsprofil *Doppelherz*, karierte Tweedjacke, Cordhosen. Deutscher halt, sag ich ja. Da stand er schon vor dem Offizier. Der zu ihm: »Machen Sie Ihre Tasche auf.«

Der Deutsche versteht natürlich nur Bahnhof. Steht da und lächelt schüchtern. Die Tasche (*Piquadro*, rotes Leder) hält er in der Hand. Dabei gehört die auf den Tisch. Der Offizier sagt noch einmal: »Sie sollen die Tasche aufmachen!«

Keine Reaktion! Der Kontrolleur kapiert, wen er vor sich hat: den üblichen hirnlosen Westtouristen. Er versucht, die Sache zu erklären, aber weil er keine Fremdsprachen kann (was wäre er sonst für ein Offizier?), bleibt ihm nur, dasselbe lauter und langsamer zu wiederholen.

»DIE TA-SCHE! AUF-MA-CHEN!«

Der Deutsche steht nur noch auf der Leitung, er sieht sich hilfesuchend zu mir um. Man könnte fast glauben, wir kennen uns. Wären gemeinsam beruflich unterwegs. Ich suche verzweifelt nach irgendeiner Fremdsprache, da kommt mir plötzlich eine Vokabel aus dem Englischunterricht: »Oupen! Oupen dawaj!« Der

Kontrolleur streift mich mit einem flüchtigen Blick. Er muss mich im Bruchteil einer Sekunde eingeordnet und auf seine Weise verstanden und erkannt haben.

»Ach! Open my bag?«, fragt der Deutsche erstaunt. Ist ja auch schwer zu erraten, dass man ihn bei der Gepäckkontrolle bittet, sein Gepäck kontrollieren zu lassen. »Danke!«, sagt er zu mir.

»Aufidersejn!«, antworte ich mit dem einzigen deutschen Ausdruck, den ich behalten habe. Wenn mich nicht alles täuscht, heißt das sogar »keine Ursache«.

Hastig läuft der abgefertigte Bundesbürger zum Zug zurück, ich trete vor den Offizier und komme nicht einmal mehr dazu, mich zu erschrecken, dass er nun da ist, der Moment. Irgendwie hat mich dieser Deutsche davon abgelenkt, dass sie mir gleich die Handschellen anlegen werden. Und so bin ich nun, in der letzten Sekunde vor meiner unausweichlichen Verhaftung, vollkommen ruhig, wie im Kino. Ich bin nicht da. Ich bin nur Zuschauer. Und der Offizier brummt: »Komm, Junge, mach hin, renn deinem Dummdeutschen hinterher! Deutschendolmetscher, schöne Drecksarbeit!« Er winkt mich ungeduldig weiter: »Los, weg mit dir!«

Ich klappe den Mund auf, um zu erklären, dass sie mich zur individuellen Gepäckkontrolle geschickt haben, gebe sogar irgendwas von mir, aber er blafft mich bloß an: »Halt mir nicht den Laden auf! Du bist nicht der Einzige hier! Sieh zu, dass du Land gewinnst!«

Und ich gehe weiter, zögerlich zunächst, dann immer schneller, als ich verstehe, dass das Wunder geschehen ist! Ich bin wieder durchgerutscht!

Zurück im Waggon ließ ich mich auf das abgeschabte Kunstleder des Sitzes fallen, knipste die Lampe an und lächelte still vor mich hin. Irgendwann würden sie mich kriegen. Aber nicht heute. Das allein war Anlass genug für einen kurzen Glücksmoment. Meine Lippen weiteten sich zu einem breiten Grinsen. Der Deutsche, der mich von seinem Platz aus betrachtete, glaubte bestimmt, ich freute mich noch immer, dass ich ihm hatte helfen können. Schön blöd! Dieses Glücksgefühl, das ich gerade erlebte, musste den Vertretern seines Kulturraums vollkommen fremd sein. Sie können unmöglich leben und dabei wissen, dass sie morgen einkassiert werden. Und wenn nicht morgen, dann übermorgen. Aber wir leben so. Wir alle. Wir sind glücklich damit. Glücklich für einen kurzen Augenblick, weil schon im nächsten Moment finstere Gedanken und unbestimmte Ahnungen das Glück wieder verdunkeln. Darin liegt ja das Wunder dieser Glücksmomente, dass sie nie länger als eine Sekunde dauern. Ein Wimpernschlag, und weg sind sie. Deshalb darf man möglichst lange nicht blinzeln.

JUNKIE

Inzwischen dürfte deutlich geworden sein, dass ich ein Intellektueller bin.

Erstens habe ich im Unterschied zu den meisten meiner arglosen Zeitgenossen, deren gesamter Lebensinhalt *Die fröhlichen Kätzchen* und Sergej Piaseckis Show *Spass mit Pias* im Netvisor sind, verschiedentlich studiert. Und fast alles abgeschlossen, if you know what I mean. Ich habe einen geisteswissenschaftlichen Hochschulabschluss, erworben an einer renommierten Uni in Zentralchina.

Zweitens mache ich mir keinerlei Illusionen über die Kacke, in der ich hier lebe.

Drittens bin ich dauerhaft intellektuell tätig. Das heißt, ich bin zeitweise arbeitslos. Während das Arbeitsvolk von neun bis fünf im Büro hockt, habe ich so lange studiert, um mein eigener Herr zu sein. Ich gehe ins Büro und blende dort alle mit Manieren, Diplom und Fremdsprachenkenntnissen, ackere ein paar Monate für die nächsten beiden Jahre Kost und Logis und tauche dann ab, um mich intellektuell zu betätigen. Wenn das Futter-(und Stoff-)Geld alle ist, gehe ich wieder ins Büro. Pour fair confession: Mein letzter Job bestand darin, Werbeblättchen für eine *L'Étoile*-Pflegelotion für depilierte Beine vor dem Eingang zum *Eurasia*-Einkaufszentrum zu verteilen, aber nur, weil ich mich nicht mit einem langwierigen Halbjahresvertrag an irgendein Büro verkaufen wollte. Ich stand in der sengenden Sonne, ließ mich von den Fußgängern anpöbeln, die sich darüber lustig machten, dass so ein alter Sack diesen Studentenjob ausübt, und dachte bei mir: »Diogenes wäre stolz auf mich.«

Leider war der philosophische Eifer schnell verflogen. Die Werbeblättchen landeten im Mülleimer und ich wieder zu Hause, bezahlt haben die Säcke mich immer noch nicht. Ist ja auch egal: Meine Goldreserven gestatten meiner Geisteswelt noch für die nächsten Jahre problemlos ein autonomes Dasein, selbst bei negativer Außenhandelsbilanz. Die Pflegelotionsgeschichte war von Beginn an zum Scheitern verurteilt – der Pöbel lässt sich nicht gleichzeitig verspotten und bedienen. Jedenfalls nicht mit meinen Nerven.

Ja, meinen Nerven. Bevor die Blättchen nämlich im Mülleimer gelandet waren und ich wieder zu Hause, hatte ich einem allzu vorwitzigen Jungspund eins auf den Deckel geben müssen. Er hatte etwas gesagt, ich weiß nicht mehr, was, vielleicht weiß ich es auch noch, will aber keinen Bullshit wiederkäuen. Die denken doch, wenn einer *L'Étoile*-Firmenkleidung trägt, existiert er gar nicht, er ist ja bloß ein Konzernsklave. Und du kannst ihn verarschen, wie es deiner Youngsterseele gefällt.

Ich habe ihm irgendwie gleich eine geschallert, ohne genauer zu beachten, wo ich ihn treffe. Er kippt aus den Latschen, die rote Tinte fließt, und ich ticke so ein bisschen aus, als ich das sehe. Setze mich auf ihn drauf und prügle mit aller Macht auf seinen

Brustkorb ein: Fin-dest dich be-son-ders wit-zig, was, du Wich-ser? Gleich war der Sicherheitsdienst da, Polizei, Festnahme und in Handschellen ab aufs Revier. Sämtliche Taschen ausleeren – zum Glück hatte ich kein Briefchen und keinen Zettel dabei! Wenn sie bei mir daheim zur Durchsuchung angerückt wären, hätten sie erst ihre Freude gehabt! Da lagerte die Royal Treasury!

Um es kurz zu machen: Das Gericht entschied, der Teenager hätte mich provoziert, rechnete mir positiv an, dass ich noch nicht vorbestraft war, und entschied, oh Wunder, auf das übliche psychoneurologische Gutachten zum Gebrauch von Präparaten gemäß Paragraph 264 Strafgesetzbuch der Region Nordwest zu verzichten. So bekam ich nur fünfzehn Tage Verwaltungshaft und konnte auf meiner Holzpritsche zwischen lauter Obdachlosen meine Mova-Sehnsucht pflegen.

So, inzwischen dürfte die Geschichte meiner Arbeitgeberkontakte etwas plastischer geworden sein. Aber noch einmal: Bitte kein Mitleid, bemitleidet euch lieber selbst! Es gibt eben Menschen, deren Taten immer mehrere Interpretationsebenen eröffnen. Kleiner Tipp. Vorsicht! Intertext!

»Schon in meiner Kindheit, wo ich lernte, dass Miguel de Cervantes, nachdem er zur größeren Ehre Spaniens seinen unsterblichen *Don Quijote* geschrieben hatte, im tiefsten Elend gestorben war, dass Christoph Kolumbus, nachdem er die Neue Welt entdeckt hatte, ebenfalls in solchem Elend und noch dazu im Gefängnis gestorben war, seit meiner Kindheit, sage ich, hat meine Klugheit mir zweierlei dringend angeraten:

1. Baldmöglichst meine Gefängnisstrafe abzusitzen. Was auch geschah.

2. So mühelos wie irgend möglich Multimillionär zu werden. Was ebenfalls geschehen ist.

Die Sache ist ganz einfach. Wer nicht goldhörig werden will, braucht nur genug Gold zu besitzen. Mit Gold wird es völlig unnötig, sich zu »engagieren«. Ein Held engagiert sich nirgends. Er ist das genaue Gegenteil des Domestiken. Wie der katalanische Philosoph Francesco Pujols so richtig gesagt hat: »Das höchste soziale Ziel des Menschen ist die geheiligte Freiheit, zu leben, ohne arbeiten zu müssen.«

Das ist aus dem *Tagebuch eines Genies* von Salvador Dalí. Denkt immer an dieses Zitat, wenn ihr mich das nächste Mal bedauern wollt. Möge es der Peirce'sche Interpretant sein, mit dem ihr mich besser verstehen könnt.

DEALER

Im großen Minsk-Zentralny-Glaskasten flogen fette Bahnhofs-
tauben durch die Zugluft. Mein Zuhause empfing mich mit dem
geisterhaften Schemen des Stadttores, dessen Türme mir durch
die Fensterfront den Eindruck vermittelten, ich säße in einem
lange nicht mehr gespülten Wodkaglas. Der altertümliche, längst
vor sich hin bröselnde und bröckelnde Bahnhof war noch vor der
Großen Union erbaut worden. Er hatte etwas von einer Kristall-
vase oder einem Bierglas, in dem sich aus unerfindlichen Gründen Menschen breitgemacht hatten.

Als ich gerade aus dem Zug gestiegen war, hatte mir ein bet-
telnder Junge für einen Yuan einen Schicksalszettel in die Hand
gedrückt. Noch bevor ich mir vergegenwärtigt hatte, dass ich an
diesen Chinesenzauber ja gar nicht glaubte – mir gefällt die aufgeklärte europäische Shoppinglehre besser –, hatte ich den Zettel
schon auseinandergefaltet. Darauf stand auf Russisch, aber offenbar
von einem Chinesen geschrieben: »Erwarten Sie das Unerwartete.«

Nach der schlaflosen Nacht liefen mir nervöse Schauer über den Rücken, der ausgehungerte Magen krampfte sich zusammen. Ich klopfte beim Restaurant *Zu den Sternen* an, aber es hatte geschlossen. Es hat immer geschlossen. In diesem Gebäudetrakt waren auch die Toiletten, deshalb hing ein Geruch von Urin und Chlor in der Luft. Genau dieses Aroma, nicht etwa der »Duft von Wäldern und Seen« aus der Reklame, ist unsere Visitenkarte. Ist eigentlich schon mal jemandem aufgefallen, dass sich an den grundlegenden Alltagsdingen hier nie etwas ändert? Und die Zeit einfach stillsteht?

Ich reihte mich in die Schlange vor einem Kiosk ein, in dem gastronomischer Ramsch verkauft wurde. Eine muffige Frau mit teigigem Teint, der fleischgewordene Toilettendunst, schob der Kundschaft angewidert Essen und Trinken hin. Hinter ihrer Glasscheibe war ein Massengrab von Würstchen im Teigmantel zu erkennen (sie sahen so übel aus, dass sie sich jeden Moment in Zombies zu verwandeln drohten, die sich erheben und wie ferngesteuert über die Auslage marschieren würden, über steinharte Pizzen, kalte Buletten und Sprudelflaschen, bis sie über die Fleischpiroggen stolperten). Es gab auch Tschebureks, Schaschlik und Eiernudeln mit Pseudofleisch und Ketchup. Ich entschied mich für einen Tscheburek: Teig verdirbt nicht, und die Füllung kann man ja übrig lassen. Nach ein paar Bissen musste ich feststellen, dass ich das Zeug nicht schlucken konnte, der Tscheburek war aus Gummi, kein Zweifel. Aber das war sicher nicht »das Unerwartete«, womit ich nicht schon vorher gerechnet hätte.

Ich zog mein Mobi aus der Tasche und rief Irka an. Sie meldete sich verschlafen und teilnahmslos: »Ach, hallo.«

»Hallo!«, grüßte ich munter zurück. »Ich bin wieder da! Schon zurück in Minsk!«

»Warst du etwa weg?«, fragte Irka arglos.

»Ja, klar! Letzte Woche, als wir uns getroffen haben, hatte ich dir doch erzählt, dass ich fahre! Nach Warschau!«

Irka überlegte kurz.

»Hast du mir was mitgebracht?«

Na toll, wieso soll ich jemandem was mitbringen, der sich nicht mal merken kann, dass ich weg war?

»Du hast ja nichts gesagt! Was brauchst du denn?«

»Na, einen Schal.« Offenbar rekelte sie sich gerade. »Oder eine Mütze.«

»Irka, einen Schal kann ich dir doch hier kaufen!«

»Nein«, seufzte Irka. »Hier kann ich ihn mir auch selber kaufen.«

»Irka, weißt du, heut ist Dienstag!«

»Ja«, stimmte Irka zu. »Dienstag.«

»Wir treffen uns doch dienstags, weißt du noch?«

»Ja. Weiß ich noch. Wir treffen uns.«

Sie sprach nicht weiter. Vielleicht war sie wieder eingeschlafen. Acht Uhr ist für Irkas Verhältnisse sehr früh.

»Kommst du zu mir?«

»Ich weiß nicht«, gähnte sie. »Vielleicht arbeite ich heute.«

Irka arbeitete als Verkäuferin im Kaufhaus *Belarus*, danach ging sie zum Abendstudium. Sie hatte große Karrierepläne: Irka wollte in die Verwaltung, aber dazu fehlte ihr der Abschluss an der Handelshochschule. Manchmal hatte ich den Eindruck, sie wollte eigentlich etwas ganz anderes: clever heiraten und sich in die Ölregion in Zentralchina absetzen, wo es Leben, Kultur und Zivilisation gab. Aber solche Gedanken kamen mir nur, wenn ich müde und schlecht gelaunt war. So wie jetzt.

»Irka, wir treffen uns doch dienstags, weil das dein freier Tag ist.«

»So?« Sie dachte nach. »Ach ja.«

Nicht mehr lange, dann wird sie mich fragen, wie ich heiße. Ich habe ihr ja auch überhaupt nichts zu bieten. Ich bin nicht der reiche Bräutigam, der sie nach China mitnehmen kann. Und ich habe ihr keinen Schal gekauft. Warum sollte sie sich mit mir treffen? Nur, weil sie mich »cool« findet, wie sie an unserem ersten Abend gesagt hat?

»Gut, ich komme.«

»Danke, Irka!«

Gleich fühlte ich mich besser. Nein, doch nicht. Irgendwann wird sie nach so einem Gespräch gelangweilt sagen: »Weißt du, ich habe heute zu tun. Ich muss zum Yoga. Lass uns nächsten Dienstag treffen.« Und am nächsten Dienstag geht sie einfach nicht ans Telefon. Das hatten wir schon. Und es ist ja nur natürlich. Ich bin einfach zu sentimental.

Als ich aus dem Bahnhofsgebäude trat, wehte mir ein eisiger Wind um die Ohren. Da denkst du, Warschau ist doch gleich um die Ecke, aber das Klima hier ist komplett anders. Sonnige, aber frostige Oktober, das Herbstlaub fegt raschelnd über die Gehwege, und am Himmel ziehen im selben Tempo die letzten Sommerwolken eilig gen Süden. Ich lebe in der historischen Altstadt in der Siedlung Seljony Lug. Aber zu Fuß ist es dahin zu weit, da nimmt man besser ein Linientaxi vom Oktoberplatz. Mit klappernden Zähnen setzte ich mir den Rucksack auf. Der ist bei diesen Temperaturen genau richtig, er hält nämlich den Rücken warm wie ein zusätzliches Kleidungsstück. Ein richtiges Markenteil habe ich, *North Pole*. Sogar mit Hüftgurt, damit er besser sitzt. Ich ließ die Schnalle zuschnappen und spürte, wie sich das Gewicht gleichmäßig auf den Rücken verteilte – gleich konnte ich mich aufwärmen.

Wie immer, wenn ich einsam war, stöpselte ich mir *Random Access Memories* der Uraltgruppe Daft Punk in die Ohren. Die Musik ist von anno dazumal und wäre längst vergessen, wenn DJ Beijing nicht diesen genialen »Chinese Dance Sensation«-Remix gebracht hätte. Minsk verstummte und mit ihm die Einsamkeit in mir. Ich ging die Kirow-Straße hinunter, neben mir schoben sich Autos und Motorräder über die Fahrbahn. Was ich mich frage: Wie hätten sie es wohl angestellt, wenn ich nicht mit dem Verkehr, sondern in der Gegenrichtung gelaufen wäre? Was hätten sie sich dann ausgedacht?

Jetzt beschreibe ich, wie es passiert ist: Ich überholte einen beleibten Russen im Mackintosh mit Hornbrille und Melone (sogar einen Gehstock hatte der!), war gerade mal einen Meter an ihm vorbei, da krachte mir etwas ins Kreuz. Eine unwahrscheinliche Kraft hob mich fast über den Asphalt und verpasste mir dann einen solchen Stoß in den Rücken, dass ich mit den Zähnen aufschlug und noch meterweit auf dem Bauch rutschte. Gleichzeitig bekam ich heftig eins auf die Ohren, dass es richtig wehtat. Das mit den Ohren hatte ich schnell kapiert: Das war kein Schlag gewesen, von dem Stoß hatte es mir einfach gnadenlos, live die Stöpsel rausgerissen. Die Musik war weg, die Stadtgeräusche waren zurück, zuallererst ein Kreischen, als zieht jemand eine Raspel über ein Blech. Ich hob den Kopf und sah den reichen Russen, der aufgeregt mit seinem Stock auf den Gehweg klopfte und mir zurief: »Schau dir das an! Da!«

Er hob seinen Gehstock (dunkles Holz, Elfenbein, Silberbesatz) und deutete mit der Spitze auf irgendeinen Heckmeck auf der Straße. Ich rappelte mich auf und sah nun, woher das metallische Kreischen gekommen war: Auf dem Asphalt lag eine *Honda Shark* auf der Seite, dahinter ein abgebrochenes Kunststoffteil und kleinere Trümmer von dem Sturz. Zwei Chinesen wuselten um die Maschine herum, beide Typ *Adidas Basics*, aber in schwarzen Anzügen. Der eine startete das Motorrad, der andere sprang hintendrauf und hob buchstäblich in letzter Sekunde noch etwas von der Straße auf (wahrscheinlich, um keine Spuren am Tatort zu hinterlassen), etwas Längliches, einen Stab oder ... Nein! Das war eine Angel! Er riss sie hoch, damit sie nicht unter die Räder kam,

und legte sie geschickt zusammen. Ein Nummernschild hatte das Motorrad natürlich nicht.

»Krass! Ich glaub es nicht! Das gibt es sonst nur im Visor!«, brüllte der Russe. »Die Angelnummer!«

Langsam dämmerte mir, was da gerade passiert war. Ich klickte den Hüftgurt auf (hätte ich den vorher nicht geschlossen, wären die Halunken jetzt mit meinen Sachen auf und davon!), streifte die Schlaufen ab und entdeckte einen riesigen Drillingshaken, der sich tief in den Rucksackstoff gegraben hatte. Alle drei Spitzen waren mit Widerhaken versehen, die den Fang nicht mehr freigeben sollten. Ein komplizierter Knoten war noch zu sehen, dann die abgerissene Schnur, kurz oberhalb des Hakenöhrs.

»Fetter Haken, Junge, Junge! Für Haie oder so!«, staunte der Russe.

»Nein, die kriegst du auch in Minsk. Die sind für Hechte, Zander oder Welse«, erklärte ein Angelfreund, der neugierig dazugestoßen war.

Stirnrunzelnd betrachtete der Russe seine krokodillederne *Salvatore Ferragamo*-Reisetasche.

»Komisch, dass sie ausgerechnet dich überfallen haben«, sagte er.

Ich verzog das Gesicht, weil mir Ohren, Knie und Stirn so wehtaten, aber der Russe dachte, er hätte mich mit seiner Großkotzigkeit gekränkt.

»Nein, versteh mich nicht falsch, es ist nur … der Rucksack. Und direkt daneben ich Simpel mit dem Täschchen in der Hand. Das hätten sie schneller geschnappt, als ich ›hoppla‹ sagen kann!«

Ein selten feinfühliger Mensch! Hat er doch elegant überspielt, dass schon sein »Täschchen« mehr wert ist als ich zusammengenommen, wenn ich sämtliche Organe verticke.

»Bist du arg gestürzt? Sollen wir einen Krankenwagen rufen?«

»Nein, danke, alles bestens.«

Klar doch, den Krankenwagen! Ruf doch gleich die Polizei, dass sie mir den Rucksack aufmacht, weil man den Haken dann besser rauskriegt.

Der Angler hatte das gute Stück derweil genau unter die Lupe genommen.

»Komischer Knoten, kenne ich gar nicht. Eigentlich legt man einfach eine Schlaufe und führt die Schnur da durch, das machen hier alle Angler so. Das hier kommt aus dem Ausland. Oder von der Hochseefischerei.«

»Die Chinesen mal wieder«, fällte der Russe sein Urteil.

Der Angler löste den Drilling gekonnt aus dem Rucksack und wog ihn fasziniert in der Hand.

»Schenke ich Ihnen«, sagte ich. »Vielleicht kommen Sie ja hinter den Knoten, am Ende ist er noch besser als unser hiesiger. Dann hätte die Sache doch noch ihr Gutes.«

Wir verabschiedeten uns und gingen auseinander: der Angler chinesische Knoten studieren, der Russe seinen Freunden erzählen, wie er fast überfallen worden wäre, und ich auf Irka warten, der ich die ganze Geschichte nicht zu erzählen brauchte, nicht einmal damit war sie zu beeindrucken. Dabei hätte sie den Vorfall, wenn ich ihre Aufmerksamkeit für mehr als zwei Minuten darauf hätte lenken können, sicher als treffende Illustration für das moderne Beziehungsmodell eingeordnet, das sie für normal und richtig hielt. Kontakt findet nur statt, wenn uns etwas verbindet. Kaum ist der Schreck verflogen und der Haken entfernt, geht wieder jeder seiner Wege. Ist ja nur natürlich. Ich bin einfach zu sentimental.

JUNKIE

Kommen wir zum Wesentlichen – woher nehmen?

Die Idioten kaufen bei den Zigeunern in der Angarskaja. Die Stelle in der Angarskaja kennen sie alle. Du gehst zu der großen Ziegelmauer und drückst auf den Nippel der Sprechanlage. Die Antwort lässt auf sich warten – aber trotzdem nicht in der Nase popeln, die begutachten dich mit der ganzen Familie durch die Kamera und entscheiden, ob du ihr Dealervertrauen verdienst. Wenn die Geldgier endlich größer ist als die Paranoia, fragt dich ein tiefer Bass: »Waswillsdu?«

Jetzt auf keinen Fall »Mova« flüstern. Dann machen sie nicht nur nicht auf, sondern rufen gleich die Bullen, die in der Gegend vor allem für sie arbeiten. Du musst stoisch antworten: »Ich komme wegen der Annonce, die alte Kloschüssel.« Keine Ahnung, wer sich das mit der Kloschüssel ausgedacht hat, dämlicher und verdächtiger geht es ja gar nicht. Wenn einer wegen der Kloschüssel anklingelt und dann ohne Kloschüssel wieder rauskommt, will man doch gerne wissen, was er denn nun anstelle der Kloschüssel den Zigeunern abgekauft hat. Ein Halbstarker öffnet die Tür und fragt gleich hinter der Mauer: »Wie viel?«

Mehr als drei Briefchen würde ich nicht empfehlen. Ich würde überhaupt nicht empfehlen, bei den Zigeunern zu kaufen. Nicht vergessen: Ab zehn Packs läufst du unter »in großem Umfang«, wirst zum Dealer und kriegst theoretisch die Todesstrafe. Also du sagst: »Drei Briefchen.« Er schaut hoch zum Fenster und zeigt drei Finger. Kurz darauf erscheint eine dicke Frau mit langem schwarzem Kleid auf der Schwelle. Die mit dem tiefen Bass.

Sie setzt ein schiefes Grinsen auf (wer würde schon einen Drogensüchtigen anlächeln?) und übergibt in ihrer Faust dem Typen, was du brauchst. Dann wird gehandelt.

Drei Dinge machen die Zigeuner aus.

Erstens: Sie nehmen unverschämte Preise.

Zweitens: Sie verticken mit Vorliebe Fake.

Drittens: Wenn sie dir doch richtigen Stoff verkaufen, ist die Qualität unter aller Kanone.

Es gibt bekanntlich drei Sorten Mova.

A) Handschriftliche Kopien aus alten Büchern, kleine Zettel mit geringer psychedelischer Sprengkraft. Ein knapper Vierzeiler, ein Absatz Prosa, ein paar Sätze ohne Kontext und mit unverständlichem Inhalt. Je mehr unbekannte Wörter, desto stärker die Wirkung, wieso, weiß kein Mensch. Wissenschaftliche Studien zum Einfluss von Mova auf das Unterbewusstsein hat freilich noch niemand angestellt, weil es unter den Konsumisten praktisch keine Intellektuellen gibt, ich gehe sogar davon aus, dass ich der einzige bin. Die hirnlosen Schreibtischtäter sagen sich: Hauptsache, es burnt. Da schreibt keiner mit, weil es gefährlich ist und der Pöbel nichts riskiert, wenn er nichts davon hat. Solche Notizen (dieses Tagebuch zum Beispiel) können als Beweis für deinen Kontakt zu verbotenen Substanzen verwendet werden. Beim regelmäßigen Konsum lernst du wohl oder übel die Wörter, die häufiger vorkommen. Damit wird es immer schwieriger, auf den Trip zu kommen – du brauchst immer stärkere Dosen oder ausgefeiltere Fragmente mit spezieller Lexik. Und: Nein, natürlich nicht! Man kann sich nicht selbst ein Mova-Fragment schreiben und sich damit flashen. Es geht aber die Sage, irgendwo, wahrscheinlich im Ausland, gebe es eine Sekte, die jetzt, in unserer Zeit, neue Mova-Texte verfasst. Aber das glaube ich nicht. Das ist genauso gesponnen wie das Märchen von der geheimnisvollen Ciotka, die angeblich den kompletten Mova-Handel aus dem finstersten Chinatown von Minsk heraus kontrolliert. Niemand hat sie je gesehen, nicht einmal jemanden, der sie gesehen hat. Aber die Idioten glauben es.

Also, ein realer Preis für diese kurzen einfachen Auszüge sind fünfzig bis hundert Yuan. Die halten zwei bis sechs Stunden. Klar, manche Dealer hauen auch solche Basics für zweihundert raus, aber dafür hat man ja seine Erfahrung, dass man die Nachfrage nicht sinnlos hochjuxt.

B) Die zweite Sorte sind handschriftliche Kopien mit größerem Umfang und Effekt. Inzwischen ist wohl klar, dass Mova nicht *Milwa* ist und das Unterbewusstsein keine Unterwäsche. Hier gilt nicht »je mehr Pulver, desto mehr Schaum«. Es gibt eine Kategorie von Mova-Fragmenten, die einen tiefer reinziehen, weil die Worte besonders gekonnt gesetzt sind. Als ich einmal in einer Werbeagentur gejobbt habe und Kohle hatte wie Waschpulver, habe ich mir für fünfhundert Yuyus das folgende Schätzchen geleistet, offenbar die Übersetzung eines chinesischen Meisters aus dem Mittelalter:

*Pomniu – chłopčykam maleńkim padabaŭ ja zieleń niŭ
I na požni, kala rečki, matyloŭ łavić lubiŭ …*

Weiland, noch ein kleiner Junge, liebte ich das grüne Feld,
hab am Bächlein mit Vergnügen Schmetterlingen nachgestellt.
So hab ich in Spiel und Trubel Tag um Tag wohl zugebracht,
tief im Wald die Feuerblume sucht' ich zur Johannisnacht.
Wenn ich heut die Wahrheit suche, suche nach dem
                              Menschenglück –
bin ich nicht der kleine Junge mit dem Schmetterling im Blick?

Damals war ich in Sachen Mova-Konsum noch reichlich grün hinter den Ohren. Nach dem Treffen mit dem Dealer rannte ich in den nächsten Park, beim Bangalore-Platz, um bloß schnell auf den Trip zu gehen. Ich hatte nämlich furchtbare Angst vor der Drogenkontrolle. Auf einer Parkbank faltete ich das Briefchen auseinander, las und konnte nicht mal mehr den Zettel mit dem Text verschwinden lassen, als nach »bin ich nicht der kleine Junge …« der Park, die Bank, der Weg hinter den Bäumen und die Bäume selbst zerfielen, sich in Schmetterlinge verwandelten und in alle Richtungen davonflatterten, als hätte jemand die Wirklichkeit aufgeschreckt!

Die Bäume erschienen als eine Unmenge grüner Schmetterlinge, der Himmel als blaue – und wenn sich eine Katze den Sperlingen näherte, stoben sie auf und wirbelten vor meinen Augen durcheinander. Die Atome des Universums im Flimmertanz. Eine Schönheit, die nur schauen kann, wer auf Mova ist. Als sie sich ausgetanzt hatten, strebten die Schmetterlinge vor mir nach oben, während ich im Nirgendwo zurückblieb, in einer entmaterialisierten Wirklichkeit. Denn die Materie, das spürte ich damals ganz deutlich, waren die Schmetterlinge.

Ein Wimpernschlag genügte, und sie stoben auf und verschwanden (ist der Tod nicht ebenso ein Wimpernschlag?). Jedenfalls kam ich auf dieser Parkbank wieder zu mir und musste feststellen, dass mein Mantel völlig durchnässt war, obwohl die Sonne schien. Ein Blick auf meinen Communicator sagte mir, dass ich so, in die Betrachtung der Grundfesten des Daseins versunken, mehr als vierundzwanzig Stunden zugebracht hatte. Und in der Nacht musste es dermaßen geregnet haben, dass ich nun nass bis auf die Knochen war. Und vor allem musste ich die ganze Zeit in der Haltung dagesessen haben, in der es mich erwischt hatte, reglos, bis auf das Blinzeln. Und in meiner rechten Hand hatte die ganze Zeit das Mova-Zettelchen gelegen, gut sichtbar für jeden Spaziergänger.

Da war der Schreck natürlich groß. Ich warf den Zettel in den Mülleimer und stürmte aus dem Park. Als wäre jemand hinter mir her. Dann fiel mir ein, dass meine Fingerabdrücke noch auf dem Papier waren, ich rannte zurück zum Mülleimer und verbrannte den Zettel.

Ich wurde zum Mystiker – jedenfalls für ein paar Monate. Diese Erfahrung, dieses Erwachen aus dem Traum der illusorischen Realität, war seine fünfhundert Yuan allemal wert.

Teurer kommen in der Regel umfangreichere Texte. Die flashen natürlich auch nur beim ersten Lesen. Aber manchmal bist du bei einem Zwei-Seiten-Text schon auf dem Trip, bevor du zu Ende gelesen hast. Dann bleibt dir noch eine Dosis für den Tag danach. Grundsätzlich gilt: Je mehr du gelesen hast, desto krasser die Wirkung.

C) Die dritte, teuerste Mova-Sorte. Das, was die Leute, die in Shdanowitschi mit pseudoitalienischen Sofas handeln, als »super exclusive« bezeichnen. Etwas für Millionäre, Erbprinzen und chinesische Oligarchen, wenn Mova denn bei den Chinesen wirken würde.

Ja, wirklich, weder Chinesen noch Russen oder Vietnamesen fahren darauf ab. Mova flasht nur die Hiesigen. Nur die, die hier geboren sind, in unserer Gegend, in der Region Nordwest, oder die hier ihre ethnischen Wurzeln haben. Wieso das so ist, weiß wieder mal kein Mensch. Ein Institut zur Erforschung von Mova existiert nicht. Falls es doch ein Forschungslabor bei der Suchtmittelkontrollbehörde geben sollte, sind dessen Erkenntnisse streng geheim.

Und noch eine Besonderheit: Mova flasht nur, wenn du die Texte liest. Wenn du versuchst zu sprechen (falls du überhaupt jemanden auftreiben solltest, der zu einer Mova-Unterhaltung fähig ist und auch noch die nötige Risikobereitschaft mitbringt!), kickt es nicht. Habe ich probiert.

In die höchste Mova-Preisklasse fallen also die Printen. Diese Raritäten sind so exquisit, dass ich keinen kenne, der je eine durchgezogen hätte. Es sind diese Bücher, die vor ewig langer Zeit, noch weit vor dem Verbot, komplett in Mova herausgegeben worden sind. Hier gibt es natürlich kein Einziges dieser Bücher mehr. Und was im Ausland erhalten geblieben ist, ist so kostbar, dass es nur auszugsweise, in halben Seiten eingeführt wird. Großdealer bieten erprobten Stammkunden frühestens nach einem halben Jahr Gedrucktes zu eintausend Yuan den Absatz an. Und wie es heißt, ist es das wert. Von einem Druck bist du drei Tage lang high, und der Trip muss so irre sein, dass sich meine metaphysischen Schmetterlingsabenteuer dagegen ausnehmen wie der erste kindliche Schluck Alkohol zum Neujahrsfest, während sich der Rest der Familie die Kante gibt. Einmal hat mir im *Dozari Club* ein Retailer aufgetischt, er hätte für zehntausend Yuan zwei vollständige Buchseiten bekommen, beidseitig bedruckt.

Weil ich mehr hören wollte, spendierte ich ihm einen B52, einen zweiten, noch einen Mojito obendrauf, und er fantasierte etwas von fünf Buchseiten – für zwanzigtausend Yuyus. Ein typischer Poser halt. Ich glaube nicht mal, dass es irgendwo noch zwei zusammenhängende Buchseiten gibt.

Aber, um auf besagte Zigeuner zurückzukommen: Auf keinen Fall mehr als hundert Yuan pro Briefchen bezahlen. Und immer das Rückgeld nachzählen.

Wenn du den Halbstarken, der dir das Briefchen in die Hand drückt, direkt fragst, ob es nicht gefährlich ist, sich mit ihnen einzulassen, ob du nicht auf dem Heimweg hopsgenommen wirst, wird er wieder zum Fenster hochschauen und dreimal in die Hände klatschen. Dann kommt ein unrasierter Finsterling von Zigeuner runter, geht auf dich zu, legt seinen Arm um dich (unbedingt hinterher Taschen und Geldbeutel kontrollieren!), schaut dir mit seinen auberginenfarbenen Augen direkt in die Seele und versucht dort sein Zigeunerlager aufzuschlagen, während er dir hastig ins Ohr wispert: »Pass auf, mein Freund, pass auf! Keine Panik jetzt, keine Panik! Vor allem nicht reinziehen, vor allem vor dem Haupteingang der Suchtmittelkontrollbehörde nicht reinziehen. Dann wird alles gut, alles gut!« Dann folgt eine Spannungspause, bevor er mit übertriebenem Ernst fortfährt: »Wir haben alle Fragen geklärt! Mit allen. Auf allen Ebenen.«

Und wenn du noch jung und naiv bist, dann wird es dir wirklich so vorkommen, als hätte dieses Schwergewicht mit seiner sonderbaren Redeweise alles und jeden gekauft. Aber nicht vergessen: Die Suchtmittelkontrollbehörde ist nicht die Polizei – die lässt sich nicht schmieren. Hier wird nur mit Drogen gehandelt, weil die Suchtmittelkontrollbehörde das so will. Vielleicht

erheben sie so die Zahlen der Abhängigen. Vielleicht auch noch etwas anderes. Jedenfalls können sie dich jeden Augenblick stellen, nachdem du den besagten Ort in der Angarskaja verlassen hast, jeden Augenblick. Und du wirst dich fragen, wer dich verraten hat, weil da doch eigentlich nirgends ein Verräter ist.

Wenn du also nicht total imbécile bist, gehst du nach »Shanghai«, ins Chinatown von Minsk. Am besten nachts. Ja, ja, ich kenne die Schauermärchen, dass sie einem dort die Organe entnehmen, dass chinesische Magier die Hiesigen in Zombies verwandeln, wenn sie sich im Dunkeln dorthin verirren. Diese Gerüchte streut die Suchtmittelkontrollbehörde, weil Chinatown der einzige Stadtteil ist, den sie kaum überwachen können. Eine Million Chinesen auf einem Quadratkilometer. Ein einziger Ameisenhaufen, in dem nicht nur ein Sondereinsatzkommando seine Schwierigkeiten hat, da bekommst du keinen Fuß auf den Boden. Außerdem wird »Shanghai« von den Triaden kontrolliert.

Aber unsereiner hat von den Triaden nichts zu befürchten. Unsereiner fürchtet die Suchtmittelkontrollbehörde. Deshalb ist Chinatown für Junkies auf der Jagd ein ziemlich sicheres Pflaster.

Wie nun den Dealer finden? Du schaust dich aufmerksam um. Mach dir klar, dass auch er jetzt auf der Suche nach dir ist, mit einer Tasche voll Papier, das er gerne loswerden will. Also schaust du dir die Gesichter an. Nach einem mehrstündigen Spaziergang, wenn die »Einheimischen« dich gecheckt und abgehakt haben, klappt es mit ein bisschen Glück. Ein junger Chinese draußen neben einer Ladentür erwidert deinen Blick und nickt dir freundlich lächelnd zu. Das ist das Signal. Oder nein, anders: Das Signal ist schon der wache Blick, das genaue Spiegelbild deines eigenen wachen Suchblickes. Das ist wie Yin und Yang – dein Drang zu kaufen und seiner zu verkaufen. Zusammen ergeben sie ein harmonisches Ganzes. Du gehst hin, er nennt dir seinen Preis, du zahlst ihm die Hälfte und gibst dir die Dröhnung.

Aber oft bleiben die Exploringstunden in »Shanghai« auch ergebnislos. Schließlich, ich wiederhole mich, musst du nachts auf Jagd gehen, und nachts schläft der Mensch. Vielleicht hat es deinem Dealer zu lange gedauert, und er hat sich schon aufs Ohr gehauen. Oder er schleicht dir hinterher und fragt sich, ob du nicht doch ein Agent bist. Für solche Fälle gibt es einen Hint oder sogar einen Lifehack.

An Orten, wo Dealer wohnen, stehen oder regelmäßig aufkreuzen, finden sich zwei Schriftzeichen.

Das erste steht für Tusche oder Tinte: 墨. Auf Chinesisch klingt es wie »MO«. Das zweite, 瓦, bedeutet Kachel oder Dachziegel. Chinesisch spricht man es »WA« aus. »Tuschekachel« oder »Tintenziegel« klingt chinesisch wie eine exakte phonetische Kopie des zweisilbigen Wortes »Mova«. Deshalb zeigt die Kombination der beiden Schriftzeichen auch an, dass man eine Quelle gefunden hat.

Ab und zu schreiben Sprayer mit der Sprühdose 墨瓦 an eine Mauer. Meistens sind es aber schlichte Zettel, wie sie zu Tausenden an den Hauswänden kleben. Wenn du kein Chinesisch kannst, fällt dir so ein Wisch in der Masse überhaupt nicht auf. Aber wenn du als Junkie auf Jagd bist, scanst du die Wände förmlich nach dieser Schicksalskombi ab.

Hast du dann einen 墨瓦-Zettel gefunden – einfach stehen bleiben, du wirst bedient. Klebt er an einer Tür oder vor einer Wohnung, schaut der Eigentümer raus und sagt dir, wie es weitergeht. Entscheidend ist, dass die Zeichen 墨 und 瓦 im Gegensatz zum Wort Mova nicht von Staats wegen verboten sind. Tags darauf (vielleicht auch schon wenige Stunden später!) ist das Zettelchen verschwunden, weitergewandert zu einer anderen Mauer, Säule oder Brüstung. Die Chinesen hüten unsere Schätze eben besser als wir.

Solange ich noch keinen festen Dealer hatte und willkürlich bei den Chinesen gekauft habe, bin ich meistens von der Nemiga aus nach »Shanghai« rein. Ich wohne ja da um die Ecke und kann zu Fuß über die Swislotsch ...

Du willst gerne wissen, wie ich hause, mein nichtexistenter Leser? Bitte sehr, warum nicht.

Meine Wohnung ist keines dieser modernen Hochhausapartments im Agrolux-Style mit todschicker Vollverglasung und Panoramablick über die Stadt aus luftiger Höhe, die symbolisch für die erreichten Karriereleitersphären des Eigentümers steht: am Fenster mit dem »schwindelerregenden« Ausblick ein Bett, davor der Netvisor, rechts der Game-Controller, links die Tastatur, graue Tapeten, schwarz gefliestes Bad, die ganze Herrlichkeit nicht größer als vierzig Quadratmeter ... Der Himmel über Minsk ist eben nicht aus Gummi, if you see my point.

Nein, ich wohne wie schon meine Großmutter in einem kleinen Haus bei dem antiken Obelisken, vor dem früher (als Kind habe ich das noch gesehen!) die »ewige Flamme« brannte. Das mit der Ewigkeit der Flamme hat sich inzwischen deutlich relativiert, wie überhaupt alle menschengemachte Ewigkeit relativ ist. Vom Dach meines Hauses aus künden von den Jahren geschwärzte meterhohe Lettern wenn nicht vom Opium, so doch vom »DEN AT DES VOLKES«. Auf dem Nachbarhaus wird die Losung von einem nicht weniger kryptischen Halbsatz aufgenommen: »IST UNS ERBLICH«.

Als die Chinesen kamen, haben sie das Sakrale des runden Platzes sofort erspürt, es aber – wie sie das immer und überall tun – sehr eigenwillig interpretiert. Sie haben ihn zum »Totenplatz« gemacht. Unseren pantheistischen Brüdern haben wir es auch zu verdanken, dass die Immobilienpreise hier im Viertel dauerhaft in den Keller gegangen sind. Großmutter hat mal erzählt, dass die Gegend hier früher sogar ganz nobel war und die Flachreliefs mit den Tauben an der Fassade nebenan auf Diplomatenresidenzen hinwiesen (in grauer Vorzeit galt der

Diplomatenberuf noch als ehrbar, so ähnlich wie heute der des Suchtmittelkontrolleurs).

Meine Wohnung hat siebzig Quadratmeter und zwei getrennte Zimmer, weil in früheren Zeiten die »Eltern« noch bei den »Kindern« lebten. Und dann gibt es da noch ein Kuriosum, eine separate »Küche« – damals im Mittelalter haben die »Ehefrauen« dort das Essen für die ganze »Familie« gekocht (da waren die günstigen Wok-Snacks wohl noch nicht erfunden). Mein Fußboden ist aus richtigem Holz, und von der Decke bröckelt antiker Putz. Die Wohnungen hier erinnern an den verlassenen Kaiserpalast von Huê mit ihren Spuren einstiger Pracht, die wegen des Wandels der Zeiten und ästhetischen Vorlieben nicht mehr als prächtig, sondern als skurril wahrgenommen werden.

Vor den Fenstern des Zimmers, in dem ich schlafe, ist der grauschwarze Obelisk zu sehen. Nachts lässt sich gut beobachten, wie bedrückte Gestalten an der Stelle, wo früher die »ewige Flamme« brannte, ihre Papier-*Mercedes* ablegen, wie sie die Eso-Dollars aus den Totenläden über dem Platz verstreuen. Wie sie bündelweise Räucherstäbchen auf improvisierten Ahnenaltären abbrennen, die inzwischen den gesamten Platz um den Obelisken wie ein Gräberfeld bedecken. Meistens geschieht das vollkommen lautlos. Die Chinesen, die die Altäre pflegen oder mit den Dingen der Toten ihren Zauber treiben, grüßen einander nicht. Manchmal bringen sie Schamanen in roten Kutten hierher, die lange über den Opfergaben vor sich hin murmeln oder mit Kästchen und Säckchen ein großes Brimborium veranstalten. Die Unterführung unter dem Platz ist dauernd mit Kerzen zugestellt, die Wände sind voll von Fotos toter Chinesen mit einem jenseitigen Grinsen. Der flackernde Kerzenschein spielt auf den Gesichtern dieser Leute, die es nicht mehr gibt, und man braucht schon Nerven wie Drahtseile, um da hinunter zu gehen. Heute ist die Unterführung (und der gesamte Platz) eher ein Mausoleum als das Monument eines Sieges, an den sich sowieso niemand mehr erinnert.

Wenn ich so beobachte, wie eine moderne, gut aussehende Chinesin wie ferngesteuert über den Platz läuft und an den entsprechenden Stellen ihre Opfergaben für die toten Verwandten ablegt, kann ich mir ein Grinsen nicht verkneifen. Ist das nicht verrückt? Die Chinesen werden, so clever sie im Geschäftemachen sind, total naiv, sobald es um Sein oder Nichtsein geht.

Sie glauben, bei den Toten gebe es etwas wie Gesundheit oder Wohlergehen. Sie finden Trost in der Hoffnung, die Seele könnte nach dem Tod immer noch *Mercedes* fahren und Pekingente fressen. Und die tote Seele hätte es furchtbar wichtig damit, wie sehr die Angehörigen aus der Welt der Lebenden ihr Andenken ehrten. Dabei ist doch sonnenklar, dass es kein Leben nach dem Tod gibt, so wenig wie Himmel und Hölle. Die sinnlose Existenz unserer Seele endet mit dem Tod des physischen Leibes.

Mitunter sogar schon vorher. Aber wer kann mir erklären, wieso ich beim Blick aus dem Fenster oder beim Überqueren des Totenplatzes das Gefühl habe, da schwebten Scharen unsichtbarer, aber deswegen nicht weniger präsenter Seelen?

DEALER

Weil ich nur Kleinhändler bin, kann ich mir kein Luxusapartment in den modernen Wolkenkratzern mit Vollverglasung, Mega-Netvisor und Panoramablick über unsere schöne Stadt leisten. Ich habe bloß die olle Bude meiner Eltern übernommen. In einem der niedrigeren Häuser in der historischen Altstadt von Minsk, kurz vor dem ersten Autobahnring. Nebenan ist das Kinderkaufhaus *Detski Mir* und die Kalinowski-Straße, benannt nach den verdienten Kaliwerkern in der Region Nordwest.

Das Haus ist noch in dieser historischen Technik erbaut, aus großen Betonplatten. Grundsolide im Unterschied zu vielen Neubauten. Nur an ein paar Stellen haben die Platten Risse oder bröckeln etwas. Aber das Haus steht bombenfest, wahrscheinlich noch in tausend Jahren – Stahlbeton, was kann da schon passieren? In meinem Zimmer ist außer der urigen gusseisernen Wanne auch noch die Küche mit einem echten Gasherd, auf dem ich mir manchmal selber meine *Rollton*-Nudelbriketts zubereite – ich bin leidenschaftlicher Koch.

Die Häuser werden »Chruschtschowkas« genannt. Sie sind nicht besonders hoch, vier bis fünf Geschosse, sodass man im Frühjahr auf dem Balkon ständig auf die Maikäfer tritt, die von den Bäumen draußen herüberfliegen. Das charakteristische Geräusch, das dabei entsteht, hat den Häusern ihren Namen gegeben. Die Neungeschosser weiter drinnen im Viertel sind auch aus diesen Platten gebaut, heißen aber nicht »Chruschtschowka«, weil man da in den oberen Etagen nie dieses widerliche Knirschen unter den Füßen hat. Die Käfer kommen nicht so hoch.

Auf dem Treppenabsatz zwischen dem ersten und zweiten Stock treffe ich meinen Wand-an-Wand-Nachbar San Sanytsch alias Onkel Sascha. Er raucht eine Tabakzigarette in der Blumenecke, die er dort eingerichtet hat. An der Wand hängt eine Kopie dieses Kiefernwaldbildes mit den Bären, auf dem Boden stehen zwei alte Stühle, die San Sanytsch eigenhändig neu gepolstert hat, ein Tisch, darauf ein Aschenbecher, in den San Sanytsch seine Zigarettenasche schnippt, und jede Menge Pflanzen, die pünktlich gegossen werden wollen. Als er mich sieht, tritt ein Lächeln in sein Gesicht, der tabakgelbe Schnauzbart wandert nach oben und verschluckt San Sanytschs Stupsnase.

»Ach! Der Herr Nachbar!«, dröhnt er und kratzt sich vernehmlich den Brustkorb unter seinem ausgewaschenen Matrosenhemd.

Wenn man versucht, San Sanytsch in unserer heutigen Sprache zu beschreiben, kommt man nicht weit. In der Marken-, Netvisor- und Reklamewelt kommen lebendige Gestalten wie er nicht mehr vor. San Sanytsch ist dick, aber nicht von dieser kommerziell vorteilhaften Dickleibigkeit der Hauptfiguren in den Werbespots für *Ravioliki*-Pelmeni. Er ist ein Kumpeltyp, aber nicht von dieser Kumpelhaftigkeit aus dem Promovideo für *Russki Standart*-Wodka. Er ist gutmütig, aber seine Güte hat nichts mit der von *Arsenalnoje*-Bier zu tun. Er ist eine Quasselstrippe vor dem Herrn, aber anders als der onkelige Quasselnachbar aus der *Velcom*-Werbung.

Ich setze einen Fuß auf die erste Stufe zu meinem zweiten Stockwerk, aber er hält mich natürlich auf.

»Das war vielleicht ein Ding«, überfällt mich San Sanytsch hinterrücks, wohl wissend, dass ich stehen bleiben werde, um ihm zuzuhören. Und ich bleibe tatsächlich stehen. »Ich war gerade sechzehn geworden, hatte meinen Pass bekommen und wollte das mit einem Kumpel feiern. Wir also eine Pulle Wodka gekauft und ab ans Minsker Meer. Da leihen wir uns ein Boot für zwei Stunden, rudern ein Stück raus, trinken unsern Wodka und angeln eine Runde. Und dann, aus heiterem Himmel, ein richtiges Juligewitter! Regen! Hagel! Wind! Uns treibt es raus, wir rudern, aber kommen immer weiter ab. Eine Stunde, zwei Stunden. Erst er, dann ich! Dann wieder er! Ich sag mal so: Vier Stunden haben wir gerudert, Minimum! Die Hände wund gescheuert und blutig! Und das Boot macht keinen Mucks. Liegt da wie angekettet! Ich kann dir sagen! Ich hatte schon die Nase voll von Wodka, Pass und Erwachsensein. Kannst du aber wissen!«

Onkel Sascha verstummte. Entweder war die Geschichte vorbei oder er war in Gedanken schon bei der nächsten.

»Und wie ist das Ganze ausgegangen?«

»Ist doch klar. Ich habe meine Halina geheiratet«, antwortete er weise.

»Und das Boot?«

»Das Boot?«, fragte er zurück und nahm einen Schluck aus dem Bierglas, das er hinter dem Stuhl versteckte. »Wir haben gegen die Wellen gekämpft und irgendwann aufgegeben. Dann haben wir uns bis ans andere Ufer treiben lassen. Da sind wir ins Wasser gesprungen und haben es am Seil durchs Flachwasser gezogen wie die Wolgatreidler. Den ganzen Abend und die halbe Nacht. Beim

Verleih angekommen, haben wir den Bootsmenschen rausgeklingelt. Er hat uns die Pässe zurückgegeben und uns die überzogenen Stunden nicht mal abkassiert. Ein feiner Kerl war das. Einer mit Herz. Guckt sich unsere kaputten Visagen an und sagt: ›Nein, Jungs, euch kassier ich die Überziehung nicht ab. Auch wenn ihr das Boot nur für zwei Stunden gemietet hattet.‹ Und da war auch schon Morgen. Wir ab in die Elektritschka und nach Hause. Und ich war so fertig, dass ich nachher, im Trolleybus, einfach weggekippt bin. Die wecken mich auf, ich denke, es ist doch Wochenende und was schüttelt und weckt mich meine Mutter da für die Schule? Ich zu ihr: ›Lass mich, ist doch Wochenende!‹ Da sehe ich: Das ist nicht meine Mutter, sondern irgendein Mann, und ich liege auch nicht im Bett, sondern im Trolleybus auf dem Boden! Ich kann dir sagen!«

Wieder verstummte er.

»Spannende Geschichte, Onkel Sascha! Mir ist da heute auch was passiert: Die wollten mir mit der Angel den Rucksack klauen.«

»Ist nicht wahr!«, staunte Onkel Sascha. »Erzähl!«

Da ging oben seine Wohnungstür auf, und die hagere Gestalt von Tante Halina erschien auf der Schwelle.

»Essen ist fertig, Kätzchen!«, rief sie ihren Mann. »Komm rein, es wird kalt! Du weißt doch, dass ich es nicht leiden kann, wenn das Essen kalt wird und mein hungriger Mann im Treppenhaus raucht. Grüß dich, Serjosha«, winkte sie mir zu.

Schnaubend wie ein Walross erhob sich mein Nachbar von seinem Stuhl und stapfte hoch in seine Wohnung. Sein Bier würde er wohl zur nächsten Zigarette austrinken. An der Tür gab seine Frau ihm einen flüchtigen Kuss auf die Wange. San Sanytsch und Halina waren die letzte Familie, die ich kannte. Nicht die letzte »glückliche Familie« oder so, einfach die letzten von meinen Bekannten, die einen Sinn darin sahen, nach diesem Muster zu leben: Mann, Frau, gemeinsam schlafen, gemeinsam leben.

Meine Irka ist sauer auf die beiden. Sie sagt, dass wir uns wegen alten Bauernsäcken wie ihnen damals unsere Zukunft verschissen hätten, die Gegenwart und überhaupt alles. Aber wenn ich mir anschaue, wie sie sich küssen, der graue Dickbauch und das hagere Weiblein, dann bin ich doch irgendwie neidisch.

JUNKIE

Die Familie als zwischenmenschliches Beziehungsschema ist nicht erst vor zehn oder zwanzig Jahren abgenippelt. Die eigentlichen Familienkiller waren die Beatles, die sexuelle Revolution, Woodstock, die 1960er und 70er und – ta-ta-ta-taaa! – die Empfängnisverhütung. Die Leute im 20. Jahrhundert haben einfach nicht kapiert, was sie da erfunden haben mit ihren Kondomen und Hormonpillen. Als Erste hat die katholische Kirche die Gefahr erkannt. Bevor sie endgültig eingegangen und vom neuen Glamourglauben ausgebootet worden ist, hat sie noch probiert, die Verhütung zu verbieten – ein selten dämlicher Versuch im Zeitalter von Aids und der totalen sexuellen Entfesselung.

Ende des 20. Jahrhunderts waren die Leute so begeistert von den neuen Möglichkeiten, die sozial unverbindlicher Sex verhieß, dass sie einfach keine Kinder mehr bekamen. Nachwuchs war ähnlich mies beleumundet wie früher die Geschlechtskrankheiten – er galt als Zeichen übersteigerter Wollust. Als Beleg der

Unfähigkeit, die eigenen Triebe wenigstens so weit im Griff zu haben, dass man sich immer die dreißig Sekunden nahm, ein Kondom überzuziehen. Ihr habt ein Kind in die Welt gesetzt? Bitte, dann vergeudet jetzt eure besten Jahre damit, es zu füttern, einzukleiden und großzuziehen – das ungefähr besagte der Gesichtsausdruck eines Menschen, dem eine Familie mit Säugling begegnete.

Aber zu Beginn unserer Epoche hat sich noch einmal alles auf den Kopf gestellt. Wahrscheinlich griffen da irgendwelche verborgenen zivilisatorischen Mechanismen, die die Menschheit vor individuellen Dummheiten, vor Schlendrian und allzu großer Bequemlichkeit bewahren. Und die Menschen kriegten wieder Kinder. Noch dazu wie die Karnickel, gleich drei oder vier pro Familie! Sie hatten plötzlich verstanden, was für ein Riesenglück es war, ein Kind aufzuziehen. Dabei ist aber das klassische Vater-Mutter-Kind-Schema auf der Strecke geblieben. Man fand heraus, dass es für ein neues Leben nichts weiter braucht als Spermien, Eizelle und ausreichende soziale Absicherung (beziehungsweise Alimente).

So kam es, dass sich das jahrtausendealte Konstrukt »Familie westlicher Prägung« auf die Unmöglichkeit der Empfängniskontrolle reduzierte. Kaum waren wirksame Kontrazeptiva erfunden (ergänzt um künstliche Befruchtung, In-vitro-Fertilisation und Klonen), fingen die Leute an, die einen zu ficken (just for fun), Kinder mit anderen zu machen (den besonders gesunden Erbgutträgern) und mit wieder anderen zusammenzuleben (den Vermögenderen, die einen möglichst hohen Lebensstandard garantieren konnten).

Die komplette Empfindungswelt des »21. Jahrhunderts Minus« (also der Jahrtausende vor der Einführung erfolgreicher Verhütungsmittel) wurde als moralisch antiquiert ausgemustert. Die schmalztriefenden »Gefühle«, »Liebe«, »Zärtlichkeit«, das ganze

Geturtel und die Vollmondromantik wurden von pragmatischem Coldsex abgelöst. Den, nebenbei, nicht wir erfunden haben, sondern die Soziologie des 20. Jahrhunderts, die damals schon verstanden hatte, was manche heute noch nicht gerafft haben, where Armageddon is completed successfully.

Bei mir ist es so: Irgendwo in dieser Stadt ist eine Frau unterwegs, die eine kleine launische Nervensäge mit meinem genetischen Material großzieht. Ab und zu treffen wir uns für zwei Stunden, und ich gehe mit ihm zu *McDonald's*, wo er seinen Hamburger isst und ich ihm Ketchup und Sabber vom Kinn putze. Weder für die Frau noch für das Kind hege ich irgendwelche Gefühle, nur weil sie es »Babyschatz« nennt und sich im Netvisor die *Fröhlichen Kätzchen* ansieht. Dazu lachen sie gemeinsam.

Wir sind ohne Frage Vertreter unterschiedlicher biologischer Arten. Dass auch relativ weit voneinander entfernte Spezies miteinander kopulieren können, kommt in der Tierwelt immer wieder vor. Dabei können sogar Hybridwesen gezeugt werden (Mulis). Das bedeutet aber nicht, dass sie »füreinander geschaffen« wären und sich ihr Leben durch ständige Zweisamkeit versauen müssten. Wenn ich Geld habe, das ich nicht in Drogen stecke, schicke ich ihr ein paar Hunderter, und sie revanchiert sich mit einem vulgären »Küsschen, Küsschen«.

Am schlimmsten daran ist, dass ich mir manchmal vorkomme wie der letzte Vertreter meiner biologischen Art. Es ist mir ontologisch unmöglich, einen Partner zu finden, deshalb bin ich zur Einsamkeit verdammt. Andererseits – ist das tatsächlich so schlimm? Vielleicht sogar ganz im Gegenteil?

DEALER

»Sag mal, Irka, wofür brauchst du mich eigentlich?« Wir lagen nebeneinander auf dem Bett, und meine Irka zog sich die Lidstriche nach, weil wir eben ziemlich ungeniert miteinander herumgemacht hatten (und das gleich zweimal hintereinander) und die Schminke in ihrem Gesicht verlaufen war.

»Dich? Ich?«, fragte Irka und geriet ins Grübeln.

Ihr Grübeln hielt länger an, als es Höflichkeit und zwischenmenschliche Wärme für meinen Geschmack erlaubten. Ich hatte sie ja nicht nach dem Sinn des Lebens gefragt.

»Dich. Ich«, wiederholte Irka und brachte ihre Brauen mit einem Bürstchen in Form.

Befriedigt betrachtete sie sich im Spiegel – und wirklich: kein Fältchen, kein Pickelchen, nicht der kleinste Makel. Ein Hochglanzgesicht. Hübsch war sie!

»Dich. Ich. Brauchen. Wofür«, säuselte sie noch einmal, und ich kapierte, dass sie keineswegs fieberhaft nach einer Antwort auf diese mir wichtige Frage suchte, wie ich zunächst angenommen hatte. Sie dachte überhaupt nicht darüber nach, sondern war ganz vom Schminken eingenommen.

»Jetzt, Irka! Echt!« Ich ließ nicht locker.

»Was denn? Was drängelst du so?« Sie verpasste mir einen leichten Tritt gegen die Wade. »Dann brauche ich dich eben. Ich brauche dich.«

»Aber Irka! Ich habe nicht gefragt, ob du mich brauchst, sondern wofür!«

Nun legte sie den Spiegel weg und fing tatsächlich an nachzudenken. Dann gluckste sie und fragte mit einem kokett-lasziven Lächeln: »Was denn? Fällt dir dazu gar nichts ein?«

»Nun sag schon.«

Sie tätschelte mir herablassend die Unterhose.

»Die Antwort liegt irgendwo hier.« Wieder gluckste sie los und wandte sich dann erneut ihrem Spiegel zu.

»Und das ist alles?«, hakte ich nach. »Es geht bloß um Sex?«

Jetzt wurde Irka ungehalten.

»Was denn? Was willst du denn noch hören? Dass ich dich brauche, weil du mir ständig was kochen willst wie diese irre Alte aus dem zweiten Stock ihrem Fettsack?«

»Ich meinte ja nur.« Wieder hatte ich Irka mit meinen dämlichen Fragen beleidigt. »Entschuldige, ich mache mir immer die falschen Gedanken.«

Aber ich hatte ihr schon die Stimmung verdorben. Sie stand verärgert auf und schlüpfte in ihr Kleid.

»Willst du etwa schon los?«

»Ja, ich muss.«

Ich wusste genau, was sie musste. Der Abend stand bevor, die kommerziell einträglichste Zeit für Mann-Frau-Beziehungen. Wieso sollte sie so einen Abend mit mir vergeuden? Ich wusste aber auch, dass sie noch ein bisschen bei mir bleiben könnte und dies auch getan hätte, wäre ich ihr nicht mit meinen »ernsten« Fragen auf die Pelle gerückt. Jetzt würde sie in irgendein Café fahren und diese Zeit, meine Zeit, mit Latte und Zeitschriften zubringen. Oder sogar mit neuen Männern flirten.

»Pass mal auf: Ich will leben«, wies sie mich zurecht. »Leben, nicht bedrängt werden. Du kannst immer nur drängeln. Kommst ständig mit deinen Scheißgefühlen!« Sie zog angewidert die Mundwinkel nach unten. »Sonst nichts! Zieh mal zu!«

Meine Irka setzte sich aufs Bett, mit dem Rücken zu mir. Ich zog den Reißverschluss an ihrem Kleid hoch. Das weiße *Prada*-Kleid war aus echter Seide, luftig wie Schmetterlingsflügel. Plötzlich überkam es mich, ich presste meine Nase gegen ihren Rücken und schlang die Arme um ihre Schultern. Diesen Reißverschluss, den ich eben zugezogen habe, wird in ein paar Stunden ein anderer Mann wieder aufziehen, bevor er sich begierig über Irkas Schönheit und Jugend hermacht, und sie wird keine Eile haben, ihn wieder zu verlassen. Und das ist ja nur natürlich. Ich bin einfach zu sentimental.

Irka blieb geduldig sitzen und ließ mich ihren Körper aufsaugen. Sie saß einfach mit geradem Rücken da und gefiel sich wohl in dieser Pose wie auch in der schönen Situation – im edlen Seidenkleid dazusitzen und so begehrt, gewollt und heftig umarmt zu werden. Begehrt zu werden bedeutet ja: Du bist toll! Aber als sie das Feuchte aus meinen Augen auf ihrer Haut spürte, schüttelte sie sich angewidert. Mit einem Satz war sie beim Wandspiegel, um die Tränenabdrücke auf dem Seidenstoff zu begutachten.

»Bist du noch zu retten?«, fragte sie. »Weißt du eigentlich, was das kostet?«

Ja, das wusste ich. Es kostet fünf- bis sechstausend Yuan. Davon könnte ich ein halbes Jahr leben.

»Schau nach, ob es Flecken gibt«, sagte sie kühl.

Zwischen uns ragte die Mauer meines hemmungslosen Übergriffs auf.

»Nein, woher denn. Das ist doch Wasser. Tränen sind aus Wasser«, erklärte ich.

»Weißt du, manchmal vergesse ich einfach, was du für ein …« Hier sollte wohl ein nettes Schimpfwort folgen, aber sie konnte sich noch einmal beherrschen. »Was du für ein Vogel bist.«

»Entschuldige«, sagte ich ruhig. »Fährst du zu ihm?«

»Ja, zu Stepan Wikentjewitsch.«

Irka ging im Zimmer auf und ab und betrachtete sich dabei im Spiegel, aus Angst vor möglichen Flecken auf der weißen Seide oder berauscht von ihrem perfekt sitzenden neuen Kleid.

»Habt ihr dann Coldsex miteinander?« Ich testete meine eigene Gelassenheit. Tatsächlich empfand ich kaum etwas dabei – ich hatte mich daran gewöhnt.

»Oh Mann!«, schnaubte sie. »Das habe ich doch schon alles erzählt. Bei ihm komme ich nicht!«

In diesem Moment musste sich etwas in ihr geregt haben, denn sie warf sich noch einmal aufs Bett und sagte ganz zutraulich:

»Hör mir mal zu. Ich habe es gut mit dir.« Sie strich mir sogar mit dem Finger über die Handfläche – ein Zeichen äußerster Nähe, den Partner noch einmal zu berühren, nachdem der physische Teil schon abgeschlossen ist. »Ich habe es gut mit dir, mit ihm ist es nur so. Das verstehst du doch. Stepan Wikentjewitsch arbeitet viel. Mehr als du, wenn du … Was machst du noch mal so im Leben?«

Ich hatte ihr natürlich nicht erzählt, was ich so im Leben machte, es interessierte sie ja auch nicht. Ich winkte nur ab, sie solle weiterreden und sich nicht von solchen Nichtigkeiten ablenken lassen.

»Weil er so viel arbeitet, reden wir kein Wort miteinander. Wir machen es einfach, und gut. Und ich komme nicht. Ich komme überhaupt nur bei dir, habe ich doch gesagt. Mit allen anderen habe ich etwas zu erledigen. Hier zum Beispiel, könntest du mir so ein Kleid kaufen? Hm? Könntest du das?«

Nein, mit meinem kleinen Dealereinkommen aus dem privaten Drogenbusiness kann ich ihr kein *Prada* bieten. Der Mova-Handel ist längst nicht so lukrativ, wie alle meinen. Wenn ich die letzten russischen Ölreserven verkaufen würde wie dieser Stepan Wikentjewitsch, dann wäre das etwas anderes. Mit der Heimat zu handeln ist aller Ehren wert.

»Na siehst du! Bei uns ist das auf einer Ebene, mit ihm habe ich Shoppingsex. Wir fahren danach immer zum Markt, und er kauft mir zum Dank alles Mögliche. Ich muss ja gut angezogen sein, damit du mich willst, so wie gerade eben.«

Diese Leier kannte ich schon zur Genüge. Deshalb stand ich einfach auf, zog mich an, half ihr, sich fertig zu machen, begleitete sie nach unten (das Bierglas unter Onkel Saschas Sessel war verschwunden – wenigstens einem war heute sein stilles, ungetrübtes Glück zuteilgeworden) und wartete mit ihr auf das Taxi.

»Mach es gut, meine ...« Ich wollte schon »Liebste« sagen, aber sie hatte mich gebeten, sie nicht so zu nennen. Weil sie »Liebe« für moralisch überkommen und eigentlich schon für ausgestorben hielt. Sie sagte immer: »Neue Welt, neue Menschen.« Deshalb sagte ich auch: »Mach es gut, meine Irotschka!«

»Ich bin nicht deine!«, stellte sie gut gelaunt klar und zerstrubbelte mir mit einer flinken, vertrauten Bewegung das Haar, bevor sie ins Auto stieg.

Auf die Wange küssen durfte ich sie nicht mehr, das hätte das Make-up zerstört. Ich ging wieder hoch, setzte mich vor den Netvisor, schaltete die *Fröhlichen Kätzchen* ein und heulte wie ein Schlosshund. Wenn irgendein chinesisches Klinikum Sentimentalitäts-Amputationen anbieten würde, gäbe ich mit Freuden mein ganzes Barvermögen dafür aus. Es entsprach in etwa den Kosten für ein *Prada*-Kleid.

JUNKIE

Mir kam der Gedanke, das krankhafte Verlangen unserer Zivilisation nach Substanziellem und nach nichtmateriellen Drogen sei nichts anderes als der Versuch, den emotionalen Schock angesichts der neuen Beziehungstypen in unserer Zeit zu überwinden. Zumal alles, was vormals anständig, gut und schlechterdings menschlich war, nun verächtlich zurückgewiesen wird. Und die Substanzen spielen zunehmend die Rolle, die Zygmunt Bauman seinerzeit dem Shopping zugemessen hat – die Rolle des moral painkiller. Aber als ich mich meiner reichen Innenwelt zuwandte, widerlegte ich mich selbst. Ich habe keinerlei Schwierigkeiten damit, dass die Weiber nicht mehr erst geheiratet werden wollen, bevor sie es dir besorgen. Und ich gebe mir die Kante aus dem einfachen Grund, dass jemand, der eine andere Wirklichkeit gesehen hat, sich nicht mehr mit *einem* Leben und *einer* Wirklichkeit bescheiden kann.

DEALER

Da klingelte es an der Tür. Mir schossen jede Menge Gedanken durch den Kopf, bevor ich öffnete, unter anderem der, dass Irka vielleicht zurückgekommen war und beschlossen hatte, doch nicht zu diesem alten Glamoursack zu fahren. Aber auf der Schwelle stand ein weiterer Chruschtschowka-Nachbar, Knast-Witja aus dem Erdgeschoss. Knast-Witja erzählte gern herum, er hätte von seinen fünfzig Lebensjahren fünfundzwanzig als Doppelmörder abgesessen, dabei hat er in Wirklichkeit zweimal vier Jahre wegen Wohnungseinbrüchen hinter sich. Und er ist beide Male wegen vorbildlicher Führung entlassen worden, was an sich schon interessant ist. Persönlichkeitsprofil: russische *BMW*-Werbung mit einer Spur *Chanson-TV*.

Wann immer das Wetter es zuließ, war Witja ohne Hemd unterwegs, damit man seine Tätowierungen sah. Witja ist mit chinesischen Drachen so reich bestückt wie Straßenlaternen in Juninächten mit Motten. Er erzählt, die Drachen hätten ihm Chinesen »gepeikert«, mit denen er in der »Sicherheit« gesessen hat. Wenn man aber genauer hinschaut, fällt auf, dass die Reptilien eher wie die slawischen Gorynytschs aussehen, gestochen von gewöhnlichen Kleinkriminellen und Halunken von seinem Kaliber, mit denen er bei Orscha im Knast saß. Die Drachen hat er sich nur verpassen lassen, damit die Bullen denken, er gehörte zu den Triaden und hätte für die »chinesische Bruderschaft« gesessen. Deswegen stressten sie ihn nicht für irgendwelchen Kleinkram, damit die schweren Jungs aus Chinatown ihnen nicht ihre Sternchen mitsamt den Schulterklappen in den Allerwertesten steckten.

Aber Witja wies noch eine wichtige Besonderheit auf: Witja litt an Paranoia. In seiner Freizeit – und seit seinem »Abgang« nach dem zweiten Mal »auf Hütte« hatte er dauerfrei – saß er am Fenster und beobachtete. Schob Wache. Und ließ mich manchmal teilhaben. Auch jetzt wollte er mir entweder etwas mitteilen oder mich anpumpen, das kam auch vor. Als er meine verheulte Visage sah, fragte er mit gerunzelter Stirn: »Was'n los?« Witja verstand sich meisterhaft auf lakonische Töne.

Aus einer Reihe von Gründen verbietet es sich, einem Menschen, der acht Jahre hinter Gittern zugebracht hat und allen erzählt, es wären fünfundzwanzig gewesen, seine feuchten Wangen als Folge übersteigerter Empfindungen für eine Frau zu erklären. Deshalb log ich drauflos: »Katzenhaarallergie. Ich habe die Glotze angeknipst, und da kamen die *Fröhlichen Kätzchen.*« An dieser Stelle wollte ich eigentlich grinsen, aber Witja verzog keine Miene. Er lachte anscheinend nie.

»Hm. Pech. Komm mal gucken.«

Ich folgte ihm in seine Bude, wehrte das Gläschen ab und wartete, bis er seins gekippt hatte. Anschließend führte mich Witja auf Zehenspitzen zum Fenster und schob den Vorhang ein Stückchen beiseite.

»Nee, diesmal beschatten sie uns echt!«, teilte er mir mit. »Hast du groß kassiert? Jackpot oder so? Da sind nämlich Profis am Werk. Die checken aus, wann keiner da ist, und steigen dann ein, klar?«

Dann deutete er mit dem Kinn auf eine Gestalt, die im Innenhof reglos hinter einem Baum stand. Dunkler *Komintern*-Schimmeranzug, graues Hemd *Trikotagenfabrik Dsershinsk*. Ich bekam einen Heidenschreck, weil die Operativen von der Suchtmittelkontrolle (in meiner Vorstellung) genau so aussahen. Aber ich fing mich gleich wieder. Wenn sie mich wirklich hochnehmen wollten, hätten sie das schon getan, ohne solche Sperenzchen. Wozu eine Ehrenwache unter meinem Fenster postieren?

»Hier, steht schon den ganzen Abend«, wisperte Witja. »Als du deine Kleine zum Taxi gebracht hast, hat er sich gerührt und Meldung gemacht, durch den Ärmel, da hat er das Mikro (na sicher, in deinem Kopf, Witja, steckt das Mikro!, dachte ich bei mir). Dann hat er sich wieder hinter den Baum gestellt.«

»Und Sie denken jetzt ...«

»Heilandsack, ich denke nicht! Ich weiß! Sieht man doch! Da steht er, der Spitzel! Und wenn du gehst, macht er seinen Leuten Meldung – dann nehmen sie die Bude auseinander! Nur wen bespitzelt der? Du hast echt keine Wertsachen zu Hause?«

Was antwortet man nun einem Menschen, der zweimal vier Jahre wegen »Auseinandernehmens von Buden« abgesessen hat? Aber ich hatte nichts weiter vor ihm zu verbergen.

»Nee, bei mir ist nichts zu holen.«

»Dann sind sie an Sascha dran. Der spart ja auf eine Garage, sagt er. Nein, warte, der hat ja keine Fenster hier raus. Aber wen überwachen sie dann?«

Witjas Schwanken zeigte mir an, dass er schon ordentlich getankt haben musste. Normalerweise versuchte ich nicht, ihn davon zu überzeugen, dass er falschlag, aber diesmal überkam es mich irgendwie.

»Wiktor, Folgendes. Überlegen Sie mal. Sehen Sie, wie der Mann angezogen ist?«

»Ja, sehe ich.«

»Ist Ihnen jemals ein Einbrecher im Anzug begegnet?«

»Nein, noch nicht. Vielleicht ist das jetzt in Mode.«

»Wiktor. Sie waren Ihr Leben lang (fast hätte ich gesagt ›Wohnungen auseinandernehmen‹, aber mir fiel noch rechtzeitig ein, dass er immer erzählte, er wäre Mörder und kein Einbrecher) im kriminellen Milieu unterwegs. Deswegen verbinden Sie alles, was Ihnen unterkommt, mit den Dingen, die Sie im Kopf haben. Wenn jemand im Hof steht, muss er gleich einen Einbruch planen. Der Typ im Schimmeranzug passt vielleicht einfach seine Geliebte ab (hier verfinsterte sich Wiktors Miene, denn in seiner Welt stand ›Liebe‹ ungefähr in derselben Ecke wie ›gleichgeschlechtliche Ehe‹). Vielleicht schnappt er bloß frische Luft oder schaut in die Sterne, weil er sich für Astronomie interessiert.«

»Was muss der sich in meinem Hof für seine Astronomie interessieren?«, schimpfte Witja.

»Der Hof ist öffentlicher Raum. Er ist nicht eingezäunt. Außerdem wohnen wir hier nicht unbedingt im Vorzeigeviertel. Überlegen Sie mal, wann hier zum letzten Mal eine Wohnung ausgeräumt wurde. Und wie oft einer von hier in Greenwich oder im Slawischen Viertel eingestiegen ist?«

Dieses Argument überzeugte Knast-Witja. Tatsächlich war in den vergangenen zwanzig Jahren die Kriminalitätsrate in Seljony Lug massiv gesunken, weil die Bewohner selbst andernorts die Kriminalitätsraten in die Höhe schnellen ließen.

»Danke auch. Da bin ich beruhigt«, grinste er. »Wann gehen wir mal wieder angeln?«

Der Spruch »Wann gehen wir mal wieder angeln?« war Knast-Witjas Abschiedsfloskel. Man brauchte nicht darauf zu antworten. Einfach nicken und verschwinden.

JUNKIE

Die Suchtmittelkontrolle steht auf Knalleffekte. Wenn sie einen hochnehmen, dann kommen sie mit großem Tamtam, mit Schutzwesten und MGs durch alle Fenster auf einmal, und die Wohnungstür wird auch noch aufgesprengt. Eben bist du noch im Mova-Rausch durch deine Wohnung getapert, und dann, zack, zwölf Mann um dich rum, keine Tür mehr, überall Glasscherben, ein Brandfleck von der Rauchbombe auf dem Fußboden und, warum auch nicht, für die Dramatik noch eine Salve aus dem MG in die Zimmerdecke. Der arme User hatte ja auch vorher schon keinen unmittelbaren Bezug mehr zur Wirklichkeit, und dann so was. Was denkt ihr denn, wieso sich alle in die Hose pissen? Und da fragt ihr noch, wieso ich mir lieber nicht zu Hause die Dröhnung gebe?

Was ich nicht verstehe: Wozu diese Show? Es wissen doch alle, dass die meisten Dealer hühnerbrüstige Klappergestelle sind und die Junkies arglose Kätzchen, die als untauglich ausgemustert wurden. In der Geschichte der Mova-Bekämpfung hat es wohl keinen einzigen Fall gegeben, in dem jemand auch nur versucht hätte, Widerstand zu leisten. Nach Chinatown gehen sie ja nicht rein. Da würden die chinesischen Schnellfeuer-*Pythons* sie auch wegpusten wie nichts. Und wer löffelt schon gerne seinen Borschtsch mit perforiertem Magen?

Also lassen sie es an den Schwachen aus. Vielleicht brauchen sie auch die Bilder fürs Netvisor-Programm. Damit ihre Operationen etwas Heroisches bekommen und man nicht mehr sieht, dass eigentlich bloß ein kleiner Junge eine Feuerwanze plattmacht. Wie die ideale Verhaftung eines Drogenabhängigen oder eines Dealers eigentlich ablaufen müsste? Zwei Mann betreten die Wohnung und zeigen wortlos Durchsuchungs- und Haftbefehl vor. Fertig.

DEALER

Die Chinesen sagen: Bist du bekümmert – zähle Geld. Oder sagt man nur, dass die Chinesen das sagen? Ich kann kein Chinesisch, deshalb bin ich mir immer unsicher. Besonders viel Bargeld zum Zählen für den Stressabbau hatte ich nie in meiner Wohnung, deshalb wollte ich die Mova-Briefchen aus Polen zählen und sie auch gleich verstecken. Normalerweise legte ich sie zwischen die Seiten der Zeitschriften, die hier überall herumflogen. Wenn sie bei mir auf Verdacht eine Durchsuchung vornehmen würden, ach was, sie müssten bloß mit dem Scanner durchs Treppenhaus gehen, schon hätten sie meine gesammelten Schätze gefunden! Aber die blauen Augen und das Musterschülergesicht sind mein bester Schutz. Niemand käme je auf den Gedanken, ein so positiver Typ wie ich könnte zu Hause verbotene Substanzen aufbewahren.

Selbstgefällig grinsend hob ich meinen Rucksack hoch, begutachtete noch einmal das Hakenloch (das werde ich flicken müssen, ist ja ein Markenteil und war nicht billig), öffnete ihn und griff hinein, um die Zettel auszupacken. Meine Finger, die das Innenleben meines treuen Gefährten in- und auswendig kennen, stießen unvermittelt auf etwas Hartes, Scharfkantiges. Das hatte ich aber nicht in den Rucksack gepackt. Was war das? Ich griff zu, es wog schwer, zog es vorsichtig heraus und war mir aufgrund von Gewicht und Fingerspitzengefühl inzwischen sicher, dass ich dieses Etwas noch nie zuvor in der Hand gehalten hatte. Ein Buch, feste Deckel, in schwarzes Kunstleder gebunden. Aufgemalt ein uraltes Piktogramm: Sonne und Mond, verschmolzen zu einem Logo. Schon allein dieses Bild ließ mich ahnen, spüren ... Aber mein Kopf wehrte sich noch dagegen, das konnte einfach nicht sein.

In den Einband war in goldenen Buchstaben eingeprägt ... in diesen besonderen, verbotenen Buchstaben ... die eindeutig bewiesen, dass dieses Buch kein russischer Druck war ... was nur bedeuten konnte ... das war wirklich eine Mova-Printe ... da stand geschrieben:

Uiljam Šekspir. Saniety

Ich blätterte mich hastig durch die Seiten, um mich bloß nicht festzulesen und geflasht zu werden, ich hatte ja noch keinerlei Erfahrung mit dem Mova-Konsum. Und trotzdem sprangen mir die ganzen Drogenverbindungen ins Auge, all die »šč«, »čy« und »dź« und natürlich das »ў«, auf das die Identifizierungsmodule der meisten Scanner abzielten, weil es sofort die belasteten Texte verriet und sie von den normalen abhob, die kein Mova enthielten. Und es stammte wirklich aus einer Druckerei: angegilbtes Papier, erhabener Druck, jeder Punkt eine winzige Delle, eine Vertiefung, die man beim Darüberstreichen ertasten konnte.

Und dann hatte es diesen Geruch. In unserer modernen Welt gibt es nichts, womit man diesen Geruch vergleichen könnte.

Höchstens vielleicht … so roch es im Oktober im Park. Wenn überall raschelnde, gelbe Blätter lagen. Es war der Geruch von Ahornlaub, das einem unter den Füßen raschelte. Mir wurde schwindlig. Ich musste mich setzen.

Ich schloss die Augen. Schlug sie wieder auf. Das Buch lag immer noch in meiner Hand.

Wie die meisten Leute aus der Branche hielt ich das Gerede von kompletten Mova-Büchern für eine Großstadtlegende. So etwas gab es nicht. Konnte es gar nicht geben. Denn wenn es sie einmal gegeben hätte, würde das bedeuten, dass der Stoff, mit dem ich im Angesicht der Todesstrafe handelte, früher einmal nicht verboten war. Dass Mova tatsächlich, wie ein paar Irre behaupteten, die normale Verkehrssprache im Alltag gewesen war. Für ganz normale Menschen, nicht für kaputte Junkies. Halt, jetzt wurde es verrückt! Besser keine Schlüsse ziehen. Damit hatte ich schon immer meine Schwierigkeiten, weil ich von Natur aus nicht besonders helle bin. Besser bei dem bleiben, was wir hier vor uns hatten. Ein gedrucktes Buch hatten wir. Ich schlug die letzte Seite auf und fand dort die Zahl 204. Also hielt ich ein Ding mit 204 Seiten Text in der Hand, von denen jede einzelne ihre fünftausend Yuan wert war. Wenn man das einfach zusammenzählte, käme man bei 1.020.000 Yuan raus.

Aber von den Printen hieß es …

Also diese Irren, die überhaupt von den Printen redeten, die behaupteten, ihr Schwarzmarktpreis würde nach dem Progressionsprinzip ermittelt. Eine Seite: fünftausend. Zwei: zehntausend. Der Effekt bei Büchern würde nämlich kumuliert, das legte sich irgendwie übereinander und … Moment! Drei: zwanzigtausend. Vier: vierzigtausend. Weiter, fünf: achtzigtausend. Für achtzigtausend Tacken gab es schon eine nette Einzimmerwohnung im Slawischen Viertel. Und für sechs Seiten … Für diese sechs Seiten könnte man sich ein Studio in Greenwich-Village nehmen, mit Concierge, Sicherheitsdienst und vielleicht auch noch separatem Lift.

Ich klemmte mich hinter die Tastatur und versuchte, den Preis dieses Buches wenigstens annähernd zu bestimmen, aber schon bei Seite 20 passte die Zahl nicht mehr in das längliche Rechnerfenster. Neben mir lag ein Gegenstand, dessen Wert sich rein rechnerisch nicht einfach so ermitteln ließ. Ich war fest davon überzeugt, dass in der gesamten Region Nordwest von Russisch-China mit seinen hunderten Millionen von Einwohnern niemand außer mir im Besitz eines Mova-Buches war. Träumte ich vielleicht? Ich schaute auf meine Hand. Die Chinesen sagen: Wenn du nicht sicher bist, ob du wachst oder träumst, schau auf deine Handfläche. Ein normaler Mensch kriegt das nämlich im Traum nicht so ohne Weiteres hin, wenn er nicht gerade ein Schamane ist. Oder sagt man nur, dass die Chinesen das sagen? Ich sehe meine Hand. Heißt das nun, dass ich nicht träume? Ich war in meinem ganzen Leben noch nie in einer Situation, in der ich die Realität hinterfragen musste, ob sie nicht ein Traum ist.

Ich kam ins Grübeln. Wenn das nun kein Traum war – wie war das Buch in meinen Rucksack gekommen? In Warschau hatte ich diesmal wirklich groß getönt, sie würden mich nie kontrollieren. Vielleicht auch schon letztes Mal. Und das Mal davor. Und da hatten die schweren Jungs dort in Chinatown wohl ein Auge auf mich geworfen. Die Jungs, die man nie zu Gesicht bekam, mit den tätowierten Drachen, die nicht wie Gorynytschs aussahen und die ein echter Könner gestochen hatte. Ich kratzte mich am Hinterkopf. Mein Körper erinnerte sich noch an ein unbestimmtes Gefühl … Das Gefühl, mein Bündel auf dem Rücken wäre etwas schwerer geworden. Aber wo war das gewesen? Und Wann?

Und da ging es mir endlich auf. Mir ging auf, was sich bislang im Halbdunkel meines Bewusstseins herumgedrückt hatte. Woran ich zuallererst hätte denken sollen, noch vor meinen Versuchen, den Wert dieses Buches zu ermitteln. Ein Gedanke, der die unnützen Fragen nach dem Weg des Buches in meinen Rucksack beiseitewischte. Entsetzlich klar stand er mir vor Augen: Suchtmittelkontrollbehörde. Schon hatte ich die stumme Gestalt im vaterländischen Anzug wieder im Kopf, die, ungehobelt und linkisch, geradezu nach Geheimdienst schrie. Nein, Quatsch, wenn sie mich hätten hochnehmen wollen, hätten sie das längst getan. Wieder der falsche Gedanke. Keine Panik und keine Paranoia vor fragwürdig und bedrohlich gekleideten Gestalten. Witjas Paranoia war hochansteckend …

Nein, am dringendsten war die Frage nach einem Versteck. Kleinere Mengen wie meine hundert Zettel konnten der Suchtmittelkontrollbehörde durch die Lappen gehen. Aber allmächtig wie sie war, konnte die Behörde mit ihren Spürhunden und Agenten bei den Triaden die Bewegung einer Lieferung nachvollziehen, deren Preis den Haushalt von Minsk, wenn nicht des gesamten Großraums überstieg. Das bedeutete, sie würden jeden bearbeiten, der schon einmal als Dealer verdächtigt wurde, und sie hätten in ein paar Stunden die Listen mit den Grenzübertritten der vergangenen vierundzwanzig Stunden zusammen und würden sie systematisch durchgehen. Oder sie gingen sie bereits durch. Und für ein Mova-Buch … Darauf stand nicht einfach die Todesstrafe, sie würden meine Eingeweide zu einem »ÿ« drapieren, peinlich darauf bedacht, dass ich das noch miterlebe. Das Buch musste unbedingt verschwinden. Aber wohin damit, wenn ich mich nicht einmal auf der Straße damit sehen lassen konnte? Eine zufällige Patrouille, und alles wäre aus.

Und wenn ich es verbrannte? Jetzt sofort? Ich dachte an das Studio in Greenwich-Village. Nein, verbrennen würden wir es vorläufig nicht. Papier ist ja schnell verbrannt. Nur keine falsche

Hektik. In meiner Verzweiflung wählte ich Irkas Nummer. Wen hätte ich denn sonst anrufen sollen?

Lange war nur ein Tuten zu hören, umspielt vom Bariton des chinesischen Elvis Presley. Sie mochte *Love me tender*, obwohl sie sich über das Wort »Love« lustig machte. Offensichtlich war sie sauer auf mich und überlegte sich nun, ob sie überhaupt rangehen sollte. Schließlich meldete sich doch noch ihre verärgerte Stimme.

»Ich ha-be doch ge-sagt, ich bin in ei-nem Tref-fen!«, schimpfte sie Silbe für Silbe.

»Irotschka, hallo!« Ich versuchte, den Mangel an Höflichkeit in unserer Kommunikation auszugleichen. »Verzeih mir! Verzeih (in den historischen Filmen, die im Netvisor laufen, folgte an dieser Stelle normalerweise ein ›Liebste‹, was der Kommunikation auf die Sprünge half, aber in der heutigen Zeit funktioniert das nicht mehr). Ein Notfall! Die Vollkatastrophe!« Meine Kunstpause sollte ihr bedeuten, dass ich es ernst meinte. »Ich brauche Hilfe, dringend! Ich habe niemanden, den ich sonst darum bitten könnte. Irka, bitte, wir müssen uns treffen!«

»Ich bin in einem Treffen«, erwiderte sie kühl.

»Bist du schon im Treffen, Irka? Oder bist du unterwegs dorthin? Oder trinkst du noch deinen Kaffee zu Ende?«, fragte ich nach.

»Sag ich doch.« Sie taute auf. »Ich bin auf dem Sprung. Musste noch einen Beruhigungskaffee trinken nach deiner Psychonummer.«

»Dann können wir uns treffen? Ich brauche wirklich nur fünf Minuten!«

»Du hast mir das Kleid ruiniert«, fuhr sie weinerlich fort, und ich wusste, dass sie nicht mehr sauer war, sondern nur noch launisch.

»Irka, ich bitte dich! Dein Typ da ist doch sowieso erst in einer Stunde frei!« Meine Irka erzählte gerne von dem alten Bock, seiner Großzügigkeit und seinem guten Geschmack, deshalb war ich über ihre Beziehung genauestens informiert. Viel besser, als mir lieb war.

»Na schön. Dann in zehn Minuten im *Eisberg*. Ich bin hier in der Nähe.«

Wie ich schon vermutet hatte, trank sie ihren Kaffee im *Wassilki*. Ich stellte mir vor, wie ich mit meinem Gefahrengepäck die Treppe zur Metro hinabsteige, wie mich der Scanner an den Drehkreuzen aus dem Menschenstrom fischt und keine noch so blauen Augen mich mehr retten können. Dann würden nämlich die Alarmsirenen in der ganzen Stadt losheulen, und alle Züge stünden still für das große Filzen. Aber mit Bus oder Taxi käme ich in zehn Minuten niemals durch die Staus. Außerdem behagte mir der Gedanke nicht, mit meiner Printe vor die Tür zu gehen. Mein altes Bewusstsein der eigenen Unberührbarkeit war unter die Druckerpresse gekommen.

»Irka, Irotschka, ich weiß, wie sich das jetzt anhört. Aber das Problem liegt hier, bei mir in der Wohnung. Bitte, bitte, nimm dir kurz ein Taxi und komm her! Ich werde dir ewig dankbar sein!«

»Warte mal, du willst was von mir, dann komm du doch!« Sie wurde schon wieder sauer auf mich.

»Ich kann hier nicht weg, verstehst du? Ich zahle dir auch das Taxi, Hauptsache, du kommst!«

»Dann stehe ich doch im Stau«, schimpfte sie.

»Ach, bitte!«

»Wenn das wieder so ein Schwachsinn ist, siehst du mich nie wieder! Haben wir uns verstanden?«

»Danke! Ich wusste, dass du mir helfen wirst!«

Während ich auf sie wartete, überlegte ich, ob ich das Buch in Papier oder Folie einwickeln sollte, damit sie den Inhalt nicht sah. Irka fuhr bekanntlich nie mit der Metro und lief bei ihrem glamourösen Lebensstil kaum Gefahr, gescannt zu werden. Aber wenn sie das Päckchen unbesehen an sich nähme, würde sie mir vertrauen. Und dann hätte ich ihr blindes Vertrauen missbraucht. Nein, besser alles offenlegen, keine Heimlichkeiten.

Da war sie ja schon! Verständlicherweise war sie nicht besonders, sagen wir mal, sanftmütig gestimmt.

»Das Taxigeld!«, verlangte sie sofort mit aufgehaltener Hand. Nicht, dass sie auf mein Geld angewiesen wäre, sie wollte einfach Charakter zeigen.

Ich brachte ihr brav zehn Yuan und deutete sogar einen Diener an, wie der Kellner im japanischen Restaurant.

»Also, was ist jetzt?«, fragte sie barsch. »Du kannst dir ja denken, dass ich es eilig habe.«

»Irka. Eine Bitte: Kannst du eine Sache zeitweise in Verwahrung nehmen?« Ich sah ihr in die Augen. »Wahrscheinlich wird sie schon gesucht. Bald vielleicht auch bei mir.«

Hier hob sich ein Mundwinkel zu einem ironischen Lächeln, das sagen wollte: Was kann bei so einem armen Würstchen schon Wertvolles und Gefährliches zu holen sein? Mit diesem schiefen Grinsen im Gesicht folgte sie mir ins Zimmer, wo auf dem Tisch, feierlich wie im Museum, die schwarze Printe mit der Aufschrift *Uiljam Šekspir. Saniety* lag.

»Was ist das?«, fragte sie mit überraschend kratziger Stimme.

»Ein Buch«, erklärte ich. »Irgend so ein Šekspir. Nie gehört, wahrscheinlich ein russischer Autor. Chinesisch klingt der Name jedenfalls nicht. Sicher ein alter Russe, so heißt man ja heute nicht mehr, ›Uiljam‹.«

»Was ist das?«, wiederholte sie nun schon lauter. Hauptsache, sie fing nicht an zu schreien. Sonst könnten die Nachbarn die Polizei rufen, und wie das dann ausging, wollte ich mir lieber nicht vorstellen.

»Vielleicht ein russischer Jude«, plapperte ich weiter. Vor lauter Angst war ich komplett neben der Spur und meinte, ich müsste unbedingt dahinterkommen, wer dieser seltsame Šekspir war.

»Die Juden haben immer so komische Namen. Bei mir war mal einer in der Klasse, und der, also dieser Jude, hieß Isja. Verglichen mit Isja klingt Uiljam nur noch halb so komisch.«

Irka fasste sich an den Kopf.

»Ich frage dich, du dämliche Vollpfeife, was dieses beschissene Scheißding da, das ich nicht einmal anfassen werde, bitte schön zu bedeuten hat!« Diese Tirade feuerte Irka deutlich leiser ab, offenbar hatte sie selbst verstanden, dass ihr Geschrei gefährlich werden könnte.

»Na, das ist eine Printe. Ein Mova-Buch«, erklärte ich das Offensichtliche.

»Dann hast du die ganze Zeit Drogen verkauft, ja? So ein Scheißdealer bist du! Ich habe mit dir geschlafen, und du bist ein Dealer?«

»Na ja, ist halt mein Geschäft, so ein kleiner Handel«, antwortete ich achselzuckend. »Irgendwie muss man ja sein Geld verdienen.«

Irka lachte tonlos.

»Und wieso sagst du Wichser mir das nicht? Hm? Ich habe doch die ganze Zeit, wenn ich mit dir geschlafen habe, mein Leben riskiert!«

»Du hast mich ja nicht gefragt.«

Und das war nicht gelogen!

»Aber wenn sie uns erwischt hätten, du dreckiges Drogenopfer!«

Hier wollte ich richtigstellen, dass ich gar keine Drogen nahm, dass Handel, Schmuggel und Konsum verdammt noch mal nicht miteinander vereinbar waren, aber ich konnte meinen Einwurf gar nicht so schnell platzieren.

»Und ich blöde Kuh habe gedacht, du bist Lehrer. Oder irgend so ein Student.« Damit bestätigte sie meine Vermutung über mein Erscheinungsbild und über den Eindruck, den es hinterließ.

»Klar, ich habe dich nicht gefragt, was du machst, war ja auch nicht nötig, sieht man ja gleich: Du fährst Metro, gibst weniger als einen Yuan Trinkgeld, trägst *New Yorker* und *Bershka*. Was gibt es da zu reden über dich? Da gibt es nichts zu reden, kapiert? So ist das also mit dir …«

»Ja, Irka. Das tut mir leid.« Ich wollte nach ihrer Hand greifen, aber da wurde sie wieder laut und rastete aus.

»Fass mich nicht an! Mit deinen Fingern, mit denen du auch die Drogen anfasst! Pfoten weg!« Sie bebte vor Empörung.

»Irotschka, bitte, verzeih mir. Entschuldige, dass ich dich nicht vorgewarnt habe. Jetzt ist es nun mal so. So spielt das Leben. Aber ich brauche jetzt ganz dringend Hilfe. Du bist völlig unverdächtig, wohnst in einem guten Viertel ohne Scanner, da sind die Suchtmittelkontrolleure nie unterwegs. Also würdest du mir vielleicht bitte helfen und das Buch mitnehmen? Vorübergehend, bis ich einen Käufer dafür gefunden habe?«

»Was?« Sie kam einen Schritt auf mich zu. Ich glaubte schon, sie würde mir ins Gesicht schlagen. »Bist du noch ganz sauber? Ich soll hier mein Leben riskieren, damit du dein Metrogeld zusammenkriegst?«

»Irka, bitte! Es geht jetzt nicht um meinen Lebensunterhalt. Es geht um mein Leben!«

»Wie bist du überhaupt darauf gekommen, dass ich dir helfen könnte, deine Drogen zu verstecken? Hm? Seh ich so dämlich aus? Hm?« Sie fuchtelte wild vor meinem Gesicht herum, ihre Augen hatten einen irren Glanz angenommen.

»Weil wir beide, Irka, einander nahestehen. Ich habe keinen Menschen, der mir näher wäre als du. Darf ich etwa nach allem, was sich vor zwei Stunden zwischen uns abgespielt hat, nicht davon ausgehen, dass …«

Nun passierte Folgendes: Sie hatte mich wohl schlagen wollen. Ausgeholt hatte sie schon. Ihre Hand flog sogar schon auf meine

Wange zu, hielt aber kurz davor inne. Als ob Irka zu sich gesagt hätte: Ich bin eine erfolgreiche *Prada*-Frau, Prügeleien sind unter meinem Niveau. Sie packte ein Büschel meiner Haare und zerrte daran, als wollte sie es ausreißen. Es tat richtig weh, aber ich lächelte nur schuldbewusst.

»Uh, und da lacht er noch!«, zischte sie und tigerte dann durch das Zimmer. Dabei sah sie nicht ein einziges Mal in den Spiegel, sie hatte sich also nicht völlig unter Kontrolle. Schließlich kam sie zur Ruhe, setzte sich und sagte mit gefasster Stimme, fast wie bei einem Diktat: »Du hast mich ganz übel hintergangen, Freundchen. Ich müsste jetzt, wie du weißt, gleich hingehen und melden, dass ich vom Verbleib einer umfangreichen Ladung Drogen erfahren habe. Wenn ich das nicht tue, drohen mir wegen Unterlassung theoretisch bis zu fünf Jahre Haft. Du hast mich auch hintergangen, weil du mich in diese Wohnung gelockt hast, wo Kühlschrank, Spülkasten und Lüftungsschacht randvoll mit Stoff sind, wie ich mir jetzt denken kann. Und jetzt ist mir auch klar, wieso du ständig nach Warschau gefahren bist. Aber ich wollte etwas anderes … Also, du hast mich hintergangen. Du hast mich fast ins Gefängnis gebracht, du Arschloch. Und trotzdem werden wir beide gleich ein Friedensabkommen schließen. Hast du gehört?«

Ich nickte. Ich hatte Irka sehr aufmerksam zugehört. Die Kopfhaut unter den Haaren, an denen sie gezerrt hatte, brannte.

»Also, ein Abkommen. Ich werde dich gleich verlassen und die Tür hinter mir schließen. Und ich werde vergessen, dass es dich auf dieser Welt gibt. Dafür wirst du mich bis ans verdammte Ende deiner Tage in Ruhe lassen. Ich existiere nicht mehr, Schluss, aus! Dieses Gespräch zwischen uns hat nie stattgefunden, ich weiß nichts von deinen dunklen Machenschaften, und ich habe diese Scheiße hier«, sie deutete mit dem Kinn zu Šekspir, »nie zu Gesicht bekommen. Noch Fragen?«

»Dann … ist es … jetzt aus?«, vergewisserte ich mich. »Ende der Beziehung?«

»Jaaa! Aus die Maus!«, äffte sie mich nach. »Äändää!«

Ihr Gesicht war nicht mehr so hübsch, wenn es sich so verzog.

»Vielleicht«, ich musste eine Pause einlegen und seufzen, weil ich nicht mehr genügend Luft hatte, »vielleicht geben wir (noch ein Seufzer) … unserer Beziehung … doch noch eine Chance?«

Irka lachte bitter: »Was denn für eine Chance? Und welcher Beziehung, du mieser, kleiner Mova-Suchti? Fick die Henne! Ruf mich nie wieder an! Kein Witz, ich schwöre dir: Ein Anruf, und ich gehe zur Suchtmittelkontrolle und erstatte Anzeige gegen dich. Hast du das kapiert, du Gurke?«

»Aber was mache ich denn jetzt?«, fragte ich verzweifelt. Und diese Frage bezog sich in erster Linie auf unser Verhältnis und erst in zweiter auf Šekspir.

»Verbrenn dieses Buch! Hör auf zu dealen! Hände weg von Drogen! Und wenn du schon auf Mova bist, geh in die Rehaklinik vom Innenministerium, da können sie dir helfen! Schluss! Leb wohl, Liebster! Leb wohl, geliebter Wichser! Tausend Dank! Ich werde dich nie vergessen!«

Irka warf die Tür hinter sich zu. Mir fiel auf, dass sie »Liebster« und »Geliebter« als Schimpfwörter verwendet hatte.

JUNKIE

Früher, in grauer Vorzeit, gaben sich die Menschen mit Präparaten oder Substanzen die Kante. Alk, Tabak, Psilo-Pilze, Ganja-Gras, Opiate, Morphium, big H. Da wurde gefixt und gesnifft. Da wurden Bongs geraucht und Pillen eingeworfen. Das schlug auf Hirn, Gefäße, Nervensystem und Herz, das kickte und fickte und provozierte irgendwelche Hormone.

Vor allem konnte man die Drogen anfassen. LSD-Trips, Ephis-Teechen, Speed. Wundertätige Lines und Häufchen, transparente Cannabis-Tütchen, Spice-Päckchen mit poetischen Namen. Sogar *Pattex* war damals ein Schlüssel zur *Schönen neuen Welt*, die auch Aldous Huxley (und den Heerscharen von Junkies, die sein Geschreibsel hervorbrachte) bestens bekannt war. Überall suchten die Menschen nur den nächsten Kick. In Mohn sahen sie Opium, in roten Fliegenpilzen Psilocybin, in Hanf Cannabis, in Erythroxylum coca Koks. Sie schluckten, spritzten, schnüffelten und richteten Körper, Hirn und Nervensystem zugrunde. Aber diese finsteren Zeiten sind Vergangenheit.

Klar, die Leute knallen sich immer noch mit diesen üblen und ungesunden Antiquitäten zu. Sie kippen sich sogar genüsslich diese stinkende Brühe hinter die Binde, die da »Bier« heißt. Aber mit Paragraph 264 Strafgesetzbuch der Region Nordwest wurde ein neues Kapitel im Spannungsfeld Mensch–Rausch aufgeschlagen. Am Anfang stand das Dekret »Über die Klasse der nichtmateriellen Rauschmittel und ihre Vorstufen«, das den Begriff der »nichtsubstanziellen Psychotropika« in die Rechtsprechung einführte.

Aber sie kommen bis heute mit den Bezeichnungen für Mova durcheinander. Diese Droge ist nichts weiter als Text. Und ein Text ist weder »Substanz« noch »Präparat« oder »Extrakt aus dem milchigen Saft der Mohnkapsel«. Ein offizielles Straßenplakat erinnert daran, dass auf die Verbreitung von »Objekten gemäß Paragraph 264« die Todesstrafe steht, das nächste bezeichnet Mova als »psychotropen Code« (hübscher Code, mit bis zu zehn Jahren für den Besitzer!), das dritte versucht Mova mit der schwammigen Bezeichnung »Erscheinung« beizukommen (»Erscheinungen gemäß Paragraph 264«). Aber das ist alles terminologischer Bullshit! Texte können auf Mauern stehen, im Flusssand oder als Kondensstreifen am Himmel. Sind sie deshalb Objekte?

Nein!

Die Objekte sind die Mauer, der Sand und die heißen Triebwerksabgase. Und flasht ein so geschriebener Mova-Text? Er flasht, und zwar nachhaltig! Sie wissen immer noch nicht, wie sie die Erscheinung nennen sollen, die sie zu bekämpfen suchen!

Wie üblich wurde der Kampf in mehreren Etappen geführt. Zuerst galt dasselbe Strafmaß für den Besitz von Marihuana und Mova (früher konnte man für ein Gramm Marihuana sechs Jahre kassieren – glaubt einem heute kein Mensch mehr). Dann wurden Marihuana, Spice und anderer Softstoff legalisiert. Und die Strafen für Mova auf zehn Jahre hochgesetzt. Danach kam die Todesstrafe für Dealer.

Was wohl damals hier los gewesen ist? Hätte ich mir gerne angeschaut! Überliefert ist natürlich überhaupt nichts. Wahrscheinlich sind erst mal alle, die Mova-Bücher hatten, untergetaucht. Als dann klar wurde, dass die Behörden es ernst meinen, haben sie sie massenhaft abgeliefert. Angeblich gab es so eine Kampagne nach dem Motto: Straffreiheit für Selbstablieferer. Aber nach ein paar Monaten· war die auch vorbei. Und dann? Klarer Fall! Wer noch ein Buch zu Hause hatte, vernichtete es. Verbrannte es und verstreute die Asche im Wind. Zerfetzte es und verfütterte es an die Mäuse.

Garantiert hat die Suchtmittelkontrolle alle paar Monate ein Exempel statuiert, das wäre genau ihr Stil. Eine öffentliche Hinrichtung, zur Befeuerung der allgemeinen Hysterie, flankiert von einem großen Netvisor-Aufmacher über verwaiste Junkiekinder (als ob die braven Bürger heute nicht genauso ihre Kinder sitzen ließen!) und über unschuldige Passanten, die von beschaffungskriminellen Drogenmonstern ausgeraubt und zu Krüppeln oder gleich ganz tot geprügelt wurden.

So konnte innerhalb kürzester Zeit das Wunder wahr werden: In einem Land mit vormals Millionen von Büchern blieb nicht eine einzige Printe übrig. Alle waren vernichtet, und das nicht von den Organen – so weit hätten die Durchsuchungs- und Kontrollkapazitäten dann doch nicht gereicht. Sondern von den Leuten selbst! Aus Angst, bei den Strafaktionen in den Knast zu wandern. Aus Paranoia. Aus Vorsicht. Wenn euch das jetzt unglaubwürdig erscheint, dann lest mal im Netvisor nach, wie schnell und radikal der Hanf aus den Ländern verschwunden ist, in denen er früher im großen Stil kultiviert wurde.

Mova-Bücher in nennenswerter Zahl gab es nur noch im Ausland, aber auch dort waren die meisten nach fünf Jahren zu Spottpreisen verkauft und verbraucht. Nach dem Konsum wurden sie vernichtet, weil Mova ja nur beim ersten Lesen wirkt. Und wer will schon etwas behalten, für das er mit der Todesstrafe rechnen muss? Danach gingen die Preise durch die Decke. Erst bekam man für einen Tausender noch ein komplettes Buch. Dann nur noch einhundert Seiten. Dann eine. Da wurden die Triaden auf die Sache aufmerksam, die sind immer da, wo das große Geld gemacht wird. Und in der Region Nordwest war es bald lukrativer, mit Mova zu handeln als mit substanziellen Drogen.

Inzwischen werden nur noch Schnipsel oder höchstens einzelne Seiten verkauft, komplette Bücher gibt es wahrscheinlich gar nicht mehr. Selbst aus den großen internationalen Bibliotheken wie der Library of Congress in den USA sind alle Mova-Titel gestohlen oder still und leise verschwunden (in den ersten Jahren nach dem Verbot hatten die Regierungen im Ausland noch nicht kapiert, dass Mova-Exemplare besonders gesichert werden müssen). Und die Triaden ließen die noch erhaltenen Fragmente abschreiben. Ihre Schreiber sitzen im Ausland, in Warschau und Vilnius, sie ernähren eine ganze Armada von Schmugglern und Dealern. Und diese Armada ernährt wiederum die großmächtige Suchtmittelkontrollbehörde. Denn wenn sie morgen sämtliche Junkies einlochen und an allen Dealern die Todesstrafe vollziehen würden – wozu bräuchte das Land dann noch die Behörde? Deshalb halten sie den Laden immer auf kleiner Flamme am Köcheln und drehen den Hahn nicht endgültig zu.

Angeblich ist Mova nicht die einzige nichtsubstanzielle Droge. Aber es ist die einzige nichtmaterielle Droge, die bei den Leuten hier anschlägt.

ZWEITER TEIL

JUNKIE

Meine zweite Mova-Erfahrung machte ich erst ein Jahr später. Schließlich, voyez-vous, holst du dir eine Droge, für die du vom Fleck weg für zehn Jahre in den Bau wandern kannst, nicht in der Abteilung »Exotische Gerichte« im Einkaufszentrum *Korona*.

Es geschah bei einem Musikfestival in der Borowaja. Das ist ein ehemaliger Feldflugplatz, der jetzt von lauter Siebziggeschossern mit Sozialwohnungen umzingelt ist.

Es war ein ungewöhnlich heißer Sommer nach einem extrem kalten Winter, und die ganze Stadt war völlig aus dem Häuschen – die Leute waren die ganze Nacht auf der Straße unterwegs, als wären sie verrückt oder auf Droge, sie tanzten, veranstalteten Freilichtkino oder *Xbox-5760*-Massenconventions im Park, versuchten also, sich ihr Quantum Wärme zu sichern, bevor der flüchtige russische Sommer vorüber war und unser Winter hereinbrach, gnadenlos wie das Re-Entry nach dem Rausch. Man wollte fast glauben, hätte die Hitze sich noch ein paar Monate gehalten, wäre hier die Kulturrevolution losgebrochen, und die Massen hätten entweder die Regierung zum Teufel gejagt oder Marcel Duchamp entdeckt und aufgehört, sich die Pullover in die Jeans zu stopfen. Was in ästhetischer Hinsicht ungefähr auf dasselbe hinauslief.

Elektronische Musik und Drogen gehörten von jeher zusammen. Aber in der Borowaja waren wir in jenem Juni auch ohne Psychotropika gut drauf. Es hebt dir einfach den Deckel, wenn zwanzigtausend im selben Rhythmus auf- und abspringen, als wollten sie die alten Götter erwecken. Alle magischen Rituale von Eingeborenen sind mit Tänzen verbunden. Musik, Dunkelheit, Tanz – das sind die Urdrogen.

Aber ich konnte irgendwie nicht darin aufgehen – ihr kennt doch dieses Gefühl, ganz kurz davor zu stehen, dass die Rhythmuswelle dich erfasst und du abgehen kannst, wie mechanisch es auch aussehen mag. Irgendetwas hinderte mich daran, sodass ich an diesem lauen Abend meinen smaragdgrünen Hoodie immer noch nicht ausgezogen hatte. Es lief chinesischer Micro Trip Trap, vielleicht lag es einfach daran. Versucht mal richtig abzugehen, wenn aus den Boxen nur ein Ton pro Sekunde tröpfelt, untermalt von asketischen Beats und Synthie-Bässen.

Trotzdem feierten die Leute um mich herum ab, als hätte DJ Dugout Funk auf den Tellern. Immer wieder verließ ich den Dancefloor, um mich abzukühlen. In der Luft hing dichter roter Nebel, man konnte ihn sogar schmecken. Es war die nackte Erde, staubig geschlagen von den Füßen der Tanzenden. Als ich mir die Lippen leckte, konnte ich eine Zimtnote ausmachen. Nebenan wanden sich zuckend die erhitzten Körper junger Frauen. Sie verströmten einen betörenden Wildblumenduft, als trüge jede einzelne ein blühendes Feld in sich. Trockene, leicht geöffnete Lippen, Vollmondpupillen, geweitet von legalen Präparaten oder vom Sex, der satt in der Luft hing. Ich kehrte immer wieder auf die Tanzfläche zurück, aber mein Körper wollte sich nicht gehen lassen.

Bei einem meiner Pausengänge kam ein hektischer Typ auf mich zu, der etwas Insektenhaftes an sich hatte. Er schob sich nur kurz in mein Blickfeld und machte ohne ein Wort blitzartig das Mova-Zeichen, das wir alle aus der Schule kennen, wo man uns beigebracht hat, auf diese Geste hin sofort die Polizei zu rufen. Das Zeichen geht so: Victory mit der rechten Hand (Faust mit ausgestrecktem Zeige- und Mittelfinger), darüber als Häkchen der gekrümmte Daumen der linken. Beides zusammen ergibt das »ÿ«. Obwohl ich ziemlich erschrocken war, nickte ich. Ich hatte ja die besten Erinnerungen an mein erstes Mal, if you know what I mean. Er zeigte, wieder mit einer Gebärde: fünfhundert Yuan (fünf gespreizte Finger). Das war übelste Abzocke, aber das wusste ich damals noch nicht, deshalb ließ ich mich eben abzocken. Er schob mir etwas in die Tasche und war verschwunden.

Ich, Adrenalin bis zum Anschlag, kehrte auf die Tanzfläche zurück und konnte nun endlich die Welle reiten. Direkt vor den Boxen, wo die Bässe dir sanft die Eingeweide abtasten, fing ich an zu hüpfen. Ich weiß noch, dass ich ziemlich lange einfach auf der Stelle sprang, so hoch ich konnte, und dabei das pure, destillierte Glück empfand. Jetzt musste ich den durchgeschwitzten Hoodie ausziehen, das rote T-Shirt genügte vollauf. Feucht und salzig rann es mir von der Stirn, ich dampfte im eigenen Saft, das Haar klebte am Kopf, die Jeans an den Beinen. Ich wankte beiseite, um wieder zu Atem zu kommen, und schaute in den wunderbaren Sternenhimmel, den man hier, in der Borowaja, spät nachts noch zu sehen bekommt, wenn in den Fenstern der Wolkenkratzer die Lichter ausgegangen sind. Und da hörte ich, wie ein Kerl im Slim-Fit-Club-Jackett und mit gezupften Augenbrauen, die rechte Hand auf dem Knopf im Ohr, die Musik zu übertönen versuchte: »Wiederhole Zieldaten! Größe: 170–175,

Haare mittellang, trägt weite Jeans und grüne oder dunkelblaue Kapuzenjacke.«

Alles in mir krampfte sich zusammen, aber ich schaute weiter in die Sterne, als hätte das nichts mit mir zu tun. Dann fiel mir eine zielstrebige Bewegung rechts von mir auf, ich sah wider Willen hin und bekam mit, wie zwei Jungs mit flauschigen weißen Hasenmasken einen Teenager mit dunklem Hoodie aus der Menge zerrten. Ja, eine entfernte Ähnlichkeit zwischen ihm und mir ließ sich nicht leugnen.

»07, 07, weitermachen! Sack sie ein, nachher ziehen wir ihnen jedes Briefchen einzeln aus dem Arsch! Zielprofil erweitern! Was? Kein Platz mehr? Wenn bei dir kein Platz mehr ist, hol dir den nächsten Container ran! Das ist eine Delta-Birke-Sieben! Kapiert? Bin ich dein beschissener Aufpasser, oder was?«

Er hörte wieder eine Weile seinem Ohrstöpsel zu, dann redete er mit anderer Stimme weiter: »Wiederhole: An alle Einheiten Operation ›Borowaja‹. Wir haben eine Delta-Birke-Sieben! Acht Briefchen 264 wurden verkauft, gefunden nur sieben. Nummer Acht fehlt, Fahndung läuft. Zieldaten: Größe: 170–175, Haare mittellang, trägt weite Jeans und grüne oder dunkelblaue Kapuzenjacke.«

Ich konnte mir das nicht länger anhören. Zu gerne wäre ich nicht nur gegangen, sondern weggerannt, aber ich riss mich zusammen. Die »grüne oder dunkelblaue Kapuzenjacke« hatte ich mir wie einen Patronengurt um die Hüfte gebunden. Wann werden sie wohl dahinterkommen, dass die Leute sich beim Tanzen ausziehen? Wann passen sie ihre Zielvorgaben an? Ich versuchte, den gewöhnlichen beschwingten Gang eines hirnlosen Festivalbesuchers zu imitieren, und hielt direkt auf den Agenten zu. Er lauschte angestrengt seinem Ohrstöpsel, blieb aber, als sein Blick mich streifte, für eine Sekunde, buchstäblich eine Sekunde, an mir hängen und kniff die Augen zusammen. Gleich würde er mich einkassieren.

Sie müssen menschliche Angst wohl körperlich wahrnehmen können, wie Tiere. Und Angst stand mir im Übermaß im Gesicht, auf den Schultern und in den Kniekehlen. Doch da wandte er sich gleichgültig von mir ab. Klar, seine Logik geht so: Er hat kapiert, dass ich weiß, dass er von der Suchtmittelkontrollbehörde ist. Daher ist meine Angst verständlich und die smaragdgrüne Kapuzenjacke um meine Hüfte nicht mehr relevant.

Ich ließ die Karusselle hinter mir, die »Genes for Fun«-Bude, wo man für eine Viertelstunde in die Haut von Einstein oder Elvis schlüpfen konnte, den Aktivator für positive Erinnerungen und die Schrumpfungsmaschine, kurz: den ganzen faulen Zauber, der auf jedem Musikfestival aufgefahren wird. Manchmal könnte man glauben, die moderne Wissenschaft bringt nur noch solchen kommerziell attraktiven, aber ansonsten gänzlich sinnfreien Schrott hervor: Mobiltelefone, 3D-, 5D- und 7D-Aromavisoren, noch schnellere Autos, mit denen man auch bloß von seinem öden Büro in seine öde Wohnung fahren kann. Im Stau-Schritttempo. Ja. Gegen Krebs haben sie übrigens immer noch nichts gefunden.

Da strahlte mir aus dem Dunkel einer der Nebenausgänge entgegen: grelles Licht, zwei traurige Bullen und ein Wachmann, der sich bei meinem Anblick sichtlich belebte.

»Sie wollen schon gehen, junger Mann? Ich setze Ihnen schnell einen Marker auf die Netzhaut, dann können Sie noch mal rein!«

»Danke, nicht nötig«, winkte ich grinsend ab. Ich komme bestimmt nicht zurück, soll der Idiot sich doch selber die Augen lasern.

Ich war erst ein paar Schritte weit gekommen, da sah ich sie schon in dem geduckten schwindsüchtigen Fichtenwäldchen, das den Flugplatz von den Wohntürmen trennte – ein Dutzend dunkler Gestalten. Mein erster Gedanke war: Jetzt haben sie dich doch noch erwischt. Aber diese Gestalten sahen irgendwie verkehrt aus, zu spillerig, zu gebeugt. Wäre ich durch den Haupteingang verschwunden, hätte ich mir das wohl erspart, wobei auch das nicht ausgemacht ist, Minsk ist eine brutale Stadt. Kurzum, ich wusste, dass es heiter werden würde, denn an Weglaufen war nicht mehr zu denken.

Wie die abstoßenden grauen Riesentürme, in denen sie wohnten, die Borowaja umzingelten, so umzingelten sie jetzt mich. Sie konnten sich nicht entschließen, näher zu kommen, ein furchtsames Wesen gehört bei Herdentieren zum Naturell. Als sich meine Augen an die Dunkelheit gewöhnt hatten, konnte ich sie in ihrer ganzen Pracht bewundern: vietnamesische Schlabberhosen, Basecap, Messingringe an den Fingern – all das, was die jugendlich-modischen Clubber, die keine hundert Meter weiter tanzten, angestrengt zu kopieren versuchten. Nur sah es bei diesen Jungs hier extrem trueish aus, und das machte mir Angst.

Endlich tat sich einer aus der Gruppe hervor, der nicht ganz so spillerig und gebeugt war wie der Rest, spuckte aus und fragte mich etwas. Die Runde trat abwartend von einem Bein aufs andere. Ich hatte nicht verstanden, was er von mir wollte, weil es immer noch sehr laut war. Die Borowaja war berühmt dafür, dass nach den Festivals die Besucherzahlen in den HNO-Praxen in die Höhe schossen.

Da stellte er sich unmittelbar vor mich, legte mir eine Hand auf die Schulter und brüllte mir direkt ins Ohr, weil er sich sonst wohl selbst nicht hören konnte.

»Wieso haben eure den Bely gedisst?«

»Was?« Von seiner Frage hatte ich nur das »Wieso« verstanden. Und das Fragezeichen hinten.

»Den Bely! Eure! Den Bely! Gedisst! Wieso?«, wiederholte er eindringlich.

Ich hege immer noch den Verdacht, dass es vielleicht doch eine korrekte Antwort auf diese Frage gegeben hätte. Dass ich mit einem »Weil die Zigeuner den Bely nicht gedisst haben!«, einem

»Weil die Brüder ihm einen Kassiber untergejubelt haben!« oder einem »Achtundzwanzig!« den Ärger noch hätte abwenden können. Aber ich fragte nur noch einmal: »Was?«

Und da schlug er zu, mit der Faust ins Gebiss. Ich wankte, fiel aber nicht um, also ging es weiter, in den Magen und ins Gesicht. Als ich schon Straßenstaub schluckte, großzügig mit Nasenblut verdünnt, hörte ich, wie sie von allen Seiten kamen. Wie einer mir so kräftig ins Kreuz trat, dass ihm fast das Bein zurückschnalzte. Wie mir flinke Hände Telefon und Portemonnaie aus der Tasche zogen. Und meine Oberlippe warf Blasen, wurde prall und taub, stocktaub, das Auge schwoll zu, kurzum, ich verwandelte mich wie bei »Genes for Fun« innerhalb kürzester Zeit in einen anderen, weniger wendigen Menschen. Einen Menschen mit überdimensionalen Wangenknochen, Monsterlippen, chinesischen Schlitzäuglein und einem salzigen Geschmack im Mund.

Und dann, kurz bevor mir die Lichter ausgingen, regte sich in meinem Inneren ein wohliger Hass. Ich kratzte eine Handvoll Staub zusammen und schleuderte sie demjenigen ins Gesicht, der mir am nächsten stand. Lustvoll verpasste ich ihm einen fetten Tritt in die Eier, dass er quiekte wie ein Ferkel, lauter noch als die Bässe, die vom Festival herüberwummerten. Mit der letzten mir noch verbliebenen Kraft trat ich blind in die Dunkelheit und erwischte etwas Weiches, das vor Schmerzen röchelte. In mir pulsierte der Furor und trieb mich an. Ich wuchtete mich hoch auf die Knie, bereit zu beißen, zu fressen und Kehlen zu zerfetzen. Aber meine Angreifer liefen davon, schon dieser Ansatz von Widerstand hatte genügt, sie in die Flucht zu schlagen. So schwankte ich auf meinen Knien und ging dann wieder zu Boden, während gewaltige Schmerzhämmer meinen Schädel zertrümmerten. Lachend spuckte ich Blut: War das Leben nicht verrückt? Eben noch um Haaresbreite der Verhaftung entgangen, und jetzt fast umgebracht worden. Einfach so. Ich verlor das Bewusstsein. Als ich wieder zu mir kam, sah ich die Beine eines Polizisten, der mich besorgt betrachtete und in dessen Gesicht geschrieben stand: »Überfall! Raub! Da muss ich schon wieder ein Protokoll aufsetzen! Das nächste nicht aufgeklärte Verbrechen im Sowjetski Rayon, Abteilung Inneres!« Vom Festival dröhnte noch immer derselbe Track herüber, zu dem es mich ausgeknockt hatte.

»Wie geht's, Junge?«, fragte er und bückte sich zu mir herunter.

Es kam einem akustischen Wunder gleich, aber ich konnte ihn ganz deutlich verstehen. Trotz aller Bässe.

»Prima, Herr Polizist!«, brüllte ich ihm ins Gesicht. »Alles prima! Keine Sorge!«

»Wie viele waren es? Kannst du sie beschreiben?«

Mit jeder Faser seines Körpers betete er darum, ich möge sie nicht beschreiben können.

»Weiß nicht. Sie sind von hinten gekommen.«

Er nickte dankbar. Ich lächelte mit meinen zerhauenen Lippen und brüllte die aufkommende Übelkeit nieder: »Danke der Nachfrage, Genosse Polizist! Ich komme schon klar! Gehen Sie zurück auf Ihren Posten!«

Der Polizist winkte mir zum Abschied freundlich zu, über sein Gesicht ging ein engelsgleiches Leuchten.

An seinem Gürtel blinkte der Mova-Indikator des Scanners die ganze Zeit rot. Das Piepsen war wegen der Musik nicht zu hören.

Auf der Logojka hielt ich ein Taxi an, dann konnte ich mich zu Hause flachlegen. Witzigerweise hatten die Gorillas das Mova-Briefchen nicht gefunden, weil sie nur meine Hose gefilzt hatten und nicht den Hoodie. Diesmal hatte ich ein besonderes Zettelchen erwischt – kein Druck, aber auch nicht das übliche Gekrakel. Es sah eher aus wie eine ausgedruckte Textdatei, erstellt mit einem offiziellen Behördendrucker. In der Kopfzeile stand die Seriennummer der Kopie oder des Fragments: 22993/SP.

Ich dachte mir gleich, dass diese Behördendroge mir sicher keinen Trip bescheren würde, sie sollte mich ja nur ködern und dann überführen. Ich vermutete, das wäre bloß ein Substitut, ein Placebo. Aber dann ging mir auf, dass sie mir wegen eines unschuldigen Papierchens mit ein paar Buchstaben kein Verfahren anhängen könnten. Also musste der Suchtmittelkontrollstoff ordentlich knallen und einen richtig fliegen lassen.

Der Text war reichlich sonderbar, die Übersetzung einer europäischen Mittelalterhandschrift, vielleicht auch ein Fake oder Mockumentary. Da sprach nämlich eine Frau – und im Istanbul zur Zeit des Osmanischen Reiches und der Janitscharen-Aghas sind Frauen ohne die Zustimmung ihrer Ehemänner kaum einen Schritt vor die Tür gegangen, geschweige denn als Autorinnen von Abenteuerromanen durch die Weltgeschichte gereist. Der Text lautete folgendermaßen:

Er trug eine diamantene Uhr, ein mit Diamanten besetztes Messer, Ring und Zobelkragen. In der zweiten Kutsche fuhren zwei ihrer Leibeigenen, dazu ihre kleinen Kinder, und wir führten vortreffliche Speisen von allerlei Arten und gezuckerten Sirup mit, welcher mit Wasser zu trinken war. Ich aber hatte meinem Diener aufgetragen, für mich zwei Fläschchen Wein zu holen, dass er sie in der Kutsche verstecke, auf dass meine Kadine sie nicht zu Gesicht bekäme. Wir aber waren im Garten und die Kutschen vor dem Garten. Nach der Mahlzeit ging ich unter einem Vorwande hinaus zu meinem Diener und sprach zu ihm: »Reiche er mir das eine Fläschchen Wein.« Und ich trank es aus, und das zweite blieb gefüllt an seinem Platze. In Istanbul aber gilt ein hohes Gesetz, dass niemand Wein trinke oder verkaufe, und darum geht auch häufig eine gestrenge Wache um. Und so stieß diese Wache auch auf unser Gefährt, und

sie fanden die eine Flasche gefüllt mit Wein und die zweite
geleert (aber noch riechend nach Wein), und so fragten sie,
wer nun davon getrunken habe. Der Fuhrmann sagte: »Ich
weiß es nicht.« Die Wache fragte, was das für eine Hell-
haarige sei bei den Männern. Der Fuhrmann sagte: »Sie
haben die Kutsche bei mir genommen.« Die Wache nun
hatte nicht recht über uns befunden, da sie meinte, dieser
Sohn Feisula sei ein schlechter Mensch und wir Hellhaarige
führten ein schlechtes und unzüchtiges Leben. So rückten
sie ihm, dem armen Teufel, ohne viel Federlesens vor den
Augen der Mutter zu Leibe, nahmen ihm Uhr, Messer und
Zobelkragen ab, hieben mit Stöcken auf ihn ein, und er
wurde von der Wache für dieses Vergehen ins Zuchthaus
gebracht. Dieser Feisula war aber ein Kammerdiener des
Janitschar-Agha von Istanbul, das bedeutet, er versorgte
die Turbane des Janitschar-Agha. Mich aber geruhte der
HERR in seiner Gnade zu salvieren.

Mit einem Wort – ein seltsames Briefchen. Mit einer verqueren
Vorgeschichte. Dementsprechend hat es mir dann auch den Deckel gehoben: Ich bin den ganzen Abend mit dem Glamourge-
sicht eines Filmstars durch meine Wohnung gezogen und dachte,
ich wäre in einer Kochshow im türkischen Fernsehen. Unter dem
Beifall meiner unsichtbaren Zuschauer bereitete ich Lule Kebab,
Hühnchen-Schawarma und Linsensuppe zu, überzeugt davon,
mit meinen auf Türkisch zum Besten gegebenen geistreichen
Scherzen und Geschichtchen Herr über die Hirne von Millionen
meiner Bewunderer zu sein.

Das sollte aber auch mein einziger Fernsehauftritt mit eigener
Sendung bleiben.

DEALER

Erschöpft von den Ereignissen der letzten beiden Tage pennte ich durch bis zum Abend. Dann weckte mich der Hunger – in meinem Magen herrschte ein Knurren und Jaulen, als wollte eine ganze Meute von Katern gerade herausfinden, wer der Oberkater sei. Blendender Laune sprang ich aus dem Bett und sah schon die Bananenplinsen vor mir, die ich mir morgens immer in Erdnussöl briet, aber wie der Tag, so das Frühstück. Ich hatte weder Bananen im Haus noch Milch oder Mehl – nichts. Also musste ich auch ohne meinen Frühstückstee losrennen, klar, kein Tee ohne Plinsen!

Kaum hatte ich die Wohnungstür geöffnet, fuhr ich vor Schreck zusammen. Von meiner Tür aus ist ja der Treppenabsatz mit Kiefernwald und Stühlen zu sehen, auf dem Onkel Sascha abends gerne seine Zigarette raucht. Zwischen Tischchen, Kiefernwald und den übrigen San-Sanytsch-Schätzen stand, stocksteif und reglos wie eine Säule, ein junger Chinese. Persönlichkeitsprofil *Adidas Basics*, mit eng geschnittenem weißem *Lanvin*-Hemd, schwarzer *Lanvin*-Slimkrawatte und *Gucci*-Jackett, grauem *Paul Smith*-Mantel und *Grenson*-Stiefeln. Ich kann das nur schwer beschreiben, aber ich hatte sofort das Gefühl, ihn erst kürzlich irgendwo gesehen zu haben. Und es war nicht dieses übliche Gefühl, dass die Chinesen eh alle gleich aussehen und nicht zu unterscheiden sind, muss ich ja nicht weiter erklären. Besonders auffällig fand ich, dass er offensichtlich schon eine ganze Weile dastand wie ein Zinnsoldat und sich nicht auf einen der Stühle setzte. Aber wozu sich wundern, ist eben China!

Als er mich in der Tür sah, blickte er auf und sagte langsam, Silbe für Silbe: »Ich grü-ße Sie. Sie wer-den. Er-war-tet. Wür-den Sie. Mir fol-gen! Bit-te sehr.«

Seine Worte klangen nicht wie eine Frage. Er gab jeder Silbe eine andere Tonhöhe, wahrscheinlich konnte er sie sich so besser einprägen.

»Wohin folgen? Wer erwartet mich?«, fragte ich verständnislos.

Er hob einen Zeigefinger, um meine Aufmerksamkeit zu gewinnen, deutete eine leichte Verbeugung an und sonderte wieder seine einstudierten Silben ab: »Ich grü-ße Sie. Sie wer-den. Er-war-tet.« Offenbar dachte er, ich hätte seine Ansprache nicht verstanden, deshalb sprach er jetzt lauter und deutlicher, als würde ich dann eher kapieren, wer ihn geschickt hatte und was er von mir wollte. Am Ende beschleunigte er wie ein Schüler, der ein auswendig gelerntes Gedicht vorträgt: »Wür-den. Sie mir. Fol-gen bit-te sehr?«

Kein Zweifel: Er verstand nicht, was er da redete, man hatte ihn einfach abgestellt, diese Nachricht zu überbringen, ohne ihm den Inhalt zu erklären.

»Ja, gut!« Mit meinem erhobenen Daumen gab ich ihm ein international geläufiges Zeichen, dass ich einverstanden war.

Ich hatte kapiert, dass die Triaden den Boten geschickt haben mussten. Sie wollten sich mit mir über mein Geschäft unterhalten und mir vielleicht mal wieder anbieten, mich unter ihr Obdach zu begeben. Vor einem Jahr, als die Suchtmittelkontrollbehörde vier meiner Stammkunden hochgenommen hatte, saß ich auf einem Riesenvorrat, den ich mit einem kleinen »Lebensmittel«-Kredit bei der *Russland-China-Bank* finanziert hatte. Um meinen Kundenstamm zu erweitern und den Kredit schnell tilgen zu können, war ich gezwungen, meine Preise ein bisschen abzusenken. In der Szene ging rasch das Gerücht von dem Typen um, der Trips für dreißig bis vierzig Yuan verkaufte (ansonsten lag das Minimum bei fünfzig).

Kaum hatte ich den Kredit zurückgezahlt, fing mich vor der Bank ein Motorroller ab, dessen Fahrer ein phänomenales chinesisches Dutzendgesicht hatte. Er hielt mir einen Zettel hin, auf dem in erkennbar unrussischer Handschrift geschrieben stand: »Setz dich auf den Roller. Wir haben zu reden.« Der Rollerfahrer fuhr mich bis raus nach Smolewitschi, ins chinesische Industriegebiet, wo er vor einer großen leeren Lagerhalle stoppte. In der Mitte des gewaltigen Raumes standen ein Tischchen mit Thermoskanne und ein Schemel, auf dem ein alter Chinese saß. Ich ging auf den Alten zu, er lächelte, nickte und sagte: »Bei den Chinesen gibt es normalerweise zwei Mahnungen. Aber das hier ist noch nicht mal eine Mahnung. Wir wissen, dass du zeitweise in Schwierigkeiten warst und deshalb die Preise für deine Waren senken musstest. Aber wir halten dich an, auch an deinen Vorteil zu denken und an jene, die neben dir ihren Handel treiben.« Dann schenkte er mir Tee aus der Thermoskanne ein. Köstlicher japanischer Tee, Lotos. Er fragte, ob ich weiterhin billiger verkaufen wollte als alle anderen, das bereite ihm nämlich ernsthafte Sorgen. Ich verbeugte mich und antwortete, ich hätte seine Besorgnis wahrgenommen und würde ab sofort mindestens fünfzig Yuan für das Briefchen verlangen. Wieder setzte er sein höfliches Lächeln auf und wünschte mir blühende Geschäfte und gute Gesundheit.

Dass es sich hierbei um einen ernsten Warnschuss handelte, ließ sich an einem nur winzigen Detail ablesen: Der Alte hatte mir keinen Sitzplatz angeboten. Er hatte gesessen, ich gestanden. Aber, wie er gesagt hatte, wollten sie mich nicht abmahnen, sondern nur ihrer Sorge Ausdruck verleihen. Eine chinesische Mahnung wog nämlich schwerer als hundert russische. Wer diese Mahnungen überhörte, wurde früher oder später an den eigenen Eingeweiden erhängt aufgefunden.

Als ich verstanden hatte, dass wir uns einig geworden waren und keine Lebensgefahr mehr bestand, als die Anspannung sich löste und ich mich verabschieden wollte, fuhr er plötzlich fort: »Dein Geschäft ist sehr riskant für einen einzelnen Mann. Ein einzelnes Reis ist schnell abgeknickt, aber ein Reisigbündel vermag nur ein Riese zu brechen. Bislang ist dir alles geglückt, aber das Glück ist launischer Natur. Außerdem hast du ein reines Herz und weißt dein Glück nicht zu nutzen. Schließ dich uns an. Unter Freunden wirst du schnell zu Reichtum und wahrem Wohlstand kommen.« Er ließ mir eine Pause, damit ich verstand, was er da gerade gesagt hatte. Man bekommt nicht alle Tage das Angebot, für die Triaden zu arbeiten. Selbst Chinesen passiert das nur in Ausnahmefällen. Der Kreis der Triadenmitglieder hat sich vor hundert Jahren zusammengefunden, die Schlüsselpositionen werden von Generation zu Generation vererbt. Da kannst du nicht einfach ankommen und als guter Händler und guter Schütze einen Mitgliedsantrag stellen. Du weißt ja auch gar nicht, wohin du gehen solltest. Jeder Minsker Dealer träumt von so einem Angebot. Es garantiert einem Sicherheit und Wohlstand. Und natürlich Respekt. Aber wenn ich im Kooperativ hätte arbeiten wollen, hätte ich mir einen Bürojob gesucht. Und die Triaden sind am Ende auch bloß ein Kooperativ, nur werden Fehler dort anders bestraft. Und man kann nicht einfach kündigen.

Außerdem kannte der Alte meine Superkräfte nicht, meine blauen Augen und das Musterschülergesicht, die eine noch bessere Sicherheitsgarantie waren als eine Mitgliedschaft bei den Triaden. Deshalb lehnte ich ausgesprochen höflich ab und erklärte, ein Wolf könne nur im Alleingang arbeiten. Da brach er in schallendes Gelächter aus und meinte, meine Metapher wäre ziemlich missglückt, da ausgerechnet Wölfe sich meist zu Rudeln zusammentäten, weil sie so erfolgreicher jagen könnten. Und ein abgezehrter, vom Leben gezeichneter Wolf wäre so ungefähr das letzte Tier, auf das er bei meinem Anblick gekommen wäre. Da wollte ich wissen, an wen ich ihn denn sonst erinnerte. Er überlegte und antwortete dann: »An einen Roten Panda.« Nach einer Weile fügte er noch hinzu: »Der ist genauso wehrlos und gutherzig.« Mein Herz hatte es ihm offensichtlich angetan. Zum Abschied sagte er noch, sie würden meine Erfolge weiter im Auge behalten.

Nun sah es ganz danach aus, als wäre die Zeit reif für ein neuerliches unwiderstehliches Triadenangebot.

Also zog ich mich schnell richtig an, schnappte mir meinen Rucksack und eilte die Treppe hinab. Unten erwartete mich gleich die erste Überraschung. Ich war davon ausgegangen, wie beim letzten Mal auf einem klapprigen Zweirad bis kurz vor Zhodino gekarrt zu werden und während der ganzen Fahrt die Augen zukneifen zu müssen, damit mir kein Müll hineinweht wird. Aber da stand ein monströser *Toyota Land Cruiser Max*, ein Gefährt, das arabische Scheichs besaßen, durchgeknallte russische Oligarchen und diese geheimnisvolle Person, die mich zu sprechen wünschte. Am Steuer saß ein Chinese im strengen schwarzen Anzug mit weißem Hemd, Persönlichkeitsprofil *Agent Smith by ZARA*. Ich stieg ein und grüßte den Fahrer in der Hoffnung, wenigstens von ihm zu erfahren, wohin die Reise gehen sollte. Aber er reagierte gar nicht auf meine Frage – entweder sprach er nur Chinesisch oder er hatte Anweisung, nicht mit den Fahrgästen zu sprechen. Der Bote setzte sich neben mich, er schien ganz in sich selbst versunken. Dazu zog er aus unerfindlichen Gründen ein schuldbewusstes Gesicht.

Langsam, mit dem Autodach die Äste streifend, schoben wir uns aus dem Hof – die normale Einfahrt war für das Monstrum zu eng. Ich registrierte, dass der Typ im Schimmeranzug immer noch hinter dem Baum herumtaperte. Die Spitzen seiner *Marko*-Stiefel wiesen steil nach oben. »Nur die Ruhe«, sagte ich mir, »wozu sich fürchten vor einem, der *Marko*-Stiefel mit Stehspitzen trägt?«

Auf der Kalinowski-Straße schwammen wir in Richtung Zentrum und teilten mit der Grazie eines Kreuzfahrtschiffes den Verkehrsstrom, der aus (im Vergleich zu unserem Monstrum) winzigen Elektroautos, Motorrollern und Rädern bestand. Wir benötigten anderthalb Fahrspuren, aber die Autos vor uns machten brav Platz und gaben dem Größeren instinktiv den Weg frei. Wer hatte mir dieses Fahrzeug geschickt?

Am Totenplatz bogen wir auf den Prospekt ein, standen bis zur Oktjabrskaja im Stau, kämpften uns über die chaotische Kreiskreuzung vor dem *GUM*, wo jeder fuhr, wie er wollte, auch auf der Gegenfahrbahn oder im Rückwärtsgang (die Nähe zu Shanghai schlug schon durch) und kamen endlich am Fuße des gigantischen Ameisenhaufens von Chinatown zum Stehen.

Er war von einer fast perversen Schönheit, ein Konglomerat von Häuschen, Ställen, Asia-Läden, Büros und Wok-Stuben, zusammengeschustert aus Pappe, Metall, Ziegelsteinen und Holz. Das an schlichte Kreuzungen, rechte Winkel, sauber getrennte Geschosse und gerade Straßen gewohnte hiesige Auge wurde bei seinem Anblick automatisch nervös. Wie wunderschön er nachts leuchtete mit seinen chinesischen Lampions, hunderttausenden von Flämmchen in den Häusern und Hütten, die sich übereinandertürmten wie in der Baumkronenstadt im Märchen. So pervers, unhygienisch und beengt das alles war, wie wir ja aus dem Netvisor alle wissen, wirkte Shanghai doch, als müssten dort Fabelwesen leben – Feen, Hobbits und Gnomen.

Und deshalb musste man Shanghai einfach mögen. Die zwanzigspurige Komsomolskaja knickte dort jäh seit- und aufwärts bis in fast fünfhundert Meter Höhe ab, um den Ameisenhaufen zu umgehen und Zentralny und Frunsenski Rayon miteinander zu verbinden. Von der Kreuzung vor der ehemaligen Zentralbuchhandlung, in der sich nun einer der besten Gewürzmärkte der Stadt befand, waren die zahllosen Häuschen, die an den gewaltigen Brückenpfeilern klebten, besonders gut zu sehen. Und wenn hier statt der Brücke eine Seilbahn gewesen wäre, hätten die Chinesen es sicher trotzdem fertig bekommen, drum herum ihre Häuser zu bauen. Einen Moment lang versuchte ich mir vorzustellen, wie es sich so lebte in einem Häuschen unter der Brücke, an einem Stahlbetonpfeiler und mit der Straßendecke als Dach, das ständig unter dem Verkehr auf der Komsomolskaja vibrierte. Grrr! Nein, die Chinesen sind einfach anders drauf, die sind nicht so wie wir!

Der *Toyota* hatte angehalten. Wieder sonderte der Bote seine auswendig gelernten Silben ab: »Mit dem Au-to fah-ren wir nicht wei-ter. Fol-gen Sie mir!«

JUNKIE

Sie hatten den Chinesen damals gesagt: Da habt ihr euer Eckchen in der Stadt, einen Quadratkilometer, ein unregelmäßiges Viereck von der Nemiga entlang der Lenin-Straße bis zur Schpalernaja, über die gesamte Oberstadt und parallel dazu bis zur Kreuzung Mjasnikowa und zurück zum Prospekt. Dort durften sie bauen, allerdings mit einer Auflage: Die vorhandene Bebauung musste erhalten bleiben, weil sie als kulturhistorisches Erbe unter Denkmalschutz stand.

Sie dachten, damit hätten sie die Chinesen clever abgezockt – wo wolltest du denn da noch bauen, wenn es einfach physisch keinen Platz mehr gab, nachdem alles in der Kummerzeit vor der Schaffung des Russisch-Chinesischen Unionsstaates »nachverdichtet« worden war.

Was sie sich dabei gedacht hatten? Na, da kommen vielleicht so zehntausend Mann. Die wohnen dann halt in diesen Häusern. Machen da ihre Lädchen auf. Was soll da schon passieren? Aber wie heißt es so schön in diesem Filmklassiker: »A Chinese reaction is quite a fucking thing!« Die Chinesen haben tatsächlich kein Gebäude eingerissen. Die Chinesen gehen überhaupt respektvoll mit andererleuts Geschichte um. Sie haben ihren ganzen Mist einfach auf die Häuser draufgesattelt. Auf die agroklassizistischen Nemiga-Betonbauten aus der Kummerzeit haben sie hundert Stockwerke ihrer Holz-Papp-Schieferhütten getürmt. Ihre »Straßen« haben sie aus Bohlen gelegt und sogar eine Art Prospekt eingerichtet, auf dem zwei Mofas aneinander vorbeipassen, ohne sich mit dem Rückspiegel zu touchieren. Nicht umsonst spricht man vom Ameisenhaufen – es ist ein Ameisenhaufen! Wenn ihr verstehen wollt, wie es da drin aussieht, euch aber nicht reintraut, geht in den Wald und stochert ein Ameisennest auf. Dann habt ihr dasselbe streng geometrische Chaos, dieselbe höhere Unordnung.

Denn mal ehrlich – um einer Million Menschen ein Dach überm Kopf aus nichts als Abfällen zu organisieren (die Chinesen haben wie die Ameisen fast nur verbaut, was sowieso herumlag), braucht es schon ein Genie. Wenn es mich nach Shanghai verschlägt und ich die schiefen Wände und Gassen, die vom Himmel hängenden Treppen und die von Menschen bewohnten Starenkästen betrachte, die Hundertgeschosser, die um das antike Einkaufszentrum an der Nemiga in die Höhe geschossen sind, dann muss ich unweigerlich an Piranesi und seine kranken architektonischen Kopfgeburten denken.

Statt zehntausend Mann haben sich natürlich eine Million Chinesen in Shanghai niedergelassen. Nach offiziellen Angaben jedenfalls, wo immer die auch herkommen mögen, ist doch nie ein Soziologe dort gewesen, höchstens vielleicht auf den Ringstraßen durch diesen babylonischen Wohnturm, niemals aber tiefer in dessen Innenleben. Denn wer sich einmal auf den Weg macht über all diese Stege, Planken und Bohlen, die teilweise für

Fußgänger gedacht sind, teilweise für Rollerfahrer und teilweise das Abwasser zur Swislotsch transportieren, der könnte auch auf Nimmerwiedersehen verschwinden.

Sicher, Shanghai wird regelmäßig weggeweht oder überschwemmt, es friert ab oder steht in Flammen, aber die Chinesen bauen schnell und effizient – emsig eben – die Bruchstellen wieder zu, verspachteln und verkleben, und sei es mit Tesafilm.

Wie viele Stockwerke das höchste Gebäude in Chinatown hat? Rein mathematisch lässt sich diese Frage nicht beantworten. Jeder Wohnwürfel hier hat seine eigenen Maße, da gibt es ein zwanzig Stockwerke hohes historisches Bürogebäude (das jetzt in jedem Raum fünf Familien beherbergt, Minimum!), darüber noch einmal fünfzig Etagen »Selfmade-Architektur«, dann eine Schicht mit eigenwilligen Verkehrswegen, bei deren Anblick sich jeder Ingenieur erschießen würde, darüber einen Tempel, dann noch einmal zehn Geschosse und einen künstlichen Park mit aus China importierten Billigbonsais. Direkt nebenan befindet sich auf dieser Höhe der achtzigste Stock eines schlanken Betonturmes, der, noch in der Gründerzeit des Ameisenhaufens auf der Nemiga-Straße hochgezogen, mit der hinreißenden Inkonsequenz der Chinesen dann doch nicht fertiggestellt wurde, sodass ab dem einundachtzigsten Stockwerk die Starenkästen in Kartonbauweise folgen. »Krass, krass«, wie dieser Pias in der Glotze immer sagt.

Angeblich kann einem auf den schmalen Stegen im achtzigsten Stock nichts passieren, wenn man nicht nach unten schaut. Du kannst eh nur zwei oder drei Meter tief fallen, wird gewitzelt. Dann landest du unweigerlich auf dem nächsten Steg, einem Dach, einer Brücke oder sonst was.

Und wir haben noch kein Wort über das Innenleben verloren!

Wenn der Chinese bauen muss, aber über dem bereits Erbauten nicht mehr weiterkommt, begibt er sich, klarer Fall, unter die Erde. Keiner meiner Bekannten ist je in die vielgeschossige

Unterwelt vorgedrungen, die unter der Stadt entstanden ist. Aber angeblich haben sie dort ordentliche Krankenhäuser, Erholungsinseln und sogar, man stelle sich vor, ein Stadion! Wobei ich nicht wüsste, wozu die Chinesen ein Stadion bräuchten. Höchstens, um es zu einem Markt umzufunktionieren.

DEALER

Mein Bote hielt sich hinter mir, offenbar war ihm bewusst, dass ich sonst in dem Labyrinth, in das er mich führte, leicht hätte verloren gehen können. Unser Weg ins Herz des Viertels nahm einen lustigen Anfang: Wir näherten uns einem Verwaltungsgebäude, dem Aussehen nach eine Schule, beziehungsweise das Überbleibsel einer Schule, auf der bereits vier zusätzliche Stockwerke gewachsen waren. Eine Bambusleiter reichte vom Dach bis zur Straße hinab. Und ich kletterte diese schwankende Leiter hinauf, deren Sprossen mal genagelt, mal mit Lappen festgeknotet waren und sich stellenweise durchbogen, als wollten sie unter deinem Gewicht zusammenbrechen. Die Leiter mochte fünfzehn Meter überbrücken, vielleicht zwanzig.

Über den Dächern des alten Minsk angekommen, war ich sprachlos angesichts des grandiosen Ausblicks – der Sonnenuntergang zauberte ein wahres Sinfoniekonzert an den Himmel. Eigentlich war die Sonne sogar schon untergegangen, aber der Himmel schillerte in allen Farben von Gelblich-Rot bis zu einem samtigen Grün, wo die Dunkelheit schon die Oberhand gewann. Das orangefarbene Perlmutt der Wolken spiegelte sich in den Blechdächern der Innenstadt, durch die Kirow-Straße kroch gemächlich, wie aus der Zeit gefallen, eine Straßenbahn, links ragte der spielzeugkleine Sendemast auf, rechts thronten erhaben die Türme auf dem Bahnhofsvorplatz wie zwei Sahnetorten oder Souvenirs ihrer selbst. Da überfiel mich eine Wehmut, Irka, Irka, Irotschka, könntest du das mit mir zusammen sehen, mein Mädchen. Über meine Betrachtungen wäre ich um ein Haar in den Strom der Fahrräder geraten, die hier in unbeschreiblichem Tempo dahinrasten – offenbar war die Ebene, auf der ich stand, komplett den Radfahrern vorbehalten.

Der Chinese winkte schon mit der hohlen Hand, hier rein, hier rein, wollte er mir wohl bedeuten. Hier rein führte nicht einmal ein Weg, lediglich ein zwei Bohlen breiter Steg. Er verband den Radweg mit einer Art Straße – Hütten und Lädchen mit einem Fußweg, hinter dem ohne jedes Geländer ein Abgrund gähnte. Ein falscher Tritt, und man stürzte zwanzig Meter tief. Nass geschwitzt und mit einem kläglichen Lächeln bat ich meinen Boten um Erbarmen. Aber er reagierte gar nicht darauf. Ihm war völlig unverständlich, weshalb ich plötzlich wie angewurzelt dastand. Also schob ich mich in winzigen Trippelschritten über den Steg und weiter den schmalen, gefährlichen Fußweg entlang, mit ständigen Schulterblicken nach meinem Boten. Ich drückte mich an die Hauswände auf der linken Seite, um bloß nicht aus dem Gleichgewicht zu kommen und abzustürzen. Der Fußweg endete vor einer Mauer ohne Tür, an der die nächste Leiter lehnte. Diesmal mussten wir nicht so hoch klettern, zwei Meter vielleicht, dann standen wir auf einem belebten, steil ansteigenden Gehweg. Wir mussten dort entlang, nach oben. Um mich herum waren zehntausende gleichgültiger, gereizter, nachdenklicher Gesichter, ich spürte, wie jemand geschickt meine Taschen befingerte, war aber nach den gestrigen Ereignissen so klug, mein Portemonnaie fest in der Hand zu halten.

Zweihundert Meter weiter gab mir mein Bote erneut mit einer Geste zu verstehen, dass wir abbiegen mussten. Es ging in eine dunkle Gasse. Unsere Schuhe polterten über Blech. Erstaunt stellte ich fest, dass der Bodenbelag aus den großen Metallplatten bestand, aus denen früher die Kioske gewesen waren. Auch die bunten, windschiefen Hütten, aus denen verkauft und in denen gelebt wurde, waren aus diesen Blechen gebaut. Dass die Leute darin im Winter nicht erfroren … Wir waren in der Fressmeile gelandet: Zu beiden Seiten erstreckten sich Stände mit frischen Karpfen, daneben ruhten Welse zwischen mächtigen Eisbrocken, zuckten schlangenartige Aale. Anschließend kamen die mobilen Küchen, Tabletts auf Rädern, Gasflammen, Öl und Ruß im Übermaß, dazu die flinken Augen der Köche – probiere bei mir, es lohnt sich! Fische brutzelten, Schweine hingen im Rauch, Bratkartoffeln schmurgelten. Von den Momo-Verkäufern wehte ein aromatischer Duft herüber, Glasnudeln zischten in heißem Fett. Hier war unter einem Vordach aus Plastikfolie ein ganzes Amphitheater aus weißen Kunststoffhockern aufgebaut, auf denen die Kundschaft das Essen in sich hineinschlang.

Wir durchquerten ein improvisiertes Restaurant und schwenkten in eine Sackgasse ein. Dort hob mein Bote eine der Bodenplatten an, unter der eine dunkle Treppe zum Vorschein kam. Beim Abstieg fürchtete ich ständig abzustürzen, weil es wirklich stockfinster war, aber dann kam ein Lämpchen in Sicht und kurz darauf ein weiteres. Am Fuße der Treppe bog ein korridorartiger Quergang ab. Er wurde von einer ganzen Reihe nackter Glühbirnen erhellt, alle liebevoll verschieden eingefärbt. Der Gang war so eng, dass man mit ausgebreiteten Armen locker die beiden Seitenwände berühren konnte. Dabei waren das gar keine richtigen Wände, sondern Stapel abgepackter Waren, dem Anschein nach Tee, Ginseng und Kräuter. Sonderbar, aber selbst auf dieser Untergrund-»Straße« begegneten uns mehrere Fußgänger. Allerdings wurde ein »Weißer« hier schon als Besonderheit wahrgenommen, man lächelte mir höflich zu und bedachte meinen Boten mit scherzhaften Kommentaren.

Der Gang führte zu einem runden Platz mit vielleicht fünfzehn Metern Durchmesser. Er war nicht überdacht oder sonst wie verbaut, über uns leuchtete der Nachthimmel, und kühle Höhenluft wehte uns um die Ohren. Als ich aufschaute, erkannte ich über der aufgerissenen Wolkendecke den wegen der städtischen Beleuchtung nur fahl schimmernden Großen Bären und wohl ein Dutzend ferner und deshalb strohhalmdünner Stege und Verbindungen zwischen den Ebenen ganz oben. Sie waren so weit entfernt, dass es den Anschein hatte, man könnte darauf auch von einem Sternbild zum anderen gelangen.

Die Mitte des runden Platzes bildete ein kleiner Goldfischteich. Mit dem baldigen Einsetzen der Nachtfröste würde man die Tiere wohl in ein Aquarium umquartieren müssen, falls dieser Fischteich – wer wollte es ausschließen in der Wunderwelt Shanghai – nicht beheizbar war. Mein Bote öffnete die Tür zu einem der Häuschen am Goldfischplatz, und kaum dass ich eingetreten war, verschlug es mir abermals die Sprache.

Wir waren in einer Teestube, einer der teureren offenbar. Gemusterte Goldtapeten, niedrige Holzbänkchen. Am ersten Tisch (rotes Holz, kunstvoll geschnitzte Drachen und bezaubernde Vögel) saß ein vielleicht vierzigjähriger Chinese. Sein Gesicht war etwas aufgedunsen, seine Kleidung entsprach dem »Jesus Christ«-Style: wallendes, grau-weißes kragenloses Hemd oder Gewand aus Leinen, weit geschnittene Hose. Er wies mir den Platz gegenüber zu, und ich zwängte mich hinter den Tisch auf das schrecklich unbequeme Bänkchen.

Der Bursche, der mich hergeführt hatte, bekam ein paar abgehackte Anweisungen auf Chinesisch und stellte sich in die Tür.

Vor dem Mann stand ein Terrakottakännchen auf dem Tisch, in dem der Sud auf kleiner Flamme vor sich hin köchelte. Er schenkte ein, zuerst mir, dann sich. Chinesischer Jasmintee. Wir tranken einen Schluck, dann erst begann er zu sprechen. Ohne die übliche chinesische Etikette, sogar ausgesprochen unverblümt. Seltsamerweise sprach er lupenreines Mova. Ohne den geringsten Akzent.

»Ihr werdet niemals Herr über euer Land sein!« Daraufhin nahm er einen weiteren Schluck Tee und sah mir forschend in die Augen.

Wahrscheinlich hätte ich irgendetwas darauf antworten sollen, aber ich hatte keine Ahnung, was und wie. Deshalb nahm ich auch noch einen Schluck, nach chinesischer Sitte vernehmlich schlürfend, damit der Gastgeber erkennt, dass sein Getränk gefällt. Meine Nichtreaktion schien mein Gegenüber nur noch mehr zu reizen. So fuhr er fort: »Wären wir nicht gekommen, dann eben die Russen! Oder die Litauer! Oder die Venezolaner! Oder die Kataris! Ihr seid«, er schnippte mit den Fingern auf der Suche nach dem richtigen Ausdruck, »ihr seid doch ge-ne-tisch gar nicht in der Lage, in Würde zu leben. Historisch gesehen wart ihr immer Sklaven. Mal unter den Polen, mal unter den Russen. Und ihr habt gelernt, euch zu fügen und zu erdulden. Wo ein Sattel ist, findet sich auch ein Reiter.«

Ich zuckte die Achseln – wird schon so sein, wenn er das sagt. Eigentlich wäre ich gern zur Sache gekommen, aber ich wusste ja, dass die Chinesen meistens über solche Umwege dorthin gelangten. Allerdings gehörten Beleidigungen sonst nicht zu ihrem Standardrepertoire.

»Ihr mögt es doch, wenn man über euch befiehlt«, fuhr er fort. »Früher dachte ich noch, das wäre so ein Nationalmasochismus bei euch. Aber seit ich hier kämpfe, weiß ich, dass ihr einfach zu träge seid.« Wieder schlürfte er seinen Tee mit diesem forschenden Blick. »Ihr seid außer Stande, für das Eurige zu kämpfen. Wo ihr gefordert werdet, weicht ihr zurück. Wo man euch unrecht tut, wo ihr in den Tod gehen oder den anderen töten müsstet, tretet ihr einfach ab, erstarrt und denkt, ihr müsstet das aussitzen. All eure Helden wurden vernichtet. Vernichtet durch Betrug und Verrat. Vielleicht war es unter ihrer Würde, mit denselben Waffen zu kontern, mit denen sie vernichtet wurden. Vielleicht haben sie uns sogar verdient. Vielleicht hätten sie uns etwas entgegengesetzt. Aber ihr ...« Wieder funkelten seine Augen. »Ihr werdet niemals aufbegehren. Das hat schon die Kummerzeit deutlich gezeigt. Was immer sie euch angetan haben, ihr habt es ertragen und habt abgewartet. Ihr seid keine Menschen. Ihr seid ...« Wieder fehlten ihm die Worte, und er verstummte auf der Suche nach dem geeigneten Bild. Ich trank einen weiteren Schluck, wieder laut schlürfend, in der Hoffnung, diese kleine Höflichkeitsgeste könnte ihn beruhigen und zur Sache kommen lassen.

»Wasser seid ihr!«, brüllte er. »Keine Menschen, sondern Wasser! Wenn man euch packt und festhalten will, rinnt ihr einem durch die Finger. Ich beleidige dich. Wieso schlägst du mich nicht? Wieso trinkst du weiter Tee mit einem Mann, der dich beleidigt?«

Ich zuckte die Achseln. Da er eine Antwort von mir wollte, erwiderte ich mühsam, natürlich auf Russisch: »Ich höre Ihnen gern zu.« Ich sagte das ohne jeden Vorwurf, einfach um ihm zu verdeutlichen, dass ich mich nicht mit ihm prügeln wollte. Was wäre denn auch dämlicher, als sich auf Triadengebiet auf eine Prügelei mit einem Triadengeneral einzulassen? Aber mein Gegenüber hörte aus meiner Antwort mehr Stolz und Eifer heraus, als darin angelegt waren.

»Das ist es doch genau, wovon ich spreche! Dieses Wässrige! ›Ich höre Ihnen gern zu!‹ Wasser lässt sich nicht auslöschen! Du

kannst es erschießen oder abstechen, und es ist immer noch Wasser. Sogar wenn du es verdampfst, wie die Sowjets euch verdampft
haben, kommt ihr doch als Regen zurück und seid wieder Wasser.
Deutsche, Russen, Sowjets, Chinesen – alle haben versucht, gegen
euch zu kämpfen. Die besten Köpfe haben sie ausgemerzt. Und
dachten, sie hätten gesiegt. Aber das Wasser braucht keine Helden. Der Widerstand liegt in seiner Natur.«

Er schenkte sich heißes Jasminwasser nach, bevor er höflich
und gefasst fortfuhr.

»Ich heiße Chu Lin. Ich bin eine 432 und stehe im Rang eines
Weihrauchmeisters in der Bruderschaft ›Lichter Pfad‹, die Minsk
kontrolliert.«

»Lichter Pfad?«, fragte ich grinsend.

»Ja. ›Lichter Pfad‹. Wieso?«

»Ach, das klingt bloß komisch für hiesige Ohren. Wie der
Name …« Wie der Name einer Kolchose, wollte ich sagen, kapierte aber noch rechtzeitig, dass das meinen sofortigen Tod bedeuten
könnte. »Wie der Name einer Ortschaft.«

»Ja. ›Lichter Pfad‹. Wir sind eine der ältesten Triaden in Hongkong. Anfangs hatten wir hier noch die ›Roten Drachen‹ aus Tai-
wan gegen uns, aber die haben den Krieg verloren und das Feld
geräumt. Das hier ist unser Land.« Den letzten Satz hatte er mit
besonderem Nachdruck gesprochen. Klar, keine Frage. Logisch,
das war ihr Land. Unseres ja wohl kaum.

»Für welche Verdienste wird mir die Ehre eines Treffens mit
dem Weihrauchmeister zuteil?«, fragte ich und brachte gleich
noch mein Wissen aus einem Hochglanzblatt ein. »Werden Sie
mir anbieten, vor einer Guan-Yu-Statue Wein mit Blut vermischt
zu trinken, den Eid der Blauen Laterne abzulegen und dann unter
das Säbeldach zu treten?«

Mein Gegenüber zog die Stirn in Falten. Da fiel mir noch ein
Satz aus dieser Zeitschrift ein, in dem es geheißen hatte, die Tri-

aden achteten streng darauf, dass nur solche Initiationsriten an die Öffentlichkeit gelangten, die nicht mehr praktiziert wurden. Vielleicht hatte ich gerade himmelschreienden Unsinn oder eine grobe Taktlosigkeit von mir gegeben, denn der Weihrauchmeister verstummte für mehrere Minuten, bis er unvermittelt sagte: »Wir trinken Grüntee seit Jahrtausenden. Viel länger als ihr euren Wodka. Aber in unserem guten Tee sind nur zwei Zusätze erlaubt: Jasmin und Lotos. Alles andere ist etwas für Laowais. Euer Tee dagegen ist ein Kompott. Zitronenschale wird hineingebröselt, Trockenobst, Kamillenblüten, sogar Rosen. An der Teekultur erkennst du ein Volk.«

Wieder verfinsterte sich sein Blick. Aus irgendeinem Grund schimpfte er die ganze Zeit über uns Russen. Als hätten wir ihm persönlich etwas angetan. Oder war das schon der nächste Test?

»Gehen wir.« Er klatschte dreimal in die Hände und stand auf. »Tee trinkt man zum Kennenlernen. Freundschaften werden beim Essen besiegelt.«

Mit militärischem Schneid zog er seinen Anzug straff, der eher nach Hippiekutte aussah als nach der Uniform eines Triadenführers mit dreistelliger Rangnummer. Jetzt wurde mir auch klar, weshalb ich ihm immer noch kein Persönlichkeitsprofil hatte zuordnen können. Sein Gesichtsausdruck änderte sich von Minute zu Minute. Bald sah er drein wie ein neutrales Mao-Porträt, bald zupackend aggressiv wie die Helden von *Dino Bigioni*, dann wieder rätselhaft wie eine Figur aus *Tru Trussardi*.

Der junge *Adidas Basics*, der mich hergeführt hatte, eilte in den hinteren Bereich der Teestube und öffnete ein prächtiges zweiflügliges Tor. Auf dem vergoldeten Reispapier der Flügel tanzten Wesen, die jeder, der mit russischen Märchen vertraut war, sofort als Feuervögel erkannt hätte. Hinter dem Tor war es dunkel. Wir traten hindurch und verlangsamten sogleich unseren Schritt, bis sich die Augen an das Zwielicht gewöhnt hatten. Wir standen in einem gemütlichen kleinen Innenhof mit künstlichem Wasserfall. Die Dächer hier waren mit echten Keramikziegeln gedeckt, wie sie für das eine Schriftzeichen von Mo-va stehen. Auf den Dachfirsten standen bemalte Götterfiguren aus Steingut, die in der Dunkelheit geheimnisvoll funkelten. Über uns tat sich wieder der Sternenhimmel auf. Nur die Chinesen waren in der Lage, so ein Wunder siebzig Meter über einer Stadt zu vollbringen, in der sie doch gerade erst aufgetaucht waren.

»Das ist das Haus, in dem ich aufgewachsen bin, Serjosha«, sagte Chu Lin ganz unverstellt. »Es ist sechshundert Jahre alt und stand in der Provinz Shanxi. Dort wurde es zerlegt und Balken für Balken hierher transportiert. Dabei ist jedes Bänkchen, jede Kanne, jede kleine Zeichnung und jedes kalligraphische Detail an den Wänden, selbst die Tischchen in der Teestube so alt und so kostbar, dass sie unter dem Schutz des chinesischen Staates stehen. Trotzdem haben wir alles problemlos hierher verfrachtet, in Chinatown versteckt, auf diese Höhe gebracht und in der richtigen Himmelsrichtung exakt so wieder aufgebaut, wie es zuvor dort gestanden hat. Und da behaupten sie, sie hätten den grenzüberschreitenden Warenverkehr unter Kontrolle!« Er lachte so frei und unbeschwert, als hätte er nichts mit dem Menschen gemein, der gerade noch die Russen mit seinen bissigen Bemerkungen so leidenschaftlich beschimpft hatte.

Wir gingen weiter bis zu einem farbenfrohen, von Dutzenden Kerzen erleuchteten Häuschen. Im flackernden Licht schienen sich die Aquarelle an den Wänden zu bewegen. Nebelschwaden krochen über die Berggipfel, die Blätter gewundener Bäume kräuselten sich im Wind. Wir kamen an einem Bett aus einem gewaltigen, von den Jahrhunderten polierten Baumstamm vorbei und an einer steinernen Tafel, an der eine ganze Familie Platz gefunden hätte. Der Weihrauchmeister entzündete ein paar Räucherstäbchen vor dem Ahnenschrein und stellte dem Burschen, der uns die ganze Zeit wortlos gefolgt war, eine kurze Frage.

Dieser lief voraus, öffnete die sanft scharrende Tür zum nächsten Raum, ging kurz hinein und kehrte dann zu uns zurück, um dem Meister mit einer leichten Verbeugung zu antworten. Mit einem Seufzen erklärte Chu Lin: »Hinter dieser Tür müsste eigentlich ein Fluss fließen. Aber den Fluss vor der Schwelle des Elternhauses konnten nicht einmal wir organisieren. Und selbst wenn wir es getan hätten – die gesamte Provinz Shanxi bekommen wir nicht hier hoch.«

Anstelle des Flusses lag nun »vor der Schwelle« ein recht bescheiden eingerichtetes Zimmer: Wände aus geflochtenen Bambusmatten und ein großer Spiegel (was sollte der hier?). Auch dieser Raum wurde nur von Kerzenlicht erhellt und lag daher weitgehend im Dunkeln. In der Mitte stand ein niedriger Tisch mit chinesischen kalten Häppchen. Sitzbänkchen gab es nicht, zum Essen musste man sich auf die Bastmatten am Boden setzen.

»Jeder, der schon mal Geld für eine Reise nach Porno-Thailand beiseitegelegt hat …«, Chu Lin hatte tatsächlich »Porno« gesagt, »… weiß, dass beim Hot Pot die Speisen an Ort und Stelle zubereitet werden, in einem besonderen Topf.«

Ich hatte mich schon daran gewöhnt, dass wir kein Gespräch führten, dass er redete, ich zuhörte und allerhöchstens Zustimmung grunzte.

»Aber die wenigsten wissen, dass Hot Pot eine der vier Säulen der chinesischen erotischen Kochkunst ist. Guten Appetit!«

Er setzte sich mit untergeschlagenen Beinen, griff sich ein Paar Stäbchen und machte sich über Gurkenscheiben und Schweineohren her. Bei näherem Hinsehen fiel mir auf, dass keine Teller auf dem Tisch standen, die Speisen waren einfach dicht an dicht nebeneinander getürmt. Außerdem schien der Tisch sich zu bewegen. Erst als ich mich neben dem Meister niedergelassen hatte und diese Regungen sich häuften, bemerkte ich zu meinem bodenlosen Erstaunen am Kopfende des Tisches das attraktive Gesicht einer Frau. Die Augen hielt sie geschlossen, offensichtlich genierte sie sich. Chu Lin war mein Frösteln bei der Entdeckung des »Tisches« nicht entgangen, und er brachte mich in noch größere Verlegenheit, als er sich mit seinen Stäbchen ein paar Ananasstückchen von der Brust der Frau angelte. Eine Knospe kam zum Vorschein, braun und fest. Ich wusste nicht mehr, wohin mit mir.

»Warum isst du nichts? Ist sie so abstoßend?«

Er nahm sich einen Mangowürfel aus der Nabelgegend, und die Schöne erzitterte bei der Berührung. Ein Lächeln huschte über ihre Lippen – sie fand es lustig, ich fand es sonderbar, zum Umfallen sonderbar.

Ich nahm mir mit meinen Stäbchen ein Stück Pfirsich und führte es zögerlich zum Mund. Der Pfirsich war warm – sie hatte ihre Körperwärme an ihn weitergegeben. Und er hatte ein Aroma oder vielmehr den leichten Beigeschmack eines jungen, duftigen Körpers. Ich zerdrückte das Fruchtfleisch mit der Zunge und starrte wie gebannt auf ihre Brust – es hatte mehr von Erotik als von Gastronomie. Es war wie ein Kuss beim Coldsex, wie Irka und ich ihn vollzogen.

Die Schöne musste gespürt haben, dass ich dazugestoßen war, sie atmete schneller und zugleich tiefer. Die Röte schoss mir ins Gesicht, und da sie meine Scham spürte, legte sie ihre allmählich ab. Sie schlug die Augen auf und lächelte erneut, diesmal deutlich an meine Adresse gerichtet. Ich pflückte einen Apfelsinenschnitz von ihrer Hüfte und hatte wieder dieses Kussgefühl auf der Zunge: Das warme, weiche Fleisch explodierte in tausend Geschmacksempfindungen. Nein, das Ganze war mitnichten so plump und vulgär, wie es zunächst auf mich gewirkt hatte.

Ich holte mir eine Weintraube von ihrer Schulter und eine weitere von ihrem Hals. Wo immer ich etwas entfernte, legte ich ein Stückchen nackter Haut frei. Ein seltsamer Vergleich, aber so war es: als äße ich das Kleid auf, das ihre Blöße bedeckt. Sie sah mir jetzt tief in die Augen, mit unverhohlener Neugierde. Wahrscheinlich nahm zum ersten Mal einer der Hiesigen an diesem wunderlichen Ritual teil. Ich konnte ihrem Blick nicht standhalten, aber wenn ich ihren nackten Körper betrachtete, kam ich mir auch vor wie ein respektloser Konsument oder ein wildes Tier. Außerdem verspürte ich natürlich ein gewaltiges Verlangen, was umso perverser war, als außer uns beiden da noch dieser knurrige Enddreißiger herumsaß.

»Nur zu, nur zu, keine falsche Scheu!«, ermunterte er mich mit vollem Mund. Seine Lippen glänzten ölig von den verzehrten Speisen. Jeder Atemzug glich einem gierigen Schnaufen, und hätte ich nicht gewusst, dass Schlingen und Schmatzen in China Ausdruck der Hochachtung gegenüber der Küche waren (in diesem speziellen Fall wohl auch gegenüber dem »Tisch«), ich hätte ihn für einen Mann mit schlechten Manieren gehalten.

Plötzlich flog die Tür auf, und ein sonderbarer Typ betrat den Raum. Eine Mischung aus *Hummer-* und *Camelot*-Werbung. Boxerschnitt, gefurchte Stirn, ausgeprägte Überaugenwülste, original Arnie-Wangenknochen. Ein Tarnanzug spannte über seinen Muskeln. Sehnig und prall zugleich, erinnerte seine gesamte Erscheinung an das knorrige Wurzelwerk mächtiger Baumriesen. Und: Er war ein Hiesiger! Ein Russe! Ein Nicht-Chinese! Als er nun hereinkam, nahm der Weihrauchmeister ihn mit einem knappen Nicken zur Kenntnis. Kurz darauf erhob er sich aber und machte vor dem großen Wandspiegel eine tiefe Verbeugung. Der Tarnmann bezog rechter Hand des Spiegels Stellung und verwandelte sich in ein Standbild.

Dass nun noch ein Dritter aufgetaucht war, der gar nicht an unserem Essen teilnahm, stürzte mich in noch tiefere Verwirrung. Ich legte meine Stäbchen beiseite und fragte: »Stimmt es eigentlich, dass der gesamte Drogenhandel in den Minsker Triaden von einer gewissen Ciotka kontrolliert wird?«

Chu Lin blickte auf und brach in schallendes Gelächter aus. Für meinen Geschmack überschritt er in der Dauer seines Lachens die Grenze der Höflichkeit. Der schreckliche Tarnmann erwachte übrigens auch wieder zum Leben und verzog seinen Mund zu einem Grinsen. In seinem Gebiss blitzte ein Stahlstift auf. Wahrscheinlich brauchte er den, um seinen Feinden besser die Gurgel durchbeißen zu können, wenn sie sich nicht mit bloßen Händen erwürgen ließen.

Der Hausherr stellte fest, dass ich die Mahlzeit beendet hatte. Ein paar Sekunden lang pulte er sich noch konzentriert in den Zähnen herum, dann fragte er mich beiläufig mit einem kurzen Seitenblick auf den »Tisch«: »Willst du?«

»Was heißt das jetzt?«, fragte ich nach.

Er wischte die Speisen vom Unterleib der Schönen und schob ihr verächtlich, als wäre sie eine Puppe, die Beine auseinander. Sie hatte die Augen jetzt wieder geschlossen.

»Ein Hot-Pot-Ritus endet normalerweise damit, dass alle Teilnehmer der Reihe nach der Frau des Hauses ihren Dank erweisen. Die Gäste zuerst.«

»Nein, nein!«, wehrte ich erschrocken ab.

»Was denn?«, fragte er grob. »Hat dir das Essen nicht geschmeckt?«

»Doch, es war sehr gut«, versicherte ich hastig.

»Hat dir das Mädchen nicht gefallen?«, hakte er nach.

»Doch! Sie ist sehr hübsch.« Ich wollte meine Hochachtung vor ihrer Schönheit irgendwie zum Ausdruck bringen und verbeugte mich, aber seit sie erneut die Augen geschlossen hatte, machte sie keine Anstalten, sie noch einmal zu öffnen.

»Wo ist dann das Problem?« Jetzt schlug er wieder den Staatsanwaltston vom Beginn unseres Treffens an. »Das Essen hat dir geschmeckt. Das Mädchen hat dir gefallen. Wo ist das Problem? Bist du impotent, Serjoscha? Brauchst du ein Gläschen Schlangenessenz?«

Ich schwieg schuldbewusst. Er wartete auf eine Antwort.

»Es ist nur … schwierig. Wir kennen uns doch gar nicht. Das geht doch nicht.«

»Ach, ihr kennt euch nicht!«, wiederholte er und wandte sich rasch dem Spiegel zu, als wollte er dem anderen bedeuten: Ist das nicht ein komischer Vogel? So was von prüde! Stattdessen sagte er: »Ich dachte, ihr macht das hier wie die Karnickel und steckt ihn euch gegenseitig in jedes Loch! Ist das nicht so eine Art Philosophie bei euch? Ist doch so!«

Ich schwieg weiterhin, aber der Tarnmann zischte ihm etwas auf Chinesisch zu. Daraufhin änderte Chu Lin abrupt seine Linie. Er rief den jungen *Adidas Basics*, der sogleich verschreckt herbeigeschlichen kam. Der Meister hielt ihm die Stäbchen hin, mit denen er eben gegessen hatte. Und mein Bote verblüffte mich zutiefst: Er schob sich die Stäbchen in die Nasenlöcher, sank auf die Knie und stützte sich, vornübergebeugt, auf die Fäuste. Damit sah er aus wie eine ägyptische Sphinx, der plötzlich Stoßzähne aus der Nase wuchsen. In dieser Pose schloss er die Augen und verkrampfte, als rechnete er mit einem Schlag.

»Darf ich vorstellen«, sagte der Weihrauchmeister zu mir, während er abfällig auf den Burschen deutete. »Das ist Qin. Er ist eine 49, ein Fußsoldat, eine Blaue Laterne und hat gestern einen Auftrag erhalten. Er sollte dir mit der Angel den Rucksack entreißen, in dem wir etwas hinterlegt hatten, das uns sehr kostbar ist. Aus irgendeinem Grund ist ihm das misslungen. Nach seinem Scheitern hat er sich, anstatt dir mit vorgehaltener Pistole unseren Schatz abzunehmen, aufs Motorrad gesetzt und ist einfach davongefahren. Er hat sich verhalten wie ein Feigling. Dieses Vergehen ist unverzeihlich und wird mit dem Tode bestraft. Aber er hat die Situation teilweise bereinigt. Er hat dich aufgespürt und hierher gebracht. Jetzt heißt es wählen.«

Der Weihrauchmeister reckte seine geballten Fäuste über den Kopf, dass die Gelenke knirschten.

»Variante eins: Wir fahren jetzt zu dir. In deine Wohnung im Seljony Lug, Kalinowski-Straße. Dort gibst du uns den Gegenstand, der dir nicht gehört. Dann bleibt Qin am Leben. Variante zwei: Du weigerst dich, jetzt mit mir zu dir in deine Wohnung im Seljony Lug, Kalinowski-Straße, zu fahren. Was wir mit dir anstellen werden, bis du uns den Gegenstand, der dir nicht gehört, zurückgegeben hast, erzähle ich später. Vorher erkläre ich dir, welche Konsequenzen diese deine Entscheidung für Qin hat. Pass auf!«

Dann schnipste er gegen die Stäbchen, die Qin aus der Nase ragten. Qin zuckte zusammen.

»Ich halte seinen Kopf mit der linken Hand fest und schlage mit der rechten gegen die Stäbchen. Geschmiert mit seinem Nasenschleim, fahren sie ihm butterweich ins Hirn. Circa zehn Zentimeter tief. Von früher vollstreckten Todesstrafen weiß ich, was weiter passiert. Qin wird aufspringen, blind, weil die Sehfähigkeit zuerst aussetzt. Er tut ein paar Schritte, erschreckt unsere Schöne«, hier tätschelte der Meister wohlwollend ihren Schenkel, »geht irgendwo dort zu Boden und fällt in seine Agonie, die höchst unappetitlich aussehen wird. Aber Feigheit muss bestraft werden. Also, was sagst du? Soll Qin leben oder sterben? Sag einfach ›Wir fahren‹ oder ›Wir fahren nicht‹.«

Natürlich sagte ich »Wir fahren«, obwohl die Situation sich auch anders, schneller und einfacher hätte auflösen lassen. Aber der kategorische Weihrauchmeister ließ mir keine Zeit für Erklärungen, jedes Zögern hätte den Tod bedeuten können, zunächst für Qin, dann für mich. Für diese resoluten Herrschaften wäre es wohl noch ehrenvoller gewesen, in der Wohnung eines frisch Verstorbenen nach einer Printe zu suchen, als mit einem Laowai zu verhandeln und ihn vor die Wahl zu stellen. »Wir fahren«, sagte ich noch einmal, und der Hausherr zog der 49 mit einem Ruck die Stäbchen aus der Nase. Der trollte sich erleichtert.

Der Weihrauchmeister zog ein kleines Funkgerät hervor und orderte in Mova Gefährt und Konvoi. An der allgemeinen Hektik, dem Getrappel und dem Waffengeklirr ringsum ließ sich ablesen, dass ein ganzer Tross nach der Printe ausschwärmen sollte. Als wir das Zimmer verließen, wollte ich der Frau noch eine Nettigkeit sagen. Im Vorbeigehen bückte ich mich und flüsterte innig: »Danke! Du bist wunderschön!« Aber sie verstand natürlich kein Wort.

Ich wollte noch etwas ergänzen, musste aber einsehen, dass es keinen Sinn hatte. Sie war ein Wesen aus einer anderen Welt, der Welt der wortlosen Schönheit. Meine Versuche, ihr zu erklären, wie besonders sie war, mussten in ihren Ohren wie unverständliches Geblöke klingen. Also ließ ich es besser gleich sein. Eigentlich ging es mir mit Irka auch nicht anders, ebenso wenig mit der Handvoll anderer Frauen, die ich kannte.

JUNKIE

Vom durchschnittlichen Buletten-Normalo zum kaputten Mova-Junkie aus der Netvisor-Schockabteilung sind es nur drei Schritte:

1) erstes Mal

2) zweites Mal

3) aktive Suche und gezielter Einkauf.

Das ist das idealtypische Schema jeglicher Bindung, si vous voulez, von der »Liebe«, wie sie in der veralteten Literatur beschrieben wurde, bis zur Tabakabhängigkeit. Zuerst probierst du es aus. Dann probierst du es noch einmal, eher zufällig. Du merkst, dass es dir gefallen hat. Und willst mehr davon. Die Propaganda kennt noch einen vierten Schritt – die Abhängigkeit. Aber Mova kann aufgrund seines nichtsubstanziellen Status nicht in die Abhängigkeit führen. Liebe schon, Paarung ist ja ein körperlicher Vorgang. Mova ist dagegen die pure Verzerrung des Bewusstseins in reinster Form. Als ob dich eine alternative Art zu denken high werden lässt. Abhängigkeit, von wegen.

So sieht es aus. Wie ich gesucht habe? Angefangen habe ich wie jeder halbgare Novize mit den Anzeigenseiten. »Audi 100 zu verkaufen«, »zuckersüße Kätzchen, können sprechen«, »Medaillen aus dem Zweiten Weltkrieg, mit Veteranen. 2. genet. Kopie. Erz. über Krieg, spannend«, »Verkaufe Karte von Chinatown, Schätze markiert«, »Teleskop, *Lviv*-Klavier, Backform (Keramik). Im Paket günstiger«, »Biete Dienstleistungen im sexuellen Bereich. Keine Zuschriften von Chinesen«. Ich nahm mir als Erstes die Rubrik »Baustoffe« vor und durchforstete die privaten Kleinanzeigen nach »Keramikfliesen«, »Dachsteinen« und »Metallziegeln«. Darin suchte ich nach irgendwelchen Kombinationen mit »Tusche« oder »Tinte«. Interessanterweise fand ich tatsächlich eine Anzeige, die in einer langen Liste »Betontinte« (was das wohl sein mochte?), »Ziegel« und »Dachsteine« verzeichnete. Mit pochendem Herzen wählte ich die angegebene Nummer und wartete gespannt auf eine Ansage. Aber ich erreichte nur die Telefonistin einer großen Handelskette, die tatsächlich *alles* verkaufte. Auch Tusche und Dachsteine. Und Hasch für die Usbeken auf dem Bau, die ohne Hasch nicht arbeiteten.

Die Zeit lief, das Verlangen nach Wiederholung wuchs, aber ich traute mich nicht nach Shanghai rein. Dann wechselte ich irgendwie von der Rubrik »Baustoffe« zu »Dies und Das«. Wie ich darauf kam? Ihr wisst ja – einen so abgebrühten Zyniker wie mich findet ihr in diesen Breiten nicht noch mal. Aber in Mova-Fragen werde selbst ich hin und wieder zu einem kognitiv unzurechnungsfähigen Mystiker.

Dann kann ich nachvollziehen, wieso sich die Bong-Bongs auf Cannabis den Gott Jah erfunden haben. Der quasi die »Seele« des

Grases sein soll und dich, wenn du ihm den nötigen Respekt erweist, zuverlässig vor den Cops schützt (Cannabis war früher verboten) und dir Verstand, Glück und zu guter Letzt auch Lungenkrebs angedeihen lässt. Und Mova hat eben auch eine Art »Seele«. Es gab nämlich Situationen, ganz bestimmt, da hat mir etwas geholfen und den Weg gewiesen. Beziehungsweise mich anschließend vor den Konsequenzen bewahrt. Ja, das behaupte ich, der ich an renommierten chinesischen Hochschulen studiert habe.

So stieß ich beim erneuten Schlackefiltern unter »Dies und Das« auf ein markantes, fast schon dreist zu nennendes »Tinte, Ziegel, Fremdsprachenkurse«. Dazu eine Netzadresse. Ich natürlich gleich eine Nachricht abgesetzt, hey-hey, Tinte sucht Ziegel, nur für ein Dächlein, mehr muss nicht. Sie ließen mich lange schmoren, ich bekam sogar schon die ersten Paranoiaschübe. Sollte eine kleine Anfrage im Comm-Programm schon genügen, um wegen Verdachts auf Mova-Konsum seine zehn Jährchen zu bekommen?

Aber am nächsten Tag kam doch eine Antwort, in einer abgedrehten Sprache, mit Fehlern und Wiederholungen, etwas wie: »Du wolle du Tinte, du wolle Ziegel Wolle? Dann komme du dann heut jetzt in Viertelstund komme nach Bahnhof alte Bahnhof Unter uhr wo unter Uhr Leute treffen. Stehe du unter Uhr, stehe, Macht zweihundert das.«

Ich rannte sofort los, schnappte mir ein Taxi und ab zum Bahnhof. Wahrscheinlich kam ich eine Dreiviertelstunde zu spät, fünfzehn Minuten sind in Minsk nicht zu schaffen, das ging vielleicht im 16. Jahrhundert oder so, wo es noch keine Staus gab, wo sie noch mit Gondeln auf der Swislotsch rumgeschwommen sind und in der ganzen Stadt vielleicht fünf Millionen Leute gelebt haben.

Keiner da. Die üblichen Bummelanten. Am Horizont, vor dem neuen Bahnhof, flanierte ein einsamer Bulle auf und ab. Gelangweilt. An seinem Gang war zu erkennen, dass mir keine Gefahr drohte. Das ist überhaupt das beste Mittel gegen Paranoia – den Gang von Polizisten zu beobachten. An der Art und Weise, wie sie herumtapern, kannst du sofort erkennen, ob etwas im Busch ist oder nicht. Wenn ja, sind ihre Schritte federnd und energisch. Eben so wie in den Werbefilmchen. Im normalen Leben schleichen sie umher wie die Zombies, immer auf der Suche nach dem nächsten Opfer.

Kurz und gut, ich stand vielleicht eine halbe Stunde herum und wollte gerade gehen, da sprach mich eine junge Mutti mit Kind im Wagen an, die neben mir auf jemanden gewartet hatte.

»Hast du Tinte gefragt, du?«

Sie trug die typischen Klamotten, Wollpullover, schwarzer Rock, die Haare kupferrot gefärbt. Ihr Gesicht hatte die Farbe und Anmutung von Schwarzerde. Man hätte die Zigeunerin auch für eine dieser Russinnen aus Krasnodar oder dem Kaukasus halten können, die auf den Märkten Melonen verkaufen. Ich zog den vorbereiteten Zweihundert-Yuan-Schein aus der Tasche, aber sie zischte gleich: »Nicht hier, Mann. Komm mit, Mann.«

Wir gingen gemeinsam zu dem kleinen Platz beim Straßenbahnkreisel, sie hob das Kind aus dem Wagen und wickelte es.

»Lege du Geld in Wagen«, kommandierte sie, und ich warf den Schein auf das Kissen. Die Frau wickelte hastig die Windel auf, aus der ein Briefchen herausfiel. Ich bückte mich, um es aufzuheben, sie warf das Baby zurück in den Wagen und schob ihn rasch davon.

»Jeder Dienstag-Donnertag ich hier, Dienstag-Donnertag«, sagte sie, ohne mich noch einmal anzusehen. »Wolle du öfter, kaufe du mehr, dass öfter. Nicht schreiben, hier suchen, Dienstag-Donnertag.«

Da stand ich nun mit zehn Jahren Knast in der Tasche. Unbeschreiblich, dieses Gefühl, etwas zu haben, wofür dich jeder

Polizist und jeder Bürgerwehrler mit Scanner einsackt. Adrenalinmäßig vergleichbar mit einem Bungeesprung. Plötzlich ist es dir überall zu eng. Du bewegst dich hektisch und viel zu schnell. Sind wir nicht alle auf der Suche danach? Nach Abenteuern aus heiterem Himmel? Einen einfachen Rausch kannst du dir ja auch mit legalen Mitteln holen.

Ist doch kein Ding! Wenn du dir den Deckel heben willst, mach einfach vierundzwanzig Stunden durch, dann bist du so gut drauf wie nach einem netten Hundert-Yuan-Trip! Völlig risikofrei und nicht mal gesundheitsschädigend. Verantwortungslos soll das sein? Ein Sales Manager, der seine Halbjahresbilanz strickt und vollgepumpt mit Energizern jeden, der ihm in die Quere kommt, in der Luft zerreißt, der vollkommen verlottert, Augen wie ein Albino-Karnickel – der soll normal sein und wir nicht?

Im Bewusstsein, das Briefchen dringend loswerden zu müssen, spazierte ich schnurstracks zum Alexanderplatz, setzte mich auf eine Bank und faltete es auseinander. Es war etwas ganz Besonderes, es sah aus wie ein Auszug aus Ilf und Petrow oder Soschtschenko, diese wuchtige Sprachsatire, diese Persiflage der unmenschlichen Kanzleisprache all dieser Rayonsowjetexekutivkomitees, Kommissionen und Vorsitzenden mit Hammer und Sichel statt Hirn in der Birne. Hier das Fragment:

Als die Arbeit im Exekutivkomitee zu Ende war, achtete ich peinlichst darauf, gemeinsam mit Krejna den Heimweg anzutreten. In Bezug auf ihre Person verfolgte ich eine ganz bestimmte Zielstellung. Ich hielt Kurs auf eine nähere Bekanntschaft mit ihr. Im Gehen knüpfte ich ein Gespräch in den moderatesten Tönen an. Ich klagte ihr mein Leid, daß man als neuer Mensch sein Leben in der Kleinstadt nur sehr mühsam in Gang brächte, und bat sie in dieser Richtung um einen guten Rat. Sie hörte mir aufmerksam zu, und ich legte in meine

Stimme alle Zärtlichkeit und männliche Spitzbübigkeit, deren
ich nur fähig war. Da zeigte sie sich mitfühlend mir gegenüber:
Sie begann von der Kleinstadt zu erzählen, von den Menschen
hier, ihren Gewohnheiten, Ansichten, Gerüchten und Ver-
gnügungen. Wir hatten gar nicht bemerkt, wie wir zu ihrer
Wohnung gekommen waren. Als ich mich schon von ihr ver-
abschieden wollte, empfahl sie mir eine Wohnung gleich hier,
in dem Haus, wo sie wohnte. Ich gebe amtlich zu Protokoll,
dass mich eine solche Wendung der Angelegenheit nicht wenig
erheiterte, da sie offenkundig werden ließ, daß ich die richtige
Attacke gegen sie gestartet hatte und mir sogleich Erfolge in
mehrfacher Hinsicht beschieden waren. Auch die weitere Ent-
wicklung unserer Beziehung zeichnete sich bereits ab: Jeden
Tag, den ich neben ihr wohnte, würde ich ihre Ansichten über
die richtige und naturgemäße Beschaffenheit meiner zentralen
Produktionslinie konsequent bearbeiten. Auf dem Weg von
Krejna zur Herberge war ich in einer derartigen Hochstim-
mung, daß ich auf dem Markt die stattliche Schmutzwasser-
grube mit einem Satz übersprang. Damit versetzte ich die
Burschen, die hier herumliefen, in höchstes Erstaunen. Einige
versuchten es mir gleichzutun, pardauzten aber ungeachtet ih-
res Eifers und ihrer Gewandtheit unter dem Gelächter der Ka-
meraden mitten in den Morast. Ich ging meiner Wege, gefolgt
von den begeisterten Blicken der jungen Burschen.

All die wunderlichen Wortformen gingen mir im Kopf herum, und schon beim vorletzten Satz war mir im Bewusstsein das nahenden Flashs klar, dass ich die Liquidierung dieses mich diskreditierenden Papieres in die Wege leiten musste, und so riss ich es in klitzekleine Schnipsel, so winzig, dass keiner mehr einen Mova-Hinweis enthielt, keine der Zeichenkombinationen, die nach geltendem Recht unter Strafe standen. Und ich überlegte sogar noch, diese Schnipsel, diese Fitzelchen zu verbrennen, um ihre vollständige Vernichtung sicherzustellen, aber mein Bewusstsein trug mich bereits in exekutivkomiteetische Fernen, und ich sah, dass ich ein *Eliz*-Hemd trug, einen schimmernden Komintern-Anzug und die passenden affigen Schuhe mit den auffallend schmalen Spitzen.

Da verstand ich, dass mir keine Gefahr drohte, war ich doch ein Staatsdiener geworden, einer der Ihren, mit ihrem Gedankengut, einer, der Drogenhandel und Drogenkonsum rundheraus ablehnte. Gemächlich, wie sich das für einen Staatsdiener gehört, erhob ich mich von meiner Bank, knöpfte das Jackett zu und ging, nach einem kurzen Seitenblick zur Sicherheit, die Marx-Straße hinunter. Dort waren jede Menge zwielichtiger Gestalten unterwegs. Diese junge Frau dort zum Beispiel, allzu mager, eine Studentin, offenbar, und Studenten neigten ja immer dazu, die bestehende Ordnung zu stören und einen asozialen Lebenswandel zu pflegen. An der Kreuzung beim Institut für Volkswirtschaft registrierte ich gleich zwei Personen, die bei Rot über die Straße gingen, ohne das Freigabezeichen des Signalgebers abzuwarten, wie es die Verkehrsordnung vorschreibt. Eben wollte ich sie zur Ordnung rufen, als mir einfiel, dass ich nicht im Dienst war, sondern in Zivil und ohne Ausweis.

Im Folgenden nahm ich die verdächtigen Umtriebe weiterer Mitbürger zur Kenntnis: Da sprach ein Mann einer Flasche Bier zu, die er soeben käuflich erworben hatte – ein Verstoß gegen Paragraph 24 Gesetzbuch Verwaltungsdelikte. Wird mit Bußgeldern zwischen siebzig und einhundertzwanzig Yuan bestraft.

Da kam ein Ausländer aus dem *Crowne Plaza*, ein furchtbar verdächtiger Typ. Dem Aussehen nach ein Ganter mit rötlichen Borsten nach deutscher Manier, dazu eine karierte Schiebermütze und eine Brille – ein liederlicher kleiner Spion, was der wohl wollte hier bei uns, dem sollte man einmal gründlich in den

Pass schauen, ob das Visum nicht gefälscht ist. Der Ganter hielt ein Mädchen an der Hand, blutjung und leichtfertig. Beine wie Streichhölzer und überhaupt offensichtlich noch nicht volljährig, die Kleine, vergnügt sich hier mit Spionen, statt die Schulbank zu drücken. Verdacht auf Verstoß gegen Paragraph 124 Strafgesetzbuch, Unzucht, Herbeiführung unzüchtigen Verkehrs, vier bis acht Jahre Freiheitsentzug.

Da fuhr ein Fahrradfahrer vorbei, ohne auf dem Fußgängerüberweg abzusitzen – Paragraph 98 Gesetzbuch Verwaltungsdelikte, dreißig bis einhundertzwanzig Yuan.

Dort rauchten Chinesen auf dem Freisitz eines Cafés Wasserpfeife, aber was mochte da alles drin sein? Nur zugelassene Substanzen? Sicher, der Staat hatte zur Investitionsförderung den Konsum von Marihuana und Opium legalisiert, aber doch nur auf Zeit, auf Zeit. Man musste mitbekommen und notieren, wer wo was rauchte. Basisdaten sammeln. Jedermann erfassen! Um sie später eines Tages alle miteinander überführen zu können, alle bis zum Letzten!

Da stand so eine Person in einem guten Anzug an der Kreuzung und schaute mich einfach an, als wollte sie herausfinden, nachvollziehen, womit ich mich beschäftige, dabei bin ich ein Staatsdiener, und all mein Handeln, ja sogar mein Denken ist dem Staat verpflichtet! Was schaut der so? Mit welchem Ziel? Darf der das denn?

Ich bemerkte, dass auf einer Bank beim Dsershinski-Denkmal – an diesem heiligen Ort in Minsk! An diesem Gedenkort, wo man Blumen niederlegt! –, dass also im Schatten des Denkmals für Felix Edmundowitsch ein spindeldürrer Kerl in kurzen Hosen saß, versteht ihr – in kurzen Hosen, schon das war verdächtig. Und dieser Kerl hatte eben ein Papierchen, ein Zettelchen in seine Hosentasche geschoben, ohne jeden Zweifel ein Mova-Briefchen! Ich setzte mich auf die Bank gegenüber mit dem Vorhaben, die visuelle Überwachung dieses potenziellen Delinquenten aufzunehmen, dieses Drogenkonsumenten, dieses Mova-Junkies.

Nun waren sie schon so verrückt, sich nicht einmal mehr zu verstecken, sondern mitten in der Innenstadt und am helllichten Tag im Schatten von Felix Edmundowitsch die 264er zu verkonsumieren!

Beim Gedanken an Mova trug es mich fort, und ich gab sogar die Verfolgung dieses Junkies auf, so groß und inspirierend war der Gedanke. Nun, da ich zu einem Mann des Staates geworden war, verantwortlich für Sicherheit und Sauberkeit in der Stadt, überschaute ich erst das Ausmaß der Provokation, die mit Mova und allen Mova-Verbreitern über uns gekommen war. Den Mova-Handel besorgen die Triaden, das zeigt das operative Bild ganz deutlich, die Zigeuner sind bloß Kleinganoven, die sich am Zwischenhandel bereichern, die Triaden sind das globalisierte Verbrechen, Terrorismus, human traffic, Bombenexplosionen in Hongkong und Moskau. Sie sind der Separatismus, der sein Haupt erhebt, um die Chinesisch-Russische Union zu sprengen. Wer auch nur ein einziges Mal einem Dealer Geld gegeben hat, unterstützt den internationalen Terrorismus, den Krieg in Tschetschenien, Morde und Geiselnahmen. Diese Leute, die Steigbügelhalter der Kriminellen, gehören nicht einfach ins Gefängnis! An ihren Händen kleben die Tränen von Müttern, das Blut unschuldiger Opfer und der Staub, den die Explosionen aufgewirbelt haben.

Ich wollte aufheulen angesichts dieses unerträglichen, furchtbaren Gedankens, den – sei es aus Unachtsamkeit oder Überlastung im Alltagsgeschäft – noch niemand begriffen und recht zu Ende gedacht hatte. Auf meinen Schultern lastete die Verantwortung für das Fortbestehen des Staates, für den Frieden und das Wohl des Volkes. Dafür, dass die Kinder zur Schule gehen konnten und sich über dem Land ein azurblauer, wolkenloser Himmel spannte ... Und da, in diesem erhebenden Augenblick, ereilte mich ein noch schrecklicherer Gedanke.

Der Gedanke, dass auch ich konsumierte. Auch ich finanzierte den Terrorismus. Ich war ebendieser wütige Verbrecher. Der bad trip drückte mich zu Boden wie eine Grabplatte. Ich schlug die Hände vors Gesicht und krallte meine Nägel in die Kopfhaut. So wippte ich eine ganze Weile vor und zurück, bis mich eine jugendliche Frauenstimme ansprach: »Ist alles in Ordnung mit Ihnen?«

Ich schaute auf und blickte aus meinem geröteten, angespannten Gesicht auf eine attraktive, verdächtig attraktive, nach Pornoindustrie und Prostitution riechende Person weiblichen Geschlechts, als es in meinem Kopf plötzlich aufklarte und der Trip zu Ende ging – heftig war er gewesen, aber kurz –, und da stand tatsächlich dieses für eine schnelle, harte Coldsex-Nummer geeignete dunkelhaarige Speckröllchen vor mir, eine Femme fatale vom Lande, erster Abend in Minsk, auf der Suche nach einem Junggesellen mit festem Wohnsitz, Restaurant (zwanzig Yuan), eine Flasche *Sowjetskoje Schampanskoje* für zwei (vier Yuan), ein Gespräch über die Unterschiede zwischen der Metropole und ihrem Torgatschow, und sie würde mir gehören. Mit ein bisschen Glück sogar bis zum Morgen, dann müsste ich bloß noch rechtzeitig Kondome auftreiben (1,50 Yuan).

Ich habe dann ordentlich auf dem fülligen Fräulein herumgeturnt, to end properly. So ordentlich, dass ich sogar einige Schwierigkeiten hatte, sie nach einer Woche wieder vor die Tür zu setzen, als ich die Nase voll hatte von ihrem Arschgeweih, dem drallen Busen und ihrer kompletten Verkennung des modernen säuischen Lebensstils in Minsk. Sie klammerte sich an meinen Wohnraum mit dem verzweifelten Versprechen, mir das Frühstück zuzubereiten, das Landei.

Ich machte es mir zur Gewohnheit, zum Bahnhof zu gehen, »unter Uhr«. In der Übersetzungsagentur, für die ich arbeitete, um mir den Konsum zu finanzieren, zahlten sie pünktlich und nicht zu knapp, sodass es am nötigen Kleingeld für die Spielchen mit dem eigenen Bewusstsein nie mangelte. Ich lehrte die Zigeunerin sogar das Lächeln. Sie handzahm zu bekommen war so mühsam, wie aus einer Kakerlake ein menschliches Wesen zu machen.

Und eines Tages war sie verschwunden.

Ich hatte frei, und ich saß den gesamten Donnerstag in Erwartung der Herrin des zauberhaften Landes Oz auf der Parkbank am Straßenbahnkreisel ab. Von Zeit zu Zeit sah ich gut gekleidete, nervöse Herrschaften (Mova ist nichts für arme Schlucker) unter die Uhr kommen, dem Aussehen nach mittlere Managementebene. Sie traten von einem Bein aufs andere, bis sie schließlich mit einer Leichenbittermiene abzogen, für die allein man sie schon hätte einbuchten können. Allem Anschein nach konnte man die junge Mutter und ihr reizendes Baby für die nächsten zehn Jahre abschreiben.

Ein movaloser Monat ging ins Land, in dem ich mir meine lustigen Abenteuer in einer Falte zwischen den Realitäten fast schon wieder abgewöhnt hatte. Eines Tages stiefelte ich eher zufällig in der vagen Hoffnung auf ein Wunder in der Bahnhofsgegend herum (wer schon einmal konsumiert, geliebt oder versucht hat, nach Ladenschluss Tabak zu kaufen, kennt diesen Zustand unbewussten Suchens und unbeirrbaren Hoffens). Und da sah ich unter der Uhr einen Zigeunerjungen. Er war vielleicht fünf oder acht, ich kenne mich mit diesen Kindern nicht so aus. Stand nur da, zog seine schmutzige Nase hoch und schaute den Passanten aufmerksam in die Augen. Unsere Blicke begegneten sich natürlich. Meine gierig, seine forschend. Es war einer dieser wundersamen Kontakte, über die ich mich hier sicher schon irgendwo ausgelassen habe. Ich ging schnurstracks zu ihm hin und fragte: »Wie viel?«

»Zweihundert«, antwortete der kleine Blutsauger.

Ich streckte ihm den Schein hin, er schob mir mit seiner schmierigen Zwergenhand ein Zauberbriefchen unter und war hastdunichtgesehn verschwunden. Zweihundert Yuyus aus der kalten Lamäng, diese Ratte! Krepieren soll er an ihnen! Keine Sekunde, nachdem ich den Zettel in die Tasche gesteckt hatte, packte mich jemand energisch am Ellbogen. Zuerst spürte ich nur den eisernen Nachdruck in diesem Griff und fuhr zusammen, erst dann sah ich, wer mich da gepackt hatte. Es war jener harmlose Bulle, der immer vor dem Bahnhof herumspazierte, um den Omas, die dort mit chinesischen Zigaretten oder Strickwarenimitaten aus Pinsk handelten, ein Trinkgeld abzuknöpfen. Nicht die Suchtmittelkontrolle. Schwein gehabt!

»Nicht so hastig, Bürger«, sagte der Polizist drohend.

Ich sah ihn mir an. Er war so unübersehbar vom Leben gebeutelt, dass meine Angst im Nu verflogen war. Muffiges Hemd, abstehende Schulterklappen wie eine Vogelscheuche, fahriger Adamsapfel. Der Polizist war sichtlich aufgeregt, mehr noch als ich. Denn ich hatte seine Kragenweite mit einem Blick erfasst, während er meine Reaktion nicht abschätzen konnte, war ich doch stilvoll gekleidet und ihm in Bildungsgrad und IQ deutlich überlegen.

»Wie viel?«, fragte ich rundheraus, ohne meine Verachtung zu überspielen.

»Was haben Sie da in der Tasche?«, versuchte er einen auf Staatsanwalt zu machen.

»Wie viel?«, wiederholte ich und sah ihm streng in die Augen. Darin erkannte ich eine entbehrungsreiche Kindheit, Aluspielzeug, Nudelbrühe mittags und abends, den unerfüllten Traum eines richtigen Flugzeugfluges auf die Krim, Erniedrigungen und ewiges Gestrampel, um aus der Scheiße herauszukommen, in die er hineingeboren worden war. Mitte vierzig, was sollte da noch kommen?

»Sie werden verdächtigt, ein Objekt nach Paragraph 264 Strafgesetz…«

»Objekt?«, fiel ich ihm ins Wort. »Lies erst mal dein Gesetzbuch, Meister! Da steht es schwarz auf weiß: nichtsubstanzielle Psychotropika.«

»Nichtsnutztabelle …«, versuchte er vergebens mir nachzusprechen. Deshalb beschloss er wohl, das Programm ein wenig abzukürzen.

»Wir gehen jetzt aufs Revier und nehmen eine Durchsuchung vor Zeugen vor!«

»Von wegen Untersuchung!«, lachte ich ihm ins Gesicht. »Von wegen Zeugen! Dann musst du ja teilen mit den Zeugen und mit den Kollegen, die im Depot vorbeikommen und deine ›Durchsuchung‹ zufällig mitschneiden. Ist doch schade um die fünfzig Yuan, die du jetzt von mir bekommst.«

»Nein, also fünfzig Yuan, das ist zu wenig!«, war er spontan zum Geschäftlichen übergegangen. »Mindestens hundert! Ihnen drohen zehn Jahre Gefängnis, Genosse Bürger.«

»Fünfzig, Genosse Polizist«, wiederholte ich spöttisch, weil ich erkannte, dass auch fünfzig für ihn noch zu viel waren, ein Viertel seines Monatslohns. »Und wenn Sie mich jetzt nicht in Ruhe lassen, fang ich an zu schreien, Sie hätten mir Drogen in die Tasche geschmuggelt. Dann dürfen Sie mit der ganzen Meute teilen, die hier zusammenrennt.«

»Ach, wozu teilen?«, überlegte er. »Fünfzig Yuan sind fünfzig Yuan.«

Ich klappte meinen Geldbeutel auf und zählte ihm großspurig ein Bündel der kleinsten Scheine in die Hand.

»Hier. War sogar noch mehr. Kann sich der große Ordnungshüter noch ein Bierchen kaufen.«

»Dass mir das nicht noch einmal vorkommt!«, versuchte er krampfhaft, sein ramponiertes Image wieder aufzupolieren.

Ich schnaubte durch die Nase und hätte fast noch gesagt, wenn das nicht noch einmal vorkäme, müsste er von seinem Polizistengehalt alleine leben, und das könnten nur Asketen oder Heilige. Aber jetzt tat er mir doch leid. Da ist so ein Typ unterwegs, schlägt sich mehr schlecht als recht mit den Kriminellen herum. Und dann so ein Absturz. Schlimmer als Kissa Worobjaninow bei Ilf und Petrow. Jetzt schimpfen alle auf die Kummerzeit, aber damals hatten wenigstens die Polizisten noch etwas zu beißen.

Der Zwischenfall gab mir kurzzeitig das Gefühl, unantastbar und allmächtig zu sein. Wer sollte mich denn festnehmen? Ich hatte Paroli geboten, ohne mit der Wimper zu zucken. Daraufhin faltete ich das Briefchen auf und las im Gehen. Es war komplett unverständlich:

Het is maart in de zigeunerwijken. Blauwe olieverf op de muren van schoolkantines. In de huizen hebben vrouwen in hun slaap nog een warme zoute huid en langs de buizen van de verwarmingssystemen stijgt rook omhoog. Zigeunergezinnen de laatste klodders van sjanghaj komen thuis met eten en gekookte granen – de bonte dikke tapijten die zij uitrollen en ophangen. Als een lichaam van christus met spijkers in de kale muren. De soft drugs vader die in hun steden groeien. De beddingen die zij verbeteren in de voorsteden, alles wijs verward in vers gesmolten water. Op overstroomde kruispunten en goede nieuwsberichten als gras dat is platgetreden door dit wachten en lachen. Met pornografisch licht op stille kindergezichtjes houdt de hemel stand stort in vlak boven je hoofd. Terwijl je nesten en scherpe nachtelijke takken van de bomen slaat verlies je de dooi als een gewichtige keten. Waartoe dat verdriet dat niemand jou teruggeeft. Nog kijkt de moeder gods hoe tot 's morgens vroeg de hennepgranen groeien in de broze stilte van maart.

Ich las es einmal durch, verstand kein Wort (als ob ich sonst beim Mova-Lesen etwas verstehe), las noch einmal alles ganz aufmerksam, buchstabierte mich förmlich hindurch. Aber der Flash blieb aus. Das war bloß Zeichensalat. Wilder Zeichensalat ohne Sinn und Kick. Das gewöhnliche, vertraute Mova-Fleisch war mit komischen Fremdkörpern gespickt. Der Bursche hatte mir ein Pseudo-Verschen angedreht, höchstwahrscheinlich selber zusammengerührt aus einer Mischung aus Mova und irgendeiner Fantasiesprache. Ich hatte soeben zweihundertfünfzig Yuan versenkt.

Ich lernte das Gedicht auswendig, und irgendwann gefiel es mir sogar. Zigeunerviertel, bunte, dicke Teppiche, Nägel in kahlen Wänden und blaue Schulkantinenölfarbe. It's my life, wie Dr. Alban singt. Jetzt muss ich nur noch dahinterkommen, was »lichaam van christus« bedeutet.

DEALER

Noch nie habe ich die gottverdammten Triaden auf dem Kriegs-
pfad gesehen. Wie für die meisten Leute hier war das Wort »Triaden« für mich mit einem Foto aus dem Netvisor verknüpft, auf
dem sich ein paar Dutzend schwarze Gestalten, gruselig wie die
toten Terrakottakrieger, ihren Weg durch ein Heer von Chinesen
bahnen. Sie wirken tatsächlich wie tönerne Golems, die wie beses-
sen um sich schlagen werden, solange sie sich rühren können. Davor in Großaufnahme der Brigadeoffizier mit *Ray Ban*-Brille und
einem Gesicht, dass dir ganz anders wird. Er schaut in die Kamera wie die Schlange, bevor sie zustößt, und so richtig anders wird
dir, wenn du liest, dass der unvorsichtige Holländer, der das Foto
geschossen hat, unmittelbar nach der Veröffentlichung des Bildes
liquidiert wurde, weil die Triaden sich nicht fotografieren lassen.

Nun waren wir genauso unterwegs – durch die große nächtliche Chinesenflut. Ein Kreis von 49ern in Zivil umgab mich und
den Weihrauchmeister, der an jeder großen Kreuzung anhielt

und über Funk das Kommando »Weiter« oder »Stopp, Korridor dicht« bekam. Jemand sorgte dafür, dass er sich sicher fortbewegen konnte. Interessanterweise wurden die Kommandos in Mova erteilt, wahrscheinlich, damit die anderen Chinesen, potenzielle Mitglieder konkurrierender Triaden, sie nicht verstanden.

Die Menschen erkannten das aufgedunsene Gesicht des Weihrauchmeisters und gaben hastig den Weg frei. Wer zu langsam war oder unsere Formation nicht bemerkte, wurde von den Konvoi-Soldaten grob beiseitegeschafft. Mir fiel auf, dass die 49er zwar nicht uniformiert waren, aber doch mehr oder weniger einheitlich gekleidet. Alle trugen *Adidas Basics*-Trainingsanzüge oder weite, sportliche *Reebok*-Jacken zu Jogginghosen mit viel Beinfreiheit. Es genügte, das Auftreten eines der Soldaten genauer zu beobachten, um auch die anderen in der Menge zuverlässig identifizieren zu können.

Unser Abstieg ging recht zügig vonstatten, zudem waren wir ausschließlich auf den breiten Hauptstraßen unterwegs. Diesmal gab es keine halsbrecherischen Kletter- und Hochseilnummern. Wir verließen Chinatown unweit der Nemiga-Straße. Dort wartete schon der Tarnmann mit zwei Dutzend Kämpfern auf uns. Neben ihnen parkte ein wuchtiger, repräsentativer *Mercedes*, der Wagen des Weihrauchmeisters. Lustig, dass die Chinesen immer noch auf deutsche Autos stehen, obwohl die kurzlebig, unsicher und reparaturanfällig sind und röhren wie alte Traktoren. Aber das ist wohl noch ein Erbe aus der Zeit, als die Triaden nur in Südostasien operierten, wo Autos aus Europa viel teurer waren als die Japaner (außerdem waren die Fahrzeuge aus dem Westen damals, vor der Kummerzeit, noch vergleichsweise hochwertig). Nun, da sie auch Europa beherrschen, halten die Triaden die deutschen Rostkutschen, die schon fast auseinanderfallen, immer noch für Statussymbole. Da sage noch einer, die Chinesen wären nicht konservativ!

»Wir fahren die Bogdanowitsch runter zum Bangalore-Platz, dort beim *McDonald's* auf die Mao-Zedong bis zur Kolas und dann hoch bis zur Kalinowski«, erklärte der Tarnmann seinen Leuten. »Auf dem Hinweg sollte es keinen GAU geben, aber richtet euch für den Rückweg darauf ein. Waffen in Bereitschaft, Magazine voll. Kritische Punkte: die Kreuzungen Warwascheni, Kolas, Tschernyschewski und Wolgogradskaja. Da könnten Scharfschützen und schweres Gerät auf den Dächern warten. Das Objekt kommt in dieses Fahrzeug«, er wies mit dem Kinn auf den *Mercedes*. »Der ist gepanzert, aber nach zwei Treffern mit der Mucha sieht es drinnen trotzdem nach Chicken Wok aus.«

Der Tarnmann wiederholte das Gesagte noch mal auf Chinesisch, offenbar verstanden längst nicht alle Kämpfer die verbotene Sprache. Dann gab er das Kommando zum Aufbruch, sprang auf ein Motorrad, nickte dem Weihrauchmeister kurz zu und brauste mit seinen Dämonen voraus, um den »Korridor« für uns freizuräumen. Ich bemerkte noch eine uralte, an seinem Sitz fixierte Kalaschnikow, über der Rückleuchte flatterte ein weißer Wimpel mit rotem Querbalken, vielleicht die Farben seines bevorzugten Fußballvereins.

Kurz darauf brachen wir ebenfalls auf, die Nachhut bildete ein *Geely*-Jeep mit den Sicherheitsjungs des Meisters. Sie ließen die Fenster ein Stück herunter und hielten die Läufe ihrer Waffen in den Fahrtwind – hüte dich vor dem Heer des Kaisers! Die Frage, ob sie all diese Waffen führen durften, stand gar nicht im Raum, da schwerlich eine Instanz denkbar war, die ihnen diese Frage hätte stellen können.

Ob ich das Buch rausrücken wollte? Nein, das wollte ich nicht. Stellt euch doch mal vor, ihr findet eine Million Yuan auf der Straße. Und habt das Geld auch schon verplant. Und dann kommt der Eigentümer und verlangt seine Million zurück. Wie würdet ihr euch da fühlen? Würdet ihr nicht gerne noch einen letzten Blick auf den Reichtum werfen, bevor ihr euch von ihm verabschieden müsst? Die Printe war meine Chance, die Chance auf eine moderne Wohnung, auf ein glückliches, sorgenfreies Leben. Dass ich nicht der Hellste bin, habt ihr schon gemerkt. Ich habe keinen Abschluss als Chartered Financial Analyst oder was man heute so braucht. Meine Blauäugigkeit ist mein ganzes Kapital. Deswegen blieb mir nur der Drogenhandel oder ein Job als kleiner Angestellter bei einem knickerigen Asia-Laden-Inhaber. Die Printe war meine einzige Chance auf Irka. Ja, auf Irka.

Wir rasten die Kolas-Straße hinunter, als uns ein Krankenwagen mit Sirenengeheul und Blaulicht überholte. »Nicht übel«, wollte ich gerade denken, da preschte an der Kreuzung Wolgogradskaja mit quietschenden Reifen ein riesiges Rettungsfahrzeug mit roter Sirene auf unsere Straße. Ein Zucken ging durch Chu Lins Gesicht, und er sagte etwas auf Chinesisch. Als ich nachfragte, brüllte er: »Da ist etwas faul! Das ist nicht normal.« Dann zückte er sein Funkgerät und drückte das Knöpfchen: »Was ist da los?«

Es dauerte ein paar Sekunden, bis unter Knistern und Nebengeräuschen die Stimme des Tarnmanns ertönte: »Unklar. Irgendein Durcheinander voraus. Chaos. Melde mich.«

Chu Lin ließ die Scheibe ein Stück hinunterfahren und gab dem Jeep hinter uns eine Folge komplizierter Handzeichen. Vielleicht war das das Alarmsignal, denn die Jungs im Jeep holten ihre Waffen ein und steckten die Magazine auf. Was ich nicht verstand: Wenn sie von den Triaden waren, wovor hatten sie dann Angst? Chu Lin knetete das Funkgerät in seiner Hand und wartete auf eine Meldung des Tarnmanns. Dann hielt er es nicht mehr aus und fragte: »Los! Was ist jetzt? Lagebericht!«

»Wir sind vor Ort! Hölle! Aber so was von! Feuerwehr, Rettungsleute, Rauch. Immer noch unklar.«

Als der Fahrer des *Mercedes* die Funkmeldung gehört hatte, bremste er ab, aber der Weihrauchmeister beugte sich zu ihm und fuchtelte vor seinem Gesicht herum: »Gib Gas!« Wieder meldete sich das Funkgerät: »432, hier Roter Pfahl!« Der Tarnmann klang ganz aufgeregt, er stand extrem unter Strom. »Keine Freigabe für weitere Annäherung! Auf Abstand bleiben! Gefahr! Hier Explosion! Situation nicht zu überblicken! Keine Freigabe für weitere Annäherung! Verstanden?«

Mir sträubten sich die Nackenhaare. Was war da los in meinem verschlafenen Hinterhof, wo seit einem halben Jahrhundert die kaputten Alkis einander friedlich ins Messer liefen? Der Fahrer trat nach dem Funkspruch auf die Bremse, aber der Weihrauchmeister zeigte sich unbeeindruckt.

»Was bremst du? Weiter!«

»A-bel wal Kom-man-do …«, entgegnete der Fahrer mit kräftigem chinesischen Akzent.

»Was für ein Kommando?«, brüllte Chu Lin und schaltete das Funkgerät aus. »Ich gebe hier die Kommandos. Vorwärts! Vollgas!«

Der Motor heulte auf, und der Turbo schaltete sich mit einem Pfeifen dazu. Der Meister hob die Fußmatte an, öffnete eine im Farbton der Lederpolsterung gehaltene Klappe und zog eine stattliche *Desert Eagle* mit goldenem Guan-Yu-Flachrelief auf dem Griffstück hervor. Nach einem kurzen Seitenblick warf er mir einen uralten *Colt Python .357* mit Elfenbeinintarsien zu.

»Du kannst damit umgehen?«

Ich wusste nicht, wie man mit einer Waffe umging, und hatte auch nicht vor, das zu tun. Zumal ich keine Ahnung hatte, auf wen er eigentlich schießen wollte. Und wer auf uns schießen würde. Ich wollte einfach ganz dringend und so schnell wie möglich aus diesem gemütlichen, ledergepolsterten Salon heraus, und wenn er dreimal gepanzert war. Als ich mir ausmalte, was geschehen würde, wenn eine »Mucha«-Hohlladungsgranate in diesen Salon einschlug, fand ich den Chicken-Wok-Vergleich nicht besonders treffend. Angebrannter Chicken Wok auf großer Flamme bis zur kompletten Verkohlung – das käme der Sache wohl näher. Wir bogen in die Seitengasse zu meinem Hof ein.

JUNKIE

Das erste Todesopfer der Chinesen war die Zeit. Zeitgefühl ist eine konventionelle Kategorie. Es ist gerade 18.04 Uhr, weil wir Menschen uns darauf verständigt haben, diese Zeit als 18.04 Uhr zu empfinden. Als in Minsk eine Masse Einwanderer mit einem abweichenden Zeitempfinden aufschlug, geriet unser Verhältnis zu Zukunft, Vergangenheit und Gegenwart gehörig ins Wanken.

Jetzt ist das Jahr 4741 nach dem chinesischen Kalender. Jetzt ist das Jahr des Schweins. Jetzt ist das Jahr 2086 nach dem thailändischen Kalender, an dem sich die gesamte Thai-Community in Drosdy orientiert. Jetzt ist das Jahr Zweitausendsomething nach dem gregorianischen Kalender, falls sich noch jemand an den erinnert. Jetzt ist das Jahr 55 im Friedenszeitalter des japanischen Kalenders, der in der chinesischen upper-middle class gerade total angesagt ist. Demnach ist jetzt auch das Jahr 55 der Regentschaft des superlanglebigen Heisei, Buddha schenke ihm Gesundheit. Jetzt ist das Jahr 3603 seit der Jimmu-Gründung – nach dem alten japanischen Kalender.

Früher, als wir noch im Jahr 1991 oder 2017 lebten, war alles simpel und einleuchtend. Wenn du 1977 geboren bist, stirbst du spätestens 2077, weil wir keine Japaner sind und man es hier noch nicht gelernt hat, länger als hundert Jahre zu leben. Das 20. Jahrhundert war Vergangenheit, das 22. Zukunft. Die Zeit verlief linear und war monolithisch. Wenn jemand im Jahr 2014 erklärt hätte, jetzt wäre das Jahr 4711, hätte man ihn einfach in die Klapse gesteckt. Jetzt leben wir in dieser Klapse. In Minsk gibt es keine monolithische Zeit mehr, der Geschichtsbegriff ist verwässert und zu einem Mythos geworden. Wann wurde die Union besiegelt? In welchem Jahr? Nach welchem Kalender? Wann haben wir die Mauer zur EU gebaut?

Wenn es keine Zeit mehr gibt, gerät das Wesen der Geschichte aus den Fugen, dann bleibt nur noch das nackte Geschehen. Namen, Beinamen. Heldentaten, die diesem Land seit jeher fehlten.

Wir leben nicht im Jahre 4741. Wir leben jetzt. Alles, was vor heute kam, ist Vergangenheit. Wenn es schon schwierig ist, sich über die Bedeutung von »jetzt« zu verständigen, erscheint ein geordneter Rückblick in die Vergangenheit als hoffnungsloses Unterfangen. Wo fängt sie an? Welche temporale Feingliederung gibt es? Alles, was vor uns liegt, ist die Zukunft. Unklar, undurchsichtig, nicht einzubinden in unser »jetziges« schlichtes Koordinatensystem. So werden Drachen geboren, so treten Riesen auf den Plan, so geraten die Hügel in Bewegung, und die Berge erheben ihre Stimmen. Denn das Vergangene wird zum *locus mysticus*.

Die Zeit, die wohnlich gemachte Alltagszeit, zieht sich in die Wiederholung zurück. Sie ist keine Linie mehr, kein Pfeil, der aus der Vergangenheit in die Zukunft zielt. Sie ist eine Trommel. Ein Dharma-Rad. Ein Dao. Eine ewige Abfolge von Mondphasen, von

Wochentagen. Eine Aneinanderreihung von Jahresnamen (ich bin im Jahr des Drachen geboren).

Wie vollzieht sich der Tod unter diesen Umständen, wenn du auf den Grabstein nicht mehr schreiben kannst »1920–1984«? Du wirst geradewegs zur Legende. Gehst ein zu den Drachen, den lebendigen Bäumen, den Recken, die alleine ganze Heere besiegen konnten. Und das ist gut. Denn das Märchen ist der einzige Raum, in dem es sich angenehm sterben lässt.

DEALER

An der Hofeinfahrt fuhren wir fast auf einen Notarztwagen auf. Er ließ seine Sirene heulen, kam aber nicht durch, weiter vorn war alles verstopft.

»Wir gehen raus. Vorsicht!«, ordnete der Weihrauchmeister an und öffnete seine Tür einen Spalt breit. Aus dem Jeep rieselten die 49er, weitere Einheiten kamen auf Motorrädern angerauscht. Ich wusste nicht, wohin mit meiner Knarre. Mit gezückter Waffe in einem Pulk von Triadenkämpfern zu glänzen, hatte ich gewiss nicht vor. Aber sie fallen zu lassen war mir auch zu riskant, womöglich wurde das nach ihren Gesetzen brutal bestraft. Ich schob mir den Colt unter den Arm und verdeckte ihn mit dem Rucksack.

Aus dem Augenwinkel registrierte ich, dass der Fahrer im Wagen blieb, bei laufendem Motor, die Anweisungen im Falle eines GAUs sahen wohl vor, dass der Steuermann bei unvorhergesehenen Ereignissen für einen reibungslosen Abzug zu sorgen hatte.

Da kam uns unser Tarnmann mit seiner Motorradbrigade entgegen – sie passten locker am Notarztwagen vorbei.

»Sofortiger Rückzug!«, kommandierte der Tarnmann, der neben uns stoppte.

»Was ist passiert?«, fragte der Meister.

»Schnell!« Er wurde lauter.

»Hast du das Objekt?«, wollte Chu Lin wissen.

»Nein! Hab ich nicht!«, rief der Rote Pfahl. »Rückzug! Das ist ein Befehl!«

»Rog, jetzt sag schon, was passiert ist!«, wiederholte der Meister in einem neuen, vertraulicheren Tonfall.

»Passiert, passiert«, äffte ihn der Rote Pfahl nach. »Verkackt haben wir das Objekt! Verkackt!« Er zog eine bittere Grimasse. »Gasexplosion, sagen sie.«

»Wo?«, fragte Chu Lin.

»Na da! Bei ihm!« Er zeigte mit dem Finger auf mich. »Angeblich die ganze Wohnung eingeäschert. Nur noch schwarzer Beton. Zwei sind mit verbrannt. Ich bin rein, oben, hab es gesehen. Die Türklinken sind weggeschmolzen, verdammt, so viel zum Buch …«

»Aber was ist passiert?«, wiederholte der Weihrauchmeister mechanisch. Ihm war deutlich anzusehen, dass diese Nachricht selbst für seine Psyche zu viel war.

»Gas-ex-plo-sion!« Der Tarnmann spuckte aus. »Selber Gas! Das glaubt doch kein Mensch! Das können sie den Idioten im Netz erzählen! Da hat es im ganzen Treppenhaus nach Pulver und Palmitin gerochen. Als hätten die einen Napalm-Brandsatz reingehauen! Also kompletter Rückzug, und drei Tage steckt keiner seine Nase raus aus Chinatown, keiner! Gleich laufen hier die *Alphas* mit Suchtmittelkontrolle und Sprengstoffexperten auf, drehen das Ganze um und hängen uns die Sprengung an! Dann geht das Gelaber von den ›chinesischen Separatisten‹ wieder los! Wir ziehen ab!«

Der Weihrauchmeister trat hölzern beiseite, ging in die Hocke und hieb seine Faust mehrmals mit voller Wucht auf den Asphalt. Das Knirschen der Knochen war nicht zu überhören. Mit ausdrucksloser Miene kehrte er zu der Limousine zurück. Mich nahm er gar nicht mehr wahr – für die Triaden existierte ich nicht mehr. Ich konnte gerade noch dem Fahrer die Pistole zurückgeben.

An die Zeit danach erinnere ich mich nur noch in Bruchstücken. Blackout, Szene, nächster Blackout. Ich gehe an den Notarztwagen vorbei und höre die Sanitäter reden: »Gab wohl keine Opfer«, darauf ein anderer: »Nur der Tätowierte aus dem Erdgeschoss, aber der schwer. Was meinst du?« Und wieder der erste: »Weiß nicht, vielleicht packt er's, hat aber ordentlich was abbekommen, die Lunge total verätzt, hängt an der Maschine.« Und der andere: »Was ist der auch raus ins Treppenhaus? Wär er halt dringeblieben und hätte das Fenster aufgemacht. Hätte ja durchs Fenster rausgekonnt.« Und der erste: »War halt neugierig!«

Dann wieder ein Blackout. Ich weiß noch, wie ich durch die ganzen Gaffer durchgegangen bin, lauter Weiber in Bademänteln und Pantoffeln, trotz Oktober, und hörbar begeistert: »Nein, so ein Feuer! Sechs Feuerwehrautos!« Darauf eine andere: »Nicht sechs, acht! Acht!« Und wieder die erste: »Nein, so ein Feuer!«

Der nächste Blackout, dann die Polizeiabsperrung, ein Beamter mit müdem Gesicht zu mir: »Nein, hier geht es nicht weiter. Zu gefährlich. Feuerwehreinsatz.« Ich zu ihm: »Das ist mein Aufgang.« Er: »Na dann.« Mitleidiger Blick. Weiter, alles schwarz verrußt, kein Rauch mehr, aber so ein beißender Bittergeruch. Pulver konnte ich darin nicht erkennen, es roch einfach nach Geräuchertem. Bei Wohnungsbränden ist der Rauch immer so beißend. Erfüllt von menschlichem Leid.

Dann Onkel Sascha, nur im Hemd, auf dem Rasen im Laternenlicht und Sirengeheul, wie er schreit: »Ha-li-na!« Und zur anderen Seite: »Ha-li-na!« Dampfwölkchen puffen aus seinem

Mund. Dann werden es wohl um die fünf Grad Celsius sein. Reif ist nämlich nicht zu sehen. »Eine laue Oktobernacht«, schießt es mir unsinnigerweise durch den Kopf. San Sanytsch sieht mich, kommt auf mich zu: »Serjoshka, grüß dich, sag mal, hast du Halina gesehen? Ich war in der Garage, als es geknallt hat. Sie muss wohl noch einen Kefir kaufen gegangen sein.« Ich schüttle nur den Kopf: nichts gesehen. Weiter. Hinter mir sein Rufen: »Ha-lina! Halina, sag doch was!«

Vor der Eingangstür jede Menge Löschfahrzeuge. Eines steht dort, wo ein Fliederstrauch wuchs, der im Frühjahr immer duftete wie wild. Der Strauch ist nicht mehr da, begraben unter tonnenschwerer Technik. Der Kanaldeckel steht offen. Aus ihm ragt eine mehrteilige Metallkonstruktion hervor, mit Schläuchen, die von den Strahlrohren herkommen. Ein Uniformierter nimmt einen der Schläuche ab und rollt ihn auf. Grinsend sagt er zu einem Polizisten, der vor der Tür von einem Bein aufs andere tritt: »Kannst ruhig mit anfassen!«

»Was? Sie bauen schon ab?«, frage ich.

»Der Brand ist gelöscht«, erklärt der Feuerwehrmann. »Ist ja auch nichts mehr da, was brennen könnte. Wie lange waren wir im Einsatz? Sechs Stunden? Acht?«

Er ist aufgeräumter Stimmung. Für ihn ist der Einsatz an einem schwierigen Objekt erfolgreich abgeschlossen.

»Kann ich rein? Ich wohne im zweiten«, erkläre ich dem Polizisten.

Der nickt und reicht mir eine schwere Taschenlampe.

»Hier. Die brauchst du da oben. In einer Wohnung sind sogar die Leitungen weggeglüht, von den Birnen reden wir gar nicht.«

Ich öffne die Eingangstür und stehe knietief in warmem Wasser, das von oben nachströmt, einfach die Treppenstufen hinunter. Im Wasser schwimmt Kleinkram, schwarze Tapetenlappen, Holz. Geradezu unwirklich warm ist es und noch ziemlich verraucht.

Die Tür zu Knast-Witjas Wohnung steht sperrangelweit offen, wahrscheinlich haben die Sanitäter, die ihn rausgeschleift haben, seinen Pass gesucht, sonst nimmt ihn ja kein Krankenhaus auf.

»Halina! Halina!«, ruft Onkel Sascha draußen.

Auf dem Treppenabsatz zum ersten Stock steht ein Feuerwehrmann in voller Montur, mit verrußten Luftflaschen und orangefarbenem Hitzeschutzanzug. Er lehnt erschöpft an der Wand, ein Mobi am Ohr: »Das weiß ich doch auch. Ich weiß, wie eine Gasexplosion aussieht. Weiß ich doch. Aber das hier war eine Riesenscheiße. Zwei von unseren Leuten sind schier verbrannt. Scheiße. Riesenscheiße, sag ich dir. Du hältst mit Vollstrahl drauf und kriegst es nicht geflutet. Ja! Keine Ahnung, was das war. Und irre Temperaturen! Wir haben eine halbe Stunde, nachdem wir den Herd im Griff hatten, nur gestrahlt, um die Stahlträger in den Wänden runterzukühlen, dass die uns nicht wegschmelzen. Und künstliche Belüftung, weil da so ein Geruch … Keine Ahnung. Drei Wohnungen, eine komplett weg, nur noch Gehäuse!«

Weiter oben sehe ich, dass San Sanytschs Eckchen den Brand unbeschadet überstanden hat, der Kiefernwald ist nicht einmal verkohlt, nur die Pflanzen lassen ihre angegilbten Blätter hängen.

»Halina! Ha-li-na!«, ruft der Hüter dieses Winkels draußen. Da ist meine Wohnungstür, zusammengestaucht und mit einer gewaltigen Beule – von der Explosion oder den hohen Temperaturen. Ich greife nach der Klinke und schreie auf: Sie ist glühend heiß, aber das Schloss ist aufgebrochen, sodass das Türblatt nach einem Tritt meines tropfnassen Schuhes aufschwingt.

Ich trete ein und muss feststellen, dass die Zimmertüren einfach weg sind, sogar die Pressspantür zum Bad muss vollständig eingeäschert worden sein. Die Fensterscheiben sind zersprungen, die Rahmen weggebrannt. Der Kegel meiner Taschenlampe zeigt kantige Rechtecke aus Beton. »Halina! Halina!« Onkel Saschas Rufe sind durch die nicht mehr vorhandenen Fenster deutlich zu hören.

Jeder meiner Schritte verursacht ein Zischen – die nassen Schuhe hinterlassen Abdrücke auf dem nackten Betonboden, aber diese Abdrücke lösen sich sogleich wieder in Luft auf. Hier muss alles unter Wasser gestanden haben, aber das Wasser ist abgeflossen, die Treppe hinunter, und die Nässe ist verdampft. Von den Dielen ist nichts mehr übrig, aber ich bin so dämlich, immer noch nach dem Globus Ausschau zu halten, in dem ich die Printe erst verstecken wollte. Auch der Kleiderschrank ist weg, einfach weg, von den Klamotten ganz zu schweigen. Keine Regale mehr, keine Tapeten, kein Sofa, keine Zwischendecke.

Wie benommen schaue ich in die Küche – hier muss das Epizentrum gewesen sein. Die Wand zur Wohnung von Onkel Sascha fehlt größtenteils, der Beton zerbröselt, die Metallbewehrungen verbogen und auf Drahtstärke zusammengeschmolzen. Durch das Loch kann ich erkennen, dass in Onkel Saschas Küche Licht brennt, offenbar hat dort das Feuer nicht so heftig gewütet.

Wo mein Gasherd gestanden hat, steht jetzt nichts mehr, da ist nur noch schwarzer Beton. Anstelle des Kühlschranks ragt ein Stalagmit aus Metallschmelze auf, der immer noch Hitze ausstrahlt. Die Balkontür hängt im Geäst der Linde im Hof. Seltsamerweise hängt sie kopfunter, wahrscheinlich hat sie die Druckwelle über das Geländer gekippt. Das Durcheinander auf meinem Balkon hat tatsächlich teilweise überlebt, ein Einmachglas ist gesprungen, ein alter Schemel in verkohlten Überresten zu erkennen.

Zurück in der Stube muss ich feststellen, dass das Feuer sämtliche Zeitschriften mit den darin deponierten Mova-Briefchen vernichtet hat. Verbrannt sind auch die Sparstrümpfe mit zweitausend Yuan in der koketten *Pinskholz*-Eichenkommode. Die *Pinskholz*-Eichenkommode freilich auch.

»Ha-li-na!«, ruft San Sanytsch unten ganz verzweifelt. Wo kann sie nur hin sein? Der Feuerwehrmann hat doch was von sechs

Stunden Einsatz gesagt. Wo kann Halina sechs Stunden lang unterwegs sein?

Da gehe ich in die Küche zurück und kontrolliere kurz mein Printenversteck. Sie ist unversehrt. Riecht nicht einmal nach Rauch. Feixend sage ich mir, dass ich das beste Versteck der Welt gewählt habe.

Auf dem Gang sind Schritte zu hören (ich kann gerade noch das Buch zurücklegen). Schon tritt ein Mann in *Slonimskaja Fabrika*-Anzug und *Eliz*-Krawatte in meine Wohnung, als wäre er hier zu Hause, in der Hand einen schmutzigen Lappen.

»Guten Tag.« Meine Augen begegnen seinem stählernen Blick. »Folgen Sie mir.«

»Was habe ich denn getan?«, schicke ich seinem Rücken hinterher.

»Nichts«, entgegnet der Rücken teilnahmslos. »Identifizierung. Pass haben Sie mit?«

Den Pass habe ich mit. Der Mann drückt mit seinem Lappen die Klinke an San Sanytschs Wohnungstür herunter. Warum auch immer. San Sanytschs Wohnung hat viel weniger abbekommen als meine, im Flur ist sogar noch Tapete an der Wand. Kokelnde Schuhe. Qualm aus Halinas Stiefeln. Der Ermittler geht zum Schlafzimmer und bleibt in der Tür stehen. Dort sind noch zwei Feuerwehrleute. Sie schauen.

»Hier, machen Sie sich ein Bild. Bitte genau hinschauen.« Er deutet mit dem Kinn auf ein längliches schwarzes Etwas, wahrscheinlich wollte Onkel Sascha den Teppich ausklopfen und hatte ihn vorsorglich eingerollt. Er qualmt noch. Und riecht irgendwie komisch.

»Ha-li-na!«, ruft Onkel Sascha im Hof.

»Und dabei ist er noch hier reingekommen, weißt du?« Das ist der Feuerwehrmann, das sagt der eine Feuerwehrmann zum anderen Feuerwehrmann, und mir dämmert etwas, und ich bekomme weiche Knie. »Kommt rein, guckt und sagt: ›Nein, hier ist sie nicht.‹«

»Als ob du das kapiert hättest. Sieht das vielleicht nach Mensch aus?«

Ich schaue mir das schwarze, schwelende Etwas an und, ja, jetzt erkenne ich einen Arm. Ein Bein. Und dort wird wohl der Kopf sein. Auf die Schulter gelegt. Warum auch immer.

»Ist wahrscheinlich zum Fenster gekrochen«, denkt der eine Feuerwehrmann laut.

»Ja klar. Hat sie richtig gemacht«, antwortet der andere.

»Ist erstickt. Hat noch versucht, in die Achsel zu atmen. Wahrscheinlich waren die Arme schon taub.«

»Erkennen Sie sie?«, fragt mich der Ermittler.

»Halina!«, ruft unten mein Nachbar.

Ich sage nichts. Ich schaue auf diesen schwarzen Körper und kann nichts sagen.

»Bitte konzentrieren Sie sich. Das verlangt die Prozessordnung«, beharrt er.

»Kann ich rausgehen?«, frage ich ihn.

»Holt den anderen noch mal«, sagt der Ermittler zu den Feuerwehrleuten und deutet nach draußen, wo San Sanytsch inzwischen die Fassung verliert. Gleich wird meine Anwesenheit zur Identifizierung nicht mehr erforderlich sein. Dafür aber eine Brigade aus dem Irrenhaus, für Onkel Sascha.

Ich taumle zurück in meine Wohnung, öffne mechanisch die Tür, verbrenne mich ordentlich an der Klinke, stimmt, die war ja heiß. Trete ein. Lehne mich gegen die erhitzte Wand. Tante Halja ist tot. Ich muss Irka anrufen. Aber Irka will nicht mehr angerufen werden. Ich muss einfach hier stehen bleiben, gleich wird alles gut.

Der nächste Blackout, dann folgende Szene: Ich stehe an derselben Wand, es dämmert bereits, irgendwo in der Nähe brüllt vernehmlich ein Bär, ohne Unterlass, immer auf demselben Ton. Neben mir steht ein Mann mit Brille und intelligentem Gesicht. Er ist mir zugewandt und sieht mir aufmerksam in die Augen. Er spricht betont langsam mit mir, Silbe für Silbe, sieht mir in die Augen, und immer wieder verschwimmen seine Worte zu einem Hintergrundrauschen, weil ich mich nicht mehr darauf konzentrieren kann, was er sagt, und er wiederholt monoton: »Sie müssen sich keine Gedanken machen. Überhaupt nicht. Sie bekommen eine neue Tür. Ich bin Psychologe vom Zentrum für Post-Trauma-Rehabilitation. Sie haben wirklich keinerlei Anlass, sich Gedanken zu machen. Gasexplosionen kommen bei alten Leitungen immer wieder vor. In Ihrem Haus wird das ganze System ausgetauscht. Es ist nichts Schlimmes passiert. Ihre Wohnung war versichert. Sie werden auf Staatskosten in einem anständigen Hotel untergebracht, und in zwei Wochen ist hier alles tipptopp saniert. Sie bekommen eine neue Tür. Ja, das sehe ich ein, die Tür hat wirklich etwas abbekommen. Durch die Explosion hat sich das Blatt verzogen. Aber Sie bekommen auf Staatskosten eine neue Tür, hinter der Sie sich absolut sicher fühlen werden. Sie bekommen eine Entschädigung. Eine stattliche Entschädigung. Ihre Wohnung war nämlich versichert. Und Sie bekommen eine neue Tür, eine Metalltür, dreifach gefälzt, das nehme ich persönlich in die Hand. Eine gute, zuverlässige Tür.«

Dann Schritte im Gang, und ein zweiter Mann erscheint. Weißer Kittel, roter Kratzer im Gesicht.

»Komm, Petrowitsch, jag dem Psycho eine Spritze rein. Sonst kriegen wir den nie eingepackt.«

Der Doktor wendet sich dem Sanitäter zu und sagt leise, aber bestimmt: »Das ist kein Psycho, das ist ein Traumapatient. Er hat eine extreme psychomoralische Belastung erfahren. Deshalb ist er mit besonderer Vorsicht zu behandeln. Was soll überhaupt dieser Zwangsjackenscheiß?«

»Soll der vielleicht weiter hier rumstehen und brüllen? Vielleicht hält er mal endlich die Klappe!«

Dann wieder ein Blackout und danach das rosa Zimmer im Hotel *Tourist*, wo mich der Staat einquartiert hat, bis er mit der Sanierung fertig ist. Rosa Tapeten und ein schlichtes, fast pritschenartiges Bett. Das Kissen ist mir in meinen schlaflosen Nächten abwechselnd zu hart und zu weich. Grauer Fußboden. Beim Barfußherumtigern rau wie Schmirgelpapier. An der Decke Hartfaserplatten mit Spots. Duschkabine. Frühstücksmärkchen. Schreibtischlampe mit abgewetztem Falschgold auf Plastik. Die Lampe lässt sich an- und ausknipsen, mehr ist mit ihr nicht anzufangen. Alles zusammengenommen vermittelt ein so konzentriertes Elendsgefühl, dass ich mich tagelang außer Stande sehe, das Zimmer zu verlassen. Ich sitze nur da und schaue dem Platz vor dem Kaufhaus *Belarus* zu. Hin und wieder kehre ich in Gedanken an das Geschehene zurück. Wenn es keine Gasexplosion war, sondern eine Sprengung, was steckte dann dahinter? Waren irgendwelche geheimnisvollen Triadenfeinde auf der Suche nach dem Buch? Und weshalb mussten sie dann das halbe Haus abfackeln? Oder haben sie es nicht gefunden (mein Versteck ist einfach zu gut) und deshalb die Bude angezündet? Dann ging es ihnen gar nicht um das Buch. Es sollte bloß nicht in die Hände der Triaden kommen. Aber wieso? Was enthielt es denn außer Wörtern auf vergilbtem Papier?

Manchmal besucht mich der Georgier Wano, auch abgebrannt und Hotelgast auf Staatskosten. Dann spielen wir Domino. Sein kleiner Sohn ist bei dem Brand gestorben. Die Frau, die den Jungen geboren hat, verdient jetzt gut und kann sich Männer leisten, die jünger sind als Wano.

»Sage mir, mein Freund Sergej, warum ist unser Leben so beschissen?«, fragt mich Wano in regelmäßigen Abständen. Das fragt er, egal ob er mich hat gewinnen lassen oder ob er selber gewonnen hat. »Warum sind unsere Frauen nicht mehr bei uns? Warum braucht niemand mehr den anderen? Warum fragt niemand, was für ein Mensch du bist? Sondern nur noch, ob du Geld hast? Warum ist das so, mein Freund Sergej? Wann ist das passiert? Wann haben wir verloren?«

Ich zucke wortlos die Achseln. Ich weiß nicht, was ich darauf antworten soll. Wie gesagt, ich bin kein Philosoph. Ich bin überhaupt nicht der Hellste, wie unschwer zu erkennen ist.

DRITTER TEIL

JUNKIE

Wieso die Chinesen sich den Mova-Handel gekrallt haben? Wir Russen waren eben too lazy. Und die Zigeuner kriegen einfach kein System aus Produktion, Schmuggel und Vertrieb aufgebaut. Was denen ontologisch betrachtet nur bleibt, sind kleine Gaunereien, überzogene Preise und gestreckter Stoff. Sie waren überhaupt nur im Geschäft, weil den Chinesen die Angarskaja zu eklig war. Nicht zu gefährlich – die Chinesen fürchten überhaupt kaum etwas, was einem in dieser Welt unter die Augen kommen kann –, zu eklig.

Der Junkie durchläuft drei Phasen:

1) bei den Zigeunern kaufen

2) bei den Chinesen kaufen

3) sich einen eigenen Dealer zulegen.

Phase 1 ist teuer und gefährlich, Phase 2 ist günstig und gefährlich, Phase 3 ist günstig und ungefährlich, weil alle Dealer nur einen geschlossenen Kreis von Stammkunden bedienen. In so ein petit comité reinzukommen ist praktisch unmöglich, dadurch ist diese Konstellation ja gerade so selig und sorgenfrei wie das Treiben der Hentai-Figuren.

Nach der Pleite mit dem Jungen, der mir ein Pseudobriefchen verkauft hatte, und dem Bullen, der mich dafür drankriegen wollte, schaute ich nicht mehr in die Kleinanzeigen. Und ich wollte auch nichts mehr mit den Zigeunern zu schaffen haben. So geriet ich unter die Dekadenzler, die sich nur noch im chinesischen Viertel eindeckten. Meistens saß ich im Lokal von Mo Yan, im Altstadtteil von Chinatown, schlang Kung-Pao-Hühnchen süßsauer hinunter und knabberte dann gesalzene Erdnüsse, die Mo Yan mir als treuem Kunden gratis hinstellte. Da ging in der chinesischen Community, in der man mich inzwischen kannte, das Gerücht um, der Laowai, der fast nie feilsche, sei da. Ich popelte mit meiner Gabel Eisklümpchen aus dem frittierten Teigmantel und beobachtete vergnügt, wie sich gleich mehrere Dealer hektisch vor dem Fenster herumtrieben. Irgendwelche innerchinesischen Befindlichkeiten verboten ihnen, das Lokal zu betreten, doch kaum hatte ich den Laden verlassen, scharten sie sich um mich und sahen mir demonstrativ in die Augen.

Ich erstand exklusive Trips erster Güte für fünfzig bis siebzig Yuan und machte mich auf in die Stadt, um sie mir reinzuziehen. Aus jahrelanger Erfahrung wusste ich, dass Parks mitnichten die idealen Orte waren, sich in Mova zu versenken. Erstens kannst du dort jederzeit durch einen dummen Zufall auffliegen. Irgendein hyperkorrekter Fatfree-Joghurt-Esser, der gerade in Sichtweite deiner Parkbank seine Yogaübungen macht, könnte sich durch den Anblick eines praktizierenden Drogenkonsumenten gestört fühlen und die »Hunde« rufen. Und zweitens, das Wetter. Regen, Schnee oder sengende Hitze, anders geht es hier in Rasha nicht. Und es kickt nicht so richtig, wenn auf deinen Schultern die Schneeberge wachsen und deine Prostata, God forbid, zu Sülze wird.

Mit der Zeit fand ich heraus, dass man sein Bewusstsein am besten im Café rockt. Wieso Cafés besser sind als Parks?

Erstens ist ein Typ mit Papierchen im Park garantiert ein Junkie. Ein Typ mit Papierchen im Café ist ein gewöhnlicher Consumer, der irgendeinen Flyer mit den jüngsten Sonderangeboten studiert.

Zweitens sind Junkies für die dumpfe Mehrheitsmasse kaputte, unrasierte Assis, die sich das Geld für die nächste Dosis zusammenbetteln müssen. Die dumpfe Mehrheitsmasse kapiert nicht, dass ein Gutteil der ihnen bekannten aufstrebenden Yuppies sich Mova-Textchen vom Feinsten ins Hirn ballert, um nach ihren stressigen Bürotagen wieder runterzukommen. Dass der moderne Junkie *Brioni*-Anzüge und Krawatten für anderthalb Tausend Tacken trägt.

Der dritte Grund sind die Kellner. Die Einzigen, die sich frei zwischen den Cafétischen bewegen und mitbekommen können, was da neben deiner Americano-Tasse liegt, sind die Bedienungen. Aber sie sind mit ihren Kunden über zarte psychologische Bande verbunden, die da Trinkgeld heißen. Gib dem Mann oder der Frau, die bemerkt hat, dass du eine grobe Gesetzeswidrigkeit begangen hast, nicht zehn Prozent obendrauf, sondern fünfzig, und sie werden dir verschwörerisch zuzwinkern. Sie werden dich niemals verpfeifen. Sie fühlen sich als Freibeuter und akzeptieren dich als Kapitän, der bei seinen Getreuen nicht mit Golddukaten geizt.

Unter »Café« verstehe ich natürlich ein russisches Café, mindestens einen Kilometer von Shanghai entfernt. Solltet ihr auf die Idee kommen, euch in einem chinesischen Café die Kante zu geben, werden sie euch dort ausziehen wie Othello Desdemona. »In this town they love a drunk. Fresh meat.«

So wurde ich zu einem Stammgast in Chinatown und den umliegenden Cafés. Manchmal kehrte ich auch in der Mittagspause kurz ein und war dann, zurück bei der Arbeit, noch nicht wieder ganz geerdet. Das waren meine kreativsten Stunden. Der Ideengenerator lief wie von selbst, nicht so die Kommunikation mit den Kollegen, bei denen ich bald als Exzentriker und Original galt (beziehungsweise als Freak verschrien war). Ich war damals bei einer großen Werbeagentur. Die Früchte meines geflashten Bewusstseins prasselten aus dem Netvisor auf euch ein wie seinerzeit im 20. Jahrhundert Miloševićs Bomben auf die Amerikaner. Das war, nebenbei bemerkt, mein letzter fester Job.

Als ich eines schönen Tages wieder zu Mo Yan wollte, ist es dann passiert. An seiner Tür hing ein fettes Vorhängeschloss, daneben ein paar Kreide-Schriftzeichen.

»Mo ist krank. Die Ohren«, erklärte mir ein Mann, der nebenan getrocknete Fledermäuse, Affenzähne und allerlei Nützlichkeiten feilbot, die in keinem Haushalt fehlen durften.

Damit war mein sorgsam aufgebautes Händlernetzwerk zusammengebrochen. Ich musste selbst auf Dealersuche gehen, hatte aber gänzlich vergessen, wie man das anstellte. So trieb ich mich auf Shanghais Wegen und Stegen, auf Hinterhöfen und Hintertreppen herum, hinterließ dabei aber offenbar einen so deprimierten Eindruck, dass niemand in mir einen Mova-Jünger erkannte. Der Geist von Hamlets Vater, ein Schemen des Hundes von Baskerville, der Atem des Gewitters, ein Zeichen des Unheils.

Auf dem Heimweg, in den Ausläufern von Chinatown, beim *Romaschka*-Laden, erhaschte ich endlich den ersehnten stechenden Blick. Der Mann sah eher kalmückisch als chinesisch aus. Sein Gesichtsausdruck hatte etwas Starres, seine Züge etwas tatarisch Rundliches, das man bei den Chinesen, die sich in Minsk angesiedelt haben, vergeblich sucht. Aber auf solche Feinheiten achtete ich nicht. Dabei hätte ich das wohl tun sollen. Denn offensichtlich setzten sie mich nach dieser Geschichte auf die Liste.

Der Typ beantwortete die obligatorische »Wie viel«-Frage nicht mit »hundert« oder »siebzig«, sondern sagte einfach »fünfunddreißig«. Ich war irritiert und fragte noch einmal. Und er wiederholte seine fünfunddreißig. Da hakte ich nach, warum er so billig war. Normalerweise nahmen sie zwischen fünfzig und hundert, und dann kam der plötzlich mit fünfunddreißig um die Ecke. Wenn einer einfach nur Mova-Dealer ist und nicht auch noch für die Spezialisten arbeitet, die ihren »unerbittlichen Kampf« gegen Mova führen, kann ihm so eine Frage nur ein Grinsen entlocken. Wieso billig? Mach kein Theater und schlag zu! Aber der Typ behielt seine bleierne Miene bei, die mich an die Mao-Statue beim Regierungsgebäude am Platz der Abhängigkeit erinnerte. Sehr verdächtig.

Ich hielt ihm einen Fünzig-Yuan-Schein hin, er gab mir einen Zehner und einen Fünfer zurück. Sicher, ganz wohl war mir bei der Sache nicht. Etwas an ihm weckte meinen Argwohn, irgendwie war er mir zu glatt. Bevor ich mir also meinen Trip gönnte, drehte ich zu Fuß ein paar Ehrenrunden durch die Stadt, bestimmt zehn Kilometer, wenn nicht mehr. Das Mova-Briefchen steckte ich nicht ein, sondern behielt es in der Hand, um es in die Swislotsch oder sonst wohin werfen zu können, falls ich plötzlich zwei Turkeys in glitzernden Rotzanzügen im Schlepptau haben sollte. Aber da war niemand, so sehr ich mein Radar auch rotieren ließ.

Also kehrte ich in einem meiner erprobten Cafés ein, bestellte Eiskaffee und Apple Scrumble und bereitete mich auf eine weitere Reise in die schöne Welt des Unbegreiflichen vor. Ich hatte keine Bedenken, dass ich stundenlang high sein würde, weil Mova inzwischen immer schwächer auf mich wirkte. Über die Jahre war mir der Großteil der Wörter schon einmal begegnet. Um jetzt noch so richtig weggeknallt zu werden, brauchte ich zwei bis drei Briefchen, in denen sich dann unterm Strich doch noch eine neue Vokabel, ein Ausdruck oder eine psychedelische Wendung fanden. Aber ich wollte die Dosis nicht erhöhen. Das wäre ja genau das Suchtschema, und ich bin nicht abhängig. Ich bin lediglich ein Individuum mit einer gewissen Offenheit für Experimente am kognitiven Apparat.

Wie gewohnt bat ich die Bedienung, mich gleich abzukassieren. Zum einen, damit sie keinen Stress schob, weil ihre Rechnung noch offen, der Kunde aber offensichtlich im Stand-by war und stundenlang vor Getränk und Süßspeise saß. Zum anderen, um über die Höhe des Trinkgeldes sofort zu kommunizieren, was für ein liebenswürdiger Typ ich war.

Die Kellnerin, Typus gepflegtes Mäuschen, brachte mir die Rechnung: sechs Yuan für Eiskaffee und Scrumble. Ich gab ihr meinen Zehn-Yuan-Schein und sagte in aller Deutlichkeit: »Danke, stimmt so.« Das ist vor allem eine Frage der Intonation. Du kannst zehn Yuan Trinkgeld geben und trotzdem bei dem Beschenkten die tiefste Missgunst hervorrufen, grundiert mit Klassenfeindseligkeit. Diese Feindseligkeit ist in den Jahrzehnten, da die Farbe von den Karl-Marx-Porträts in Minsk abgeblättert ist, nicht kleiner geworden, die Ausbeutung hat ja noch zugenommen. Der größte Unterschied zwischen dem chinesischen Kontinentalmarxismus und der europäischen Light-Variante besteht darin, dass ein Kellner in China nach der unangemessenen Behandlung eines Kunden, der soziale Gerechtigkeit gepredigt hat, traditionell mit Stockhieben auf die nackte Ferse bedacht wird.

Husarenstreiche sind also nicht angezeigt, wir sind schließlich nicht im Paris des 19. Jahrhunderts unter russischer Besatzung. Keine Anzüglichkeiten, wenn die Bedienung eine Person deines sexuell bevorzugten Geschlechts ist. Knietätscheln ist erlaubt und erwünscht, aber nur bei denjenigen, die man ins Restaurant eingeladen hat, und nicht bei den Trinkgeldempfängern. Das ist keine moralische Frage, an Moral glaube ich nicht. Das ist eine Frage des Geschmacks. Bedienungen befummeln ist wie Sex mit Zimmermädchen. Der wahre Gentleman bringt immer noch das Geld für eine Prostituierte zusammen.

Kein Zigeunerklimbim – der Kellner wird dir für deine drei Yuan nicht den Tanzbären machen. Der Akt des Trinkgeldgebens hat freundlich neutral zu erfolgen. Eine leichte Ergriffenheit angesichts des hohen Niveaus von Service und Professionalität sollte anklingen. Ein »Danke« im richtigen Tonfall, und der Mann gehört dir. Dann kannst du an seinem Tisch den ganzen Tag Mova-Tetris spielen, ohne auch nur einen schiefen Blick von ihm zu ernten.

Ich hatte dem Mäuschen also vier Yuan gegeben und staunte nicht schlecht, als ich sie wenige Minuten später in einer hitzigen Debatte mit der Ladeninhaberin sah, während sie mir verschreckte Blicke zuwarf. Sie führte sich auf, als wäre sie der Verbreitung kinderpornografischen Materials überführt worden und als wäre ich das Pornokind. Ihre eng stehenden Augen huschten zwischen mir und der Inhaberin hin und her, und ich schob das Briefchen zurück in die Tasche, um abzuwarten, bis die Lage sich beruhigt hatte. Die beiden liefen an der Kasse auf und ab, die Inhaberin verschwand, das Mäuschen kam zu mir gelaufen, beugte sich vor, strich sich eine Strähne hinters Öhrchen und fragte gedämpft:

»Woher hatten Sie die zehn Yuan?«

»Im Schweiße meines Angesichts sauer verdient. Waggonweise Ziegel entladen«, legte ich los. »Ich hätte mir bald einen Bruch gehoben, ma chérie. Wieso denn?«

»Sie verstehen nicht«, wisperte das arme Ding kopfschüttelnd. »Woher waren die?«

»Ich schwöre hiermit feierlich, sie weder gestohlen noch selbst gemalt, erbettelt oder meinem Kind entwendet zu haben.« Langsam ging sie mir auf den Geist. »Was denn, nehmen Sie kein Trinkgeld, wenn Ihnen nicht die Steuerbehörde und das UN-Komitee zur Bekämpfung des Waffenhandels garantiert haben, dass es aus einer sauberen Quelle stammt?«

»Der Schein ist markiert!«, flüsterte sie. »Das System hat automatisch Alarm ausgelöst, gleich sind sie da, passen Sie auf! Die Chefin bringt mich um!«

Das ganze Café geriet ins Wanken und verdunkelte sich. Hatte der Kalmücke Schulterklappen? Kam jetzt die Suchtmittelkontrolle? Wahrscheinlich war der Schein mit der Markierung »Drogenhandel« versehen. Würden sie mich dafür jetzt einsacken? Ich fuhr in die Tasche, ertastete das Briefchen und wollte es eben unter den Tisch fallen lassen, aber da stand schon jemand vor mir. Nein, er stand nicht, er setzte sich ungefragt zu mir an den Tisch. Zuerst sah ich ihn (klobiger grauer Schimmeranzug, rosa Hemd, stahlblaue Krawatte aus vaterländischer Produktion), erst danach den obligatorischen Geheimdienst-*Opel* vor dem Fenster. Schnell waren sie.

»Guten Tag.«

Das war keine Begrüßung. Es klang eher wie: »Sitzen bleiben, Hände aus der Tasche, Handflächen auf den Tisch.«

»Nowikow, Abteilungsleiter Department für Finanzaufklärung. Woher hatten Sie den Schein, mit dem Sie bezahlt haben?«

»Aus Chinatown.« Ich versuchte verzweifelt zu ergründen, welchen Verlauf das Gespräch nehmen würde. Würden sie mich abtasten? Oder wenigstens die Taschen leeren lassen?

»Soso, Chinatown«, antwortete er und verzog das Gesicht. »Dann können wir uns weitere Nachfragen nach besonderen Kennzeichen der Person, die Ihnen den Schein gegeben hat, sparen. Hat ja sowieso keinen Sinn.« Sein Grinsen sollte wohl bedeuten: »Sehen doch eh alle gleich aus, die Chinesen.«

Plötzlich war das Café voll von Typen in Nowikows Schimmeranzug, sie unterschieden sich lediglich in Hemd- und Krawattenfarbe. Dafür reduzierte sich die Zahl der Kaffeetrinker schlagartig, an der Kasse drängelte sich eine Schlange zahlungswütiger Gäste. So eine Aura haben diese Schimmeranzüge. Und ich hatte gedacht, die tragen nur die Suchtmittelkontrolleure.

An unserem Tisch tauchte ein Nowikow-Kollege mit schrecklich knarzenden Schuhen auf. Weiß der Teufel, aus welchem Leder die geschustert waren. Jedenfalls knarzten sie, dass sich einem die Nackenhaare sträubten. Dem Mann selber schien sein Schuhknarzen zu gefallen. Er trug ein dermaßen selbstzufriedenes Gesicht zur Schau, als korrelierte bei männlichen Vertretern des Menschengeschlechts die Lautstärke des Knarzens direkt mit der Chance auf ein Weibchen, wie bei den Heuschrecken oder Grillen. Mit seinen entsetzlichen Schuhen knarzend, streckte er seinem Chef meinen Schein hin. Nowikow zog einen mobilen UV-Strahler aus der Tasche und ließ den Strahl über den Schein wandern. Eine Weile begutachtete er die Zeichen, die auf dem Schein erschienen (ich konnte nicht begreifen, was denn da überhaupt erscheinen sollte), und fragte dann:

»Haben Sie dort noch weitere Banknoten bekommen?«

Ich händigte ihm wortlos meinen Fünfer aus. Er bestrahlte ihn ultraviolett und sagte dann zu Kollege Knarz: »Guck mal an, der ist normal.«

Der knarzte nur, marschierte dann durch das Café und stellte sich neben den Ausgang. Um mir den Fluchtweg abzuschneiden?

»Was sind Sie denn so verängstigt?«, fragte Nowikow unvermittelt. Damit hatte er mich überrumpelt. Mir war nicht einmal aufgefallen, wie aufmerksam er mich beobachtete.

»Ich bin nicht verängstigt«, versuchte ich das Offensichtliche zu leugnen.

»Sie und nicht verängstigt? Klar sind Sie verängstigt.« Mit seinen groben Gesichtszügen und der teigigen, hellen Haut hatte er etwas Pelmeniartiges.

»Na ja, vielleicht bin ich auch verängstigt«, räumte ich ein. »Ich sitze hier ganz friedlich. Und auf einmal das DfF. Aus heiterem Himmel.«

»Folgende Sachlage.« Nowikow schlug nun einen anderen Ton an. So werden Verdächtige normalerweise beim Verhör über ihre Rechte und Pflichten aufgeklärt. »Auf Ihrem Zehner wurden Anzeichen für eine Fälschung festgestellt. Jetzt geht er ins Labor. Für Sie hat das zunächst keine rechtlichen Konsequenzen, wir werden Sie nicht in Ihrer Freiheit einschränken. Obwohl in solchen Fällen mitunter Aufenthaltsbeschränkungen oder sogar Beugehaft verhängt werden. Aber dafür ist bislang keine operative Notwendigkeit gegeben. Nur noch eine Formalie – Ihren Pass.«

»Meinen Pass?« Ich verstand nicht.

»Den Pass. Um die Daten aufzunehmen.«

»Wofür?«, fragte ich heiser vor Angst.

»Fürs Protokoll. Zum gegenwärtigen Zeitpunkt liegt kein Verdachtsmoment gegen Sie vor. Aber Banknotenfälschung ist kein Kavaliersdelikt, deswegen greifen da gewisse Abläufe.«

»Abläufe?«, wiederholte ich stumpfsinnig.

»Ja, sicher, Abläufe.« Er erklärte alles geduldig und zum Mitschreiben, als hielte er eine Vorlesung an der Juristenfakultät. »Wir müssen den Weg dieser Falsifikate zurückverfolgen. Wenn Sie noch einmal mit einer entsprechenden Banknote erwischt werden, läuft das Gespräch schon anders ab. Deshalb brauchen wir Ihre Personendaten. Können Sie das nachvollziehen?«

»Ja. Sie brauchen meinen Pass«, sagte ich stoisch.

»Na ja, Sie könnten auch mit aufs Amt kommen, wenn Ihnen das lieber ist. Dann nehmen wir dort DNA-Probe und Fingerabdrücke.«

»Nein, danke!«, rief ich fast und legte hastig meine Papiere auf den Tisch. Spitzenidee: Mit einem Mova-Briefchen in der Tasche beim DfF hereinspazieren!

Er lichtete meine Daten ab, Anschrift und ID-Nummer, vermerkte sich meinen Arbeitgeber und bat mich um eine elektronische Signatur auf dem Tatortprotokoll. Während ich seine Anweisungen befolgte, pulsierte in meiner rechten Hosentasche ein Stückchen Papier – zehn Jahre verschärfter Arrest. Auf meiner Haut spürte ich sein Gewicht, die scharfen Kanten, die raue Oberfläche – es war ein quasi taktiler Blick, sämtliche körperlichen Empfindungen konzentriert in einem Punkt.

Nowikow ließ den Schein in eine Klarsichthülle gleiten, notierte die Inventarnummer und zog mit seiner ganzen Meute grußlos ab. Was sollten sie sich auch mit Höflichkeiten aufhalten? Oder war er sich sicher, dass wir uns noch einmal begegnen würden? Komischerweise wollte sich keine Erleichterung einstellen. Keinerlei Bedürfnis durchzuatmen und zu rufen: »Yes! Bingo! That was close!« Aber doch nicht, weil er sich nicht verabschiedet hatte? Weil er nicht sein »Sie können gehen« gesagt hatte? Nachdem der *Opel* abgefahren war, fiel die Anspannung nicht nur nicht von mir ab, sie nahm sogar noch zu, und es kostete mich Wochen schweißtreibender Nächte auf nass durchwachten Laken.

Ich verließ das Café und wollte nur noch weg von dort. Dem Mäuschen schenkte ich noch ein Nicken zum Dank für ihre Vorwarnung, ein Lächeln konnte ich mir nicht abringen, zu fest hielt mich die Angst im Würgegriff. Erst viel später ging mir auf, dass sie gerade auf den Kosten für meinen Eiskaffee sitzen geblieben war. Meine Bezahlung hatte ja Nowikow als »Falsifikat« konfisziert, und sonst hatte niemand die Rechnung beglichen. So was wird dann immer vom waiter's salary abgezogen. Mehrfach habe ich versucht, beim Mäuschen vorbeizuschauen und ihm den erlittenen Verlust zu erstatten, aber es gelang mir nie. Nach der ganzen Geschichte trugen mich meine Beine immer anderswo hin, sobald ich mich dem Café nähern wollte, und ich geriet auf Abwege, absonderliche Abwege.

Andererseits hatte ich Kaffee und Scrumble ja noch gar nicht angerührt. Also gab es vielleicht doch nichts zu kompensieren? Metaphysisch gesehen?

DEALER

Wie das Leben sich so anfühlte, zurück in meiner Wohnung? Ganz gediegen. Sie hatten alles ganz gediegen saniert – das Loch in der Küchenwand geflickt, die Wände in einem gediegenen Salatgrün gestrichen, am Boden gediegenes braunes Laminat verlegt, Verbundfenster eingesetzt, einen neuen Kühlschrank angeschafft, einen Herd hingestellt, kein Gas mehr, sondern einen gediegenen E-Herd. Die Wohnungstür war auch neu, Metall, gediegen, mit Kette. Als mir der Psychologe vom Zentrum für Post-Trauma-Rehabilitation einen Besuch abstattete, erklärte er mir, die Tür hätte ganz besondere Angeln und das Türblatt wäre dreifach gefälzt, ich würde mich dahinter behütet und geborgen fühlen, weil nichts Böses in die Wohnung eindringen könnte.

Eigentlich war meine Bude jetzt viel gediegener als vor dem Vorfall. Sie waren sogar mit einem Ozongenerator gegen den Gestank vorgegangen, aber ich hatte in der Wohnung trotzdem ständig den Brandgeruch in der Nase. Sei's drum. Ich bin einfach zu sentimental.

Onkel Sascha habe ich nicht mehr gesehen, wahrscheinlich haben sie ihn ins Irrenhaus gebracht – ist ja nur normal für einen Verrückten. Knast-Witja war auch verschwunden, wahrscheinlich an seinen Lungenverätzungen gestorben. Bei uns im Land ist es nur normal, nicht mehr nach denen zu fragen, die verschwunden sind. Wer weg ist, ist das zu Recht. Wenn er will, dass man nach ihm fragt, wird er sich schon melden.

Ein paar Mal kam der Georgier Wano zu mir, dann spielten wir Domino und schauten Fußball im Netvisor. Der Georgier Wano war neidisch auf mich, weil ich fünfzigtausend Neue Yuan Abfindung bekommen hatte und er nicht. Dabei war ihm ein großes Haus in der Radialnaja abgebrannt und mir nur eine kleine Wohnung. Der Georgier Wano meinte, das wäre so, weil er Georgier ist. Ich glaube eher, mir mussten sie einfach helfen, weil ich eben blaue Augen und ein Musterschülergesicht habe. Außerdem hatte ich irgendwie den Eindruck, als wollte sich der Staat mit dieser übertriebenen Abfindung bei mir entschuldigen. Aber Wano hat gesagt, das ist Quatsch. Das weiß ich selber, dass das Quatsch ist. Ich bin einfach zu sentimental. Und sehe irgendwelche Zusammenhänge, wo gar keine sein können.

Manchmal suchten mich auch alte Kunden heim, aber ich hatte ihnen nichts anzubieten. Meine gesamten Mova-Vorräte waren verbrannt, und ich konnte mich noch nicht dazu aufraffen, nach Warschau zu fahren.

Ein paar Mal rief ich auch Irka an, um ihr vorzuschlagen, für das Abfindungsgeld ein halbes Jahr mit mir nach Shanghai zu ziehen. Aber sie ging nicht dran. Die Suchtmittelkontrollbehörde hetzte sie mir aber auch nicht auf den Hals wie angedroht. Also hegte sie immer noch freundschaftliche Gefühle für mich. Ohne Irka reizte mich Shanghai nicht. Wie gesagt: Mein Leben war ganz gediegen. Es hat geschneit, weiß und rein, du gehst spazieren und erkennst später deine eigenen Spuren.

Die Printe lag an einem sicheren Ort, ich versuchte vorerst nicht, sie zu verkaufen, Geld hatte ich ja erst mal genug. Das war es wohl auch schon, mein jetziges Leben. Manchmal glaubte ich, ohne die Aufregung um den Brand würde mein ganzes Erdendasein auf ein einziges Blatt Papier passen.

Es war schon Abend, als es bei mir klingelte. Lange und mit Nachdruck. So klingelte sonst die Polizei oder die Hausverwaltung. Ich erwartete niemanden. Eigentlich konnte es nur ein alter Kunde sein, der noch nicht mitbekommen hatte, dass mein Handel auf Eis lag, oder der schwermütige Georgier Wano. Aber die hätten beide vorsichtig angeklingelt. Jetzt schrillte die Klingel und lag mir in den Ohren, solange ich zur Tür ging, die Kette vorhängte, öffnete und den Kopf durch den Spalt steckte. Erst als ich den Triadentarnmann sah (und er mich), nahm er den Daumen vom Klingelknopf. Um ihn herum standen sechs reglose Bodyguards. Wahrscheinlich war er außerhalb von Chinatown nie ohne seine Leibgarde unterwegs.

»Servus!« Mit einem unheilvollen Grinsen zog er die Tür auf. Aber bei seiner Visage musste jedes Lächeln als bedrohliches Zähnefletschen erscheinen. Diesmal trug er eine kurze Felljacke und eine schwarze Zivilhose. Vielleicht wollte er sich zumindest teilweise vom Military-Look verabschieden. Die Türkette klirrte, und ich klinkte sie rasch aus. Triadenkommandanten gehören nicht zu der Sorte Besucher, die man auf dem Treppenabsatz warten lassen sollte.

Er stiefelte schnurstracks herein, direkt auf mich zu, ich wich zurück. Seine Bodyguards blieben draußen, sie hätten ohnehin nicht alle in die Wohnung gepasst. Er nahm den Flur kritisch in Augenschein, trat mitten in die Stube, streifte mit seinem Blick das Sofa und ein paar Zeitschriften, in denen ich blätterte, wenn ich den Netvisor satthatte, machte urplötzlich einen Satz und durchschnitt mit seiner Handkante blitzschnell waagerecht die Luft bis unmittelbar vor meinem Bauch. Ich zuckte zusammen und krümmte mich instinktiv, aber er stand schon wieder stramm und grinste noch breiter als vorher. Kleiner Scherz. Das war also sein Humor.

»Bist 'n Kümmerling«, meinte er fast schon teilnahmsvoll. »Dich legt ja jede Blaue Laterne mit zwei Handgriffen flach.«

Ich war tatsächlich kein großer Sportsfreund. Vor dem Brand hatte meine schlaksige Erscheinung perfekt mit dem Braver-Junge-Image harmoniert, das ich bei den Grenzern hinterlassen wollte. Nach dem Brand war mir gleichgültig, wie ich aussah.

»Ich bin halt eher der schlanke Typ«, erwiderte ich achselzuckend.

»Mann, komm du mal in mein Training, dann mache ich in einem Monat einen Menschen aus dir. Dann robbst du unter Stacheldraht durch und springst durch Feuerreifen wie ein Zirkustiger. Ein Waschlappen bist du. Sag bloß noch, dass du nicht schießen kannst.«

»Nein, kann ich nicht«, räumte ich ein.

»Ich bin jeden Tag drei Stunden an den Geräten«, sagte er nachdenklich und fügte hinzu: »Fit sein muss der Nazi!« Dann lachte er laut auf. Sein Lachen war noch entsetzlicher als sein Zähnefletschen.

Ich konnte nicht ganz nachvollziehen, was er da gesagt hatte. Als »Nazis« bezeichneten sich die jugendlichen Glatzen in den schwarzen *Drittes Reich*-Hosen mit herunterhängenden Hosenträgern, schweren *Camelot*-Stiefeln mit weißen Schnürsenkeln und Flecktarn-Bomberjacken. Sie wurden von den Tschetschenen vom Komarowka-Markt dafür bezahlt, dass sie ab und zu in Chinatown einfielen, um »unser Land von den Chinesen zu säubern«. Dabei versuchten sie auch, chinesische Läden zu zerstören, damit die Leute bei den Einheimischen kauften, auf dem Markt. Bei diesen Ausfällen bekamen sie von den Triaden, den Kung-Fu-Schülern und einfachen Kampfsport-Chinesen ordentlich auf die Fresse, deshalb fühlten alle Minsker heimlich mit den Nazis. Die Tschetschenen waren ja welche von uns, waren Russen, und die Chinesen waren zugezogen, deshalb schmeckte es uns nicht, wenn die, die für unsere Seite kämpften, so viel einstecken mussten. Aber der Tarnmann arbeitete doch für die Chinesen. Wie konnte er da ein Nazi sein?

Er stapfte in meine Küche, nahm sich eine Birne vom Tisch und hieb seine Zähne hinein. So standen wir eine Weile herum – er verputzte meine Birne, ich wartete geduldig und wusste nicht, wohin mit meinen Händen. Als ich ihn mit seiner Brigade auf dem Treppenabsatz gesehen hatte, war mein erster Gedanke, die Triaden wollten sich bei mir entschuldigen, dass ihretwegen meine Wohnung gesprengt worden ist, aber nun sah ich, dass er mit einem Auftrag gekommen war. Dass er erfahren haben könnte, dass die Printe doch nicht verbrannt war, schloss ich als höchst unwahrscheinlich aus. Dass es das Buch noch gab, wussten nur ich und der Ort, an dem es verborgen war.

Als der Tarnmann sich die Birne mitsamt Kerngehäuse einverleibt hatte, fragte er munter: »Was stehst du noch rum? Komm in die Puschen! Du wirst erwartet!«

So drückte er sich aus, ganz unpersönlich. Weder wer mich bei diesem Treffen erwartete noch was. So langsam bekam ich ein Gefühl für seinen Stil, sein nassforsch-saloppes *Old Spice Red Label*. Nicht verletzend salopp, sondern kumpelhaft, mit einer Spur *Jack & Jones*. Und einem dezenten *Lacoste*-Lächeln. Wie ein großer Bruder. Nicht übel für einen Feldkommandeur. Die Triadenkämpfer vergötterten ihn bestimmt. Wie er es wohl angestellt hatte, als Einheimischer Kommandant des »Lichten Pfades« zu werden? Als ich ein *Hilfiger*-Hemd, einen *Zara*-Pullover und einen *Thommy*-Cardigan angezogen hatte, wieherte er los: »Willst du in die Antarktis, oder was?«

»Das wird doch kalt auf dem Motorrad! Wir fahren doch Motorrad?«

»Deine Oma fährt vielleicht im Hühnerstall Motorrad! Bist du noch ganz sauber? Wir haben Dezember, wer setzt sich denn im Dezember aufs Motorrad? Wir sind doch keine Fischhändler oder Kühleisverkäufer! Wir sind anständige Leute mit Banditenmanieren.«

Vor der Haustür parkte tatsächlich ein echter amerikanischer *Hummer*, und zwar nicht die zivile Ausführung, sondern das Militärmodell *Humvee* mit Dachluke für ein schweres Maschinengewehr. Aber weder Geschütz noch Schütze waren an Bord – die Triaden einmal überraschend gesetzeskonform. Der Tarnmann setzte sich ans Steuer und wies mir mit einem Nicken den Platz neben sich zu. Vier Chinesen bezogen die Plätze hinten, die anderen stapften zu einem Begleitjeep, obwohl sie sicher auch zu sechst hier hineingepasst hätten. Wir jagten davon, als wäre ein *Abrams*-Panzer hinter uns her. Der Fahrstil des Tarnmanns entsprach in etwa seinem Grinsen.

»Wo fahren wir hin?«, wagte ich einen Versuch. Soll ja vorkommen, dass man auf seine Fragen auch eine Antwort bekommt.

»Ich heiße Swarog«, stellte er sich vor, statt mir zu antworten. »Swarog, wie dieser Gott. Der Gott der Himmelsflamme.«

So ein Gott war mir in der chinesischen Mythologie noch nicht untergekommen. Aber vielleicht gab es ihn doch, obwohl die Hochglanzzeitschriften, die ich manchmal aus Langeweile las, noch nicht über ihn schrieben.

»Ich bin Sergej«, sagte ich, falls er das noch nicht wissen sollte.

»Sergej, du musst pumpen gehen«, meinte er ernst. Und dann brachte er wieder sein rätselhaftes »Fit sein muss der Nazi!«.

Die nächtliche Stadt flog vor den *Humvee*-Fenstern vorbei, als spulte die Bordkamera ihr Video im Zeitraffer ab. Über die große Nemiga-Brücke ging es in die Lenin-Straße, Chinatown ragte vor uns auf. Linker Hand durchschnitt der Rathausplatz, wo die Thais ihre Talismane und die Koreaner falsche Organe verkauften, mit den kahlen Ästen seiner Bäume den Himmel. Dort hielten wir vor einem Tor mit heruntergelassener Metalljalousie. Zu beiden Seiten des Tores führten massive Betontreppen auf die erste Shanghai-Ebene. Nebenan befand sich einer der wenigen asphaltierten Zugänge zum Ameisenhaufen – hier waren, trotz der Kälte, Scharen von Rollern und Motorrädern unterwegs. Wenn du dreißig Yuan im Monat zur Verfügung hast, fährst du auch bei minus zwanzig noch mit deinem Zweirad. Wenn du es dir denn leisten kannst.

Das Tor sah aus, als befände sich dahinter eine kleine, zugerümpelte Garage, in der der *Humvee* mit Ach und Krach unterkommen würde. Swarog drückte einen Knopf auf seiner Fernbedienung, die Jalousie rollte sich auf, und zum Vorschein kam – nein, keine Garage, sondern eine niedrige dunkle Gasse, eingepfercht zwischen Altbauten ohne Fensterscheiben. Wie der Karies in den Zahn fraß sich dieses Sträßlein tief in den Ameisenhaufen hinein und verzweigte sich in zahllosen Fortsätzen zu beiden Seiten. Knapp über dem Autodach summte und brummte Chinatown, aber hier unten war kein Mensch zu sehen.

»Nicht übel, eine Straße unter der Straße!«, staunte ich.

»So ungefähr. Früher war dies mal die Innenstadt. Das Herz von Minsk. Die Internationalnaja. Ich kann mich noch erinnern, dass hier Leute unterwegs waren. Aber jetzt hat sich die Stadt erhoben, und die Straße ist in den Untergrund gegangen. Du siehst ja, die unteren Stockwerke stehen leer, die Haustüren sind verwittert.«

Wir schoben uns durch eine kurvenreiche Passage. Nach vielleicht zweihundert Metern stoppten wir vor einem gewaltigen

Loch in der Fahrbahn – der Asphalt war hier um mehrere Meter weggesackt. Swarog parkte am Straßenrand, damit auch der Begleitjeep noch Platz hatte, und stellte den Motor aus. Als die Scheinwerfer erloschen, wurde es draußen auf einen Schlag dunkel. Straßenlaternen gab es nicht, hier lebte ja niemand. Oder die Triaden hatten die Straßenbeleuchtung absichtlich abgeschafft, damit das Viertel unbewohnt aussah.

»Hier unten verirrt sich höchstens mal ein Schatzsucher hin«, erklärte Swarog aus der Dunkelheit. »Dann machen wir ihn kalt. Kannst also von Glück sagen, Sergej, dass du das hier sehen darfst.«

Die 49er knipsten ihre Stirnlampen an und griffen mit ihren flinken weißen Lichtkegeln mal ein Stück Ziegelmauer aus dem Dunkel, mal einen Haufen Bauschutt oder ein eifrig tropfendes Fallrohr. Einer der Kämpfer rief etwas auf Chinesisch und beleuchtete dazu seine Hand mit gerecktem Daumen und abgespreiztem kleinen Finger.

»Alles sauber. Wir können aussteigen«, übersetzte mir Swarog. »Pass auf, wo du hintrittst, unsere Freunde von der Suchtmittelkontrolle spannen hier gerne Stolperdrähte mit F-1-Granaten. Letzte Woche hat uns das wieder drei Mann gekostet.«

Wir stiegen aus dem *Humvee*. Stickig war es hier, wie in einem Keller, nur dass von oben die Schritte zahlloser Fußgänger widerhallten, die über unseren Köpfen spazieren gingen. Ich fühlte mich wie unter einer viel befahrenen Brücke. Es war so dunkel, dass ich nicht einmal die eigenen Stiefelspitzen erkennen konnte. Irgendwelche Stolperdrähte sehen zu wollen war ein Ding der Unmöglichkeit. Aber vielleicht war das ja nur wieder so ein Swarog-Scherz gewesen. Das wollte ich gerne glauben. Drei Chinesen gingen voran, drei hielten sich an unserer Seite.

»Vorwärts«, kommandierte er. »Komisch, dass es hieß: ›Ohne Augenbinde‹. Man vertraut dir.« Da war es wieder: Kein Wort dazu, wer mir vertraute oder weshalb man mir die Augen verbinden sollte. »Aber vielleicht bekommst du nach dem Treffen ja auch ein Pärchen Betonstiefel verpasst, fürs Eisbaden in der Swislotsch.« Wieder lachte er und löste ein lang anhaltendes Echo aus, als äfften ihn hunderte Goblins nach, die hier unter der Erde lebten.

Nach wenigen Schritten senkte sich die »Decke« merklich ab, und wir mussten die Köpfe einziehen. Stellenweise wurde es sogar so eng, dass wir nur noch gebückt weiterkamen. Ein paar Meter in dieser Haltung, und du fühlst dich richtig beschissen. Der Körper will sich aufrichten, gerade stehen, Panik macht sich breit. In einer Nische mit etwas mehr Luft nach oben legten wir eine kurze Pause ein. Wir standen vor einer von Staub und Spinnweben überzogenen Tür, deren Holz im Alter rissig geworden war. In einiger Entfernung zeigten die Lichtkegel im Kinodunkel ein verblichenes Schild mit der verschnörkelten Aufschrift »Pan Hmelu«. Ich hatte sogar den Verdacht, das könnte ein Mova-Ausdruck sein, aber das würde ja bedeuten, dass es eine Zeit gegeben hat, in der einem Mova in Minsk auf offener Straße begegnet ist. Dass Kinder sie gesehen haben, kleine Jungs und Mädchen. Was für ein Schwachsinn!

Swarog trat dicht an den Türpfosten heran und zeichnete mit dem Zeigefinger ein »ÿ« auf das staubige Holz. Ein erwachsener Mann und führt sich auf wie ein Halbstarker. Und dann noch seine komischen Scherze. Jetzt wusste ich also, was das für Typen waren, die dieses »ÿ« an Klowände und auf Betonmauern schmierten, die man nur von den Expresszügen aus sehen konnte.

»Da siehst du es, wir sind buchstäblich im Untergrund«, sagte er. »Ist ja auch nur natürlich. Für einen Untergrundkämpfer!« Wieder lachte er laut, und ein paar seiner Bodyguards stimmten höflich mit ein. Nur ich verstand wieder nicht, was er damit sagen wollte. Wenn die Macht, die ein Drittel der Stadt kontrolliert, sich als Untergrund bezeichnete, wer war dann nicht »Underground«? Aber da raunte er schon wieder weiter, als wollte er seinen Untergrundstatus nachweisen: »Wer ›Ruhm der Nation!‹ sagt, muss auch ›Tod den Feinden!‹ sagen. So sieht es aus, Serjosha. So und nicht anders!«

Wir ließen »Pan Hmelu« hinter uns und kamen zu einer großen Kreuzung. Hier spaltete sich die Untergrundstraße in vier Abzweigungen auf, übersät von Müll, Putzbrocken und Betonquadern. Einer der Wege schien gänzlich unpassierbar, versperrt von einem der riesigen Betonpfeiler des Ameisenhaufens, um den sich die Ziegel eines vor Altersschwäche eingestürzten Hauses geschart hatten.

»Darf ich vorstellen?« Swarog deutete auf die Sackgasse. »Die ehemalige Komsomolskaja. So hat sie früher ausgesehen, zwei Fahrspuren, keine zwanzig. Wenn du dich durchzwängst, bleibst du in der Erde stecken. Da kommt ein Hügel, der macht die ganze Ebene hier dicht. In der anderen Richtung gibt es dafür eine Senke. Und am ehemaligen Einkaufszentrum an der Nemiga haben wir sogar zwei Stockwerke versteckt. Da ist unsere Muckibude, da gehen wir dann mal pumpen, falls du hier lebend wieder rauskommst.«

Wir gingen in die Richtung, in der seiner Meinung nach das Einkaufszentrum sein sollte. Nach ein paar Metern stießen wir auf die Überreste eines Oldtimers. Die silberne Karosserie war noch gut erhalten, nur die Räder waren abmontiert und die Frontscheibe fehlte. Am Kühlergrill prangte ein feines Logo aus der guten alten Zeit: ein Löwe auf den Hinterbeinen. Ein 49er, dem mein Interesse für dieses Schmuckstück historischen Designs nicht entgangen war, beleuchtete es für mich mit seiner Stirnlampe. Ich konnte das riesige altmodische Lenkrad sehen, die abgewetzten Pedale im Fußraum. Wahrscheinlich musste man die treten, damit sich das Fahrzeug fortbewegte. Wie bei einem Fahrrad.

Noch ein Stück weiter tauchten die ersten Laternen auf, die Straße mutete etwas belebter an. Es lief sich auch gleich besser, weil das »Dach« nicht mehr so tief hing. Bald stießen wir auf eine große Gruppe 49er, die sich an einem Müll-Feuerchen wärmten. Ein leichter Luftzug ließ die trägen Rauchschwaden langsam beiseitewandern. Hier unten war es zwar deutlich wärmer als oben im eisigen Dezember, aber die Kämpfer schoben hier sicher nicht erst seit einer Stunde Wache. Als sie Swarog erblickten, gingen sie eilig in Habachtstellung, einer versuchte noch rasch, die Flammen zu ersticken.

»Ich hab doch gesagt, ihr dürft hier kein Feuer machen, ihr Pappnasen!«, schimpfte der Tarnmann. »Ihr krepiert mir hier oder holt euch eine Rauchgasintox! Und ich kann mir dann aus solchen Waschlappen die nächsten Blauen Laternen ranzüchten«, sagte er mit einem Seitenblick zu mir. Die Chinesen grinsten. Sie schienen ihn tatsächlich zu verstehen.

Bei einem Haus, an dem in vergilbten Lettern »Sakon buterbroda« zu lesen war, bogen wir noch einmal ab. Das musste hier alles noch aus dem Großen Vaterländischen Krieg stammen. Das Sträßlein sah aus, als stammte es von einer Netvisor-Museumsseite über das Minsk vor der Russisch-Chinesischen Union. Wir kamen an Ziegelbauten vorbei, manche von ihnen zweigeschossig und komplett hier im Untergrund. Andere sahen höher aus und hatten wohl ursprünglich drei oder vier Geschosse. Der obere Teil war aber durch das »Dach« abgetrennt.

»Alle Zugänge nach oben haben die Bauarbeiter zugemauert, als sie das Fundament für den Heuhaufen gelegt haben«, erklärte Swarog. Heuhaufen nannte er den Shanghai-Ameisenhaufen, wer hätte das gedacht. »Hier unten lebt es sich angeblich gefährlich, der Druck von oben ist halt gewaltig. Das sind ja Millionen Leute, dazu noch die Pappkartons, in denen sie wohnen. Theoretisch kann der Untergrund jeden Moment zusammenklappen, und der

Heuhaufen würde nicht mal mitbekommen, dass er zehn Meter tiefergelegt wurde. Die Leute, die sich in den oberirdischen Geschossen dieser Häuser um jeden Zentimeter Wohnraum kloppen, können uns zwar manchmal hören, aber ihre Treppen enden unten vor massiven Betonplatten. Und wenn die Chinesen nirgends eine Lücke gefunden haben, dann kann da auch keine Lücke sein. So ist die Legende über das Untergrund-Volk entstanden. Also über uns.«

»Ich könnte hier nicht leben«, entfuhr es mir. »So eingekellert.«

»Wir leben ja auch nicht hier. Wir wohnen auch oben und haben da unsere Versammlungsräume und Cafés. Hier unten sind der Schießstand, die Muckibude, die Geheimresidenzen und Wohnheime für den Kriegs- oder Notfall. Und der Saal für besonders wichtige Treffen. Bei dem wir übrigens gerade angekommen sind.«

Vor uns lag ein gemütlicher zweigeschossiger Bau, warmes Licht in den Fenstern. Das Häuschen schien komplett genutzt zu werden, selbst der Schornstein, der aus dem Hausdach ragte, war dick mit Riffelfolie verkleidet und wurde durch ein Loch in die Decke der darüber liegenden Ebene geführt. Obwohl der Rauch nach oben abzog, roch es hier empfindlich nach Kamin. Mir war dieser Geruch bislang nur ein einziges Mal begegnet: beim Klassenausflug ins Museum in Strotschizy, wo uns vorgeführt wurde, wie erbärmlich die Dörfler lebten, bis die Chinesen kamen.

Vor dem Haus waren die Triadenkämpfer in Reihe postiert, im Abstand von einem halben Meter. Da drin musste also ein richtig großer Macker sitzen. Am Eingang erwartete uns, umgeben von einer Schar junger Kämpfer, der Weihrauchmeister.

»Na bitte, der Herr Ballettmeister steht auch schon auf der Matte!«, knurrte Swarog. Als wir näher kamen, schenkte er Chu Lin aber anstandslos eine tiefe Verbeugung. Soweit ich in der Triadenhierarchie Bescheid wusste, stand der Zeremonienmeister, die

432, über dem Kommandanten. Versteh einer die Chinesen – ein Typ, der die Duftstäbchen vor den Götterstatuen anzündet und entscheidet, welcher Tee bei den Zusammenkünften getrunken wird, steht in der Rangordnung über der »schärfsten Klinge«, die Taktik und Kampfeinsätze verantwortet. Aber mein gesamtes Wissen bezog ich aus den Hochglanzzeitschriften. Und da stand nicht unbedingt, wie es wirklich war. Sie müssen ja die Wirklichkeit nach den Vorgaben der Werbekunden verbiegen, von deren Geld sie leben.

»Was hat das so lange gedauert?«, fragte Chu Lin ungehalten.

»Stau«, entgegnete der Tarnmann kühl.

»Sie wartet«, erklärte die 432. »Sie wartet bereits.«

Ich sah mir die beiden an. Der Chinese wirkte neben dem aufgepumpten Russen wie eine große Raubkatze neben einem aggressiven, muskelbepackten Bullterrier. Swarog strotzte nur so vor Kraft und Physis, alles an ihm wartete nur darauf, jemandem eine in die Fresse zu hauen. Chu Lin war dagegen der in sich ruhende fernöstliche Weise. Würden die beiden gegeneinander antreten, stellte ich mir vor, würde der Weihrauchmeister den obersten Kommandanten mit ein paar gezielten, knappen Schlägen, die eher an kalligraphische Trockenübungen erinnerten, außer Gefecht setzen.

Chu Lin betrachtete mich unterdessen aufmerksam und wandte sich plötzlich in dem intimen Tonfall, wie man ihn zwischen Saufkumpanen, engen Freunden, erbitterten Feinden oder um eine Frau konkurrierenden Männern pflegt, an Swarog: »Kann ich mal kurz mit ihm? Nur zwei Takte.«

Swarog grinste bloß und nickte. Der Weihrauchmeister nahm mich beiseite, stellte fest, dass auch hier ein paar seiner »Bajonette« postiert waren, und schickte sie fort. Als wir unter uns waren, sprach er mich leise an, fast flüsternd. Dabei kam er mir sehr nahe und durchbohrte mich mit hasserfüllten Blicken.

»Hör gut zu! Wenn ich sehe, dass du sie bezirzen willst …«

»Wen denn?«, fragte ich.

»Hör zu! Markier mir hier nicht den Idioten!« Er schnipste wütend mit seinen Fingern vor meiner Nase herum. Mir war schon aufgefallen, dass er gerne schnipste und keine Fingerschnipsgelegenheit ausließ.

»Du wirst sie auf keinen Fall umgarnen! Niemals! Deine ganzen Tricks von wegen treuherzige Miene und kindliche Unschuld ziehen bei ihr nicht! Hast du das kapiert? Kurzum: Wenn ich sehe, dass du ihr zu gefallen suchst, bist du ein toter Mann.«

Der Unsinn, den er da von sich gab, stimmte nicht mit meinem Bild von eben überein, als ich ihn neben Swarog gesehen hatte. Was sollte das heißen, »nicht zu gefallen suchen«? Versuchen wir nicht immer, unserem Gegenüber zu gefallen? Ist das nicht die Grundlage unserer Konsumgesellschaft? Vielleicht sollte er mal die Artikel der Psychologen in den Hochglanzblättern lesen, die erklären, wie es wirklich ist.

»Aber was heißt denn, nicht zu gefallen suchen? Und wem nicht zu gefallen suchen?«, versuchte ich ihm zu gefallen, indem ich auf diese unsinnige Situation mit sinnvollen Fragen reagierte.

»Hör zu! Du merkst dir einfach, was ich dir jetzt sage!«, rief er und hatte seine Stimme nicht mehr ganz in der Gewalt. »Sie ist nichts für dich! Kapiert? Sie ist nichts für dich! Du bist nicht einmal ihren Fingernagel wert! Verglichen mit ihr bist du Asche und Staub! Also nicht in die Augen schauen! Augen auf den Boden! Ehrerbietig sprechen! Nicht zu gefallen suchen!«

Wir kehrten zu dem Tarnmann zurück. Er sah aus, als hätte er gerade mit dem größten Vergnügen einen Säugling bei lebendigem Leibe verspeist.

»Und? Fertig?«, wieherte er.

»Wir gehen rein. Sie wartet«, fuhr Chu Lin ihm über den Mund. »Sie wartet bereits.«

Ein Triadenkämpfer öffnete uns die Eingangstür, und wir betraten eine knarrende Holztreppe, die unter unseren Schritten Geräusche von sich gab, als läge sie schnarchend in tiefem Schlaf, weshalb wir behutsam auftreten sollten, um sie nicht zu wecken. Auf jeder Treppenstufe war, mit dem Rücken zur Wand, ein 49er postiert. Chu Lin ging als Ranghöchster voran, dann kam komischerweise ich (wahrscheinlich als Gast), hinter mir Swarog und seine Jungs. Wir begaben uns ins Obergeschoss, zu jener rätselhaften Gestalt, der zwei einflussreiche Offiziere der chinesischen Mafia treu ergeben waren. Einer Mafia, die nicht nur Minsk kontrollierte, sondern die gesamte Region Nordwest. Mir dämmerte, dass mein Leben bis hierher nur das Vorwort gewesen war. Der wahre Text dieses bislang gänzlich unnützen Daseins sollte erst noch geschrieben werden. Jetzt.

JUNKIE

Jeder Vampir, Gitarrero, Pick-up-Artist oder Druggie hat jemanden, der aufgrund seiner Erfahrung dem Novizen erklärt, wieso
er im Sarg schlafen und sich vor finsteren Typen mit Espenholz-
Pflöcken hüten soll, wie der Barrégriff im sechsten Bund geht und
mit welchem Dessert das Abendessen schließen muss, damit die
Provinzbraut dich auch wirklich ranlässt. Das ist Gesetz: So genial
du dein Pick-up auch aufziehst, so genau du die feinen Unterschiede zwischen streng metrischen Flashs und Vers-libres-Flashs
beschreiben kannst – es wird sich immer einer finden, der noch
ein bisschen besser Gitarre spielt als du.

Mein Vampirmeister war Ganin. Wir lernten uns in der Werbeagentur kennen, in der ich jeden Monat meine zwo-fünf nach
Hause brachte, an die Karriere glaubte, die Freitage herbeisehnte,
mit den Kollegen zum Businesslunch ging und mir regelmäßig in
Chinatown die Mova-Kante gab. Wobei ich in der Zeit, als wir uns
kennenlernten, auf Leseflashs in Chinatown verzichtete, weil mir

die Geschichte mit den Typen vom Department für Finanzaufklärung noch in den Knochen steckte.

Eigentlich lerne ich keine Leute kennen. Ich bin überhaupt der Auffassung, dass Leser (im Unterschied zu Leuten, die sich zu *Spass mit Pias* und den *Fröhlichen Kätzchen* im Netvisor auf die Schenkel klopfen) geschlossene Systeme sind, die sich selbst genügen. Dass sie im Grunde gar keinen Bedarf an Mitmenschen haben. Die Pelmenis, die ihr gesamtes Leben vor der Glotze verbringen, müssen die Piasecki-Sprüche von vorgestern ja unbedingt weitererzählen. Ein Buch musst du nicht nacherzählen. Du kannst ein Buch überhaupt nicht nacherzählen.

Über Ganin wurde in unserer Creative Gang viel geredet. Er war auch wirklich ein Ausnahmetalent. Er hatte viel mehr drauf, als der Budgetrahmen der Geisterstadt vorsah, in der unsere hohen Herren chinesisch-taiwanischer Herkunft eine günstige Wohnung als Büro für uns mieteten. Für alle Auswärtigen oder diejenigen, die mein Geschreibsel erst im Jahr 6000 lesen (ich halte es mit Bulgakow: Manuskripte brennen nicht) – die Geisterstadt ist die verlassene Wohngegend an der Swislotsch, vormals »Dreifaltigkeits-Vorstadt«. Vor rund dreißig Jahren haben russische Ölmultis den gesamten Immobilienbestand zusammengekauft, um sich dort ihre »Sommerresidenzen« hinzustellen und im »sauberen, stillen Minsk« die Seele baumeln zu lassen. Dann brach die Union mit China über uns herein, und wir wurden zu einem Provinznest in Hinterposemuckel, genau wie Moskau, das sich damals noch für den Mittelpunkt des Universums hielt. Deswegen stehen die Residenzen dauerhaft leer. Die Chinesen und Thais haben mitgehen lassen, was mitging. In dem Rest war unser Büro.

Zurück zu Ganin. Soweit ich weiß, hatte er im alten Europa gearbeitet, Niederlande oder Deutschland, aber er wollte nicht bei Wasser und Reis vor sich hin darben und kehrte zurück in seine florierende russische Heimat, wo weniger Mangel herrschte, wenngleich die Hälfte der Substanzen und Nichtsubstanzen, die Ganin sich im bettelarmen Westen angewöhnt hatte, hier auf der Roten Liste standen. Und ohne Substanzen wollte sein kreativer Apparat keinen Furz von sich geben. Aber Ganin war nicht der Typ, der sich etwas hätte verkneifen können. Deshalb rauchte, sniffte und las er hier munter weiter wie in Amsterdam. Das hat dem armen Teufel ja dann auch das Genick gebrochen.

Persönlich lernte ich Ganin kennen, als sie uns für einen Werbeclip für einen Hyper-Tempel der neuen »Consumer Spirituality«-Religion, die jetzt in der ganzen EU verbreitet ist, als Creative Duo zusammengesteckt haben. *Heliopolis* hieß der Multibrand-Tempel in Vilnius, oder *Theben*. Ganin war der Designer, ich der Texter. Er war, wie das bei den Grafikern so ist, für zwei Tage verschwunden, alle Kontaktversuche liefen ins Leere. Der Artdirector, Chinese, kriegte schon die Hummeln, stand alle zwei Stunden bei mir in der Box und schwadronierte schon von traditionellen chinesischen Foltermethoden. Aber was konnte ich tun? Ohne Visual kein Text und kein Slogan. Da tauchte Ganin wieder auf. Stolz und allem Anschein nach high. Dass er schon lange stramm dabei war, konnte nicht einmal ich ohne Weiteres erkennen. Wenn du was genommen hast, denkst du vielleicht, dass dich alle anderen gleich erwischen. Aber wenn du mal nachdenkst: Neun von zehn Leuten hatten noch nie mit Mova zu tun oder nur mal kurz als Studenten. Die wissen nur noch, dass sie »viel gelacht« haben. Wenn du also einen Künstler siehst, der deutlich neben der Spur ist, oder einen aufgeputschten Texter – was denkst du da? Etwa, dass er auf Droge ist? Nein, dafür müsstest du ja selber drogenerfahren sein. Die meisten werden denken: so ein kreativer Geist … Der kreative Geist steht derweil splitternackt im Büro und pullert an den Ficus, weil er glaubt … Weiß der Henker, was er glaubt.

Ganin kam also angerannt, ließ die gesammelten Drohungen des Artdirectors, die ich ihm wiedergab, an sich vorbeirauschen und drückte auf seinem Tablet auf »Play«. Dabei sagte er: »Sery, zieh dir das rein! Dafür hab ich Gold verdient! Solotoi medal!« Er sprach Russisch, verwendete russische Vokabeln, aber mit Mova-Konjugation! Da sagte ich mir: »Ha! Ganin! Hab ich dich!« Kleinere Aussetzer, die Leuten ohne Mova-Erfahrung gar nicht aufgefallen wären, weil sie den Code nicht erkannt hätten, hatte ich schon früher ab und zu registriert.

Wir schauten uns gemeinsam seinen Clip für den Hyper-Tempel an. Ein Wahnsinns-Visual. Unglaublich. War eben ein krasses Talent, der Ganin. Er hatte einen seiner geliebten Readymade-Mixes gezaubert, ohne dem von der Menschheit bislang Geschaffenen auch nur einen einzigen Strich hinzuzufügen. Der Effekt beruhte allein auf dem Einsatz von Farbfiltern, Zeitlupen und Montage. Über den Bildschirm flimmerten Szenen antiquierter kultischer Rituale. Ein kränklich aussehender Mann mit wenig ansprechenden Gesichtszügen singt in einer Kirche Vivaldis *Salve Regina* in den höchsten Tönen. Der Adhan-Ruf des Muezzins über der morgendlichen Stadt. Zum Bairam geht nach dem »Allahu akbar« eine riesige Menschenmenge in die Knie. Theravada-Buddhisten kleben schmale Blattgoldstreifen auf den goldenen Buddha von Myanmar. Ich weiß nicht, wie er das angestellt hat, aber Ganin hat eine enorm starke Folge dieser Gottesdienstbilder geschaffen. Schon nach wenigen Sekunden kotzten einen die überkommenen Religionen buchstäblich an. Und dann schälte sich aus diesem verknöcherten Christentum und dem verkitschten Hippie-Buddhismus die männliche Lichtgestalt aus dem aktuellen Clip zur *Hugo Boss*-Frühjahrskollektion – grauer Mantel, weißes Hemd, stechender Blick. Die Quintessenz des neuen Messianismus, die Ekstase angesichts der Chance, sich selbst im messianischen Gewand zu erkennen. Irgendwie war es ihm gelungen, das Wesen der neuen europäischen Spiritualität ins Bild zu setzen. Alle anderen Kulte ließen vor dem von seiner Mission überzeugten männlichen Propheten *Hugo Boss* nicht einfach einen Mangel an Attraktivität oder Branding erkennen, sondern mangelnde Spiritualität. Wer diesen Film einmal gesehen hatte, wusste, wo Gott heute war. Und wo das Gotteshaus nun stand (das *Heliopolis* in Vilnius). Wer noch nie in den Genuss von Mova gekommen war, wäre außerstande, mit einem knapp fünfzigsekündigen Clip so eine Gänsehaut zu erzeugen.

»Verstehst du, da sind diese alten Kulte!«, erklärte er leicht verworren. »Und dann so, swoooosh, kommt dieser neue! So whaaam! Und alle Religionen sehen sofort, dass sie falschliegen! Was sagst du dazu? Hm?«

Ich hatte noch nie so gearbeitet, mit fertigem Material. Normalerweise setzten wir uns zusammen und erarbeiteten gemeinsam ein Konzept, das der Designer visualisierte, während ich textete. Aber Ganins Kunstwerk war so grandios, dass ich alle Vorbehalte und meine Wünsche zur Optimierung unseres Creative Duo sofort vergaß. Zumal hier kein Begleittext nötig war, nur noch ein finaler Slogan. Und der war schon da, wie von selbst, herangerollt mit der Welle meiner Begeisterung.

»Gut«, sagte ich. »Im Text würde ich die Auto-Messianismus-Konnotation noch mal festnageln.«

Jetzt wollte ich ihn hochnehmen und ihn gleichzeitig prüfen. Deshalb schrieb ich meinen Slogan zuerst auf Englisch: »And the Savior shall come.« Bei der Übersetzung ins Russische baute ich quasi unbewusst einen kleinen Mova-Lapsus ein: »I pridjot Zbaviciel.« Ich sah ihm in die Augen. Er hatte verstanden. Grinsend löschte er den »Zbaviciel« mit der Backspace-Taste, bevor das Programm den Mova-Ausdruck speichern und an entsprechender Stelle eine Meldung absetzen konnte, und korrigierte zu »Spassitel«.

Wir sahen uns den Clip noch einmal zusammen an. Mit meinem Slogan musste er jedem Gottsucher vermitteln, dass Gott zuerst im Konsumtempel zu suchen war und danach im Spiegel, im Spiegelbild deiner selbst mit einem Hemd aus der neuesten Kollektion. Der Artdirector war zufrieden, die Eigentümer des Hyper-Tempels zahlten Ganin und mir sogar eine Prämie. So etwas kommt höchst selten vor, weil der Auftraggeber sich heutzutage zugeknöpft gibt und mehr für den eigenen Geldbeutel übrig hat als für die Leute, die ihn immer noch dicker werden lassen.

Wie es weiterging? Wir sind uns jedenfalls nicht um den Hals gefallen wie zwei greise Schwuchteln und sind auch nicht durch taufeuchte Wiesen getanzt, um gemeinsam verbotene Texte zu konsumieren. Wieso ich nicht damals schon den ersten Schritt getan habe? Weil es eine Regel gibt, die man nach jahrelanger Mova-Erfahrung verinnerlicht hat. Diese Regel lautet: Denk nicht, du hättest Freunde. Ein Junkie hat keine Freunde. Jeder, dem du dich zufällig oder bewusst offenbarst, kann dich schon morgen bei den Organen abliefern wie der chinesische Penner seine Pfandflaschen. Auch, wenn er selber auf Drogen ist. Gerade, wenn er selber auf Drogen ist. Wer einen Freund in den Knast bringt, bekommt Haftverkürzung. So sind die miesen Spielregeln. Hat ja auch niemand behauptet, die Welt wäre nicht mies.

Deshalb hielten wir in dieser Sache still. Es blieb bei Blicken, Lachen, Zwinkern. Ganin verplapperte sich immer öfter. Es sah so aus, als ob er nur noch Mova las und sogar schon sein Denken auf Mova umgestellt hatte. Bei unseren Brainstorming-Runden haute er immer wieder daneben. Natürlich bekam sonst niemand etwas mit, weil die gesamte Führungsetage aus Chinesen bestand, in deren Ohren alles, was halbwegs russisch klang, ohnehin nur ein barbarischer Dialekt war. Die anderen Kollegen dachten: So ein kreativer Geist, bringt keinen geraden Satz auf Russisch über die Lippen!

Entscheidend war dann ein weiterer gemeinsamer Auftrag. Der wohl schrägste Auftrag meines Lebens. Zur Einführung bestellte uns der geschäftsführende Agenturchef höchstselbst in sein Büro. Er kredenzte uns Grüntee, Teigtaschen mit Kichererbsenfüllung aus dem Laden, die angeblich seine Frau gebacken hatte, und befragte uns nach unserem Wohlbefinden und unseren Urlaubsplänen (dabei hatte er erst kürzlich mit der Begründung »Es gibt zu viel zu tun für euch« sämtliche Urlaubsanträge abgelehnt). Offensichtlich ging es um einen gewichtigen Auftrag. »Versteht ihr, Kollegen«, sagte er, immer noch bei der Einleitung, »so ein Auftrag ist eine ganz besondere Auszeichnung für jedes Kreativkollektiv. Von so einem Auftrag ist es nur noch ein kleiner Schritt bis zum Preis für Geistige Wiedergeburt.«

»Von wem kommt denn der Auftrag?«, fragte ich, weil es Ganin wie üblich total stulle war, wer ihn beauftragte und womit. Sobald er sein LV vorliegen hatte, tauchte er wortlos in die Weiten der reinen Kreativität ab.

»Von der Staatlichen Suchtmittelkontrollbehörde«, erwiderte unser Direktor, und Ganin und ich wurden fahl im Gesicht. Ich konnte förmlich spüren, wie ihm der Atem stockte. Atemlos und reglos saß er da, erschüttert nur von seinem pochenden Herzen, bis ich beim Direktor nachfragte: »Und wie sind sie auf uns gekommen?« In meinem Hirn drängelten sich schon paranoide Gedanken, ein ganzes Heer paranoider Gedanken, um ehrlich zu sein.

»Weil ihr beide unser bestes Kreativtandem seid«, antwortete der Direktor und breitete das *Sag Nein zu Drogen*-Plakat vor uns aus, »kennt ihr ja.« Ein Design wie ein Brechmittel, entworfen im Innenministerium, ganz Minsk war damit zugepflastert. Ein Motiv, geistreich wie ein Gummiknüppel: eine Printe im Mülleimer. In Draufsicht fotografiert, zu starker Blitz, überbelichtet, das ganze Bild ersäuft im Milchschleier. Wenn ich dieses Plakat auf den

Bigboards sah, wurde ich sofort scharf auf das Buch. War es echt? Und welcher Idiot hatte es weggeworfen? Wenn du schon Nein sagst zu Drogen, dann verhökere sie wenigstens! Jedenfalls konnte das Motiv einen Abhängigen nur dazu animieren, sich noch stärkere Dosen zu besorgen, während es einem Novizen mit unverhohlener Dämlichkeit verkündete, dass irgendwo da draußen die Wunderwelt des nichtsubstanziellen Kicks auf ihn wartete. »Das ist nicht gut! Gar nicht gut!«, erklärte uns der Direktor mit diesem typisch chinesischen Drang, das Offensichtliche in Worte zu fassen. »Überrascht mich! Zeigt mir, wie man das richtig macht!«, rief er uns zu, um uns zum Abschied noch mitzuteilen, dass dieser Auftrag höchst ehrenvoll sei, aber unbezahlt, weil die Suchtmittelkontrollbehörde nie jemandem etwas zahle. Und dass im Gegenteil wir der Suchtmittelkontrollbehörde und ihm als geschäftsführendem Direktor etwas dafür bezahlen müssten, dass wir mit einem so ehrenvollen Auftraggeber in Berührung kommen durften.

Ganin dachte wieder zwei Tage lang nach. Ich schob währenddessen ständig Paras, dass die Spürhunde von der Suchtmittelkontrolle zur Abnahme hierherkommen könnten und vielleicht sogar die beiden Kreativen treffen wollten, die ihnen das advertising masterpiece beschert hatten. Ganin feilte an seinem Visual und hüllte sich in Schweigen. Ich schrubbte mit Scheuerpulver die Schublade aus, in der ich einmal ein paar Stunden lang ein Briefchen liegen hatte. Mein letzter Flash lag schon lange zurück, weil mir Chinatown nicht mehr sicher genug war und ich immer noch keinen persönlichen Dealer hatte auftun können. Endlich tauchte Ganin mit seinem Entwurf auf. Er war ganz zittrig und konnte sich vor Erschöpfung kaum auf den Beinen halten.

Seine Skizze zeigte einen offenen Mund mit zwei Zungen. Unter der aufgerichteten Menschenzunge ragte eine grausige schwarze Schlangenzunge hervor.

»Zunge, verstehst du? Mova – Sprache!« Er konnte mir nicht alles en détail erklären, aber da gab es auch nichts zu erklären, die Idee lag offen da. Zehn Minuten später stand auch der Slogan: »Ein Mund – eine Zunge«. Darunter, klein und kursiv: »Wer Mova gebraucht, wird wahnsinnig.«

Unserem chinesischen Chef mussten wir erklären, dass »Mova«, das größte Übel für die Suchtmittelkontrollbehörde, »Sprache« bedeutete, »jasyk«, und dass das russische »jasyk« gleichzeitig für Sprache und »das zentrale Artikulationsorgan des Menschen« stand. Er verstand nicht, sträubte sich, verlangte nach Alternativen, aber da schaltete Ganin auf stur, sodass ich alternative Slogans beibringen musste. Letztlich ging dann doch die erste Fassung an die Behörde. Sie wurde verdächtig schnell akzeptiert und hing schon eine Woche später überall dort, wo zuvor das Buch in der Tonne die Blicke der Passanten auf sich gezogen hatte. Wir bekamen tatsächlich den Staatspreis, allerdings nur dritter Klasse, undotiert. Die Ehre an sich, symbolisches Kapital, gloria mundi.

Wir wurden in den Präsidentenpalast geladen, aber der Präsident überreichte nur die Preise erster und zweiter Klasse. Wir standen derweil vor verschlossener Tür und mussten bibbernd mit anhören, wie er mit Donnerstimme seinen Feinden drohte. Nach dem Abgang des Präsidenten übernahm ein unansehnlicher Vogel mit eitrigem Zahn und dicker Wange, der wortlos die Urkunden dritter Klasse in den Kategorien Musik, Breakdance und Restaurierung des Kupala-Theaters aushändigte. Dann waren wir an der Reihe. Ganin ließ mich reden. Aber es wurde schnell deutlich, dass niemand eine Dankesrede von uns erwartete, weshalb ich die letzten Absätze hastig verschluckte und die Bühne verließ, zumal sich die Kameras schon von mir abgewandt hatten, bevor ich mein, wie ich fand, wirklich gekonnt formuliertes discoursprogramme abschließen konnte. Übrigens bemerkte ich, als ich mir Monate später den Livestream aus Stockholm ansah, dass der neue Literaturnobelpreisträger in seiner Rede ganze Passagen aus meiner Minsker Ansprache anlässlich der Verleihung des Preises für Geistige Wiedergeburt dritter Klasse übernommen hatte. Obwohl das Arschloch meine Gedanken so frei interpretierte, dass sie kaum noch wiederzuerkennen waren.

»Na dann, Glückwunsch, Alter, vinšuju!«, rief Ganin, als ich mich wieder neben ihn setzte. Dann schlug er sich erschrocken die Hand vor den Mund. Mir war klar, weshalb er so darauf gedrängt hatte, dass ich den Preis alleine entgegennehmen sollte. »Vishnu, meinte ich. Vishnu! Wir sind beide große Vishnu-Anhänger«, stammelte er und sah sich verstohlen um.

Der halbe Saal schaute auf Ganin. Einer Verhaftung entging er wohl nur, weil die anwesenden hohen Gäste seinen Ausruf als künstlerischen Akt der Provokation deuteten, mit dem er die Öffentlichkeit noch einmal auf die Gefahren von Erscheinungen gemäß Paragraph 264 aufmerksam machen wollte.

»Ist doch zu geil, dass die beste Anti-Mova-Reklame von zwei Movamaniacs stammt, oder?«, fragte ich grinsend, als die Zeremonie vorbei war. Die Originalurkunde überließ ich ihm, zog mir aber eine Kopie. Wer sich so einen Wisch aufhebt, gesteht sich ein, dass er nichts Größeres mehr vom Leben erwartet, dass damit der Höhepunkt erreicht ist.

»Schon geil. Aber auch komisch, dass das so durchgegangen ist. Du kannst das Bild ja auch als Mova-Reklame lesen. Braucht bloß einen anderen Slogan, von wegen: Sprich nur noch Mova. Dasselbe Motiv. Mit der Message: Mova ist gut, wer Russisch spricht, ist die böse Schlange. Hab ich extra so ausbaldowert, um den Mova-Gott nicht zu verärgern.«

Der Mann glaubte tatsächlich an einen »Mova-Gott«.

Das war also unser Coming-out – danach wäre jedes Versteckspiel unsinnig gewesen. Ganin war seit zwanzig Jahren auf Mova. Er hatte sich so intensiv mit Mova beschäftigt, dass er bestimmt selber Trips hätte herstellen können (aber er hatte keinen Bock). Die »bei den Zigeunern kaufen«-Phase hatte er schon hinter sich, da hatte meine Mova-Karriere noch gar nicht begonnen. Als ich meine ersten Gehversuche in der Disco machte, brauchte er Chinatown schon nicht mehr. Er wusste alles. Und vor allem hatte er seinen eigenen Dealer.

Ich wartete lange darauf, dass Ganin die Nummer des Dealers rausrücken würde, der ihn mit Trips versorgte. Aber Ganin wollte einfach nicht. Wir waren inzwischen fast befreundet, falls das Wort »Freundschaft« heute noch irgendeinen Sinn hat. Obwohl wir viel Zeit miteinander verbrachten, hielt er dicht, er kam nie darauf zu sprechen, und selber nachfragen ist in solchen Fällen tabu.

Wir dachten uns ein Spiel aus, mit dem wir am Abend durch die menschenleeren, verstaubten Cafés der Geisterstadt zogen. Nach der Arbeit nahm er ein altmodisches Schachbrett mit aus dem Büro, helle Kiefer, lackierte Holzfiguren. Die Plastikknubbel, die die Monarchenwürde von Dame und König anzeigen sollten, waren abgebrochen. Wir ließen uns auf Stühlen mit rissigen grünen Lederbezügen nieder, bestellten uns etwas zu trinken (er Bier, ich Tee) und legten los. Wieso er, der alte Junkie-Haudegen, dessen Bewusstsein von den Eisnadelstichen zahlloser Trips perforiert sein musste, sich seine Eingeweide mit der stinkenden *Baltika*-Brühe vergiftete, blieb mir ein unergründliches Rätsel. Er meinte, mit einem Bier wäre es gemütlicher, was immer das bedeuten mochte. Ganin hatte es nicht so mit dem Reden. Aber ich bin mir sicher, hätte er mir seine Bierabhängigkeit erläutern wollen, er hätte zwei Tage gegrübelt und mir dann eine Zeichnung vorgelegt, durch die auch ich zum begeisterten Biertrinker geworden wäre.

Wir saßen also über das Schachbrett gebeugt, dass es von außen den Anschein machte, als wollten zwei Hipster aus der Vergangenheit in einem stylishen Spiel ihre Kräfte messen. Tatsächlich spielten wir nicht ganz nach den Regeln, wir machten uns sogar strafbar dabei. Mit jedem Schachzug ging ein Vokabelzug einher. Nicht zu laut, damit es kein zufälliger Zuhörer mitbekam. »Spaten«, sagte ich und brachte meinen Turm in Stellung. Weil ich so viel schwächer war, durfte ich immer die leichtere, russische Seite spielen. »Rydloŭka«, übersetze Ganin und versuchte, seine Dame mit einem Bauern zu schützen. »Šypšyna«, brachte er ein Mova-Codewort und musste bekümmert mit ansehen, wie mein seitlich geschützter Turm seinen Läufer schlug und wieder Kurs auf seine Dame nahm. Ganin war ein miserabler Schachspieler. Vielleicht, weil ihm das Spiel damals zu angesagt war. »Tomate«, griff ich eine Übersetzungsvariante aus der Luft, vielmehr aus meinem Kopf. Woher hätte ich damals wissen sollen, was »šypšyna« bedeutet? Mit meinen Mova-Kenntnissen konnte ich Ganin nicht einmal ansatzweise das Wasser reichen. »Tomate?«, fragte er zurück. »Du glaubst wirklich, dass ›šypšyna‹ Tomate heißt?«

Sofort wurde ich unruhig und witterte eine Niederlage: »Ja, glaube ich. Sind doch beides Feminina.«

»Falsch«, freute sich Ganin, stellte seinen Läufer wieder zurück und schob meinen Turm auf die alte Position. Bei einem Mova-Patzer durfte der Gegner nicht nur seinen letzten Zug korrigieren, auch war es dem Patzenden verboten, seinen Zug zu wiederholen.

So lernte ich in wenigen Monaten spielend sämtliche Beeren, Monatsnamen, Farben und Speisen, darunter auch solche, die ich nicht einmal auf Russisch kannte. Ich entdeckte »jaŀavičyna« und »krušyna« und lüftete das Geheimnis von »javar« und »alešyna«.

Vor jedem Duell einigten wir uns auf einen symbolischen Einsatz, meistens ging es einfach um die Rechnung. Aber einmal schlug Ganin vor, um etwas Richtiges zu spielen: um einen denkbar beschissenen Auftrag, den er abwimmeln und mir andrehen wollte, mit all dem Rotz, den er mit sich bringen würde (der Auftrag kam von einem Laborfleischproduzenten, und ich kann euch versichern, dass es auf der ganzen Welt keine schrägeren Typen gibt. Die sehen in dir nichts als ein künstlich im Reagenzglas erzeugtes Schnitzel, dessen Zellen so weit entwickelt sind, dass es sprechen, diskutieren und sogar schreien kann, aber natürlich noch lange nicht richtig denken).

»Und was willst du?«, fragte Ganin. »Deine Connection.« Ich fand meinen Scherz ganz gelungen. Vielleicht lag es daran, dass ich damals schon über ein halbes Jahr ohne Mova hatte auskommen müssen, jedenfalls klang es bitterernst und alles andere als witzig. Er grinste verständnisvoll und ließ sich darauf ein. Natürlich gewann er wieder. Spielt mal gegen einen Computer, wenn ihr euren letzten Zug jederzeit korrigieren und ihm seinen entscheidenden untersagen könnt. Da steht der Ausgang von vornherein fest.

Ich nahm ihm das LV für den Wurstmenschenauftrag ab und stellte mich auf zwei schlaflose Nächte ein. Und daran anschließend auf eine Woche Hirnverlust, bis die Sache ausgekaspert war. Die drehen dir dein Hirn nämlich dermaßen durch die Mangel, dass du dir am Ende selbst ihre formlose Eiweißmasse unter die Schädeldecke stopfen willst. Und da geschah es. Er nahm einen Zettel, notierte darauf eine Adresse, schrieb daneben: »Sergej, Seljony Lug«, reichte ihn mir und sagte aus tiefstem Herzen: »Danke, mein Freund.«

Es stand 4:65 für ihn, als er schließlich verhaftet wurde.

DEALER

Unsere Delegation stoppte vor einer hohen Flügeltür, die Wachen hier trugen schusssichere Westen. In diesem engsten Kreis der Kämpfer gab es viele hiesige Gesichter. Ich war überrascht, hier Einheimische zu treffen, hatte ich doch gehört, dass Nichtchinesen so gut wie nie in die Reihen der Triaden aufgenommen wurden. Chu Lin gewährte uns ein paar Sekunden, um zur Ruhe zu kommen, rief »Ab!« (das Kommando galt den Kämpfern, sie gingen mit einem Knie zu Boden) und öffnete feierlich die beiden Türflügel.

Dahinter tat sich ein großer Saal mit Schachbrettboden auf. Er lag in schummrigem Licht. An der Rückwand war ein echter historischer Kamin zu erkennen, die Kacheln in *Heineken*-Grün. Die knackenden Holzscheite in seinem Inneren verströmten ein schwaches, warmes Licht, das den Raum im Umkreis von anderthalb Metern um das Feuer zu erhellen vermochte. Farbige Lichtreflexe, die an die Shukowski-Gedichte aus dem Schulunterricht oder an ein Zeitschriftencover von *Design and Interior* denken ließen, tanzten auf zwei roten, samtbezogenen Sesseln mit hohen Rückenlehnen. Stumpfe Messingnieten und abgewetzte hölzerne Löwenfiguren unter den Armstützen – die ermüdete Schönheit längst vergangener Zeiten. Auf einem der Thronsessel saß eine schlanke junge Frau. Dem Feuer zugewandt, wärmte sie ihre Handflächen. Kurz dachte ich, das ist das Urbild, unser Bild, eine Frau am Feuer in einem verlassenen Raum, einem altersschwachen Palast, ohne die Mittel, ihn würdig zu erhalten, auf einem knarrenden Sessel mit fadenscheinigem Samt, auf einem verwaisten Gut, ererbt von verarmten Vorfahren, einfach dasitzen in Gedanken, die klammen Finger wärmen, beinah gegen das schmiedeeiserne Kamingitter kippen … Doch mein Gedankenfluss wurde jäh unterbrochen.

Der Weihrauchmeister trat zwei Schritte vor, wandte, das Gesicht zu uns, der Hausherrin sein Profil zu und rief, halb brüllend, halb singend, mit grausig kehliger Stimme und in die Länge gezogenen Vokalen, zuerst in Mova, dann auf Chinesisch (so wollte es wohl das Ritual): »Verneigt euch vor der Statthalterin der Region Nordwest! Der Statthalterin des Drachenkopfes der Triade ›Lichter Pfad‹, sie herrsche unter dem Himmel! Lange Jahre des Wohlstands erbittet für die großmächtige 438! Geheißen auch Ciotka!«

Die Frau erhob sich von ihrem Sessel und kam auf uns zu. Sie trug einen schwarzen Maßanzug, tailliertes Jackett, die Hose ohne Bügelfalte, die Bluse aus gepresster Hoi-An-Seide. Über dieser schwarzen Herrlichkeit funkelte als Polarstern ein riesiger Brillant.

»Na endlich!«, sagte sie mit einem höflichen Lächeln. »Du bist zu mir gekommen!«

Ihre Sprache war von erstaunlicher Anmut. Ich stieß unwillkürlich die Luft aus.

»Was denn?«, fragte sie lächelnd. »Wundert dich etwas?«

»Die Statthalterin bei den Triaden – eine Hiesige?«

Ich hatte den Eindruck, als hätte sie das »Hiesige« etwas verstimmt. Am liebsten hätte ich gleich noch gefragt: »Sie sind Ciotka?« und »Ciotka ist nicht nur ein Mythos?« und »Es gibt Sie also wirklich?« Aber: Ein Mund, eine Zunge, wie es in der berühmten Antidrogenwerbung heißt.

»Wie kannst du es wagen«, zischte mich Chu Lin an.

»Ich komme tatsächlich von hier«, erklärte sie schlicht. »So wurde es beschlossen, als das Friedensabkommen zwischen der Triade ›Lichter Pfad‹ und dem BBW geschlossen wurde. Um den Krieg beizulegen, nahm der BBW-Anführer den zweithöchsten Rang bei den Triaden ein. Nun sind wir befreundet und vereint im Kampf gegen den gemeinsamen Feind, nicht wahr, Chu Lin?« Fast klang es, als wollte sich Ciotka über die 432 lustig machen.

»BBW?«, fragte ich verblüfft. »Big Beautiful Woman?«

Hier muss ich dem Weihrauchmeister Abbitte leisten – das war tatsächlich ein Versuch, ihr zu gefallen und mit Kenntnissen zu glänzen, über die ich eigentlich gar nicht verfügte.

Sie lachte laut auf.

»BBW: Big Beautiful Woman! Hast du das gehört, Rog?«

»BBW ist der Belarussische Bewaffnete Widerstand!«, wies mich Swarog aus dem Hinterhalt mit schneidender Stimme zurecht. »Sag bloß, du hast nichts vom großen Triadenkrieg mitbekommen!«

»Wie könnt ihr es wagen?«, versuchte Chu Lin das Gespräch wieder in die Bahnen des Zeremoniells zu leiten. »Wie könnt ihr es nur wagen? Er hat sich zu verneigen vor der 438!«

»Nein, von einem Krieg habe ich nichts mitbekommen«, plapperte ich munter weiter. »Im Netvisor kam nichts von einem Krieg. Da haben sie nur gesagt, bei uns gebe es Frieden, Stabilität und Wohlstand.«

»Er weiß nichts von dem Krieg!«, ereiferte sich Swarog.

Aber Ciotka zog ihn mit spöttischem Tonfall noch weiter auf: »Kein Mensch weiß etwas von deinem Krieg.«

»Genug davon! Ihr missachtet die Ahnen!«, brüllte der Zeremonienmeister. »Er hat sich zu verneigen vor der 438!«

»Schwachkopf! Ein Riesenschwachkopf!«, sagte die Hausherrin, während sie mich aufmerksam betrachtete.

Ich wagte, ihr ins Gesicht zu sehen. Ein schmales energisches Viereck, das Haar schwarz wie ein Rabenflügel, Persönlichkeitsprofil *Diesel Revolution*, dieser verwegene Nonkonformismus, das hemmungslose Charisma. Solchen menschlichen Ikonen folgst du in die Gummigeschosse, wie es in der *Diesel Revolt*-Werbung hieß, ich wäre ihr auch in alle anderen gefolgt.

Aber da war noch etwas, jenseits von *Diesel*, und dafür habe ich keine Worte. Eine berührende Nähe? Nein, welche Nähe denn zwischen Fremden. Das Gefühl, dieses Gesicht schon einmal gesehen zu haben? Aber ich konnte es nirgends gesehen haben, diese Frau war ja das bestgehütete Geheimnis der Triadenunterwelt. Das Gefühl, ihre Augen blickten mir direkt ins Herz, in einen Bereich meiner Seele, den niemand sah außer ihr? Und dieser Bereich war das Wichtigste überhaupt in mir? Halt, stopp! Ja, ich weiß. In diesem Blick lag nichts Besonderes. Ich bin einfach zu sentimental.

Sie mochte zwanzig sein, vielleicht auch vierzig, ich konnte sie nicht einordnen.

»Setzen wir uns.« Sie wies mit dem Kinn zu dem zweiten Sessel.

»Verbeuge dich!«, zischte Chu Lin und schickte einen abscheulichen chinesischen Fluch hinterher.

Ich senkte den Kopf, aber sie schaute gar nicht mehr in meine Richtung. Ihr war herzlich egal, wie ergeben man vor ihr dienerte und ob man das überhaupt tat.

»Du bist tot!«, flüsterte mir der Weihrauchmeister durch die Zähne zu, aber ich hatte schon verstanden, dass man seine Drohungen hier nicht sonderlich ernst nahm.

Mein Hintern versank im roten Samt des antiken Sessels, Beine und Wangen wurden vom trockenen Atem des Kamins angeweht. Ich fand, das war eine sehr gelungene Art und Weise, ein Gespräch anzuknüpfen: nebeneinander sitzen, das Gesicht zum Feuer und gewissermaßen weniger miteinander zu reden als mit den ewigen Flammen, die zur dritten Partei in dieser gemächlichen Unterhaltung wurden. Woher diese Tradition kam, wusste ich nicht, denn nach dem Feng-Shui (oder wie auch immer die chinesische Kunst der Gesprächsgestaltung hieß) saßen sich die Gesprächspartner frontal gegenüber wie beim Go.

»Ich wollte mich schon längst mit dir getroffen haben, Sergej«, sagte Ciotka zum Feuer. »Nicht nur, weil du uns eine große Hilfe sein kannst. Sondern einfach so, dich treffen.« Dann dachte sie einen Moment nach, um kurz darauf amüsiert fortzufahren: »Aber die beiden alten Böcke haben dich monatelang vor mir versteckt. Sie sagen, sie hätten geprüft, ob du ungefährlich bist, und sichergestellt, dass du nicht für unsere Feinde spionierst, aber ich weiß, dass sie bloß eifersüchtig waren. Denn du bist jung und siehst gut aus. Sie sind alt und widerwärtig.«

Swarog und Chu Lin standen einige Schritte von uns entfernt, einer von beiden ächzte, aber ich konnte nicht erkennen, wer.

»Du lebst wie so viele auf dieser Erde mit geschlossenen Augen. Ich werde sie dir jetzt öffnen. Du wirst erkennen, dass hinter all den scheinbar gewohnten Dingen – den Briefchen, die du verkaufst, dem Buch, das du gefunden hast, der Explosion, bei der dieses Buch verbrannt ist – der ewige Kampf zwischen uns und denjenigen steht, die sich Suchtmittelkontrollbehörde nennen, obwohl unsere Feinde nicht die Drogen ausrotten wollen, ganz gewiss nicht die Drogen.«

Diesem Teil ihrer Rede konnte ich nicht so richtig folgen. Als sie mein ratloses Gesicht bemerkte, verwarf sie ihren rätselhaften Tonfall.

»Was denkst du, Sergej, was ist Mova?«

»Mova ist ein sehr starkes nichtsubstanzielles Suchtmittel und nach Paragraph 264 Strafgesetzbuch der Region Nordwest verboten«, erwiderte ich routiniert.

Da sie diese Antwort offenbar nicht zufriedenstellte, fuhr ich fort: »In seiner Wirkungsweise liegt es irgendwo zwischen Pilzen und LSD.« Ich hatte beschlossen, ihr nicht zu verraten, dass ich noch nie davon probiert hatte. »Bei dauerhaftem Konsum entwickelt man eine Abhängigkeit, und der psychedelische Effekt lässt nach.«

»Und wo kommt Mova her, Sergej? Was denkst du?«, fragte sie mit einem aufmerksamen Blick.

»Wahrscheinlich haben arabische Terroristen sie erfunden, um den brüderlichen Bund zwischen uns Russen und den Chinesen zu zerstören.« Diesmal schnaubten wohl beide, Chu Lin und Swarog.

»In der Wüste, ja?« Ciotkas Stimme war nun ganz warm, ich hörte die Ironie nicht auf Anhieb heraus. »In der Wüste, irgendwo in Saudi-Arabien oder Ägypten, steht ein geheimes Labor, in dem Leute mit Palituch und weißem Mundschutz an Elektronenmikroskopen herumschrauben und Mova erfinden? Und Kamele laufen drum herum, und die Ziesel pfeifen, ja?«

»Ja«, stimmte ich ihr zu, weil das Bild mir stimmig erschien. »Als ihnen dann die Mova-Synthese geglückt war, haben sie den Stoff in Container verladen und nach Europa verschifft. Den Europäern passt unser brüderlicher Bund mit China ja auch nicht. Dann haben die Chinesen das Rezept herausbekommen und angefangen, hier damit zu handeln.«

»Und was glaubst du, warum Mova keine Wirkung auf Menschen in Moskau oder Nowosibirsk hat?«

»Ich weiß nicht«, entgegnete ich achselzuckend. Ja, warum eigentlich?

»Sergej, hast du das Wort ›Belarus‹ schon einmal gehört?«, fragte sie nach einer sehr langen Pause. Es kam mir so vor, als wäre ihr diese Frage sehr wichtig.

Diesmal dachte ich nach, bevor ich antwortete.

»Klar habe ich das gehört.« Das klang nicht sehr überzeugt.

»Und was hast du gehört?«, hakte sie nach.

»Na, Belarus.« Ich ruderte mit den Armen. »Großfürstentum Litauen, Euphrosyne von Polazk, der Große Vaterländische Krieg.«

Ciotka schwieg. Sie zog ein Gesicht, als wäre das, was ich gesagt hatte, zum Lachen, aber sie würde nicht lachen, weil es gleichzeitig furchtbar peinlich war und sie sogar persönlich beleidigte.

»Ach, noch was!«, rief ich, stolz, dass es mir eingefallen war. »Partisanen! Logisch! Par-ti-sanen! Partisanen, Söhne Belorusslands! Und die Minsker Auto- und Traktorenwerke. Die *Belarus*-Traktoren. Und es gibt das Kaufhaus *Belarus*, gleich bei mir um die Ecke.«

»Und was ist Belarus?«, fragte Ciotka.

Ich dachte nach. Mein Kopf hatte keine fertige Antwort parat. Eine aufdringliche Stimme, geil wie ein Kater im März, schmetterte »Roooodina moja, beloruuussija«. Leuchtend blaue Kornblumen neigten im Roggenfeld ihre Köpfchen. Finster runzelte der Verteidiger der Festung Brest seine steinernen Brauen – das alles schien irgendwie mit dem Bild dieses Belarus zu tun zu haben, ohne jedoch etwas Stimmiges darüber auszusagen.

»Na, das war wohl so eine historische Provinz von Russland«, improvisierte ich, ihre Regungen stets fest im Blick. Das Gesicht versteinerte. »Oder vielleicht nicht nur eine Provinz, ein Kleinstaat. So ein Staat. Ein mächtiger Staat.« Ich sprach sehr gedehnt, um ihre Reaktionen genau verfolgen zu können. Das mit dem Staat schien ihr besser zu gefallen, also entwickelte ich den Gedanken weiter. »Vielleicht sogar ein ganzes Reich, vor langer Zeit, bei den Pyramiden. Mit Pharaonen.«

Da konnte Swarog in meinem Rücken nicht mehr an sich halten und brach in dröhnendes Gelächter aus. Der Zeremonienmeister blieb stumm, deshalb konnte ich seine Reaktion nicht einordnen.

»Da siehst du mal, Rog, für wen deine Jungs in den Tod gehen«, sagte Ciotka mit funkelnden Augen. Der Ausdruck unverhohlener Verachtung in ihrem Gesicht jagte mir Angst ein.

»Wo lag ich denn daneben?«, fragte ich treuherzig.

»Hör zu!«, sagte sie zu mir und nahm mich bei der Hand. Ja, sie legte ihre heiße, schlanke Hand auf meine. Chu Lin musste angesichts dieser Geste bald in Ohnmacht fallen. »Hör zu! Das ist sehr schmerzlich für uns alle, deshalb sprechen wir nur ungern darüber. Es gab einmal ein Land, das war so schön …« Hier stockte sie und wandte ihr Gesicht wieder dem Feuer zu. Da sah ich, wie in ihren Augen eine Sternschnuppe aufblitzte und rasch auf ihrer Wange erlosch. »Es gab einmal ein Land. Ein schönes Land. Es gab eine Geschichte. Eine Geschichte der Krieger und Helden. Eine Geschichte von Menschen, nicht von Gewürm. Es gab eine Kultur. Eine Kultur, die jetzt nicht mehr existiert. Es gab Schlösser und Paläste, es gab Kirchen mit Glockentürmen, die sich in unbewegten Seen spiegelten. Es gab eine Sprache, unsere Mova, Sergej. Wir haben sie gesprochen. Du und ich. Als wir noch Belarussen waren.«

Da hörte ich, wie Swarog die Nase hochzog. Ein Schniefer, der im ganzen Raum widerhallte. Menschen, die in den Tod gehen und andere töten, brutale Menschen, die zu den unglaublichsten Grausamkeiten fähig sind, können plötzlich erstaunlich sentimental sein, wenn es um ihre Ideale geht. Ich verstand Swarog nun ein bisschen besser.

»Das alles gibt es nicht mehr. Wer Mova sprach, wurde anfangs von der Straße weg einkassiert. Dabei hatte sie offiziell den Status einer Landessprache. Wenn die Polizei hörte, dass jemand nicht Russisch sprach, nahm sie ihn mit. Wegen Störung der öffentlichen Ordnung. ›Gestikulierte und bediente sich unflätiger Ausdrücke‹, hieß es dann in den Protokollen. Dann verschwand Belarussisch als Unterrichtssprache. Später wurde Mova zum Suchtmittel erklärt, alle belarussischen Bücher wurden vernichtet. So sieht es aus.«

Ich saß schweigend da, wie benommen. Ciotka drückte meine Hand und fragte spöttisch, bevor sie sie zurückzog: »Und du Schwachkopf dachtest wirklich, dass wir hier mit Drogen handeln?«

JUNKIE

Belarussische Kultur? Nie gehört. Belarussische Literatur? Macht euch nicht lächerlich. Ein belarussischer Staat? Ja, klar, ein paar Monate lang im Jahre 4616 (1918), unter deutscher Duldung. Dann kamen die Sowjets. Dann noch mal irgendein Durcheinander nach 4689 (1991), die Kummerzeit, aber dann kamen schon bald die Chinesen. Und brachten Ordnung und Spiritualität.

Ich bin zwar kein Spezialist für die Geschichte der Sümpfe hier, aber ein bisschen was kann ich schon vortragen. Ja, klar, es gab da so eine Union zwischen der Region Nordwest und Russland. Hier in Minsk soll dann ein schräger Dialekt entstanden sein, ein Mix aus verunstalteten russischen und polnischen Lexemen. Wie das Land, so die Sprache, oder?

Den komischen Dialekt sprachen Freischärler und Wiedergeburtsanhänger, also potenzielle Emigranten und Leute, die patriotische Kühlschrankmagneten herstellten. Alle anderen waren für die Reinheit der russischen Sprache und der russischen Nation.

Puschkin, *Ljube*, Stas Michajlow, Semfira, Werka Serdjutschka. Dann gab es noch eine Handvoll Ultranationalisten: *Alivaryja*-Bier, Springerstiefel, Khaki, Fa, Antifa. Ruhm der Nation, Tod den Feinden. Aber die Ultras sind hier historisch in der Minderheit, sie haben sich aufgeführt wie die Schmetterlinge, die den Spatzen den Krieg erklären.

Dann hat Russland ein Freihandelsabkommen mit China geschlossen, um dem prinzipienlosen, verderbten Westen etwas entgegenzusetzen. Circa fünf Jahre später war von diesem Russland nichts mehr zu sehen, es gab nur noch China. Für den Minsker Lokaldialekt war auf der geopolitischen Weltkarte kein Platz mehr. Die hiesigen Jugendlichen, die die begehrte Nische city intellectual oder upper middle besetzen wollten, lernten Chinesisch. Alle anderen kamen mit der russischen Hochsprache wunderbar zurecht.

Kultur? Gut, dann sage ich noch meine Meinung zur Kultur.

Die Chinesen ahmen die Japaner nach, schauen japanische Animes, kleiden sich japanisch, lassen sich lange Zottelhaare wachsen wie die Japaner. Und sie kaufen diesen ganzen japanischen Spielzeugmist: Pokémon, Shimajiro, Tscheburaschka. Die ganze Zeit lassen sie ihre krankhafte Japan-Dedication raushängen. Überall haben sie Fähnchen und Sticker mit ihren Losungen. Dabei wirkt der Manager aus Kyoto mit einem »Minamoto-Absatz bis Jahresende steigern« auf seinem Tablet attraktiv und authentisch, während der Chinese mit seinem »Ich will gut verdienen, bevor der nächste Mondzyklus beginnt«-Aufkleber an der Wand der Küche, in der er Hühnchen in seine Einzelteile zerlegt, zum Fake wird, zur Karikatur. Denn schon an seiner Arbeitshaltung (lustlos, träge) wird deutlich, dass er bis an sein Lebensende in Eingeweiden herumwühlen wird. Oder alternativ dazu Fische schuppen (Karrieresprung). Bleibt ihm nur die Hoffnung, dass sein »Ich will gut verdienen, bevor der nächste Mondzyklus beginnt« eines Tages Wirkung zeigt.

Die Chinesen trinken ihren Grüntee, der nicht so gut ist wie der japanische, mit demselben beschissenen meditativen Gesichtsausdruck wie die Japaner. Sie schaffen es sogar, während der Teezeremonie mit Pokerface ihre Monatseinnahmen zu zählen, während die Japaner sich ganz und gar der Zubereitung und Verkostung des Tees hingeben.

Aber wir Russen sind noch schlimmer. Wir ahmen die Chinesen nach, weil die Chinesen uns näher und verständlicher sind. Wir glauben, die Chinesen wären genauso hingebungsvoll und geheimnisvoll-tiefsinnig. Und wir kapieren nicht, dass wir nur die Spiegelung der Spiegelung sehen.

Wir sind kulturell im Arsch, und dieser Arsch ist nicht mal unser eigener, sondern ein chinesischer. Da komm mir einer mit »belarussischer Kultur«!

DEALER

Ich saß stumm da und versuchte, das eben Gehörte zu sortieren. »Mova«, »Drogen«, »Triaden«, »Suchtmittelkontrollbehörde« – das alles rotierte in meinem Kopf.

»Lindenblüte?«, fragte Ciotka.

»Wie bitte?« Ich wusste gar nicht, was sie von mir wollte.

»Das hat man hier getrunken, während sich die Chinesen mit grünem oder rotem Tee zufriedengaben.«

Sie nahm einen großen Kupferkessel und stellte ihn aufs Feuer.

»Lass«, bremste sie den Weihrauchmeister, der ihr zu Hilfe eilen wollte. »Lass gut sein, Chu Lin. Ich weiß, dass bei den Audienzen jeder seine zeremoniellen Pflichten hat und dass die Zubereitung des Tees für den Gast in deine Zuständigkeit fällt. Aber erstens ist das kein Tee, und zweitens gelten hier auf diesem Boden ganz eigene uralte Gesetze der Gastlichkeit. Gestatte, dass ich die Lindenblüte selbst aufgieße.«

Chu Lin brachte Ciotka eine Silberschatulle mit vertrockneten gelben Blüten. Sie griff mehrmals hinein und gab reichlich davon in den Kessel. Unterdessen war mir an Ciotkas Erklärungen eine Ungereimtheit aufgefallen.

»Einen Moment. Die Briefchen machen doch wirklich high. Sogar ziemlich. Sonst würde doch kein Mensch Mova kaufen.«

»Schon möglich, schon möglich«, erwiderte sie achselzuckend. »Rog und ich haben unser Leben lang immer nur Belarussisch gesprochen. Deshalb hat es uns nie das Hirn vernebelt, wenn wir Mova-Texte lesen.«

»Aber woher kommt dann der psychedelische Effekt, wenn Mova, wie ihr sagt, früher einfach unsere normale Sprache war?«

Wieder fiel Ciotka in den vorigen, eifernden Tonfall: »Nimm du dir mal eine Nation vor, zwinge ihr eine andere Sprache auf und verbiete den ursprünglichen Wortschatz komplett. Die Sprache, mit der die Nation groß geworden ist. Die Worte, die deine Mutter dir an der Wiege gesungen hat. Dann lass eine neue Generation gänzlich ohne ihre Sprache geboren werden und erwachsen werden. Und verkaufe dieser heimat- und wurzellosen Generation dann kleine Schnipsel ihrer ureigenen Schriften, schwarz, unter der Androhung von zehn Jahren Drogenknast. Da kommt der Kick ganz von selbst, wenn das Unterbewusstsein den Code erkennt, nach dem das Unbewusste strukturiert ist.«

Das mit unterbewusst und unbewusst hatte ich nicht verstanden, deswegen hielt ich lieber den Mund. Ciotka fuhr nach einer kurzen Pause fort: »An keinem anderen Ort der Welt gab es so ein wahnsinniges Experiment. Nicht in Irland unter englischer Herrschaft, nicht einmal auf Sri Lanka! Nie zuvor hatte sich jemand zum Ziel gesetzt, eine Sprache, in der sich Menschen unterhielten, vollständig auszulöschen. Und wer weiß … Hätte man den Engländern verboten, Englisch zu sprechen, und das Verbot eine ganze Generation lang durchgehalten, vielleicht hätte sich die Folgegeneration auch schon am Englischen berauscht wie an einer Droge.«

Im Kessel hatte es zu sieden begonnen, er begann den Sud auszuspucken. Porzellantassen erschienen auf einem geflochtenen Weidentablett. Sie nahm den Kessel und schenkte mir von dem Sud ein. Die Flüssigkeit war klar, fast farblos. Ich nahm einen Schluck, der mir Lippen und Kehle verbrannte. Keinerlei Geschmack. Wie heißes Wasser eben. Erst beim zweiten Schluck machte sich ein wohltuendes Kräuteraroma bemerkbar, das sich im gesamten Mundraum ausbreitete. Es war wie eine Aquarellzeichnung, gegen die der übliche chinesische Tee wie grobes, sattes, glänzendes Öl erschien.

»Wunderschön.« Ich konnte nicht an mich halten. »Ja, das ist es. Nicht lecker, sondern schön.«

Sie nahm einen Schluck aus ihrer Tasse und beugte sich befriedigt über die Armlehne ihres Sessels zu mir.

»Du kennst meinen Johanniskrauttee noch nicht. Der ist richtig dunkel, leicht bitter.«

»Sie haben gesagt, ich könnte Ihnen eine Hilfe sein«, erinnerte ich sie, weil ich Sorge hatte, sie allzu lange aufzuhalten. Nicht, dass ich nachher vom Weihrauchmeister eins auf den Deckel kriege.

Ciotka schwieg, offenbar legte sie noch ihre Gedanken zurecht.

»Hör zu, Serjosha, es herrscht Krieg. Im Verborgenen. Wir kämpfen um jedes Papierchen, um jede Seite. Unsere Leute bearbeiten die Bibliotheken im Ausland, kopieren alles, was noch nicht gestohlen ist, und es ist fast alles gestohlen. Aber das waren nicht wir oder die großen Dealer. Die größten Diebe und Vernichter sind unsere Feinde. Ihr Wissen über Mova übersteigt unser Wissen. Es heißt, bei ihnen im Hauptgebäude gibt es – hinter Betonmauern und elektronisch gesichert – eine Bibliothek mit viertausend Bänden, alles Einzelstücke, weil sämtliche Duplikate gezielt zerstört wurden. Wenn sie alles zusammenhaben, stecken sie die Bücher in Brand. Oder sie zerstören sie gar nicht, sondern sperren sie einfach für immer weg in ihrem unterirdischen Magazin, ihrem Museum des verbotenen Erbes. Eine Sprache, die niemand mehr spricht und die nicht einmal jemand lesen kann, ist tot. Dann bleibt uns gar nichts mehr. Nicht einmal die Erinnerung.«

Sie griff mit den Fingerspitzen ein paar Lindenblüten aus der Schatulle und warf sie ins Feuer.

»Es herrscht Krieg«, sagte sie noch einmal. »Und wir sind keine Kriegsgewinnler. Wir bereichern uns nicht an der Not anderer Menschen. Wir sind die Retter. Eine UN-Rettungsmission. Wir retten Wörter. Stöbern sie auf, legen Verzeichnisse an. Wir haben ebenfalls eine Bibliothek, allerdings enthält sie leider nur ein Regal, ein einziges Regal mit Printen. Unterschiedlicher Erscheinungsjahre und Orte. Zwölf vollständige Bände, zwei ohne Einband, zwei weitere Seite für Seite zusammengetragen und neu gebunden. Und dann natürlich Berge von Fragments. Absätze aus unbekannten Büchern für immer vergessener Autoren. Wer sie geschrieben hat und wann, lässt sich heute nicht mehr nachvollziehen. Unsere Linguisten arbeiten mit diesen Schätzen, sie sichten, gleichen ab, katalogisieren. Bislang ist nicht ein einziges vollständig erhaltenes Lehrbuch aufgetaucht. Die wurden als Erste ausfindig gemacht und vernichtet, weil sie ›besonders gefährlich‹ waren.«

»Hätten wir mal statt dieser Schleimscheißer drei Trupps unserer Männer auf das Fernsehen losgelassen«, knurrte Swarog aus dem Hinterhalt. »Dann hätten wir die Sprache in zehn Minuten wieder eingeführt. Fast ohne Blutvergießen.«

»Du siehst«, sie senkte vertraulich ihre Stimme, »wir sind geteilter Meinung über den optimalen Weg. Unter den unbedachten

Armeegenerälen ist die radikale Gewaltanwendung schwer im Kommen. Was ich für eine grandiose Dummheit halte.«

»Ein Swarog sucht nie den Weg des geringsten Risikos«, bemerkte ich mit einem anerkennenden Lächeln in seine Richtung. »Hammerharter Typ! Ein echter Kommandant!«

»Hat dir die Scheuche etwa erzählt, dass sie Swarog heißt?« Ciotka schürzte amüsiert die Lippen. »Swarog? Rog, du hast dich ihm als Swarog vorgestellt?«

Ich schaute dem Roten Pfahl aufmerksam ins Gesicht. Neben dieser Frau sah er aus wie ein vom Leben gebeutelter, abgemagerter Wolf. Er hatte jetzt sogar diesen erbärmlichen, demütigen Hundeblick. Fehlte nur noch ein ergebenes Schwanzwedeln. Wo war der blutrünstige Charme des Granaten werfenden Psychos hin, des Bullterriers ohne Maulkorb?

»Na ja, Ciotačka. Irgendwie bin ich doch auch eine Art Swarog«, versuchte er sich vorsichtig zu rechtfertigen. »Der slawische Gott des Himmels. Und der Himmelsflamme.«

»Ich will dir mal was sagen«, wandte sie sich wieder mir zu, um dann weiter auf dem Kommandanten herumzuhacken. »Vom Swarog ist er noch meilenweit entfernt. Vielleicht wird daraus etwas, wenn er erst ein Dutzend Heldentaten vollbracht und mit seinem Körper eine Handvoll Kugeln eingefangen hat. Solange bleibt er Rog. Rog, nicht Swarog! Rog, das Horn. Stur, starr und schlicht. Ein Ochsenhorn. Nein, nicht einmal das, Ochsen haben wenigstens ordentliche Hörner, zum Stoßen. Der hier ist ein Bockshorn. Das Horn eines alten Ziegenbocks.«

Mir fiel auf, mit wie viel Zärtlichkeit sie ihn verspottete. Wie sich eine große Schwester über den kleineren Bruder lustig macht. Swarog wurde puterrot im Gesicht bei dieser öffentlichen Hinrichtung, warf aber nur Chu Lin und mir böse Blicke zu, weil wir als Zeugen dabei waren. Ich erkannte, dass sein Wesen eher dem eines Bären glich als dem eines Terriers. Er war ein Bär oder ein Wisent. Ein stattlicher, zottiger Muskelberg, dabei aber herzensgut. Falls dieses Herz unter Fell und Panzer überhaupt aufzufinden war. Ciotka wurde jetzt wieder ernst.

»Es herrscht Krieg«, stimmte sie erneut ihren Kehrvers an. »Wir retten Wörter. Wir suchen nach Hinweisen auf vergessene Synonyme und arbeiten mit Erinnerungen. Immer wieder einmal schwärmen wir nach einer der raren Printen aus. Wir werden alle observiert. Rund um die Uhr. Wir sind in der Kartei, alles wird abgehört und protokolliert. Deshalb stellt sich jedes Mal, wenn wir einen echten Schatz mit einem oder mehreren neuen Wörtern, Ausdrücken, Kontexten oder grammatikalischen Konstruktionen ergattern können, die Frage, wie wir ihn sicher hierher bekommen. Manchmal nutzen wir ungefragt das Gepäck von ›Kurieren‹, die gar nicht wissen, was sie da transportieren. Das ist, nebenbei bemerkt, nicht unsere Erfindung, das haben sich die Triaden im Asien des 20. Jahrhunderts ausgedacht. So haben wir das auch mit dir versucht …«

»Und wieso verlagern Sie den Widerstand nicht ins Ausland? Nach Warschau oder Vilnius, wo Mova nicht unter Strafe steht?« Die Frage erschien mir vollkommen logisch, aber sie verzog nur höhnisch das Gesicht. »Dann müssten Sie sich nicht verstecken …«

»Was hat denn Widerstand im Ausland für einen Sinn? Im Ausland gibt es keinen Widerstand. Im Ausland gibt es nur Emigranten. Aber das hier ist unser Land. Und wir werden es nicht verlassen.«

Dieses Argument war unlogisch. Aus diesem Grund ließ es auch keine Gegenargumente zu.

»Uns ist natürlich zu Ohren gekommen, dass du nie geschnappt wirst. Als du dich dann in Warschau besoffen und herumgeprotzt hast, haben wir uns schon ein paar Sorgen gemacht. Aber an der Grenze ist alles glattgegangen. Nur hat unser 49er seinen Auftrag nicht erfüllt. Und dann haben sie das Buch zerstört. Wir kamen zu spät. Weißt du, was das für ein Buch war?«

Ich zuckte die Achseln: »Gedichte. Ein russischer Dichter.« Ciotka verzog das Gesicht, und ich korrigierte mich schnell: »Ein russischer Dichter mit einem komischen Namen. Wahrscheinlich Jude. Die Juden haben immer komische Namen. Ich war mit einem in der Schule, der hieß Isja. Weil er Jude war.«

Ciotkas Züge verschoben sich noch weiter, und ich versuchte, ihren Frotzeleien zuvorzukommen: »War Šekspir etwa ein belarussischer Dichter?«

»Shakespeare war ein englischer Dramatiker. Aber es geht hier nicht um Shakespeare. Dieses Buch, Serjosha ...« Sie hielt kurz inne, um dann erregt und hastig fortzufahren. »Es war ein absolutes Unikum, erschienen 1989 mit festem Einband, noch in der BSSR. Stell dir vor: Das Imperium zerfällt, in Moskau läuft die Perestroika auf Hochtouren. Und hier, in Minsk, erscheint im Staatsverlag ein Buch, das zuvor unter der Hand kursierte, so ähnlich wie Mova heute, in Abschriften und Auszügen. Die berühmte belarussische Nachdichtung der Shakespeare-Sonette von Uładzimir Duboŭka. Duboŭka ist ein Wunder und ein Gottesgeschenk für uns alle. Er ist stärker als alles, was uns sonst aus dem 20. Jahrhundert erhalten geblieben ist. Und am stärksten in Vergessenheit geraten hinter den breitschultrigen Phalangen kommunistischer Schriftsteller, die Kollektivierung und Repressionen besangen. Dass es überhaupt noch Details zu seiner Biografie gibt, grenzt an ein Wunder. Wie die Archäologen haben wir Duboŭka rekonstruiert aus Textfragmenten, aus Server-Backups von Seiten, die schon vor Jahrzehnten gelöscht worden waren, aus Archiven in der russischen Provinz, die sie noch nicht verwüstet haben. Ein Foto von ihm haben wir nicht mehr auftreiben können, damit ist sein Bild, sein Gesicht, für immer verloren. Duboŭka ... Was soll ich über ihn sagen ... Er

ist durch Stalins Gulag gegangen, aber seine blühende Seele … «
Wieder verstummte sie. Mir war aufgefallen, dass sie sich unterbrach, sobald ihr etwas Schönes auf der Zunge lag. Wahrscheinlich wollte sie nicht zu sentimental erscheinen. Wie gut ich sie
verstehen konnte!

»Wir hatten die Chance, die Shakespeare-Sonette in der Nachdichtung von Duboŭka zu retten«, fuhr sie fort. »Sie sind von einer Schönheit … Eins habe ich gesehen, ein einziges.« Sie atmete
einmal tief durch und deklamierte dann mit ruhiger Stimme, fast
ohne Intonation:

> Tvoj vobraz, na zdziŭlennie mastakam,
> U sercy voka mnie majo stvaryła.
> Žyvaja rama dla jaho — ja sam.
> U im — vydatnaja mastactva siła.

> Mein auge ward zum maler und es fasst
> Auf meines herzens grund dein konterfei.
> Mein Körper ist der rahmen drin es passt:
> Als täuschung ist es beste malerei.

»Wunderschön«, flüsterte ich.

»Ja.« Sie nickte. »Aber entscheidend ist etwas anderes. Duboŭka
verfügte als Vertreter der alten, national bewussten Intelligenz
über einen reichen, differenzierten Wortschatz, der mit ihm verschwunden ist. Für immer. Aber wir bekamen diesen Hinweis,
dass in seiner Nachdichtung sämtlicher Shakespeare-Sonette ein
bestimmtes Wort vorkommt. Ein sehr wichtiges Wort, das als verloren galt. Das vielleicht wichtigste Wort, dem wir zurzeit nach-
jagen.« Sie verstummte erneut, ließ den Kopf hängen und presste
die geballte Faust gegen ihre Lippen. Ich dachte schon, sie würde
mir nichts mehr über dieses Wort erzählen, schließlich war das

Buch ja, wie sie glaubte, vernichtet, weshalb es sinnlos wäre, dem Verlorenen nachzutrauern.

Aber sie hatte sich wohl nur die passenden Worte zurechtgelegt.

»Pass auf. In unserer heutigen, verarmten Sprache, deren einstige Fülle sich unter dem Dauerfeuer der Verbote gelichtet hat, sind uns nur noch zwei Ausdrücke für das Gefühl der Zuneigung zwischen Mann und Frau bekannt. Die leidenschaftliche, inbrünstige Liebe heißt ›kachannie‹. Wir sind auf wundersame Weise in den Besitz einer Seite aus einem zweibändigen russisch-belarussischen Wörterbuch gekommen, auf der ›kachannie‹ umschrieben wird als ›Gefühl des Verlangens nacheinander‹. Das zweite Liebeswort, ›lubou̇‹, wird eher in Bezug auf Gegenstände oder Abstraktes verwendet, Heimatliebe zum Beispiel. Ist also Leidenschaft im Spiel, heißt es ›kachannie‹, ist keine Leidenschaft dabei, sagt man ›lubou̇‹. Diese leidenschaftslose Form der Zuneigung kannst du für deine Arbeit empfinden, deine Katze oder sogar für einen wie Rog. Ich bin Rog beispielsweise in dieser aufrichtiger Zuneigung zugetan.« Hier warf sie dem Roten Pfahl einen schelmischen Blick zu. Der Rote Pfahl errötete noch mehr. »Aber es gab früher noch ein drittes Wort, Sergej. Ein Wort für das Gefühl, das über dem schieren Verlangen steht und anders geartet ist als geschwisterliche Verbundenheit. Ein Wort«, hier sah sie träumerisch versonnen auf, »das das zarte emotionale Band zwischen dir und einem geliebten Menschen bezeichnet.«

Die Flammen in ihren Augen loderten heller als der Polarstern auf ihrer Brust. Swarog und der Weihrauchmeister waren verschwunden, ebenso die bewaffneten Kämpfer vor der Tür und die Tür selbst. Da waren nur noch wir beide am Feuer in der Dunkelheit. Und die junge Frau an meiner Seite versuchte Gefühle in Worte zu fassen, die es nicht mehr gab.

»Und weißt du, Sergej ... Weißt du, dieses Wort, das weder Leidenschaft oder Verlangen noch freundschaftliche Verbundenheit ausdrückt, dieses dritte Wort war das wahrhaftigste. Es bezeichnete die echte Liebe, ein Gefühl, das in unserer Sprache nach dem Verlust der Sonette unbenannt bleiben muss. Denn es kommt ja vor, dass du nicht unbedingt in Leidenschaft für einen anderen entbrannt bist. Aber du magst ihn, magst es, ihn bei dir zu haben. Magst es, ihn anzuschauen und ihm zuzuhören. So eine Zuneigung, die nicht auf Leidenschaft beruht, nicht auf Begehren ...«

»Ja! Ich weiß genau, was Sie meinen!«, sagte ich erregt und hob meine Hand, um nach ihrer zu greifen. Aber ich wusste, dass ich das nicht tun durfte. Ich durfte sie nicht berühren. Auch wenn ich das noch so sehr wollte, nicht etwa aus Leidenschaft oder einem Gefühl des Verlangens, das ich natürlich nicht empfand, und nicht aus bloßer Zuneigung, denn Zuneigung konnte ich auch für Rog aufbringen. Es war dieses Dritte, aber ich durfte nicht, nein. Ich zog meine Hand wieder zurück und legte sie auf mein Knie.

»Und das ist nun die eigentliche Frage.« Sie schaute sich um und kehrte offenbar aus ihrer entrückten Versonnenheit wieder in die Realität zurück. »Dieses Wort ist für immer verloren. Es findet sich in keinem anderen Text. Aber du hast natürlich die Printe gelesen, als du sie in deinem Rucksack gefunden hast.«

Ich schluckte nervös.

»Du hast sie gelesen, mehrmals, und dich davon berauschen lassen. Vielleicht ist ja irgendetwas hängen geblieben. Eines dieser sonderbaren, unbekannten Duboŭka-Wörter.«

»Ich muss überlegen«, sagte ich.

»Und jetzt gleich, ganz spontan? Was fällt dir als Erstes ein?«

»Ich muss überlegen.«

Ich sprach natürlich die ganze Zeit Russisch mit ihr, weil ich Belarussisch damals noch nicht sprechen konnte. Und meine Lüge ging mir leicht über die Lippen.

»Gut, dann überlege«, sagte sie enttäuscht. Sie meinte wohl, wenn ich mich nicht auf Anhieb an ein Wort erinnern konnte, würde es nie wieder in meinem Gedächtnis auftauchen. Deswegen schob ich noch eine Erklärung nach: »Wissen Sie, Mova hält sich länger eher im Unterbewusstsein. Und irgendwann, zack, schießt es dir durch den Kopf.«

»Rog, gib ihm deine Nummer«, ordnete sie an. »Wenn ihm etwas einfällt, bring ihn unverzüglich zu mir, ohne eure ausgeklügelten, monatelangen Kontroll- und Prüfgeschichten.«

Ciotka erhob sich aus ihrem Sessel und gab mir zu verstehen, dass die Audienz beendet war. Ich hatte gehofft, sie würde mir die Hand geben und ich hätte noch einmal Gelegenheit, ihre Wärme zu spüren, und sei es nur für eine Sekunde, aber sie beließ es bei einer spröden Verbeugung, nicht einmal das, es war nur ein Nicken. Nur zu verständlich! Wer das wahrhaftige Wort vergessen hat, das allein das über alles Verlangen erhabene emotionale Band zwischen Mann und Frau zu bezeichnen vermag, hat nichts anderes verdient. Ich konnte froh sein, dass sie mich nicht erschießen ließ.

Sie begleiteten mich nach draußen, Swarog schrieb mir die Nummer seines 49er »Schattens« auf, seines Knappen. Zum Abschied drückte er mir die Hand und sagte, er hoffe auf ein baldiges Wiedersehen. Der Weihrauchmeister würdigte mich keines Blickes. Entweder würgte ihn die Eifersucht, oder er hatte mich einfach schon vergessen – ich weiß es nicht.

Ich kletterte mit meinem Begleit-49er über geheime Hintertreppen, die uns durch verschlossene Luken wieder an die Oberfläche bringen sollten, in Gedanken ganz bei dem über alles Verlangen erhabenen emotionalen Band zwischen Ciotka und mir, für das ich in Kürze ein einziges, treffendes Wort haben würde, das niemand sonst auf der Welt kannte.

JUNKIE

Ganin wurde durch einen dummen Zufall erwischt. Klar, wen erwischt es nicht durch dumme Zufälle? Als Druggie verhaftet zu werden ist Dummheit per se, eine ikonische Dummheitsbekundung. Erst wunderten wir uns, als er nach der Mittagspause nicht zurück ins Büro kam. Ganin holte sich sonst immer in einem menschenleeren Supermarkt um die Ecke etwas beim Bäcker und verspeiste es dann auf der Bank vor dem Eingang zu unserem geisterreichen Businesscenter. Dabei hinterließ er Krümelspuren und zerknautschte Kekspackungen in den Ritzen zwischen den Sitzbohlen. Ästhetisch ziemlich fragwürdig, aber Ganin war eben Designer. Und wer wollte an den persönlichen Eigenheiten eines Designers herummäkeln?

Am nächsten Morgen erschien er nicht zum Meeting mit einem Großkunden, und wir wunderten uns erneut, ohne in Panik zu verfallen. Der Artdirector schlug sich auch ohne Ganin ganz wacker, zumal der in solchen Gesprächen ohnehin nicht zu gebrauchen war. Meistens saß er nur in der Ecke und funkelte mit seinen geröteten Augen, um sich ab und zu, wenn das kognitive Motörchen in seinem Kopf auf Touren kam, nervös ins Fäustchen zu lachen.

Am Abend versuchte die Sekretärin dann mobilzumachen. Über sämtliche Flure hallten ihre Rufe: »Och, Juuuungs! Ruft doch wenigstens die Polizei!« Aber den Jungs war alles egal, außerdem versuchte ich nach Kräften, die Wogen zu glätten. Erstens wusste ich, dass Ganin möglicherweise nach einem besonders feinen Trip gerade irgendwo in outer space war. Und mir war klar, dass er sich mühsam und teuer würde freikaufen müssen, sollten die Bullen Stoff bei ihm finden (und er ging, soweit ich wusste, nie ohne Stoff aus dem Haus).

In den Abendnachrichten erzählte man uns dann seine traurige Geschichte, woraufhin der Name Ganin auf Nimmerwiedersehen aus unserem Büro verschwand.

Offenbar war er in letzter Zeit mit einer Dosis unterwegs, mit der sich der Normaljunkie nicht mal mehr auf die Toilette getraut hätte. Ganin experimentierte mit der Stereokombi von Mova und konventionellen, legalen Drogen und erreichte damit Zustände, die die Gamer »Stunlock« nennen – totales Stand-by, tropfender Speichel, Tofuwabofu im Hirn, kontrollierte Schizophrenie, künstlich verstärkte Paranoia. In dieser Verfassung kommunizierte er noch erfolgreich mit Kollegen, spielte Schmovach mit mir, erledigte seine Aufgaben und lieferte seine Arbeiten ab. Hatten wir uns schon so an seine Schrullen gewöhnt? War er uns allen dermaßen gleichgültig? Wir interessieren uns doch längst nur noch für uns selbst.

Was weiter geschah, lässt sich aus dem *BelTV*-Material bei *You-Tube* rekonstruieren, das freilich weniger Information als Suchtmittelbekämpfungspropagandapathos verbreitet. Offenbar hatte sich Ganin im Supermarkt eine Apfeltasche und zwei Spinattaschen gekauft und an der Kasse bezahlt. Anschließend hatte er sein Mittagessen in eine Plastiktüte gepackt, die Tüte in die eine Hand genommen und den supermarkteigenen leeren Einkaufskorb in die andere. Dann war er zum Ausgang gelaufen, ohne den Korb zurück auf den Stapel zu stellen. An der Tür war die Sirene losgegangen, weil diese Körbe so eine Wegtragsicherung haben. An diese Szene schloss das Filmchen an, über das sich das ganze Netz totlacht: Unser Held ist dermaßen breit, dass er sofort erstarrt vor Schreck. Ganin steht da, die Sirene heult, er sieht sich hektisch um, kniet sich auf den Fußboden und fängt an zu krabbeln. Nach zwei Metern legt er sich flach und robbt nach draußen. Wenn er wenigstens den Einkaufskorb dagelassen hätte. Aber er hielt das blöde Ding die ganze Zeit fest umklammert.

»Nun sehen wir, wie dieser Drogenabhängige mit Überdosis sich einbildet, er wäre ein Talibankrieger in Afghanistan, wo die Terroristen die Fabrikation dieser Erscheinungen, mit denen er sich das Gehirn vergiftet hat, finanziell großzügig unterstützen«, hört man die Stimme des *BelTV*-Reporters aus dem Off. »Noch ein paar Meter, dann feuert er mit seinem Einkaufskorb auf den Wachmann, der ihn stellt.« Ins Bild kommt auch schon ein kahl rasierter Schrank in einem Billiganzug vaterländischer Produktion, der aussieht, als wäre er aus Pappe. Der Schrank sagt etwas zu Ganin und zieht nach dessen Antwort den Gummiknüppel.

»Dieser Mova-Süchtige könnte noch immer die Scheibenwischer von unseren Autos klauen und illegal im Park gepflückte Maiglöckchen verkaufen, die übrigens unter Artenschutz stehen«, setzt der Reporter seinen investigativen Bericht fort. »Aber glücklicherweise hat der Wachmann, der ihn festsetzen kann, Erfahrung im Umgang mit Drogensüchtigen und erkennt sofort, dass hier Anzeichen einer Bewusstseinsvergiftung mit Erscheinungen gemäß Paragraph 264 Strafgesetzbuch vorliegen.« Dann rückt der kahle Riesenschädel ins Bild und erklärt eifrig: »Ich geh so hin und sag halt: ›Bürger‹, sag ich, ›was tun Sie hier die öffentliche Ordnung stören?‹ Und er so zu mir: ›U čym problema?‹ Nicht ›U tschom problema‹, wie es richtig heißt! Ich hab erst noch fragen wollen: ›Was tun Sie hier mit dem Bauch auf dem Boden liegen, wo man läuft?‹, aber dann hab ich doch gleich den Knüppel gezogen und bin zur Tat geschritten.«

»Das geschulte Ohr des Wachmanns, der vor seiner Tätigkeit im Supermarkt beim Staatskomitee zur Überwachung der Verbreitung illegaler Suchtmittel beschäftigt war, half ihm dabei, die psychische Verfassung des auffällig gewordenen Bürgers zu identifizieren und richtig einzuordnen. Sogleich hat er über Funk die Staatliche Suchtmittelkontrollbehörde verständigt«, verkündet der Reporter. Dumm gelaufen, Ganin! Bist du ausgerechnet an so ein armes Schwein geraten, das bei den Diensten rausgeflogen ist und deswegen die Junkies besonders auf dem Kieker hatte. Hättest du die übliche Variante erwischt, den pensionierten Bullen, der als Wachmann noch das große Geld machen will, wärt ihr euch einig geworden. Sogar in deiner Himmelfahrtsverfassung. Aber so …

Schnitt, Knast der Suchtmittelkontrolle von innen. Ganin im Spagat, einige Psychotropika sind wahrscheinlich schon durch, andere wirken durch das Adrenalin noch stärker als zuvor. Jedenfalls sieht er furchtbar erschrocken aus. Wie ein Fallschirmspringer, der die Reißleine zieht, ohne dass der Schirm sich öffnet. So sieht man wohl aus, wenn man verzweifelt versucht aufzuwachen. Oder von einem Horrortrip runterzukommen.

»Als der Patient in die Psychiatrie überstellt wird, wo er auf seine Schuldfähigkeit hin begutachtet werden soll, schlagen die zuständigen Psychiater die Hände über dem Kopf zusammen. Die Zerstörung des Nervensystems ist so weit fortgeschritten, dass der Mann für sein eigenes Handeln nicht mehr zur Verantwortung gezogen werden kann und er nicht nur eine Gefahr für die Öffentlichkeit, sondern auch für die anderen Häftlinge darstellt.« Hier nimmt die Reporterstimme eine mildere Färbung an, als sollte sich auch in der Intonation die Barmherzigkeit widerspiegeln, derer die Justitia in der Region Nordwest fähig war. »Daher musste das Gericht der Einschätzung der Sachverständigen folgen, nach der von einer Verurteilung des Drogensüchtigen wegen Drogenbesitzes abzusehen sei. Stattdessen wurde er zu einer dreimonatigen Therapiebehandlung in die Neurologie zwangseingewiesen. Nach der Entgiftung werden sämtliche psychotropen Linguotoxine aus seinem Körper rückstandslos entfernt sein.«

Als ich mir vorstellte, wie sie ihm mit Elektroschocks, Chemo und NLP sein gesammeltes Mova-Wissen austrieben, bekam ich das kalte Grausen. Indem er wahl- und pausenlos konsumiert hatte, war er zu einem lebenden Mova-Sprengsatz mutiert, zum wandelnden Lexikon. Aber war das nicht die logische Konsequenz jeglichen Konsums? Andererseits konnten die wenigsten die Konsequenzen dann auch noch miterleben.

»Das Gerichtsurteil ist beispiellos in der Geschichte der Rechtsprechung, es folgt jedoch der stärker humanitär orientierten Ausrichtung unseres Justizwesens im Zuge der Annäherung der Rechtsnormen der Region Nordwest an die menschlichen Werte und Normen Chinas und Japans.« Zum Ende seines Beitrags hatte der Reporter selbst wie ein Richter geklungen, jedes Wort ein Urteil, eine Norm, die widerspruchslos zu befolgen war.

Monatelang lebte ich in der ständigen Erwartung, verhaftet zu werden. Schließlich könnte Ganin bei seiner Zwangstherapie auch Besuch von der Suchtmittelkontrolle bekommen. Dass er nach einigen innigen Gesprächen nicht doch meine Koordinaten rausrücken würde, war keineswegs ausgemacht, und ich dankte nur dem Schicksal, dass ich noch keinen Kontakt zu Ganins Dealer aufgenommen hatte, der ebenfalls unter Beobachtung stehen konnte. Ich stürzte mich in die russische Klassik und verschlang wortreiche Dostojewskis, depressive Lermontows, witzige Gogols, bissige Pelewins und gruslige Jelisarows. Mehrere Stunden täglich schrieb ich seitenweise Texte aus den Hochglanzblättern ab, um mit russischen Buchstaben, mit Lexik und Semantik jene Mova-Konstruktionen aus meinem Hirn zu verdrängen, die sich dort festgesetzt hatten und mit jedem noch so simplen Test nachgewiesen werden konnten.

Aber die Entgiftungsversuche schlugen nicht an, mir fiel auf, dass ich mich selbst schon von Zeit zu Zeit verplapperte. Und als die Anspannung schließlich too much wurde, kam die Sekretärin, die damals hatte mobilmachen wollen, ins Büro und sagte: »Ach, Jungs, Ganin sitzt unten.« Bezeichnenderweise war ich der Einzige, der »Ganin gucken« ging. Alle anderen interessierten sich längst nur noch für ihr eigenes Innenleben. Was sollten sie sich auch mit einem Loser und Junkie abgeben?

Ich ging runter, Ganin saß auf der Bank, auf der er immer seine Teigtaschen gefuttert hatte, saß da und inspizierte aufmerksam den Boden vor seinen Füßen. Ungeachtet der Julihitze trug er eine Wollmütze und eine dicke Winterjacke. Und ich, ich wusste ja nicht, also lief ich zu ihm und sagte: »Ganin, servus! Wieso bist du so warm angezogen? Ist doch total heiß heute!«

Er wandte mir sein Gesicht zu, Stoppeln dicht an dicht, ausgemergelt, insgesamt stark abgemagert, wie eine Puppe, eine Riesenpuppe mit Menschengesicht, er wandte mir also sein Gesicht zu, schaute durch mich hindurch, lächelte, als hätte er einen Witz im Radio gehört und antwortete: »Deswegen bin ich ja warm angezogen, weil es warm ist. Wenn es kalt wäre, hätte ich mich kalt angezogen.«

Dann ließ er den Kopf wieder hängen, suchte etwas vor seinen Füßen, stocherte mit den Schuhspitzen in der Erde herum. Ich war einigermaßen platt, hatte aber noch nicht ganz verstanden und fragte weiter: »Ganin, mein Freund, was treibst du hier?«

»Ich suche«, entgegnete er.

»Und was suchst du?«

»Ich habe da was verloren«, sagte er wieder mir zugewandt. »Aber ich weiß nicht mehr, was.«

Da bekam ich es mit der Angst. Ich bin ein harter Hund, mich kannst du höchstens mit dem Anblick von mir selbst im Sarg erschrecken. Aber da blieb mir fast das Herz stehen. Ich sagte in einem anderen Tonfall, betont ruhig, zu ihm: »Ganin, kennst du mich noch?«

Er blickte mir angestrengt ins Gesicht, wandte dann seine Augen ab und sagte wiederum seitwärts, als spräche er mit jemandem neben mir: »Klar kenne ich dich noch. Wir waren gute Freunde. Wahrscheinlich.«

Da konnte ich nicht mehr anders. Ich umarmte ihn, presste mein Gesicht gegen seine Schulter und drückte ihn, nur noch Haut und Scheißknochen. Ich drückte ihn und sagte: »Ganin, Ganin.« Offenbar hatte er sich irgendwie, mit einem letzten Rest von Verstand in seinem eingeäscherten Gehirn daran erinnert, dass er früher einmal in dieses Büro gegangen war, durch diese Tür, Tag für Tag. Und so hatte er sich hergeschleppt, wusste aber nicht mehr, wie er hineingehen und mit dem Aufzug in den zweiten Stock fahren sollte, so weit reichte sein Bewusstsein nicht mehr. Und deshalb saß er jetzt hier.

»Ganin, das weißt du doch noch!« Ich lachte, obwohl meine Wangen feucht waren. »Schmovach, Briefchen, šypšyna? Du kannst dich doch noch an šypšyna erinnern, Ganin?«

Sein Gesicht verkrampfte sich, er wandte sich ab. Ein Mundwinkel zuckte unkontrolliert. Ich durfte nicht daran rühren, das ging nicht. Wir saßen noch eine Weile nebeneinander auf der Bank, ohne ein Wort.

»Da, habe ich gefunden.« Er zog etwas aus seiner Tasche. »Gefunden und einfach vergessen, was ich da gefunden habe.«

Er streckte mir seine offene Hand hin. Darauf lag eine schwarze Dame. Der Plastikknubbel, der ihre Monarchenwürde anzeigen sollte, war abgebrochen.

VIERTER TEIL

DEALER

Wieso ich ihr das Buch nicht gleich brachte? Um für einen anderen interessant zu sein, brauchst du etwas Besonderes. Aber ich hatte nichts, für niemanden. Nur das Buch. In dem das Wort war. Das sie suchte. Damit wurde ich interessant für sie. Theoretisch hatte ich auch noch rund fünfzigtausend Yuan – durchaus interessant für fast jede Minsker Schönheit, Irka inbegriffen. Aber Irka ging nicht ans Telefon, und die anderen Minsker Schönheiten hatten mir nichts zu bieten. Ich interessierte mich weder für ihre epilierten Beine noch für ihre properen Titten oder die lüsternen Augen, in denen die Markennamen der großen Mall von Vilnius standen.

Wenn ein Mensch für niemanden mehr interessant ist, stirbt er. Deshalb brauchte ich das Buch, um hier weiterleben zu können. Ja, ich erinnerte mich noch an ihr »Du bist jung und siehst gut aus«, erinnerte mich an die flammende Berührung auf meiner Hand. Aber mir war auch noch genau in Erinnerung, wie schnell sie jegliches Interesse an mir verloren hatte, als mir das Wort nicht gleich eingefallen war.

Nächtens überfällt den Menschen eine krankhafte Sentimentalität. Die Tage helfen einem mit ihrem kühlen Licht dabei, die Verhältnisse zu überblicken, aber die Nächte vernebeln dir das Gehirn und werfen dich aus der Bahn. Dem Schicksal sei Dank, dass die Winternächte so lang sind und die Tage schon wieder fort, kaum dass sie am Bahnsteig haltgemacht haben wie die kleinen Züge zu den Datschenvierteln. Die Nächte jenes Monats, in denen ich im Buch nach dem Wort suchte, reichten aus, mir ein komplettes, glückserfülltes Leben mit Ciotka zu erträumen: Da begegneten wir uns, begegneten uns abermals, da zog ich nach Chinatown, näher zu ihr. Danach eröffneten sich mehrere Varianten. Mal sagte mir ein heroischer Tod für die belarussische Sprache an Rogs Seite zu, dann schwärmte ich vor dem Netvisor dämmernd von einer Zukunft als Triadengeneral, der den Weihrauchmeister beerbt, zu ihr aufsteigt und mit ihr im selben Zimmer schläft.

Gleich am ersten Abend nahm ich mir das Buch vor. Ich holte es aus dem Versteck und versenkte mich ganz in das Gedicht mit der Nummer 1 (insgesamt gab es 154). Die belarussischen Buchstaben sahen, bis auf wenige Ausnahmen, genauso aus wie die russischen. Auch viele Wörter stimmten überein. Aber sie saßen in wunderlichen Posen in den Zeilen, die Endungen überraschten in ihrer Plumpheit, Geschlechter, Fälle – alles war anders und dabei sehr vertraut, denn genauso, mit diesen plumpen Endungen, hatte sie zu mir gesprochen. Beim ersten Lesen begriff ich nicht einmal den Gegenstand dieses Shakespeare-Sonetts.

»Krasa nikoli nie pamre na sviecie«, sagte Shakespeare mit ihrer Stimme zu mir. »Tvarenni dziŭnyja prynosiać plon. Pialostki vianuć na ružovym cviecie, Dy adnaŭlaje pamiać ich buton.« Das Wort »krasa« ähnelte zugleich dem Zopf (kossa) und der Schönheit (krassota), die »tvarenni«, »dziŭnyja« und »prynosiać« verstand ich sofort, irgendwelche komischen Geschöpfe brachten etwas her, aber bei »plon« verließen sie mich. Was mochten sie wohl bringen? Glück? Seligkeit? Und dann die »pialostki« – klangen ja wunderschön, waren aber völlig unverständlich, wobei, wenn sie welkten (vianuć) und die Knospe (buton) ihr Gedächtnis (pamiać) erneuerte (adnaŭlaje), dann war anzunehmen, dass die »pialostki« Blütenblätter waren.

So nahm ich Sonett um Sonett auseinander, von vorne bis hinten und noch einmal von vorn. Alle Wörter, die dem ähnelten, was sie suchte, notierte ich auf einem Zettel, lernte sie auswendig und riss anschließend den Zettel in Fetzen, die ich im Klo herunterspülte.

Interessanterweise bekam ich praktisch keinen Mova-Rausch, obwohl ich noch keinerlei Erfahrung damit hatte und auch nicht immun war. Wenn du etwas als Droge betrachtest, verhält es sich wahrscheinlich auch wie eine Droge. Aber wenn du darin nach einer Antwort suchst, wird es dir zum Weg, zur Übung oder sogar zur Lehre. Nur meine Träume wurden sehr bildmächtig, gegenständlich und deutlicher als die Realität. Bisweilen überfielen sie mich sogar schon, bevor ich mich schlafen legte.

Oder war vielleicht mein ganzes Glück mit Ciotka, das ich mir da zusammenfantasierte, ein einziges starkes Rauscherlebnis? Konnte es überhaupt nur in dieser glückseligen Drogenwelt existieren?

JUNKIE

Ganins Dealer wohnte im Seljony Lug, in der Nähe des Kinder-
kaufhauses *Detski Mir*. Ein selten argloser Name: Serjosha. Serjosha – nicht zu fassen, oder? Nicht, dass ich abergläubisch wäre,
meinetwegen müssen nicht alle russischen Dealer Salman und
Achmed heißen. Aber ausgerechnet Serjosha? Serjosha! Serjosha
wohnte im zweiten Stock einer Standard-Chruschtschowka, auf
deren Dach die Kinder Fußball spielten und armenische Mut-
tis in bauchigen Kesseln Chasch kochten. Das Parterre des alten
Hauses war schon halb im Erdboden versunken, aus den Fenstern äugten verdächtige, von Tätowierungen übersäte Landsleu-
te mit Gesichtern, die vermuten ließen, sie würden dich schon
allein für den Namen »Serjosha« in hauchdünne Scheibchen
schneiden.

Auf den Balkonen gackerten Hühner, zwielichtige Gestalten
schliefen besoffen im Gras vor den großen Müllcontainern, andere zwielichtige Gestalten befingerten flink deren Taschen. Hier

war ich ganz Mensch. Es atmet sich doch nirgends so frei wie unter den Erniedrigten und Beleidigten. Sergej schien an seinem Viertel keinen Makel wahrzunehmen, jedenfalls empfing er mich nie mit einem schuldbewussten Lächeln, was nur recht und billig gewesen wäre, dieses Schuldbewusstsein. Vielleicht kapierte er seine Schande nicht einmal und nahm die Hühner, Alkis und Kriminellen gar nicht wahr.

Unser kleines Spiel lief folgendermaßen ab: Ich klingelte bei ihm, Sergej öffnete und streckte seinen Kopf durch den schmalen Spalt zwischen Tür und Zarge. Er betrachtete mich eingehend. Beim ersten Mal hatte er gefragt: »Von wem kommst du?«

»Von Ganin«, hatte ich geantwortet.

»Der ist irgendwie abgetaucht. Ich habe ihn seit über einem halben Jahr nicht gesehen«, bemerkte der Dealer. Ich band ihm nicht auf die Nase, dass die Suchtmittelkontrolle Ganin hopsgenommen hatte und er jetzt von sämtlichen Anwandlungen kritischen Denkens kuriert war. Später erkundigte er sich nicht mehr nach meiner Empfehlung, sondern fragte einfach durch seinen Türspalt: »Wie viel?«

Dabei grüßte er nicht ein einziges Mal, der Pisser mit seinen blauen Augen und den rosigen Wangen. Er hatte das Gesicht des schüchternen kleinen Onanierers, der in der Schule regelmäßig auf die Fresse bekommt. Der Traum aller Schwiegermütter und alten Lüstlinge. Mit seinem keuschen Stupsnasengesichtchen hätte er den riskanten und undankbaren Dealerjob locker an den Nagel hängen, in den Cafés in der Karl-Marx-Straße mit einem Gurkensmoothie abhängen und darauf warten können, dass ihn eine rüstige vermögende Matrone oder ein extravaganter chinesischer Oligarch abschleppt.

»Wieso bist du eigentlich Mova-Dealer, Serjosha?«, fragte ich ihn einmal rundheraus. »Was soll ich denn sonst machen?«, erwiderte er ganz naiv und hob fragend die Schultern. Das Kätzchen brauchte wohl einen Zuhälter. Seltsam, dass die Gay-Porn-Industrie ihn noch nicht entdeckt hat. Er war ein schlaksiger Typ und scharwenzelte immer so herum. Ich taufte ihn »Gurke«.

Wenn ich sein »Wie viel?« hörte, versuchte ich jedes Mal, die Tür weiter zu öffnen und in seine Gurkenbude reinzukommen, um nicht im Treppenhaus erwischt zu werden. Aber er hielt die Tür immer fest, fragte nur noch einmal »Wie viel?« und wies mich in die Schranken. Wir müssen draußen bleiben. Das Vieh gehört in den Stall. Hier die Menschen, da die Junkies.

Ich holte tief Luft und nannte die Anzahl Briefchen, die ich kaufen wollte, er nannte den Preis. Je nach Güte des Stoffs bewegte der sich zwischen fünfzig und hundert Yuan. Ich gab ihm das Geld. Dann schloss der Idiot tatsächlich die Tür ab und ging in sein Lager. Wenn er wieder auftauchte, reichte er mir meine Dosis durch den Türspalt. Danach schloss sich, ohne dass er sich verabschiedet hätte, seine stählerne Pforte von Neuem.

Ich empfand das ganze Ritual als Ausdruck von Misstrauen und Abscheu. Mag sein, dass dieser Habitus sich in den finsteren Zeiten herausgebildet hat, als Drogensüchtige tatsächlich noch richtig körperlich abhängig waren von Heroin oder Opium. Wenn da der Dealer seine Kunden vor verschlossener Türe warten ließ, diente das nur seiner eigenen Sicherheit. Hero-Junkies sind grässliche Wesen, die auf Entzug aus purer Schussgeilheit über Leichen gehen. Aber Movamaniacs sind gut situierte, ehrwürdige, respektable Leute. Wozu sie im Treppenhaus warten lassen?

Ich klingelte also, er öffnete, erkannte mich, fragte: »Wie viel?« und ließ mich warten. So ging das Jahr um Jahr, ich zählte schon nicht mehr mit, weil sowieso unklar war, nach welchem Kalender er unsere »Freundschaft« und meine Abhängigkeit zählte. Wenn du gut gelaunt durchs Leben gehen willst, präge dir dein Geburtsdatum nach dem chinesischen und das aktuelle nach dem gregorianischen Kalender ein (falls sich noch irgendwer an den erinnern sollte). Damit hast du einen unerschöpflichen Quell des Optimismus.

»Wieso lässt du mich nicht rein?«, fragte ich ihn einmal. »Ich würde sogar deinen Fußabtreter benutzen.«

»Ich habe nicht aufgeräumt«, antwortete er, als käme ich vom Gesundheitsamt. Mehr nicht, dann fragte er: »Wie viel?«

»Komm schon. Ich werde dir nicht die Schubladen in der Diele ausräumen. Großes Ehrenwort!«, legte ich nach. »Lass mich doch einfach drinnen warten.«

Er dachte nach und sagte dann: »Geht nicht. Ich habe nicht aufgeräumt. Wie viel?«

Die Beziehung zwischen Junkie und Dealer ist für die Ewigkeit gemacht. Das hat nichts mit dem lustigen Suchspiel zu tun, das du mit einem zufälligen Pusher spielen musst, der im Labyrinth von Chinatown nach Kundschaft fahndet. Der Pusher taucht nur für ein paar Sekunden in deinem Leben auf, der Dealer ist immer da. Dieses Junkie-Dealer-Modell ist entstanden, als in der Geschichte der Menschheit zum ersten Mal ein Kick zu haben war und sich einer fand, der diesen Kick auch anderen verkaufte. Diese Beziehung ist uralt, wirklich uralt. »Wie viel?«, fragte Kain seinen Bruder Abel. Einer bereichert sich an der Abhängigkeit des anderen. Je mehr dieser konsumiert, desto bequemer lebt es sich für den Ersten. »Was denn? Wenn ich nicht verkaufe, geht er zu den Zigeunern«, reden sich die Dealer die Sache schön. Stimmt ja auch. Solange ein Kick zu haben ist, wird ihn auch jemand verkaufen. Wenn sie es nicht tun, tun es andere. Und immer werden die Bedürftigen vor ihrer Tür herumlungern, die nie die Wohnung hinter dieser Tür betreten dürfen. »Wie viel?«, fragten die alten Schwarzbrennerinnen. Hinter dem Zaun kniffen die verkaterten Säufer die Augen zusammen. »Ohne Geld kein Selbstgebrannter. Schleich dich, du Scheuche!«

Ich glaube ja, die lassen uns nicht rein, weil es ihnen unangenehm ist. Wenn die Distanz gewahrt bleibt, fühlt es sich an, als wären wir keine Menschen. Viehzeug, Kroppzeug. »Wie viel?«, fragen sie und waschen sich die Hände, nachdem sie das Geld gezählt haben.

In seinem zivilen Leben war Sergej wahrscheinlich einfach eine rotwangige, positive Erscheinung. Bloß handelte er eben mit Drogen, der Hund. Eine kleine, feine Leiche im Keller. Nur ein einziges Mal hat er mich reingelassen in seine Wohnung. Als während unseres üblichen Dialogs das Schloss in der Tür gegenüber knirschte und ein kugelrunder Quarkkloß im Matrosenhemd ins Treppenhaus trat. Untergehakt die in den Elendsvierteln übliche Standard-Alte: spärliche Überbleibsel einstiger Eleganz, der Mantel geflickt, Kupfernickelohrringe anstelle der schon versetzten silbernen. »Oh, hallo San Sanytsch! Guten Tag, Tante Halina!«, grüßte Serjosha sie und bat mich dann höflich, wie einen alten Kumpel: »Komm doch rein!« Dann zog er die Tür hinter uns zu. »Wie viel?«, fragte er nüchtern.

Aber als Dealer ist er einwandfrei. Liefert astreinen Stoff, weiß seine Stammkunden zu schätzen und gibt bei größeren Mengen von sich aus Rabatt. Der weiß genau, wo er einkauft, gut möglich, dass er das Zeug sogar eigenhändig über die Grenze schafft. Irgendwann werden sie ihn auch hochnehmen. Dann können sich die Knastbullen an seinen rosigen Wangen gütlich tun. Auch das Briefchen, das mir ein ziemlich schräges Erlebnis beschert hat, war von ihm.

Es geschah kurz nachdem wir uns zum ersten Mal begegnet waren. Der Auslöser war ein ganz normales, billiges Kick-Briefchen, fünfzig Yuan, festes, graues Papier, schwarzer Marker. In einem Edelcafé nahm ich es an einem Tischchen hinter gigantischen purpurroten Leinenvorhängen zu mir. Ich faltete es auf, überflog den Text, staunte über die stilistische Schönheit, las noch einmal, langsam und mit Bedacht, und ließ es in meiner Tasche verschwinden. Die Bedienung brachte mein Tiramisu und flambierte es mit Balsam – die blaue Flamme loderte zum ewigen Gedenken der Helden der Gastronomie. Ich zog das Papierchen wieder hervor, hielt es in die Flamme und ließ es dann im Aschenbecher verbrennen. Ich kam nicht auf den Trip, es waren rein literarische Eindrücke, die mir das Herz zerrissen. Da war ein Genius der Melancholie am Werk gewesen, auf den Punkt und ohne Gnade. Vielleicht ein Russe aus dem Silbernen Zeitalter, da gab es eine ganze Reihe klangvoller weiblicher Namen von fulminanter pessimistischer Zerstörungswut. Hier das Fragment:

Idu adna, a prada mnoju — noč,
šyroki šlach, niazdziejsnienyja mary.
Hustaja ciemień scielecca la noh,
i partyzanić miesiac bledny ŭ chmarach...

Ich geh allein, und vor mir liegt die Nacht,
ein breiter Weg aus unerfüllten Träumen.
Am Grund ist dichtes Dunkel ausgebracht,
fahl partisant der Vollmond in den Bäumen.

Die steh'n am Wegesrand in Reih' und Glied
mit breiten Schultern stramm zu beiden Seiten.
Vom Dorf herauf ein leises Bellen zieht
von Hunden, die sich allzu menschlich streiten.

Das ferne Dorf schläft nicht, zu sehen sind
die Lichter, nur mein Haus ist nicht erleuchtet ...
Wortkarg wie stets träuft Weggefährte Wind
den Tau still in den Sand, der sich befeuchtet.

Kriegswege gehe ich. Die ganze Nacht.
Kundschafter Mond ist im Geäst zu wähnen.
Weiß selbst nicht, ob die Tropfen, die mir sacht
die Füße netzen, Tau sind oder Tränen ...

Ohne die üblichen Hallus und ohne den gewohnten Verlust von Raum- und Zeitgefühl kam ich mir auf einmal so unnütz und überflüssig vor, wie es nur im Minsk des 48. Jahrhunderts chinesischer Zeitrechnung möglich ist. Ich bemerkte zu meinem Erstaunen, wie der Tau mir in Strömen aus Augen und Nase trat, versuchte meine Tränen in einer Serviette zu ersticken, meine Augen zu verbergen, aber es rann mir nur so über die Wangen.

Rückblickend kann ich kaum erklären, weshalb ich eigentlich weinte. Ganin tat mir leid, die empfindsame Verfasserin des Gedichtes tat mir leid, ich tat mir selber leid, ich haderte mit meiner eigenen Nutzlosigkeit, bedauerte, dass ich an nichts glaubte, während die Dichterin an etwas zu glauben schien. Ich hatte sogar den Eindruck, meine krankhafte Mova-Neigung sei die Folge einer »Glaubenskrise« (jedes moderne Pop-Psychologie-Bändchen erklärt dir, dass Glaubenskrisen, genau wie Absatzkrisen, auf schlechtes Marketing zurückzuführen sind. Wenn dein Absatz kriselt, hast du aufs falsche Pferd gesetzt. Steig auf andere Güter um und dein Geschäft brummt wieder). Das Weinen wurde immer heftiger. Je mehr ich dagegen ankämpfte, desto stärker schüttelte mich mein Schluchzen.

Ein weinender Mensch im Restaurant ist skandalös. Coldsex, die postmarxistische Kritik der Sinnlichkeit, der emotionslose Konsum und der Mensch als »Selbstbefriedigungsmaschine« – all diese Konzepte hatten die Gefühlswelt in eine ähnliche Schmuddelecke verbannt wie die Mova-Welt. Wenn du dich davon überzeugen willst, dass wir keine Menschen mehr sind, geh in ein Café und heul dich aus. Falls du das noch können solltest, richtig in Tränen ausbrechen. Falls dein *Max Factor*-Make-up und dein Anti-Aging-Coach das überhaupt zulassen.

Nach fünf Minuten bitterlichen Weinens hörte ich das charakteristische Knipsen – jemand hatte mich mit seinem Mobi fotografiert. Weitere fünf Minuten später kam ein Kellner in Livree an meinen Tisch und erkundigte sich mit professioneller Anteilnahme, ob er einen Notarztwagen rufen sollte. Ich zahlte und ging, von Rückenwind getrieben, in unsere Geisterstadt hinein, wo mich ein dringendes Belletristikprojekt in meinem Büro erwartete: das Markenbuch einer Firma, die sich auf den Verkauf von Kalidüngerproduktionsbetrieben spezialisiert hatte.

»Das geht vorbei«, sagte ich mir. »Gleich ist es wieder gut.« Zurück im Büro flatterte die sensible Sekretärin, die damals Ganin polizeilich hatte suchen lassen wollen, aufgeregt um mich herum und wollte mir am liebsten Tee, Kaffee und Baldrianpillen gleichzeitig einflößen. »Was ist denn passiert? Was haben Sie denn?«, fragte sie ganz verstört. Wie schnell die Menschen heute beim Anblick starker Emotionen überfordert sind!

»Nichts. Ist bloß eine allergische Reaktion«, antwortete ich. »Soll ich den Notarzt rufen?«, erbot sie sich. Ich wurde weiter von Weinkrämpfen geschüttelt, die aus meinem tiefsten Inneren kamen. Dabei musste ich feststellen, dass Weinen und Schreiben sich schlecht vertrugen, weil die tränennassen Fingerspitzen ständig an den Tasten kleben blieben. Ich weinte ohne Unterlass – bis zum Abend im Büro, danach zu Hause, das Gesicht im Kissen vergraben, und am nächsten Morgen weiter im Büro über dem Abschluss des Kalidüngerauftrags. Nach der Mittagspause war ich allein im Büro, die Kollegen hatten Angst, meine »Psychose« könnte ansteckend sein. Um 16.30 Uhr bekam ich ein paar Zeilen auf unserem Standardbriefpapier auf den Schreibtisch, in denen mir mitgeteilt wurde, meine Stelle sei aus Kostengründen gestrichen worden. Das Schreiben hatte die sensible Sekretärin auf meinen Tisch gelegt. Als ich am Abend, zwei Kartons mit dem über die Zeit angefallenen Kleinkram unterm Arm, das Büro verließ, hörte ich noch, wie sie ihren Kolleginnen mitteilte: »Ach, Mädels, ich fühle mich sooo was von schuldig!«

Damit war ich ein freier Mann mit jeder Menge Zeit zum Konsumieren.

Wenn mir das Geld ausgeht, tingle ich zwei Monate lang durch die Büros und verkaufe *Triple*-Wasserflaschen. Oder ich klebe Werbeplakate für die Thai-Massage-Salons in Drosdy. Oder ich arbeite als Liftboy im *Crowne Plaza* – mit meinem Accent français kann ich die hiesigen Managerinnen immer noch beeindrucken, die es in ihrem Leben nicht weiter gebracht haben als in den fünften Stock des *Crowne Plaza* (wo sie der Personalchef flachlegt). Ich rücke die Kappe meiner Livree zurecht und frage lächelnd: »Quel étage?« Mit meinen weißen Lederhandschuhen bediene ich die Etagenknöpfe des verspiegelten Fahrstuhls, elegant und würdevoll. Diogenes wäre stolz auf mich. Die hiesigen Araber, die sich mit Blick auf die Damen in ihrem Umfeld aufwändig als Franzosen inszenieren, tun manchmal so, als wäre mein Französisch nicht zu verstehen. Dann muss ich ab und zu die Fassung verlieren und mir eine neue Arbeit suchen, die Fäuste heilen von selbst wieder.

In letzter Zeit buchen mich die Arbeitgeber nach einem kurzen Blick in meinen Nordwest-Personalausweis mit dem Verzeichnis meiner bisherigen Stationen eher für Hand- als für Kopfarbeit. Ich spekuliere auf einen Job als Interkultureller Coach für Verhandlungen mit den Chinesen und darf nach den Verhandlungen dann Fußböden und Teekessel schrubben. Wie gesagt: Diogenes wäre stolz auf mich.

Und bitte kein Mitleid, bemitleidet euch lieber selbst! Wenn du als gebildeter Mensch mit Rang und Namen hier im Arsch bist, hast du mit vierzig Jahren die Wahl. Entweder wirst du ein

Stück Scheiße (der einzige Stoff, der sich an diesem Ort wohlfühlt), machst Karriere, hast dein symbolisches Kapital und eine Sekretärin mit allzeit bereitem Fitnesshintern. Oder du versuchst Mensch zu bleiben, dann stößt der Arsch dich ab und dein gesamtes Umfeld findet dich scheiße. Denn Scheiße findet Nicht-Scheiße scheiße (kleiner Aphorismus). Nennt mich *kyōn*, nennt mich Junkie, aber fasst euch lieber an die eigene Nase, meine Lieben. Auch wenn ihr euch einen tollen Blick auf die Stadt aus der Vogelperspektive gekauft habt, seid ihr doch keine Vögel, denn der Stoff, aus dem ihr gemacht seid, fliegt nicht – er schwimmt.

Und dass ich im Supermarkt klaue, ist kein Ausdruck meiner Armut, sondern ein internationaler Trend, linksradikaler Antikonsumismus, mein Aufbegehren gegen die Spielregeln, die ihr mir aufgezwungen habt.

Es waren ein paar Jahre vergangen, bis ich den pelmeniartigen Abteilungsleiter des Departments für Finanzaufklärung Nowikow mit seinem klobigen Anzug wiedersah. Mir wird ein bisschen schummrig, wenn ich mir klarmache, dass sie mich die ganze Zeit auf dem Kieker hatten. Als wäre ich eine Ameise im heimischen Ameisenhaufen, der aber aus durchsichtigem Kunststoff besteht.

Weshalb sie mich erst so spät hopsnahmen? Wahrscheinlich war erst jetzt die »operative Notwendigkeit gegeben«.

DEALER

»Sonett 115. Da hieß es:

›Chłusiŭ ja u svaich raniejšych piesniach, što nielha mnie ciabie lubić macniej. Nie viedaŭ ja, što połymia pradviesni mahło pasla hareć jašče zyrčej.‹«

»Und?«

Ciotka saß mir gegenüber, ganz in echt. Diesmal wirklich in echt und nicht nur als Wunsch- oder Traumbild. Sie war so real, dass ich sie hätte berühren können. Wenn ich mir denn sicher gewesen wäre, dass ich danach nicht wegen Beleidigung der 438 hingerichtet würde.

»Und, Sergej? Wo ist nun das Wort?«

»Ich dachte: ›pradviesni‹. Das wäre doch nur logisch. Am Anfang geht es um ›luboŭ‹, dann kommt ›połymia pradviesni‹, eine Flamme, die noch lichter brennt als ›luboŭ‹. Dann muss doch ›pradviesnia‹ irgendwas zwischen ›luboŭ‹ und ›kachannie‹ sein, oder nicht?«

»So ein Schwachkopf!« Sie lachte nur.

Sie sah mir mit ihrem schelmischen Gesichtsausdruck direkt ins Herz, noch unentschieden, ob sie mich weiter hochnehmen oder mich aufklären sollte. In diesen Momenten glich sie einem aufgedrehten Kätzchen – der Übermut funkelte in all ihren Zügen. Mir war unbegreiflich, dass jemand wie sie eine riesige, von strengster Geheimhaltung geprägte Kampforganisation anführen konnte.

»Sergej, erstens heißt es nicht ›pradviesnia‹, sondern ›pradviesnie‹. Und zweitens steht das Wort für die Zeit vor Frühlingsbeginn.«

»Wie jetzt, es gibt dafür ein eigenes Wort?«

»Unsere Vorfahren haben die Wärme so herbeigesehnt, dass sie eigens ein Wort für diese Zeit erfunden haben. Wenn der Schnee dunkel wurde, die Erde unter dem Harsch wieder erwachte, aber die Pfützen noch nicht auftauen wollten. Weil immer noch Winter war.«

»Ach, so ist das also«, meinte ich seufzend.

»Aber darin steckt doch der ganze Duboŭka! Dass er solche unübersetzbaren Wörter sogar in einer Shakespeare-Übersetzung unterbringt. Deswegen waren wir ja auch so hinter ihm her. Das war alles? Mehr ist dir nicht eingefallen?«

»Doch, doch, wieso denn?« Ich zog die Stirn in Falten, um angestrengte Kopfarbeit vorzutäuschen.

Diesmal hatten sie mich auf mein erstes kurzes Signal »Können uns treffen, Varianten liegen vor« zu ihr gebracht. Nicht der übliche Chinese mit seinem »Wülden Sie mil folgen« hatte mich abgeholt, sondern ein Belarusse und enger Vertrauter Ciotkas aus dem inneren Kreis, der Swarog direkt unterstellt war.

»Na, dann sag schon an!«, drängelte sie.

»Ein zweiter Kandidat wäre ›zmusta‹.«

»Zmusta?«, fragte sie argwöhnisch. »Komisch. Und in welchem Kontext?«

»Also, da hieß es: ›Kali mnie ŭ sercy miesca nie staje, a zachaplennie zmustu pryniasie.‹«

Sie zog ihr Pad hervor und notierte sich das Wort. Ich bemerkte, dass sich ihre Wangen vor Eifer und Aufregung röteten. Ja, für
Mova interessierte sie sich weit mehr als für mich. Ist ja nur natürlich. Ich bin einfach zu sentimental.

»Nein, das haut nicht hin! In dem Satz gibt es ja schon ein Ge-
fühlsnomen, ›zachaplennie‹ (Begeisterung). Ausgeschlossen, dass
an dieser Stelle noch ein weiteres hinzutritt. Aber es ist ein verges-
senes Wort, da setzen wir unsere Semantiker dran.«

»Es kam auch noch an einer anderen Stelle vor. In Sonett 151:
›Pakul nie spakušaje zmusta cieła, nichto nie moh by płoci
spakušać‹.«

Ciotka notierte sich den gesamten Satz. Sie hatte die Handschrift eines erregten Kalligraphen, der nicht mehr auf gerade
Linien und Verhältnismäßigkeit der Zeichen achtete. Und trotzdem sah es schön aus, wie in der *Diesel*-Werbung. Sie hielt den
Schreibstick wie einen Pinsel.

»Ciotka, darf ich eine persönliche Frage stellen?«

Sie sah auf und blickte mich überrascht an. Als hätte das Wörterbuch plötzlich angefangen zu sprechen.

»Probier es doch aus.«

»Ich wollte schon längst fragen … Wie heißen Sie wirklich?
Ciotka ist doch ein Synonym, oder?«

Wir saßen irgendwo um die dreißigste Ebene ganz unter uns
in einem dieser typischen chinesischen Lokale, wo Momo, Chow
Mein und Chop Suey gereicht wurden. Der Inhaber hier war ein
alter Chinese mit dem rundlichen Gesicht eines Tibeters. Als wir
eingetreten waren, hatte er ganz manierlich »Ich gülüße Sie« gesagt
und war in seine Miniküche verschwunden, um auf der Gasflam-
me zu zaubern. Swarog stand vor der Tür, seine Kämpfer hatten
die ganze Gegend abgeriegelt und ließen niemanden näher heran-

kommen. Zwei chinesische Bürger mit Brille, dem Aussehen nach klassische Vertreter für abgekupferte *Apple*-Mobi-Kopien (unechte *Pierre Cardin*-Hemden kombiniert mit vaterländischen *Njoman*-Schuhen), suchten eilig das Weite, die Zeche ließen sie auf dem Tisch zurück. Selten verständige Leute, hatten ohne ein Wort der Erklärung kapiert, was Sache war. Die Drachentätowierungen auf den Hälsen der Jungs mit den Maschinengewehren, die sich vor jedem Fenster postiert hatten, waren deutlich genug gewesen.

Ich hatte mich mit der Herrin von Chinatown an eines der Plastiktischchen gesetzt. Die Einrichtung stand in einem gewissen Gegensatz zu Ciotkas Aufmachung. Sie trug einen strengen schwarzen *MNG*-Rolli und eine eng anliegende lederne *Prada*-Hose, an der Halskette einen Platinanhänger. Die Wände des Lokals waren mit weißen Kunststoffbrettern verschalt. Über unserem Tisch hing eine vergoldete Billiguhr mit dem üblichen chinesischen Kitsch: Wasserfall mit überdimensionierter Ente im Vordergrund. *Photoshop* gehört nicht zu den Stärken chinesischer Designer. Die Ente hatte eine dramatische Heldenpose eingenommen, wie eine antike Statue.

Der alte Inhaber des Lokals brachte uns Teller mit Essen, das wir nicht bestellt hatten. Als ich die Köstlichkeiten sah, wurde mir klar, dass wir das auch gar nicht bestellt haben konnten, stand es doch auf keiner Speisekarte in ganz Chinatown. Auf abgewetzten Steinguttellern mit geschmacklosem Rosenmuster schmurgelten, goldener noch als das Gesicht des Wirts, Kartoffelpuffer in blubberndem Erdnussöl.

»Guten Appetit, Statthalterin«, sagte er mit einer Verbeugung.

»Danke, Mo. Du bist der beste Koch auf diesem Planeten«, lobte sie den Alten. Dann wandte sie sich wieder mir zu. »Wie ich heiße, willst du wissen? Wozu denn? Willst du mir ein Horoskop erstellen?«

»Nein. Aber die Anrede ist irgendwie komisch – Ciotka …«

»Von mir aus.« Sie goss sich reichlich Sauerrahm über ihre Kartoffelpuffer. »Ich heiße Ałaiza. Ałaiza Paškievič.«

»Sehr angenehm, verehrte Ałaiza.« Ich neigte respektvoll mein Haupt.

Wieder musste sie lachen: »Was für ein Schwachkopf!«

Ich verstand nicht, was es da zu lachen gab. Aber sie machte sich ohnehin pausenlos lustig über mich, deshalb wäre es unsinnig gewesen, auf diese neuerliche Spitze einzugehen.

»Also hast du nun noch ein Wort mit?«, fragte sie. »Oder ist der Platz in deinem Kopf schon aus?«

»Nein, nein. Ich habe noch etwas.«

Ich steckte mir ein Stück des knusprigen Kartoffelpuffers in den Mund. Er schmeckte ungewohnt, gänzlich anders als die Fertigpuffer von *Sibirskaja korona*. Unter der knackigen Kartoffelkruste explodierte es saftig und weich und zerging geradezu auf der Zunge. Es musste wohl an dem Erdnussöl liegen.

»Es gibt noch das Wort ›paniavierca‹.«

»Ka!«

»Wie bitte?«

»›Paniavierka‹, mit Konsonantenwechsel. Und seit wann ist ›paniavierka‹ bitte ein Synonym zu ›kachannie‹?«

»Da gab es eine Zeile: ›Ty nie kažy, što serca ŭ paniaviercy‹. Ich dachte einfach, ›serca‹ ist das Herz, und mit dem Herzen liebt man doch normalerweise.«

Wieder lachte sie hell auf. Ich wartete nur darauf, dass sie mich erneut einen Schwachkopf schimpfen würde, aber sie tat es nicht.

»›Paniavierka‹ ist der Zweifel, das Bedenken. Wenn du den Glauben an etwas verloren hast. Das alles heißt ›paniavierka‹.«

»Ja, ja.«

Ich musste nachdenken.

»Was ›ja, ja‹? Worüber denkst du nach? Ich bekomme inzwischen mit, wenn du über etwas nachdenkst, weißt du?«

»Ich denke darüber nach, dass das Herz tatsächlich nicht nur liebt, sondern manchmal auch im Zweifel ist. Oder sogar: Wenn das Herz liebt, wird es häufig auch im Zweifel sein.« Ich schaute auf in der Hoffnung auf Mitgefühl oder zumindest Aufmerksamkeit. Immerhin hatte sie gefragt. Aber Ałaiza studierte interessiert die Getränkesammlung in der Bar hinter dem alten Mo.

»Für mich bitte eine *Bela-Cola*!«, bestellte sie und wandte sich dann wieder mir zu. Was musste ich auch so sentimental sein? »Das ist toll, Sergej«, sagte sie, »richtig toll von dir, dass du dich noch an so viele Wörter erinnerst.«

»Das war noch nicht alles! Ich habe noch mehr!«

»Wie hat denn das alles in deinen Kopf gepasst?«, wunderte sie sich.

Mir wurde klar, dass ich vorsichtiger sein sollte. Wenn sie dahinterkommen, dass ich mich überhaupt nicht an die damalige Lektüre erinnere, sondern aus meinem geheimen Schatz lese, nehmen sie mir das Buch weg, und dann werde ich nie wieder Gelegenheit haben, Ałaiza zu sehen. Aber ich ließ mir nichts anmerken. Ich konnte mich schon immer gut verstellen. Sonst hast du als Dealer und Schmuggler auch überhaupt keine Chance.

»Sie wissen doch, Ałaiza, dass der gelesene Drogentext sich normalerweise ins Gehirn einbrennt.«

»Ich habe davon gehört«, nickte sie. »Aber ich hätte nicht gedacht, dass so viel hängen bleiben kann. Oder hast du dich vielleicht hypnotisieren lassen?« Das war wieder einer ihrer Scherze.

»Noch ein Vorschlag. Da kam das Wort ›trunak‹ vor.«

»›Trunak‹?«

»Ja. Die Stelle hieß: ›I rozum prahna trunak hety pje‹.«

»Nein, das kommt von ›Trunk‹ und bezeichnet ein alkoholisches Getränk. Nicht einfach ein Getränk, sondern explizit etwas Alkoholisches. Da siehst du mal, was es bei Duboŭka alles gibt!«

»Dann habe ich noch eine letzte Sache, gleich drei Wörter: ›krasa‹, ›pryjaznasć‹, ›cnota‹. Da heißt es nämlich in einem Vers: ›Krasa, Pryjaznasć, Cnota mnie tak luby, Krasu, Pryjaznasć, Cnotu słaŭlu ja.‹ Und weiter: ›Jany – jak koła, u jakim ja ŭsiudy i u jakim usia luboŭ maja.‹ Und dann noch großgeschrieben! Und? Wieder nichts?«

»Nein, wieder nichts.« Da wurde mir auf einmal so leicht und froh ums Herz. Denn wenn wir das Wort noch nicht gefunden hatten, gab es noch Anlass für weitere Treffen mit Ałaiza. Und mein Herz brauchte nicht zu verzweifeln. »›Krasa‹ ist die Schönheit. ›Pryjaznasć‹ heißt Zuneigung. Und ›cnota‹ ist ein Wort, das dir ein schamhaftes Mädchen nicht erklären wird. Und ich bin so ein schamhaftes Mädchen. Also merk dir einfach: ›cnota‹ ist nicht ›kachannie‹.«

»An mehr kann ich mich nicht erinnern«, sagte ich zerknirscht.

»Aber mir fällt sicher noch etwas ein. Ich brauche nur Zeit.«

Mein Blick verharrte auf dem Platinanhänger vor ihrer Brust. Es war ein *Madonna*-Kreuz, aber kein gewöhnliches. Der senkrechte Balken war unten angespitzt, sodass das Ganze eher an ein Schwert mit kreuzförmigem Griff erinnerte. Mein Blick war ihr nicht entgangen.

»Glaubst du an etwas, Sergej?«

Ich fuhr zusammen. Schon wieder eine persönliche Frage, als wollte sie von mir wissen, worüber ich nachdenke. Wird sie sich etwa gleich die nächste Cola bestellen, anstatt mir zuzuhören? Sie schaute mir direkt in die Augen. Ich konnte diesem Blick nicht standhalten.

»Ja, ich glaube schon«, stammelte ich. »Wenn ich im Ausland bin, glaube ich an *Hermès* …« Wieder verzog sie das Gesicht. »Nur habe ich nicht das Geld, mir einen kompletten Anzug zu leisten. Aber wenn du ihre Werbung siehst, spürst du einfach, dass es da noch etwas gibt, das größer ist als du. Und dass du dich dem annähern kannst.«

Erneut schweifte ihr Blick über die Flaschen hinter dem alten Mo. Aber diesmal hatte sie mir wohl aufmerksam zugehört, sie war bloß mit dem Gehörten nicht einverstanden. Also fuhr ich fort: »Hier gibt es halt kein *Hermès*. Das einzig Geistliche hier sind ja die Papier-*Mercedesse* am Totenplatz. Und vielleicht noch die goldenen Kuppeln neben der Residenz.«

»Also glaubst du nun an etwas?«, hakte sie nach.

»Ja, ja. Wahrscheinlich an eine Wiedergeburt oder so was. Wäre doch zu traurig, wenn nach dem Tod nichts mehr kommt.«

In einem seltsamen Gespräch waren wir da gelandet. Zumal wenn man bedenkt, dass ich bald darauf tot sein würde, was ich da freilich noch nicht wusste.

»Und Sie, Ałaiza?«, fragte ich zurück. »Glauben Sie an etwas?«

»Ich bin Christin«, antwortete sie.

»Christin?« Meine Brauen schnellten in die Stirn. »Wieso denn?«

Das Christentum war für mich eine anrührende Geschichte über einen gefolterten Juden, ein Branding italienischer Designer des Mittelalters. Purpurne Gewänder, der nackte Leib am Kreuz, Maria im blauen Kopftuch, vollbärtige Apostel, Vintage, kurze Männerkleider und Riemchensandalen – alles längst überholt.

»Na ja, ganz am Anfang standen die ersten Christen. Dann muss es auch die letzten geben.« Sie lächelte wehmütig. »Ich und meinesgleichen – wir sind die letzten Christen.«

»Aber wieso?«, fragte ich noch einmal nach. Mir war unbegreiflich, wie eine so moderne, modisch gekleidete Frau einem dermaßen überkommenen Kult anhängen konnte.

»Komm mit, ich zeige es dir.«

Sie stand auf und ging forsch in Richtung Ausgang. »Nur Begleitschutz«, wies sie Swarog an, und sogleich lichteten sich die Reihen um uns. Wir überquerten eine belebte Straße, nahmen eine Abwärtstreppe, bogen noch einmal ab und stießen schließlich bei einem Laden für gefälschte italienische Armaturen auf ein Gitter, hinter dem eine Ziersäule zu erkennen war. Sie hatte etwas von einem Belüftungsschacht für die U-Bahn, war etwa mannshoch und so breit wie die Küche in meiner Chruschtschowka-Wohnung. Die Säule war in einer seltsamen Technik aus verputzten Ziegeln errichtet worden, so baute man heute nicht mehr. Oben schloss sie mit einem schmucken Kupferblech ab, darunter befand sich ein Bullauge. Ciotka drückte das Gitter ein wenig beiseite und schlüpfte hindurch.

»Wir gehen alleine rein, Rog«, teilte sie dem Roten Pfahl mit. »Ihr sichert außen ab, aber rein gehen wir alleine.«

Ich zwängte mich ebenfalls durch das Gitter. Der Boden war hier aus Holz wie fast überall in Chinatown. Aber als wir darüberliefen, hallte es, als gähnte unter den Dielen ein gewaltiger Abgrund.

»Früher gab es hier noch einen zweiten Turm«, erklärte Ałaiza. »Aber sie haben ihn gesprengt, weil er einer der Stützkonstruktionen im Weg war.«

Der Dielenboden reichte nicht ganz an das sonderbare Bauwerk heran, sondern ließ eine Lücke von vielleicht einem halben Meter. Ałaiza übersprang diese Lücke, hielt sich am Stuckring um das Bullauge fest und kletterte dann an Eisenklammern, die in den Putz geschlagen waren, abwärts.

»Komm schon«, rief sie mir zu. »Aber halt dich ordentlich fest. Hier geht es dreißig Meter runter. Sonst wird es schwierig, aus deinem zerdepperten Schädel noch ein Wort herauszubekommen.«

Unterhalb der Dielung erkannte ich ein mächtiges lang gezogenes Bogenfenster in der Wand des Gebäudes, an dem wir hinunterkletterten. Ciotka stieg schon hinein, hieß mich nachkommen und mahnte, ich solle auf meinen Kopf aufpassen. Vorsichtig folgte ich ihr ins Innere und konnte im Dunkel ein gewaltiges birnenförmiges Etwas ausmachen. Meine Fingerspitzen erkannten kühles Metall.

»Das ist eine Glocke! Wie in den chinesischen Pagoden!«

»Wir sind im Glockenturm. Hier gibt es eine Treppe.«

Von oben drang nur sehr wenig Licht durch. Ich tastete mit den Füßen nach den Holzstufen und folgte Ciotka treppab. Nach kurzer Zeit waren wir auf einem Absatz in der Mitte des Turmes angelangt. Sie drückte auf einen Schalter, und das Licht ging an. Von hier aus führte eine Steintreppe weiter nach unten. Als wir hinabgingen, schossen mir allerlei Bilder aus den Abenteuerfilmen durch den Kopf, die sie vor der Ausstrahlung wichtiger Nachrichten immer im Netvisor zeigen, um möglichst hohe Zuschauerzahlen zu bekommen. Der Abstieg dauerte lange, die Treppe war gewendelt, unter der niedrigen gewölbten Decke lief ein Kabel mit nackten Glühbirnen. Endlich machte die Treppe eine scharfe Biegung, die Stufen hörten auf, und wir standen auf einer Fläche in völliger Dunkelheit. Der Nachhall unserer Schritte ließ mich vermuten, dass wir uns in einem großen Saal befanden.

»Warte hier. Genau hier«, ordnete sie an. »Dauert nicht lang.«

Kurz nachdem sie verschwunden war, klickte irgendwo der nächste Lichtschalter. Und mit einem Mal war der Saal in helles Licht getaucht, das von oben her einströmte. Da die Lampen vor den Fenstern angebracht waren, entstand der Eindruck, es wäre draußen helllichter Tag. Von den rosafarbenen Wänden bröckelte stellenweise der Putz. In der Raummitte stand zwischen Säulen mit blumigen Hauben ein alter chinesischer Lastwagen mit hölzerner Pritsche und dunkelgrünem Fahrerhaus. Er hatte sogar ein chinesisches Nummernschild – verrückt, dass er es aus dem Reich der Mitte bis zu uns in die Provinz geschafft hat. Auf dem Fußboden hinter ihm lag, leicht zur Seite geneigt, die zweite Turmhaube – aus unerfindlichen Gründen war sie beim Aufprall nicht in tausend Stücke zerstoben.

Irgendwo weiter oben knarrte ein Stuhl. Der Nachhall ging noch sekundenlang im Raum um. Und dann sprach die Kirche mit Ciotkas Stimme. Der Raum hatte die Besonderheit, dass alles, was sie auf der Empore sagte, überall gut zu verstehen war, obwohl sie nicht besonders laut oder deutlich zu sprechen schien. Jedes Wort erklang dreifach: im Hauptschiff und als Echo in den beiden Seitenschiffen.

»Ich will dir etwas zeigen. Dieses Stück wurde geschrieben ... von einer Frau.« Ciotka seufzte, und ich hörte diesen Seufzer so deutlich, als stünde sie direkt neben mir. »Es ist so stark, dass es in Minsk nicht mehr aufgeführt werden durfte. Und die Erinnerung an diese Frau wurde nach ihrem Tod ganz gezielt ausgelöscht. Sie wurde bekämpft wie schon zu Lebzeiten. Aber Worte, die von Herzen kommen, lassen sich nicht auslöschen.«

Plötzlich ertönte die Orgel. Ich musste mich setzen, so überrascht war ich. Nie hätte ich erwartet, dass es hier noch eine funktionsfähige Orgel gab. Und dass sie darauf spielen konnte, schließlich gab es wohl in ganz Russland niemanden mehr, der mit so einem Wunderding umzugehen wusste. Aber sie spielte ein paar Akkorde zur Probe, und die Kirche nahm sie auf und füllte sich damit an. Der Klang war so intensiv, dass man ihn buchstäblich im Raum stehen sah.

Das Vorspiel bestand aus einer Reihe melodischer Schritte, die mich an eine Treppe erinnerten, bei der ganze Stufenfolgen fehlten. Orgelmusik in der Kirche ist immer eine Art Himmelsleiter, die Frage ist nur, ob du etwas in dir trägst, das dich zum Aufstieg befähigt.

Und dann begann sie zu singen. Es war ... Wie soll ich sagen, es war etwas zwischen ihr und der Kirche und vielleicht auch noch mir, obwohl ich eher zufällig teilhaben durfte. Zwei Dinge wurden mir augenblicklich klar: Sie sang nur für sich allein. Sie sang, wie die Leute Räucherstäbchen vor Buddha oder Rama ent-

zünden. Oder wie sie ihre Ablasskäufe in den Boutiquentempeln tätigen. Sie wollte mich nicht beeindrucken oder mir etwas über ihren Kult erzählen. Sie sang einfach. Und mir wurde klar, dass für sie die Gleichung galt: Mova = Belarus = ihr Gott. Das ließ sich nur erklären, indem man in einer verlassenen Kirche zur Orgelbegleitung für einen Schwachkopf sang, der nicht wusste, was Belarus war, der ein Tüchlein aus dem *Hermès*-Tempel für seinen Gott hielt und kein Wort auf Belarussisch sagen konnte.

Es war so aufrichtig und so innig, dass ich nicht beschreiben werde, was die Melodie mit mir anstellte. Ihr wisst ja, ich bin zu sentimental. Ich gebe einfach die Worte dieses starken »Stückes« wieder:

Uładar susvietaŭ,
vialikich soncaŭ i serc małych.
Nad Biełarusiaj, cichaj i vietłaj,
rassyp pramienni svaje chvały.

Du Herr der Welten,
der großen Sonnen, der Herzen klein.
Auf Belarus, das stille, traute,
send deiner Preisung milden Schein.

Der ausgesendete »Schein der Preisung« rührte mich ganz besonders an. Ich stellte mir vor, wie sich in der dichten Wolkenwand eine kleine Lücke auftut, durch die ein Sonnenstrahl bricht, sodass man meint, dort oben im Himmel lebten zwischen weißen Wolken und azurner Schönheit glückliche, reine Seelen. Ich stand da und weinte, als sie wieder herunterkam. Mir war das peinlich, ein echter Mann weinte doch nicht. Aber sie stellte sich einfach neben mich, sah diplomatisch zur Seite und sagte versonnen: »Jetzt kann ich sehen, dass du verstanden hast.«

Dann schaute sie auf zu den Bögen über unseren Köpfen. Sie lehnte sich an die Wand. Jede ihrer Bewegungen löste eine Welle von Gewisper aus, darauf folgend ein Wisperecho und ein allmählich verebbendes Zurückgewisper.

»Weißt du jetzt, weshalb wir um die Worte ringen?«, fragte sie.

»Weil mit den Worten auch Belarus verschwindet?«

»Nein, das ist es nicht.« Sie schüttelte den Kopf. »Belarus ist schon verschwunden. Mova ist unsere Ethik. Unser ureigenes, in Worte gefasstes Verständnis von Gut und Böse. Siehst du, wie es hier zugeht? Wie verquer alles ist? Und das, wohlgemerkt, nicht erst jetzt, sondern schon die ganze Zeit. Sobald jemand mit Würde und Anstand aufgetaucht ist, haben sie ihn genüsslich ›zur Verantwortung gezogen‹. Nicht etwa Fremde, die eigenen Leute. Schwarz ist Weiß, und Weiß ist Schwarz. Teufel, die Heilige ans Kreuz schlagen. Henker, nach denen noch immer die Straßen benannt sind. *Petrowskije*-Pelmeni und *Suworoskaja*-Grütze. Das Dsershinski-Denkmal. Menschen, die nicht erkennen, was Großtaten sind und was Verrat. Philomaten und Philareten. Kalinoŭski.«

»Und wie hat das mit den Worten zu tun?«, fragte ich nach, weil ich mit diesen Philareten nichts anzufangen wusste.

»Ganz unmittelbar«, antwortete sie seufzend. »Es gab diese vertraute Sprache, in der ein Dreckskerl auch Dreckskerl genannt wurde. Aber dann kam eine andere Sprache mit vielen neuen Wörtern. Das hat die Leute verwirrt. Und in dieser Verwirrung leben sie bis heute. Gib ihnen das Wort, und sie werden sich erinnern, was gut ist.«

Damit verstummte sie. Dann war sie mit zwei Schritten bei mir, schmiegte ihre Wange an meine Brust und legte ihre Hand auf meine Nackenhaare.

»Wir werden nie zusammen sein«, sagte sie ohne jeden Bezug zu den Dingen, von denen sie zuvor gesprochen hatte. »Niemals, Sergej.«

Mir blieb die Luft weg. Ich breitete die Arme aus, um ihre Geste zu erwidern, aber da war sie schon wieder von mir abgerückt und ging mit schnellen Schritten zur Treppe, über die wir gekommen waren. Zack, aus war das Licht vor den Fenstern. Zurück blieb nur die Erinnerung an den milden Schein der göttlichen Preisung, herabgesendet aus den Wolken. Wir werden nie zusammen sein.

JUNKIE

Ich hatte meine Dealergurke eine Zeit lang nicht aufgesucht, weil ich finanz- und haushaltstechnisch temporären Trouble hatte und nichts zu beißen. Beschäftigungsfreie Zeit nicht einkalkuliert – kann dem besten Diogenes passieren. Eine Woche lang lebte ich von zwanzig Yuan, Äpfel zum Frühstück, geklaute Kiosk-Schokolade zum Abendessen. Noch ein paar Wochen so weiter, und ich hätte ernsthaft in Erwägung gezogen, mir perspektivisch einen Herd anzuschaffen. Um dann Kartoffeln in der Glut zu backen, oder was man sonst so gemacht hat, als es noch »Familien« gab und die Leute sich ihr Essen selbst zubereitet haben.

Dann fuhr ich raus nach Smolewitschi und ließ im 7. *Element* ein Tablet mitgehen. In den Outskirts war die Security nicht so scharf wie in der Innenstadt. Außerdem hatte ich selber als Wachmann gearbeitet und wusste ganz genau, wie man dieses Alarmgedöns ruhigstellt und was man anziehen muss, dass sie dich nicht weiter beachten. Das Tablet vertickte ich gewinnbringend an die Zigeuner: zweihundert Yuyus, macht hundert fürs Essen und zwei Briefchen à fünfzig. Oder sogar drei Briefchen und fünfzig fürs Essen. Wie heißt es doch in der Schrift: Sehet die Vögel unter dem Himmel an, und sorget nicht, was ihr essen werdet, Gott nährt euch doch!

»Willst du bei uns arbeiten, bei uns?«, fragte mich die seriöse Zigeunerin, die mir das Geld gab. Mit den Ringen an ihren Fingern hätte man die komplette Auslage in einem chinesischen Juwelierladen bestücken können. Nur dass sie tatsächlich Gold trug, kein Falschgold. O tempora: Wer trägt noch echtes Gold außer den Zigeunern? »Gute Arbeit, Taschen verkaufen an der Waupschassowa«, pries sie den Job an. »Taschen sind nicht geklaut, nicht geklaut! Selber genäht, meine Tochter näht. Zubehör holen wir im *Belarus* und nähen selber. Gute Taschen. Und Bullen machen kaum Stress.« Ich lehnte ab. Taschen verkaufen für die Zigeuner war dann doch nicht ganz das Wahre für einen Diogenes.

Ich komme also zu meinem Dealer, und der … hat eine neue Tür. Das ganze Treppenhaus ist frisch gestrichen. Was geht denn hier ab, denke ich mir. Jetzt streichen sie schon im Seljony Lug die Treppenhäuser! Ist grad Revolution, oder was? Sind jetzt die Penner aus dem Seljony Lug am Ruder?

Ich drücke auf die Klingel, er macht auf, ich schaue mir die Tür an und sehe, holla die Waldfee, ein millimeterdickes Stahltürblatt, mit Falz, Sperrkette, spanischem Schloss. Und dann öffnet sie sich noch mit so einem Edelgeräusch, als lägen hinter ihr die Goldreserven der Republik Kongo. Minimum!

»Respekt!«, sage ich. »Aber wozu brauchst du so eine Tür?«

Und er schiebt, wie immer, seinen Kopf durch den Türspalt, der dürre Gurkenhals langgestreckt wie bei einem Huhn. Gleich kommt er mit seinem »Wie viel?«. Aber stattdessen schaut er mich nur eine Weile an und sagt dann fast mit Grabesstimme: »Ach, du bist das.«

»Ja«, antworte ich. »Ich bin das. Wen hattest du denn erwartet? Ciotka? Oder Bruce Lee? Komm, stell schon deine ›Wie viel‹-Frage und lass mir drei Briefchen rüberwachsen. Oder besser vier. Vier für zweihundert Tacken. Passt das, zweihundert?«

»Weißt du«, sagt er mit einem verlegenen Grinsen, »ich verkaufe nicht mehr.«

»Was heißt, du verkaufst nicht mehr?«, frage ich verständnislos.

»Na ja. Ich verkaufe nicht.«

»Und was machst du dann? Was, verdammt, machst du, wenn du nicht verkaufst?«

Ich versuche die Tür aufzureißen, aber, aufgepasst, er hat die Kette vorgelegt. Ist das zu fassen, wie der Sack sich mit meiner Kohle ausgestattet hat? Sperrkette gegen ungebetenen Besuch! Gegen meinesgleichen! Damit er unsereins nicht über die Schwelle lassen muss!

»Ich mache gerade gar nichts«, erklärt er ruhig und ein bisschen entschuldigend. »Ich würde dir ja was verkaufen, echt. Aber ich habe nichts. Null.«

»Was heißt, du hast nichts?« Ich verstehe immer noch nicht.

»Na ja, ich habe gerade nichts im Haus. Und werde auch das nächste halbe Jahr nichts haben. Wenn nicht länger. Vielleicht höre ich auch ganz auf.«

»Und was ist dann mit mir?«, frage ich wütend. Wozu war ich dann bitte im 7. *Element* in Smolewitschi?

Aber er nur wieder: »Ich habe nichts. Null. Tut mir leid.«

Zieht seinen Grind mit den rosigen Wangen aus dem Spalt zurück und schließt vor meiner Nase die Tür. Niedergeschlagen gehe ich die Treppe hinunter. Was soll ich denn jetzt tun? Zu den Chinesen in Chinatown gehen? Da gelten andere Preise, die knöpfen mir siebzig Yuyus für das Briefchen ab, mit viel Glück bekomme ich da noch drei für zweihundert, aber hier hätte ich vier bekommen, was tun, was tun?

Ich bin so in Gedanken, dass ich den klassischen Geheimdienst-*Opel* an meiner Seite nicht gleich bemerke. Keine Sekunde, nachdem ich ihn wahrgenommen habe, bin ich schon von drei Typen in klobigen Einheits-Glimmeranzügen umzingelt, ein vierter hält die Videokamera auf mich gerichtet. Spulen wir zurück: Vor einer Sekunde machte ich mir noch Gedanken, wo ich ein Briefchen herbekommen könnte. Sonnenschein, zu meiner Linken die rollende Blechlawine. Dann, buchstäblich im nächsten Augenblick, fiel mir der *Opel* auf, der neben mir stand. Ein *Opel* in nervtötendem Zahnschmerzgrau. Metallic. In diesem Moment, keinen Herzschlag später, ohne ein »Moment mal!«, ohne all die Bilder, die wir uns von unser möglichen Verhaftung machen, plötzlich drei Operative, Kamera und mein Arsch auf Grundeis. Kinder, kauft keine Drogen. Nie, nie, nie im Leben!

Der Mann, der direkt vor mir steht, hat ein unverwechselbares Pelmenigesicht.

»Guten Tag!« Diese Begrüßung bedeutet: Stehen bleiben, Arme nach vorn, keine Bewegung! »Guten Tag«, sagt er noch einmal. »Was bist du denn so verängstigt?« Er klopft mir auf die linke Schulter.

»Ich bin nicht verängstigt«, entgegne ich wie erstarrt.

»Klar bist du verängstigt. Das sehe ich doch!« Noch ein Schlag auf die Schulter.

»Ich bin nicht verängstigt«, sage ich noch einmal.

»Na, dann bist du eben nicht verängstigt«, antwortet er und gibt dem Kameramann Anweisung: »Aufzeichnung starten.« Der drückt irgendwelche Knöpfe auf seiner Kamera. »Suchtmittelkontrollbehörde, Einsatzleiter Nowikow. Zeigen Sie, was Sie in den Taschen haben.«

Da begreife ich, was los ist, und lache ihm befreit ins Gesicht.

»Ich habe nichts in der Tasche, Einsatzleiter Nowikow«, rufe ich. »Nichts, hören Sie? Weil der Dealer nicht mehr dealt!«

»Zeigen Sie den Inhalt dieser Tasche vor«, sagt er und weist mit dem Kinn auf die linke Hälfte meiner Jacke. Mit einem triumphierenden Grinsen fahre ich in die Tasche, greife nach dem Futter und stülpe es nach außen. Aus der Tasche fällt etwas heraus und segelt zu Boden, Nowikow direkt vor die Füße. Ein gefaltetes Zettelchen, auf dem Buchstaben zu erkennen sind, Behördendrucker, unverkennbar.

»Halt drauf, halt drauf«, kommandiert Nowikow. »Großaufnahme.« Und fragt mich: »Was ist das, Bürger?«

»Das ist ein Scheißbriefchen, das ihr mir untergejubelt habt!«, rufe ich in die Kamera. »Hört ihr?!« Ich versuche mit meinem Rufen bis zu irgendwem vorzudringen, als hätte diese Kamera eine Liveschaltung zu *YouTube*. »Die haben mir das Briefchen untergejubelt!«

Also wirklich. Einem bekannten Junkie eine Drogengeschichte anhängen? Wo war da die Logik? Nowikow erklärt mit einem abschätzig schiefen Grinsen: »Wer hat dir was untergejubelt, du Süchtling? Bei der ersten Gefängnisuntersuchung kommt doch schon raus, dass du Langzeitkonsument bist!«

Ich brülle weiter in die Kamera: »Das ist nicht von mir! Nicht meins!«

»Und wie jetzt weiter?«, fragt der Kameramann und lässt sein Werkzeug sinken.

»Na, das Übliche«, winkt Nowikow ab. »Jetzt soll sich der Ermittler mit ihm rumschlagen.«

Und während ich noch herumzapple und mit meinem »Betrug! Ich bin unschuldig!« den ganzen Seljony Lug zusammenbrülle, verpasst er mir mit unverhohlener Genugtuung einen herzhaften Leberhaken, dass ich einfach zusammenklappe. Ich gehe in die Knie, er schleift mich am Kragen zu seinem Fahrzeug und sagt: »Wir haben dich lang genug observiert, du Wichser!«

Im *Opel* lande ich zwischen zwei Gorillas mit ausgeprägten Wangenknochen, Nowikow sitzt vorn, der Hobbyfilmer hinterm

Lenkrad. Als wir losfahren, sagt der, der mich mit seinem breiten Schenkel von links bedrängt: »Und der zweite Junkie schaut sich also den Dackel an und sagt: ›Sieht irgendwie komisch aus, dein Hund.‹«

Er erzählt wohl den Witz zu Ende, den er vor meiner Verhaftung angefangen hat. Vielleicht hatte ich die eine Sekunde, in der ich den *Opel* bemerkte, nur, weil sie hören wollten, wie der Witz weitergeht.

»›Wieso komisch?‹, fragt da der erste Junkie. ›Na, der hat so kurze Beine‹, antwortet der eine, also der zweite. Da schaut sich der erste den Dackel genau an und meint: ›Wieso kurz, bis zum Boden reichen sie doch?‹«

Die Operativen lachen sich eins. Dass meine Verhaftung für jemanden ein so alltäglicher Vorgang sein kann, dass er danach einfach einen Witz zu Ende erzählt, bringt mein Weltbild erheblich ins Wanken. Mir wird auch klar, dass ich für diese Leute nicht mehr bin als ein Ferkel, das sie zum Markt karren. Eigentlich könnte man auch mit mir schwatzen, wie man aus Langeweile mit seinem Ferkel oder seinem Kätzchen schwatzt. Aber wozu? Es ist ja sowieso zu dämlich, versteht kein Wort und kann nichts Sinnvolles erwidern.

Wir nähern uns dem weißen Gemäuer des Untersuchungsgefängnisses, das Tor öffnet sich und lässt uns hinein. Von außen ist das wegen des hohen Stacheldrahtzauns nicht zu sehen, aber hier drin stellst du fest, dass jeder Ziegel dieses Gebäudes, jedes vergitterte Fenster mit der konzentrierten Salzlake menschlichen Leids getränkt ist, und du könntest nur noch kotzen. Mauern und Pritschen, etwas anderes würde ich die nächsten zehn Jahre nicht zu Gesicht bekommen. Habt ihr noch Michel Foucault parat, wie er in *Überwachen und Strafen* das Ende des Zeitalters der körperlichen Marterung beschreibt, in dem der Staat nach Abschaffung der öffentlichen Hinrichtungen nur noch symbolisch durch Freiheitsentzug bestrafe? Hätte der Penner mal im Minsker Untersuchungsgefängnis gesessen, er hätte diesen Schwachsinn wohl nicht zu Papier gebracht.

Sie steckten mich in ein Zimmerchen gleich neben dem Eingang, keine Pritsche, nicht einmal ein Fenster, und ließen mich da stehen. Eine Sitzmöglichkeit war nicht vorgesehen. In dem Zimmerchen gab es keine Heizung, dabei herrschte draußen diese Art von Winter, der eigentlich kein richtiger Winter mehr ist, fast eher Frühling, wenn die Erde unter dem Schnee schon aufgetaut ist und so ein Duft, ihr wisst schon, in der Luft liegt ... Reichlich beschissen, zu so einer Jahreszeit für zehn Jahre in den Bau zu wandern. Also da, in diesem Zimmerchen, gab es keine Heizung, die Wände waren feucht und unter der Decke gräulich verfärbt. Nachdem ich eine Stunde lang so dagestanden hatte, begann ich zu bibbern. Zunächst hauptsächlich vor Angst, dann vor Angst und Kälte, später nur noch vor Kälte. Ich bekam Kopfweh, der Beton strahlte eisige Kälte ab. »Haben die mich etwa in den Karzer gesteckt? Aber weshalb?« Mein gesamtes aus Foucault, Schalamow, Rubanow und Dostojewski gewonnenes Gefängniswissen raunte mir zu, dass das hier eigentlich ein bisschen anders laufen müsste.

Besonders intensiv nahm ich die Geräusche wahr. Klirren, Rasseln, das Kreischen von Metall auf Metall. Wahrscheinlich waren irgendwo nebenan die Zellen, und entweder wurde gerade das Essen ausgegeben oder man führte die Häftlinge zu ihrem Hofgang. Immer wieder dieses entsetzliche Kreischen, als ob eine Tür oder ein Käfig geöffnet wurde, dann ein stochernder Schlüssel im Schloss, erneutes Kreischen, Stille und zuletzt, am schlimmsten, der brutale Knall, mit dem die Metalltüren zufielen, dumpf wie ein Schuss oder eher wie eine Granatenexplosion. Hier kam ich, gegen die Kälte ankämpfend, zu einer interessanten metaphysischen Beobachtung, um die mich gewiss auch Foucault beneidet hätte: Wenn du am Erfrieren bist, empfindest du alle unangenehmen Geräusche wesentlich krasser, sie leiern dir förmlich die Seele aus dem Leib.

Als mir schon ordentlich die Nase lief und sich Verzweiflung und Ausweglosigkeit in mir breitgemacht hatten, öffnete sich meine Tür mit einem lang gezogenen Knirschen und ich hörte das Kommando »zum Ausgang«. Mit einem Zwischenstopp in einem winzigen Raum im Souterrain wurde ich zu einer Zelle eskortiert. In dem kleinen Raum zogen sie mich aus, filzten sämtliche Kleider und zogen sogar Schnürsenkel und Gürtel ab. Dann brachten sie mich »aufs Haus«. Ich rechnete mit einem riesigen vergitterten Raum mit hunderten um ihr Schicksal bangenden Insassen, aber die Zelle war nicht besonders groß: vier Betten (zweimal Doppelstock), davon nur zwei belegt. Ich sah einen hoch aufgeschossenen Hektiker, der aussah wie ein Philosophieabsolvent, und einen, der nur reglos dalag.

»264er?«, fragte mich der Philosoph.

»Die haben mir Drogen untergejubelt! In die Tasche gesteckt!«, erklärte ich.

»Machen sie doch immer so«, grinste der Gefangene. Er hatte die kompletten Vorderzähne eingebüßt, Wangen und Kinn waren von einem ungepflegten schwarzen Che-Guevara-Gestrüpp überwuchert. »Und wenn du schon zehn Trips in der Tasche hast, stecken sie dir noch einen zu, Nummer sicher, klar. Die observieren dich, und wenn sich rausstellt, dass du konsumierst, bist du dran. Kannst du bloß noch auf dein Urteil warten.«

Der Philosoph hatte die obere Pritsche. Unten lag der Reglose. Ich warf meine Sachen auf die andere obere Liege, weil ich bei Rubanow gelesen hatte, dass weiter oben immer auch höheres Ansehen bedeutete. Auf meiner Pritsche setzte ich mich, ließ die Beine baumeln und sah mich um. Die nächste Überraschung: Ich hatte gedacht, in der Zelle wäre es dunkel und es gäbe höchstens eine trübe Funzel. Aber hier klotzten gleich drei Leuchtstoffröhren, die den ganzen Raum in einen unerträglichen sterilen Glanz tauchten. Dann überlegte ich, dass sie das Licht sicher auch nachts brennen lassen würden, und begann die Beleuchtung zu hassen. Ein winziges Fenster, durch das sowieso nichts zu sehen war. Ein Spind für die persönlichen Sachen, wie im Krankenhaus. Ich fand, die Zelle hatte etwas von einer Kajüte im Schiff der Apokalypse. Außen herrschen Entsetzen und Finsternis, aber die Leute haben sich irgendwie eingerichtet, da hingen sogar die frisch gewaschenen Socken auf der Leine. Bei nochmaligem Nachdenken stellte ich aber fest, dass »Schiff der Apokalypse« ein komplett sinnloser Ausdruck war. Und für die Arche Noah fehlten ganz offensichtlich die Weibchen.

»Bist du auch ein 264er?«, fragte ich den Philosophen. Zu fragen, wie er hieß, erschien mir unsinnig, ich hatte ihn im Geiste ja schon »den Philosophen« getauft.

»Na klar! Und der da«, er zeigte mit dem Kinn auf den Reglosen, »ist auch einer. Junkies kommen in Extrazellen. Damit wir die normalen U-Häftlinge nicht mit Linguistik-Aids infizieren.«

»Und bist du schon lang hier?«, wollte ich wissen.

»Neun Monate.« Er suchte nach einer bequemeren Liegeposition. Die Pritschen bestanden aus einem Metallgerüst mit Gitternetz. Darüber lag eine dünne Decke. Dabei hatte ich dunkel etwas von Heumatratzen im Kopf. Bei Rubanow trugen die Häftlinge bei jeder Verlegung ihre Heumatratzen unterm Arm. Und hier: direkt auf dem nackten Metall? Ich war verwirrt.

»Mannomann. Neun Monate?«

»Ich hab es nicht eilig! Ist doch sogar besser so. In der U-Haft zählt ein Tag für zwei. Und die haben Zeit. Die Gerichte haben schon mit den normalen Menschen genug zu tun. Und wir sind der soziale Auswurf.« Der Philosoph entblößte grinsend sein Zahnfleisch.

»Und wer ist das?«, fragte ich nach dem Reglosen.

»Das ist Petrowitsch.« Mein Gesprächspartner sprang von seiner Pritsche herunter und warf die Decke des Reglosen zurück. Stocksteif lag er da, den Kopf gerade, die Augen geschlossen. Er war nur mit einer Unterhose bekleidet. Sein gesamter Körper war violett vor lauter Blutergüssen. Und er glänzte im Leuchtstofflicht wie mit Lack überzogen. Bei genauerem Hinsehen erkannte ich, dass er ganz in durchsichtiges Klebeband eingewickelt war. Es lag eng an seiner Haut an wie die Binden bei einer ägyptischen Mumie.

Die Fleckenlandschaft auf Petrowitschs Körper ließ mir die Haare zu Berge stehen. Der Eindruck relativer Behaglichkeit und Wohnlichkeit war wie weggeblasen.

»Was soll dieses Klebeband?«, fragte ich. Die Frage, wieso er so violett war, erübrigte sich. Das Violett war selbsterklärend.

»Der Begleitschutz hat ihn eingewickelt. Erst ausgezogen für die Durchsuchung, dann Hände auf den Rücken, Handschellen und einmal komplett Klebeband.«

»Was hat er denn angestellt?«

Diese Frage war ganz entscheidend. Sie stellte die ganze Situation nämlich in einen Kontext, in dem du etwas ausgefressen haben musstest, bevor du so zugerichtet wurdest. Der Gedanke, sie könnten Petrowitsch einfach zum Spaß dermaßen zusammengetreten haben, war mir unerträglich. Diogenes durfte man auslachen, aber nicht verprügeln.

»Na, sein Telefon hat er sich in den Arsch geschoben vor der Durchsuchung. Hielt sich wohl für besonders clever.«

»Wozu denn ein Telefon? Im Arsch?« Jede Antwort des Philosophen warf neue Fragen auf.

»Na, im Arsch konnte er mit dem Telefon natürlich nichts anfangen«, klärte mich der Philosoph auf. »Aber wenn er es wieder rauszieht, kann er die Verwandtschaft anrufen. Oder andere U-Häftlinge gegen Cash telefonieren lassen. In U-Haft ist ein Telefon eine große Sache. Ein einziger Anruf bei einem Zeugen kann dir den Arsch retten.«

»Ja, und?« Ich verstand immer noch nichts.

»Ist doch logisch. Die mit ihm zum Röntgen, Telefon gesehen, Hände auf den Rücken, Handschellen und einmal komplett Klebeband.«

Ich kam mir immer noch vor wie der letzte Idiot. Dabei war ich doch eigentlich gut ausgebildet mit meinen Abschlüssen an renommierten chinesischen Hochschulen.

»Warte mal. Ich kapier das immer noch nicht. Und wozu haben sie ihn dann mit Klebeband eingewickelt?«

»Na, wozu wohl? Dass er sich nicht verteidigen kann, wenn sie ihn schlagen. Ist das so schwer zu verstehen?«

Tatsächlich, was war daran so schwer zu verstehen? Wieder standen mir die Haare zu Berge. Ich legte mich auf meine Pritsche und schloss die Augen. Honestly – ich hatte Angst. Auf einen Ellbogen gestützt stellte ich meinem Zellengenossen die nächste Frage: »Sag mal, wieso hast du ihm das Klebeband nicht abgelöst?«

»Na, wieso wohl?« Er kratzte sich am Kopf. »Petrowitsch haben sie gestern gebracht. Seither ist er noch nicht zu sich gekommen. Schau ihn doch an mit seiner Purpurhaut und den blauen Lippen. Womöglich nippelt er uns diese Nacht ab. Wenn ich jetzt sein Klebeband anfasse, heißt es hinterher, ich hätte ihn damit erwürgt. Bin ich bescheuert? Wenn er aufwacht, wickeln wir unseren Petrowitsch aus. Jetzt soll er erst mal liegen und sich ausruhen.«

Die Aussicht, die Nacht in einem Raum mit einem Menschen zu verbringen, der vielleicht den nächsten Morgen nicht mehr erlebte, brachte mich vollends aus dem Gleichgewicht. Und die Fragen wollten kein Ende nehmen. Wahrscheinlich versuchte sich mein nervöses Unterbewusstsein mit all diesen Nachfragen vor der Stille und den inneren Dialogen zu schützen.

»Und das Telefon, hat er das jetzt immer noch im Arsch stecken?«

»Nein«, erwiderte der Philosoph grinsend. »Das haben sie ihm
rausgeholt.«

Damit drehte er mir den Rücken zu und fing an zu schnar-
chen. Er ließ mich allein mit der Frage zurück, wie man einem in
Klebeband eingewickelten Menschen ein Telefon aus dem Hintern ziehen konnte. Bezeichnend für meine moralisch-psychische
Verfassung war wohl der schlichte Umstand, dass ich die eine
Hälfte der Nacht damit verbrachte, Petrowitschs leisem Röcheln
zu lauschen (das mir anzeigte, dass er immer noch einigermaßen
lebendig war), und in der anderen Hälfte über diesem unlösbaren
Rätsel brütete.

DEALER

Wir nahmen denselben komplizierten Weg, um aus der Kirche wieder herauszukommen, an unseren Händen klebte der Abrieb von den rostigen Metallklammern. Oben unterhielt sich Swarog mit dem Weihrauchmeister. Bei unserer Rückkehr funkelte mich der Meister böse an, und als ich respektvoll den Kopf zum Gruß neigte, wandte er sich einfach ab. Als hätte ich Ciotka dort unten lustig geherzt und geküsst. Manche Männer sind in ihren Gefühlen für eine Frau wie kleine Kinder.

Ciotka wurde vor ihren Untergebenen so spröde wie die Führerin im Chinamuseum in der Karl-Marx-Straße.

»Das war es«, sagte sie zu mir. »Wenn dir noch mehr Wörter einfallen, nimmst du Kontakt auf.«

Die 432 nahm sie mit, nahm sie und brachte sie fort in die tiefsten Tiefen von Chinatown, wo sie regierte. Ich blieb mit Swarog und seinen Schatten zurück. Er stapfte wie ein Bär von einem Fuß auf den andern und sagte schließlich: »Auf geht's, Krieger. Wir haben zu reden.«

Ich dachte mir, jetzt kriege ich endlich was auf die Mütze, weil ich zu viel Zeit mit Ałaiza verbringe. Wahrscheinlich verbot die Etikette dem Weihrauchmeister, mich zu schlagen, die hatten da garantiert ihre chinesische Aufgabenverteilung mit klaren Zuständigkeiten.

»Sie ist, das weißt du jetzt, Christin.« Swarog nickte der Spitze des Glockenturmes zu, der wir eben erst entstiegen waren. »Ich habe da andere Ansichten.«

»Andere Ansichten?«, sprach ich ihm nach.

»Andere Ansichten. Ich bin, wenn du so willst ein Vollheide. Götter gibt es viele, die Ewigkeit findest du nur in Mova. Aber ich bin nicht der große Redner.«

Wir zwängten uns durch die Massen, über uns rote Lampions. Die Menschenmenge war der sicherste Ort für riskante Gespräche. Selbst wenn sich hier ein Ohr spitzen sollte, würde es doch nichts verstehen.

»Anderes Thema.« Er blieb stehen und verursachte hinter sich eine Stauung. Auf chinesischen Straßen ist »Gehen« gleichbedeutend mit »Stehen«, da sich alle mit derselben Geschwindigkeit bewegen. Um wirklich gehen zu können, musst du stehen bleiben, dann fangen die Leute um dich herum an zu laufen, und es kommt etwas in Bewegung. So standen wir jetzt – zwei Steine, umspült von Menschenströmen.

»Die Toten sind erzürnt«, sagte er.

»Die Toten sind erzürnt?«, fragte ich wieder nach.

»Die Toten sind erzürnt. Seit Jahren schon, seit Jahrhunderten scheißen sie hier auf die Gräber ihrer Ahnen. Sie werden missachtet, ›verdichtet‹, wie sie es nennen, wenn sie auf den Gräbern neue Wohngebiete aus dem Boden stampfen. Sie werden ganz bewusst missachtet, und die Toten sehen das auch, aber sie halten still. Weil die Toten nur in Ausnahmefällen die Stimme erheben. Und so ein Ausnahmefall ist jetzt gekommen.«

»Was meinen Sie damit?« Ich konnte ihm nicht recht folgen.

»Wir haben Informationen über unsere Feinde, weil wir unsere Agenten bei der Suchtmittelkontrolle eingeschleust haben … Also, wir haben Informationen, dass sie die letzte Schlacht vorbereiten. Sie soll unter ›Operation Schweigen‹ laufen. Wir sind noch nicht dahintergekommen, was sie genau vorhaben, aber Mova wird es danach nicht mehr geben. Sie planen die totale Säuberung. Das zielt nicht auf uns, um uns wäre es nicht schade. Es geht um Mova.«

»Eine Mova-Säuberung? Wie denn das?« Ich konnte es mir einfach nicht vorstellen. »Noch mehr gesäubert als jetzt schon?«

»›Vollamputation‹, heißt es bei ihnen. Das haben wir auch noch nicht auflösen können«, er zuckte die Achseln, »aber die Quelle ist zuverlässig. Deshalb müssen wir zuerst zuschlagen. Wer ›Ruhm der Nation!‹ sagt, muss auch ›Tod den Feinden!‹ sagen.«

»Richtig.« Ich rückte noch etwas näher an ihn heran.

»Du bist Belarusse, Sergej. Und, das sehe ich, ein guter Mensch.« Interessanterweise sagte er nicht »ein guter Krieger«, sondern ausdrücklich »ein guter Mensch«. Etwas überraschend fand ich, dass er »ein guter Mensch« positiv wertete. Er fuhr fort: »Ein guter Mensch, wenn auch verweichlicht wie ein Waschlappen. Aber ich will dir eine Chance geben. Ich lade dich ein, mit uns in die letzte Schlacht zu ziehen. In drei Wochen schlagen wir zu. Bis dahin habe ich dir das Schießen beigebracht.«

Ich schwieg erschrocken. »Die letzte Schlacht« klang nicht gerade nach einer Operation, aus der auch nur einer lebendig zurückkehren würde. Und ich hatte in meinem Leben noch keine einzige Schlacht geschlagen, geschweige denn eine letzte.

»Keine Angst. Die Toten werden mit uns sein, sie werden an unserer Seite kämpfen«, sagte er im Brustton der Überzeugung. »Deshalb werden wir siegen.«

Nun wollte ich doch nachfragen, was sie denn da für eine Operation planten, aber er kam mir zuvor.

»Wir müssen beim Fernsehen zuschlagen, Sergej. Jede moderne Revolution setzt bei der Besetzung des Netvisors an. Das ist die einzige Chance, zur Nation zu sprechen. Die Chance, Millionen Menschen wachzurütteln. Alles andere ist Nebensache. Wir wollen den Regieraum für Liveübertragungen am Platz der Toten in unsere Gewalt bringen.«

Mir wurde klar, wie groß sein Vertrauen in mich sein musste.

»Weiß Ciotka davon?«

»Nein, sie weiß es nicht. Und sie wird es nicht erfahren. Ciotka ist dagegen. Ciotka meint, wir müssten Wörter sammeln, wie Maikäfer in eine Pappschachtel. Und dass diejenigen, die nach uns kommen, die Sprache dann mit unseren Aufzeichnungen wiederbeleben können.«

Ich wurde nachdenklich. Ałaiza schien mir die bessere Strategin zu sein. Sonst würde sie nicht als Statthalterin des Drachenkopfes der Triade vorstehen. Das Misstrauen muss wohl in meinen Augen aufgeblitzt haben, denn Rog setzte schon zu einer Erklärung an.

»Das ist mein gutes Recht. Ich, der Rote Pfahl, bin als Kommandant befugt, auf eigene Verantwortung Kampfeinsätze zu planen und sie vor den Brüdern in den zivilen Positionen geheim zu halten.«

»Es riecht halt nur nach Verschwörung«, meinte ich achselzuckend. »Wenn Ciotka nichts davon weiß, riecht es nach Verschwörung.«

»Wenn sie davon erfährt, lässt sie uns nicht. Sie hat ja den Kopf voll von Gefühlen und Romantik.« Er stockte.

An der Art, wie er ins Stocken geraten war, konnte ich ablesen, dass er mit »Gefühlen« und »Romantik« nicht Ciotkas gewaltfreien Kampf um die belarussische Sprache meinte, sondern die ganz normalen und nachvollziehbaren »Gefühle«, die eine schwache, kluge Frau für einen waghalsigen Muskelberg und Kommandanten hegen konnte. Wir werden nie zusammen sein. Durchaus verständlich, dass der Weihrauchmeister tobte – ich hatte ihm in dieser Dreiecksgeschichte gerade noch gefehlt.

»Denk darüber nach«, sagte er. »Solche Entscheidungen bricht man nicht übers Knie. Ich suche dich morgen Abend auf, dann machst du eine Ansage.«

Er nickte und war schon drauf und dran, in der Menge unterzutauchen, aber ich stellte noch rasch eine Frage.

»Sie haben gesagt, Sie hätten ›andere Ansichten‹ über die Ewigkeit. Was sind das für Ansichten?«

Swarog maß mich von Kopf bis Fuß, als wollte er sich vergewissern, ob er nicht besser mit einem Scherz antworten sollte, und als forschte er gleichzeitig, ob ich mich bei einer ernsthaften Antwort nicht über ihn lustig machen würde.

»Die Ewigkeit liegt in der Sprache«, wiederholte er seinen Ausgangsgedanken.

»Was heißt das?«

»Pass auf. Es heißt nicht umsonst in den christlichen Büchern, dass am Anfang das Wort war und dass Gott das Wort war. Nach unserem Tod leben wir in der Sprache. Dort ist die Unsterblichkeit.«

»Moment. Was soll das heißen, ›in der Sprache leben‹?« Ich hatte ihn immer noch nicht verstanden. Wie gesagt, ich bin nicht der Hellste.

»Die Seele des Menschen ist die Art und Weise, wie er spricht. Weil er gesprochen hat, wird er nicht verschwinden, weil die Lebenden seine Worte und Wendungen übernehmen.«

»So wie Spuren im Schnee?« Ich suchte nach einem passenden Bild und erinnerte mich an einen Winterspaziergang, bei dem ich meine Spuren wiedererkannt hatte.

»Nein, eher wie ein Trampelpfad in den Sümpfen. Jeder Mensch legt mit seinem Sprechen so einen Pfad an. Auf dem dann andere gehen. Und solange dieser Pfad begangen wird, ist auch die Seele noch lebendig. Aber ich bin nicht der große Redner. Ich bin eher der Pumper. Fit sein muss der Nazi!« Er zeigte sein Raubtiergebiss.

»Und was wird dann aus uns? Nach dem Tod? Die Wörter leben weiter, aber was ist mit uns?«

»Wen meinst du mit ›uns‹?«, fragte er zurück.

»Ich weiß nicht«, ich zuckte die Achseln, »das Ich, das jetzt hier redet und nachdenkt.«

»Was bist du denn außer der Sprache, aus der deine Gedanken und deine Worte bestehen?« Wieder packte er das Menschenfressergrinsen aus. Mit Bodybuildern kannst du sowieso nicht diskutieren. Du kannst ihnen nur zuhören und beipflichten.

»Denk nicht so viel an dich«, riet er mir. »Sie haben die Knochen unserer Ahnen aus dem Erdreich gerissen. Wo sie einst geruht haben, stehen heute Restaurants und Nachtclubs. Und jetzt rauben sie ihnen auch noch ihre Unsterblichkeit. Dagegen müssen wir kämpfen. Es geht um unsere Ewigkeit.«

Mit einem Nicken verschwand er unter den Ameisen, hunderten, tausenden von Ameisen, die hier herumwuselten. Er ließ mich allein mit meinen Gedanken, was mich wohl ausmacht, jenseits meiner Gedanken, die aus Sprache bestehen, meiner Gefühle, die ich in Worte fassen kann, und meinen Wünschen, die ich auch nur sprachlich äußern kann. Aber halt, nein, da war doch noch etwas. Für das es kein Wort gab. Jedenfalls noch nicht.

JUNKIE

Ich weiß nicht, wie viel Zeit zwischen meiner Verhaftung und der Vorladung zum Verhör verstrichen ist. Vielleicht eine Nacht, vielleicht auch zwei Wochen. Petrowitsch röchelte die ganze Zeit, der Philosoph schnarchte, dann wachte der Philosoph auf, wir unterhielten uns, und er schlief wieder ein. Ab und zu bekamen wir Häcksel und Heringsgekröse vorgesetzt. Essen kam nicht infrage, die weiteren Umstände unseres Zellendaseins will ich verschweigen (wie ich auch verschwiegen habe, was sie tatsächlich mit mir in dem Zimmerchen angestellt haben, wo ich mich vor laufender Kamera ausziehen und mit dem blanken Hintern hinhocken musste, als könnten versteckte Stoffe nach Paragraph 264 aus mir herauspurzeln). Das beißende Gefühl der Erniedrigung ließ erst nach, als ich erfuhr, dass alle da durchmussten, die in diesen retreat of sorrow einfuhren, sogar die drogenfernen Neuhäftlinge, die beispielsweise des versuchten Diebstahls einer Verkehrsampel beschuldigt wurden. Auch war ich nicht der Einzige mit Kakerlaken im Essen.

Der Philosoph hatte einen Hang zum Labern, Petrowitsch zur Ohnmacht, und ich wusste nicht, wohin mit mir. Nach zehn Minuten auf meiner Pritsche taten mir sämtliche Knochen weh, die schmale Decke vermochte die Kälte des Metalls nicht abzuhalten oder die erforderliche Behaglichkeit herzustellen. Wer schon mal versucht hat, auf Eisenbahnschienen zu schlafen, hat eine ungefähre Vorstellung davon, wie es sich anfühlte. Sogar den gewichtigen, mit Öl beladenen Güterzug der vaterländischen Justiz konnte ich von ferne heranrollen hören. Wenn ich mir die Füße vertreten wollte, stieß ich überall auf Wände: Drei Schritte, und du stehst vor der Wand. Stickig war es und kühl zugleich. Und was die Zeit anging – die Uhren kassierten sie zuallererst.

»Wie man hier leben kann? Kann ich dir sagen, wie man hier lebt«, sprach der Philosoph zur Zellendecke, lang ausgestreckt auf seiner Pritsche. Die Bettdecke hatte er zur Hälfte untergeschlagen, mit der anderen Hälfte deckte er sich zu. Ich konnte das nicht. Eigentlich hätte ich ihm eine reinhauen und ihm seine Decke abknöpfen können, aber dann hätte ich Petrowitsch später alleine auswickeln müssen, und diese Vorstellung war mir ekelhaft.

»Nicht auf die Verhandlung warten«, dozierte der Philosoph weiter. Wenn der wüsste, welche Bildung ich genossen habe, würde er brav die Klappe halten und sich anhören, was Onkel Diogenes zu sagen hat. Aber ich hatte andere Sorgen, als mein reiches Wissen mit ihm zu teilen. Also redete er weiter: »Nach der Verhandlung bist du erst recht geplättet, verstehst du? Da hoffst du auf ein humanes Urteil, dass du vielleicht recht bekommst, aber wie könntest du als asozialer Junkie vom Staat recht bekommen? Wo du immer nur an deine Briefchen denkst? Also rechne mit der Zehn. Oder geh noch besser davon aus, dass sie dich erschießen. Wenn du dann nämlich die Zehn bekommst, wird es dir ganz leicht ums Herz. Auf jeden Fall ist sonnenklar, dass du nicht auf deine Entlassung zu warten brauchst. Weil, ich sag dir was, Mann, die Zehn – danach sind deine Vorstellungen von der Freiheit so was von überholt ... Also kein Gedanke an die Freiheit. Nicht auf den Freigang warten, da ist es nämlich noch schlimmer als hier. Käfige, zwei mal zwei Meter, rundum vergittert. Kriegst du höchstens frische Luft. Und ein bisschen Himmel überm Kopf.«

Wir hatten noch keinen Freigang bekommen. Dann schmorte ich vielleicht wirklich erst seit einem Tag hier? Oder sogar nur seit einem halben? Konnte das sein?

»Worauf soll ich denn warten?«, wollte ich fragen, seit ich hier war, seit sie mich hergebracht hatten, aber ich konnte nicht. Weshalb nicht?

a) Damit wäre der Statusunterschied zwischen mir und dem Philosophen offenbar geworden.

b) Ich war überzeugt, dass der Philosoph längst jegliches Zeitempfinden nach welchem Kalender auch immer verloren hatte und mich mit seiner Antwort nur in die Irre führen konnte.

»Worauf warten?«, überlegte er. »Sag ich dir, worauf du warten sollst. Auf den Waschtag, die Dusche. Das ist der wahre Kick. Heißes Wasser, verstehst du? Da ist es wirklich heiß. Dampfwolken. Und vor allem: keine kalten Zehen. Die einzige Chance, warm zu werden. Und da ... Ich sag mal, da kannst du alles vergessen. Der Haken ist bloß, dass nur einmal die Woche geduscht wird.«

Fast hätte ich losgebrüllt: »Lassen die uns denn hier nicht schon viel länger schmoren?« Von draußen war ein Pfiff zu hören. Mit diesen Pfiffen hat es Folgendes auf sich: Die Aufseher unterhielten sich hier nicht miteinander. Sie pfiffen. Zwei Pfiffe bedeuteten für gewöhnlich, dass gleich Metall kreischen und eine Zellentür sich öffnen würde. Na so was, ich sage schon »bedeuteten für gewöhnlich«. Und da will mir noch jemand weismachen, dass ich noch keine vierundzwanzig Stunden hier einsitze? Die Futterklappe sprang quietschend auf, mein Name wurde genannt und gesagt: »Alles mitnehmen!«

»Du wirst verlegt!«, konnte mir der Philosoph noch mitgeben. »Mach's gut, Alter!«

Ich habe nicht erfahren, was aus ihnen wurde. Petrowitsch und der Philosoph, zwei Leben, die kurz vor meinen Augen aufleuchteten wie die Schicksale literarischer Figuren. Wir bekommen nur den Ausschnitt ihrer Abenteuer zu sehen, der in die Handlung passt. Wenn einer auf seiner Pritsche langsam vor sich hin stirbt, nachdem er zusammengeschlagen worden ist, oder wenn er ewig braucht, um wieder auf die Beine zu kommen, ist das uninteressant für die blutrünstigen Ungeheuer, die sich Schriftsteller nennen, und bleibt deshalb außen vor.

»Nichts zum Mitnehmen?«, fragte der Aufseher vor der Türe nach. Woher sollte ich denn etwas haben? Sie hatten mich doch gestern erst geholt, und ich hatte keine Gastgeschenke mit. »Dann Hände durch die Klappe«, befahl er.

Ich streckte meine Hände durch die Öffnung, durch die sie uns das Essen hereinreichten, und um meine Gelenke klickten die Handschellen. Sie führten mich durch hallige, grün gestrichene Korridore, aber nicht in eine andere Zelle, sondern hinüber in den Ermittlungstrakt neben dem Untersuchungsgefängnis. Hier dominierte die weiße chinesische Kunststoffverschalung mit Plakaten, die die Kooperation mit den Behörden als den alleinigen Quell für Liebe, Glück und Wohlstand priesen. Während ich an den Fotos der besten operativen Mitarbeiter des Zentralny Rayon vorbeilief, dröhnte in meinem Kopf Händels

»Hal-le-lu-ja! Hal-le-lu-ja!«. Ich war aufgedreht wie ein junger Hund, ich hätte platzen können vor Freude, in solche Ekstase versetzte mich die Möglichkeit, meiner Zelle für kurze Zeit entkommen zu können. Ich hätte platzen können angesichts der simplen Tatsache, dass ich noch am Leben war. Vor einer verstärkten weißen Kunststofftür mit der amtlichen Beschriftung »Ermittler Illegale Suchtmittelverbreitung« nahmen sie mir die Handschellen ab und schickten mich hinein. Der Begleitposten schloss die Tür von außen ab, als wäre der Ermittler auch ein Häftling. Ich sah mich um. Das Zimmer war nicht besonders groß, aber erfüllt von hellem, unerträglich hellem blauem Licht. Ja, auch hier war das Fenster vergittert, aber was war das für ein Unterschied! Draußen, vor der Scheibe, bewegten sich Menschen, und auf dem Ast eines Baumes saß ein Spatz. Das Fenster nahm mich so in Beschlag, dass ich den Ermittler zuerst gar nicht bemerkte. Er saß hinter seinem in warmes Sonnenlicht getauchten Schreibtisch und beobachtete mich aufmerksam. Sein Gesicht wirkte jugendlich, der Schädel war kahl rasiert, aber, und das war entscheidend, er hatte gütige Augen.

»Setzen Sie sich.« Er nickte einem Stuhl zu, der nicht vor dem Schreibtisch stand, sondern daneben.

Ich nahm Platz und strahlte übers ganze Gesicht. Von draußen war schon das Frühlingsgezwitscher der Vögel zu hören. Die Pfützen funkelten diamanten und warfen ihre Lichtreflexe auf die Wände des Zimmers, in dem wir saßen. Es kam mir vor, als wäre ich aus der Hölle direkt in den Himmel gekommen. Im Nachhinein ist mir klar, dass meine Euphorie auf den Sauerstoff zurückzuführen war, der nun wieder im Blutkreislauf zirkulierte. Den Sauerstoff, der in unserem stickigen Rattenkäfig mit der erbarmungslosen Tageslichtbeleuchtung so knapp war.

»Nu, davajcie znajomicca, tavaryš narkaman«, sagte der Ermittler zu mir. Er sprach tatsächlich Mova!

»Znajomicca?« Ich wiederholte automatisch das Wort, das er gebraucht hatte, was allein schon genügt hätte, einen hinter Gitter zu bringen, dachte ich. Aber was hatte ich jetzt noch zu befürchten?

»Ja, machen wir uns bekannt. Ich bin bei der Suchtmittelkontrollbehörde für die besonders schweren Fälle zuständig. Mein Name ist …« Hier legte er eine seltsame Pause ein, als müsste er erst überlegen, wie er eigentlich hieß, und fuhr dann fort: »Mein Name ist Jazep Losik. Und, nicht, dass Sie sich wundern – Mova ist hier im Umgang mit Mova-Geschädigten als Arbeitssprache zugelassen.« Der Ermittler sah mich mitfühlend an. »Ihnen fügt es keinen weiteren Schaden zu, und für uns ist es nur von Vorteil.«

»Ich glaube, ich würde dann doch lieber auf Russisch …«, versuchte ich dagegenzuhalten.

»Wieso denn?« Er kniff irritiert den Mund zusammen und gab mir zu verstehen, dass ich ihm besser nicht mehr widersprach. »Wieso?« Er sprach mich beim Vornamen an. »Dass Sie konsumieren, kann jeder Arzt nachweisen. Ein offenes Gespräch mit dem Ermittler in Ihrer naturgemäßen Sprache ist doch in unser aller Sinn, nicht wahr?«

Ich zuckte die Achseln und sah ihm in die Augen. Nein, wer solche Augen hatte, konnte einem nichts Böses wollen. Außerdem funkelten die Pfützen diamanten und warfen ihre Lichtreflexe auf die Wände des Zimmers. Wie konnte man da noch misstrauisch sein?

»Dobra«, antwortete ich, »lassen Sie uns Mova sprechen. Hauptsache, Sie überstellen mich nicht in die Therapie. Dann erschießen Sie mich lieber.«

»Aber woher denn!« Er hob abwehrend die Hände. »Wir diskutieren gerade auf höchster Ebene, dass die Mova-Therapie übertrieben war, ein Irrweg. Sie tötet nämlich nicht die neuronalen

Verbindungen ab, sie tötet … Also nein, wir werden Sie nicht gleich in die Therapie schicken. Obwohl Ihr Bewusstsein eine ganz erhebliche Suchtmittelbelastung aufweist. Das werden Sie wohl kaum bestreiten wollen.«

Nein. Wollte ich tatsächlich nicht. Ich war auf Drogen, war auf Drogen gewesen und würde nach Möglichkeit immer wieder auf Drogen sein. Denn für einen Intellektuellen mit vernünftigem geisteswissenschaftlichem Studium ist das Leben ohne Mova einfach nicht zu ertragen.

»Wo ist denn das Problem, Genosse Ermittler? Ich stelle keine Bedrohung für Leib und Leben meiner Mitbürger dar. Ich bin sozial abgesichert und nicht kriminell veranlagt.« An diesem Punkt musste ich schlucken, weil ich mir nicht sicher war, ob sie bei ihrer strengen Überwachung meiner Person nicht auch meinen Diebstahl im 7. *Element* mitbekommen hatten.

»Aber da sind wir doch ganz einer Meinung, mein Lieber!« Mir fiel auf, dass er sich nicht ganz seinem Alter entsprechend verhielt. Dieses »mein Lieber« passte so gar nicht zu dem Jungspund. Dann sollte er sich doch einfach auf Augenhöhe mit mir begeben, anstatt hier die Paternalismusschiene zu fahren. »Aber was haben wir beide denn zu tun?«

Das war eine Frage. Ja, wirklich, was hatten wir beide denn zu tun?

Ich versuchte die richtige Antwort zu erraten: »Uns um einen gesunden Lebenswandel bemühen?«

»Na, na, wir sind doch hier nicht im Institut für Körperkultur. Nein, mein Lieber. Wir haben uns an die Gesetze zu halten. Und die haben Sie, mein Bester, offensichtlich gebrochen.«

Jazep Losik legte eine Pause ein und nahm mich fest in den Blick. Klar, ich hatte das Gesetz gebrochen. Keine Frage.

»Und dabei ist auch noch ein zentraler Paragraph des Strafgesetzbuches betroffen, der bis zu zehn Jahre Freiheitsentzug vorsieht. Verstehen Sie?« Er blickte mir die ganze Zeit über unverwandt in die Augen. Ich hörte ihm aufmerksam zu, weil ich nicht wusste, was er von mir wollte und wohin der Hase laufen sollte.

»Aber in Ihrem konkreten Fall haben auch diejenigen das Gesetz gebrochen, die Sie festgenommen haben.«

Seufzend schob der Ermittler mir ein paar Seiten Papier hin. Ich überflog sie kurz. Oben stand »Protokoll«, dann folgten irgendwelche Berechnungen mit chemischen Formeln, die sogar für einen Intellektuellen meines Formats nicht vollständig zu durchschauen waren.

»Das sind die Ergebnisse der Auswertung zu dem Briefchen, mit dem diese Hornochsen Sie erwischt haben. Klar, es gibt den Videobeweis. Aber auf dem Briefchen sind keine Fingerabdrücke von Ihnen.«

Ich traute meinen Ohren nicht. Seit wann scherte sich die Suchtmittelkontrolle um Fingerabdrücke, wenn sie einen Junkie erst mal festgesetzt hatte? Waren wir jetzt aus dem Stand ein Rechtsstaat geworden, oder was? Außerdem hatte er selber gesagt, dass jeder Doktor meine Mova-Belastung nachweisen könnte.

»Ich mag es, wenn es streng nach dem Gesetz geht«, seufzte der Ermittler. »Wenn nämlich das Gesetz gebrochen wird, und sei es nur im Kleinen, dann sind wir alle hier«, er ließ den Blick durch sein Büro schweifen, »nicht mehr Gesetzeshüter, sondern bloß noch Henker.«

Langsam dämmerte mir, was da gerade vor sich ging. Logisch! Gleich würde Jazep Losik mir vorschlagen, ein Schuldeingeständnis aus freien Stücken abzugeben. Wenn ein Geständnis vorliegt, ist so ein Fall vor Gericht in zehn Minuten erledigt, ohne Geständnis müssen die Richter den ganzen Aktenmist lesen, Beweismittel prüfen und sinnlos die wertvolle Zeit vergeuden, in der der Staat den nächsten Übeltäter hätte in den Staub treten können, der diesen Staub verdiente.

»Sie meinen also, ich sollte jetzt aus freien Stücken …«

»Nicht doch, nicht doch!«, unterbrach er mich mit einer Armbewegung. »Woher denn? Wenn Sie mich fragen, was meine, meine ganz persönliche Meinung ist, dann sage ich Ihnen Folgendes.«

Er drehte seinen Kopf, als müsste er seine Gedanken sammeln, und fuhr fort: »Ich, mein Lieber, bin der Meinung, dass Sie überhaupt nicht schuldig sind.«

»Wie bitte?«, platzte ich heraus.

»Ganz genau. Ungeachtet aller Indizien für Ihre Schuld.« Er kramte in den Papieren herum. »Ungeachtet des Videobeweises und der Banknotenanalyse. Ungeachtet der Ladendiebstähle, Schlägereien und weiterer Anzeichen Ihres moralischen Verfalls.«

Moment mal, dann wussten sie es also doch?

»Überlegen Sie doch mal«, er schob die Papiere beiseite und wandte sich wieder mir zu, »kann man einen Menschen dafür bestrafen, dass er abhängig ist?«

»Auf keinen Fall!«, pflichtete ich ihm eifrig bei.

»Der Einzige, der an Ihrem Niedergang und Ihren gesetzeswidrigen Handlungen schuld ist, ist der Mann, der Ihnen kontinuierlich die Suchtmittel verkauft hat. Sie sind drogenkrank geworden, er hat sich daran gesundgestoßen.«

Ich nickte bereitwillig. Wenn nötig, würde ich ein Dutzend Protokolle gegen den Dreckskerl aufsetzen.

»Dann wollen Sie, dass ich gegen ihn aussage?«

»Nein«, sagte er nachdenklich. »Nein. Das brauchen wir nicht. In manchen Fällen halten wir uns wie die Sternenflotte in *Star Trek* an die Oberste Direktive.«

Ich verstand schon wieder nicht, was er damit sagen wollte, antiquierte Netvisor-Sendungen waren nichts für Intellektuelle.

»Zumal«, so der Ermittler weiter, »er gar nicht mehr verkauft.«

»Er hat es mit der Angst bekommen, oder? Hat gemerkt, dass Sie an ihm dran sind und es mit der Angst bekommen?«

»Jedenfalls müssen nicht Sie zur Verantwortung gezogen werden, sondern er. Davon bin ich zutiefst überzeugt. Übrigens wird gerade auf höchster Ebene diskutiert, die gesamte Verantwortung auf die Dealer abzuwälzen. Deshalb darf ich auf offene Ohren für meine Position hoffen.«

»Eine zutiefst humane Position!«, lobte ich ihn.

Dieser Mann war geradezu ein Ausbund an Vernunft und Güte!

»Und was wird nun aus mir?«, stellte ich endlich die wichtigste Frage. »Wann ist meine Verhandlung?«

»Es wird keine Verhandlung geben«, erklärte er. »Ihre Verhaftung war gesetzeswidrig. Auf dem Briefchen waren keine Fingerabdrücke. Sie können freikommen.«

»Was?« Ich konnte es nicht fassen.

»Ja, Sie unterschreiben mir hier, dass Sie den Beschluss über die Nichteröffnung eines Strafverfahrens zur Kenntnis genommen haben. Und dann können Sie gehen, wohin Sie lustig sind.«

»Dann bin ich aus der U-Haft entlassen, bis zum Gerichtstermin?«, fragte ich nach. »Gegen Unterschrift?«

»Nein, mein Lieber«, erwiderte er feierlich lächelnd. »Ich lasse Sie gänzlich ziehen. Wir knöpfen uns die Dealer vor. Und bei Leuten wie Ihnen … Sicher, von Gesetzes wegen gäbe es einige Fragen an Sie, weil Sie konsumieren und der Besitz bei uns unter Strafe steht. Aber bei Ihrer Festnahme gab es Unregelmäßigkeiten. Das war fingiert, nennen wir die Dinge doch beim Namen. Und in diesem Land gilt das Recht auf die persönliche Verteidigung vor Gericht noch etwas.«

Seine Hand bewegte sich auf die Ruftaste zu. Ich war jetzt auf alles gefasst. Dass gleich die Wachleute in voller Montur auflaufen und mich hier in diesem von Sonnenlicht und Güte erfüllten Büro zusammenknüppeln. Dass wir von einer versteckten Kamera für einen Sozialmarketing-Spot »Region Nordwest – Wo das Recht regiert« gefilmt worden waren, das Märchen gleich vorbei wäre und die finstere Realität mit ausgeschlagenen Zähnen und Metall-pritschen wieder anbrechen würde. Ich war auf alles gefasst, nur nicht darauf, dass er mich wirklich gehen lassen würde. Deshalb verfolgte ich auch den Weg seiner Hand zu der rettenden Taste, die einen Menschen rufen könnte, der mich hier rausbrachte. Die Hand zögerte. Auf den letzten Millimetern.

»Wieso fragen Sie eigentlich nicht, was mit dem Dealer Sergej geschieht, gegen den Sie gerade noch aussagen wollten?«, fragte er mich.

»Was geschieht denn mit ihm?«, wollte ich wissen.

»Nichts geschieht mit ihm«, knurrte er. »Weil der Bürger nicht mehr verkauft. Er ist komplett aus dem Handel ausgestiegen.«

»Ja, hat er mir auch gesagt«, stimmte ich ihm zu.

»Und das hat nichts damit zu tun, dass er von unserer Überwachung erfahren hat.«

»Womit denn sonst?«

»Damit, dass dieses Objekt sich an Ihrer Abhängigkeit«, die Stimme des Ermittlers nahm einen metallenen Ton an, »und an der Abhängigkeit weiterer Drogenkranker eine goldene Nase ver-dient und sich einen exklusiven Schatz zugelegt hat. Hat er Ihnen gesagt, er hätte keine Drogen mehr in der Wohnung?«

»Ja, das hat er behauptet.«

»Hat er Ihnen auch gesagt«, die Stimme des Ermittlers wurde mit jedem Satz lauter, »dass er eine Printe besitzt?«

»Wie denn, eine Printe?« Ich wollte es nicht glauben. »Eine Printe? Eine echte? Gurke?«

»Erscheinungsjahr 1989. Schwarzer Einband. Seitenzahl unbe-kannt. Er bewahrt sie ...«

Der Ermittler legte eine Pause ein, kratzte sich kräftig am Kinn und fing plötzlich an zu lachen.

»Nein, Sie werden nicht glauben, wo er sie aufbewahrt! Im Rucksack! Er trägt die Printe im Rucksack spazieren! Jedes Mal, wenn er vor die Tür geht, nimmt er sie mit!«

»Ist der nicht ganz sauber?« Es war nicht zu glauben. »Draußen hat doch jeder Polizist einen Scanner, in der Metro sind Scanner, auf öffentlichen Gebäuden sind Scanner und Kameras.«

»Ganz richtig«, nickte der Ermittler. »Aber Sergej ist sich so sicher, dass bei seinem Erscheinungsbild niemand auf den Gedanken kommen kann, einer wie er könnte verbotene Briefchen bei sich haben. Und er hat tatsächlich alle gelinkt. Die Leute an den Scannern haben ihm beim Massenmonitoring einmal ins Gesicht gesehen und dann rechts und links von ihm zugeschlagen. Ihn hat es nie erwischt. Dabei war er ewig so unterwegs! Alle gelinkt! Das haben wir erst jetzt erkannt!«

»Und wieso holen Sie ihn dann nicht?«

»Weil er jetzt …« Hier unterbrach sich der Ermittler und suchte nach den geeigneten Worten. »Weil, wie schon erwähnt, auf höchster Ebene entschieden wurde, nur noch die zu holen, die verkaufen. Und dieser Bürger verkauft nicht mehr. Er besitzt nur noch. Also bleibt er straffrei. Bei allem«, hier sah er mir wieder in die Augen, »was er aus Ihrem Leben gemacht hat.«

Endlich kamen seine Finger bei der rettenden Taste an. Ein Schlüssel knirschte im Schloss, ein Begleitposten trat ein, dessen kellerfarbene Uniform an die Hölle erinnerte, die gleich nebenan lag. »Protokoll 24. Nichteröffnung Verfahren. Zum Ausgang«, lautete die chiffrierte Botschaft des Ermittlers an den Begleitposten. Und an mich gewandt sagte er: »Alles Gute. Kämpfen Sie gegen Ihre Krankheit an. Dass wir uns hier nicht noch einmal begegnen müssen.« Er meinte es ernst. Er wollte mich wirklich rauslassen. Nachdem mein Fall nun faktisch gegessen war, musste er ihn nur noch dem Gericht übergeben.

»Folgen Sie mir«, sagte der Posten, ließ aber die Handschellen an seinem Gürtel. Ich ging als freier Mann durch den Korridor. Als wir zum Gefängnistrakt abbogen, kroch mir die Angst wieder ins Herz, aber in dem grässlichen Raum, in dem ich nackt vor laufender Kamera hatte hocken, springen und Wasser lassen müssen, bekam ich anstandslos Pass, Schnürsenkel und Gürtel zurück. Der Aufseher, der mich gestern noch grob herumkommandiert hatte wie ein Tier (»Hinsetzen, sag ich!«, »Auf!«, »Abspritzen, verdammt!«), wollte mir heute nicht in die Augen sehen. Auf seiner Wange prangte eine lächerliche Warze. Wie hatte ich mich bloß so vor ihm fürchten können?

In meinem Kopf regte sich ein beunruhigender Gedanke: Wieso halten sie den Philosophen hier neun Monate lang fest, wenn sie ihm auch bloß ein Briefchen untergejubelt haben? Aber vielleicht war das ja auch gelogen mit dem Unterjubeln. Vielleicht war er gar kein Junkie, sondern Dealer! Weiß ich ja nicht!, versuchte ich mir einzureden. Denn der Gedanke, ich könnte noch einmal dem grausigen Gesicht des Begleitpostens mit dem Blankoformular begegnen, dass ich keine Vorbehalte gegen die Haftbedingungen hätte – dieser Gedanke war zu bedrohlich für mein seelisches Gleichgewicht. Wir wollen einfach an das Wunder glauben und gut. Endlich brachten sie mich zum Ausgang, durch das Drehkreuz, das nur eine Richtung kannte, und verabschiedeten mich mit einem trockenen Nicken. Endlich stand ich wieder auf der Straße, konnte freie Luft atmen und gehen, wohin ich wollte.

Ich ging in die Marx-Straße, trank einen Americano mit Limette in meinem burmesischen Lieblingscafé und beobachtete den endlosen Strom der Motorradfahrer vor dem Fenster. Das berauschende Freiheitsgefühl war schnell wieder verflogen. Dieser Trip war nur von kurzer Dauer. Auf meinen Schultern lastete die Erschöpfung nach der durchwachten Nacht und der unmäßigen Anspannung. Jede Angst hat auch ihr Gegenstück. Die Kehrseite der Fröhlichkeit sind Depression, Melancholie und Schwermut. Wenn die Angstwelle wieder abebbt, bleibt unten am Grund der Zorn zurück. Die Wut. Ich musste Revanche nehmen für die erlittenen Kränkungen und schrie reflexartig die Bedienung an, weil die Rechnung nicht schnell genug kam. Dann zahlte ich und ging.

Ich brauchte dringend eine Dosis. Je schneller, desto besser. Sicher, ich könnte in den Ameisenhaufen Chinatown tapern und dort stundenlang darauf warten, dass ein Dealer meinen Zustand erkennt. Ich könnte mir drei Briefchen kaufen und das erste gleich verkonsumieren. Und dann? Wie sollte es weitergehen, wenn die Ladung verbraucht war? Der nächste Diebstahl? Dann wäre ich bald wieder zurück auf der Pritsche, diesmal im Verhör nicht bei der Suchtmittelkontrolle, sondern bei einem gewöhnlichen Operativen von der Rayonabteilung Inneres. Einem Verhör mit besonders angewiderter Miene – man konnte doch im Leben kaum tiefer sinken. Drunter kam nur noch der Männerstrich am Bahnhof oder ein Dasein als Flaschensammler.

Eine Weile stand ich ratlos da. Dann trugen mich meine Füße wie von selbst in den Seljony Lug, zur Gurkenbude.

DEALER

Wieso hat Swarog mir angeboten, bei der Operation mitzuwirken? Ich bin kein Krieger, kann nicht einmal schießen. Und ich bin kein Superstratege. Was hat er denn von mir? Ich tigerte nervös durch die Wohnung, nahm eine alte *Esquire* zur Hand, blätterte darin herum, aber die Stil- und Werbeikonen der Konsumtempel wirkten irgendwie unecht. Wie hatte ich bloß an diesen Schund glauben können?

So ein Angebot kannst du nicht ausschlagen, sagte ich mir. Wie soll ich ihm das erklären? *Ich habe Angst, Swarog, geh mal du in den Tod. Ich bleibe gesund und munter bei Ciotka. Ich werde auch weinen bei deiner Beerdigung.* Wie sieht das denn aus, und wie klingt das? Nein, so ein Angebot kannst du nicht ausschlagen. Nein, nein! Unmöglich!

Ich stellte mir vor, wie jemand mich ins Visier nahm und auf mich schoss. Wenn ich dabei wäre, würde es so kommen, jemand würde ganz gezielt seinen Lauf auf mich richten, zielen und abdrücken. Das alles stellte ich mir also vor, und sofort wurde mir übel. Ich konnte nicht mitmachen. Aber ich konnte auch nicht absagen, weil ich genau vor mir sah, wie sich Swarogs Gesicht verächtlich verziehen würde, wenn ich ihm sagen müsste, ich wäre nicht bereit.

In meiner Verzweiflung zog ich den Reißverschluss auf und holte die Printe aus meinem sicheren Versteck. Ich schlug sie auf einer beliebigen Seite auf und vertiefte mich in die Lektüre. Movas sanfte Hände legten sich um mein Herz und wiegten es wie eine gute Mutter. Als ich mindestens drei neue Varianten für das Wort ausfindig gemacht hatte, klingelte es an der Tür.

JUNKIE

Ich drückte auf den Klingelknopf. Der Wichser machte einfach nicht auf, wahrscheinlich hatte er noch was zu verstecken. Ich klingelte noch einmal, mach hin, Mann, hier wartet einer! Die Tür schwang ein Stückchen auf, und der Schädel unserer intellektuell wie körperlich unterentwickelten Gurke kam zum Vorschein. Wieder schob er ihn durch den Spalt zwischen Tür und Zarge, musterte mich mit seinem abwesenden Blick und sagte: »Ach, du bist das?«

Ich staunte erneut über seine massive Sicherheitstür. Ehrlich jetzt! So ein Schatz dahinter! Ein Schatz, den er faktisch auf meine Kosten gekauft hat. Mit dem Geld, das ich ihm hingetragen habe, um mir im Gegenzug meine Psyche zu ruinieren.

»Ich habe doch gesagt, dass ich nicht mehr verkaufe«, sagte er genervt.

Ich zu ihm: »Mach die Tür auf, wir haben zu reden!«

Er dachte wieder darüber nach – jedes Mal dieses lächerliche Nachdenken –, ob er öffnen sollte oder nicht.

»Nein, geht nicht«, sagte er. »Ich habe nicht aufgeräumt.«

»Jetzt hör mal zu, ich will hier nicht um deine Hand anhalten! Tür auf, du Grashüpfer, wir haben zu reden!« Ich wollte die Tür ein wenig weiter aufziehen. Aber da war diese verfluchte Sperrkette.

»Was zu reden?«, fragte er ruhig. »Dann rede doch.«

»Ernsthaft zu reden. Tür auf.«

»Geht nicht, ich habe nicht aufgeräumt.«

Jetzt mal ehrlich, da wäre doch jeder wütend geworden an meiner Stelle. Ich versuchte die Tür aufzureißen, aber das ging nicht wegen der Kette. Gurke hatte inzwischen kapiert, dass ich etwas im Schilde führte, und versuchte, seinen Schädel wieder einzuziehen, ohne mit den Ohrwascheln hängen zu bleiben. Hatte ich da eine andere Wahl? Entweder so den Fuß reinstellen, dass er die Tür nicht zuziehen kann. Oder eben ihm ordentlich eins mitgeben, solange er den Kopf noch nicht drin hatte. Wenn ich ehrlich sein soll, kam ich gar nicht mehr dazu, das Für und Wider genauer abzuwägen. Rückblickend kann ich festhalten, dass meine Lösung goldrichtig war. Hätte ich nämlich den Fuß reingestellt, hätte er sich mit seinen Gurkenärmchen kräftig reingehängt und ihn mir schön in die Falz gequetscht. So ging es kurz und schmerzlos.

Ich gab also der Tür einen Schubser mit dem Knie. Gar nicht mal so heftig, aber es hat ganz hübsch gerumst. So ein Sound, wie wenn einer satt mit Vollspann gegen die Kugel tritt. Er kippte ein Stück nach vorn, ganz zusammengekrümmt, und bekam den Kopf noch tiefer in den Spalt zwischen Zarge und Tür. Trotzdem sagte oder bettelte er noch: »Was machst du …«

Und, ihr kennt das doch, wenn du einmal zugeschlagen hast, dann überkommt es dich manchmal. Ich also noch mal drauf, nicht mehr mit dem Knie, da kriegst du ja keinen Dampf dahinter, und weh tut es auch noch. Also ich so einen Schritt zurück, kräftig ausgeholt und zugetreten. Da, wo sein Kopf steckte, knirschte es diesmal anders, warm, so ein globales Knirschen, wie wenn du zum Beispiel aus dem Keller Mutters liebstes Einmachglas holst, es in die Plastiktüte steckst und dann aus Versehen gegen die Wand schlenkerst. Das, was eben noch ein Volumen hatte, was die Plastiktüte ausfüllen konnte, wird von einer Sekunde zur nächsten mit ebendiesem Geräusch zu einem Häuflein Glasscherben. Ich sah, wie sein Körper zu Boden ging, der Kopf hing sauber zwischen Tür und Zarge.

Ja, und dann ging es praktisch wie von selbst. Das ist wie mit den Sonnenblumenkernen: Ist das Päckchen aufgerissen, knackst du sie alle weg. Und, wie gesagt, es überkam mich irgendwie. Ich also aus tiefster Seele, von ganzem Herzen, zack, noch mal drauf. Die Tür schlug gar nicht so laut, nicht wie in der U-Haft, wo Metall auf Metall krachte, hier war noch ein gewisses Etwas zwischen Metall und Metall, das als Puffer und Dämpfer wirkte. Nach dem vierten Tritt riss die Sperrkette, und ich musste die Tür dann jedes Mal abfangen, weil sie kräftig zurückfederte und der neue stählerne Türknauf sonst möglicherweise gegen die raue Wand gestoßen wäre. Wäre schade drum gewesen, war ein richtiges Qualitätsteil.

Gurke krümmte sich am Boden zusammen, sein Körper gab ein Geräusch von sich wie diese Schlauchboote, wenn man ihnen die Luft rauslässt, er musste nicht mal nachatmen, sondern kreischte oder zischte einfach pausenlos auf ein und demselben Ton, und das machte mich auch verrückt, machte mich rasend wie der Anblick des ersten Blutstropfens bei einer Prügelei. Ich trat noch ein paar Mal gegen die Tür, und der Ton verstummte. Anstelle seines Kopfes sah ich eine zerschmetterte Melone. Viel Rot und ausgerissene Haare. Die Haare klebten auch wild an der Zarge – kein schöner Anblick.

Ich ging rein. Seine Wohnung war frisch saniert. Mit meinem Geld. Mit dem Geld von Leuten wie mir. Jetzt musste ich die Tür hinter mir schließen. Ich wollte sie zuziehen, aber das Melonen-

fleisch war im Weg. Gurke, echt! Ich nahm ihn bei einem Bein –
ich weiß noch, dass ich es erstaunlich warm fand, denn Puppen
konnten, und wenn sie auch noch so menschenähnlich aussahen,
keine Wärme in sich haben – und schleifte ihn in die Wohnung.
Auf seinem Fuß steckte ein Pantoffel. Als ich wieder losließ, fiel
der Pantoffel ab. Ich hob ihn vom Fußboden auf und streifte ihn
wieder über den Fuß, aber er wollte einfach nicht halten. Das
weiche, noch nicht erstarrte Fleisch verkrampfte sich und ver-
weigerte sich dem Pantoffel. Da ging plötzlich ein Zucken durch
das Bein. Und gleich noch einmal. Ekelhaft, ich ließ los, und es
klatschte auf den Boden.

Einen Menschen zu töten ist nicht schlimm, wenn er kein
Mensch ist. Dealer sind keine Menschen. Und wenn sie dreimal
blaue Augen haben.

Ich stapfte ins Zimmer und schaute mich erwartungsvoll um.
Komischerweise hatte ich weder an den Händen noch auf der
Hose auch nur einen einzigen Spritzer Blut. Auf einem Tischchen
neben dem laufenden Netvisor stand ein Rucksack, ramponiert,
aber ein Markenteil, *North Pole*. In der Glotze kamen die *Fröhlichen Kätzchen*. Ich sah ihnen beim Springen und Kullern zu und
musste plötzlich lachen. Die Show war gar nicht übel, wieso hatte
ich mir die sonst nie angeschaut?

Ich zog den Reißverschluss auf. Im Rucksack steckte die Printe. Schwarzer Einband, Erscheinungsjahr 1989, eine Mova-Über-
setzung der Shakespeare-Sonette inklusive Vor- und Nachwort,
ebenfalls in Mova. Es lag erstaunlich schwer in der Hand, nicht
wie ein Buch, eher wie eine Pistole. Vergilbte Seiten, seltsamer
Geruch. So roch Laub. Gelbe Blätter, die im Oktoberpark unter
einem verweinten Himmel vermodern.

Außerdem fand sich ein ungesichertes elektronisches Portemonnaie mit fünfzigtausend Yuyus. Ohne PIN-Code und Netz-
hauterkennung, sämtliche Security-Funktionen deaktiviert. Gur-

ke musste echt ein Vollidiot gewesen sein – solche Summen mit sich herumzutragen in einer Stadt, in der man schon für einen Zwanziger ermordet werden konnte!

Ich nahm das Portemonnaie und die Printe mit, schnappte mir noch eine *Esquire* vom vergangenen Jahr – was zu blättern für daheim – und ging wieder zur Tür. Dort lag das Ding und ich musste vorsichtig darübersteigen. Die Melone hatte ordentlich gesaftet, die Flüssigkeit war in einer Pfütze im Eingang zusammengelaufen. Ich schaute zu dem nackten Fuß, ging noch einmal zwei Schritte zurück, hob den Pantoffel auf und warf ihn über die Zehen, das sah gleich viel manierlicher aus. Das Treppenhaus war menschenleer wie die ganze Stadt. Obwohl Frühling war oder Winter, hatte ich ständig den Geruch gelber Blätter in der Nase, die im Oktoberpark unter einem verweinten Himmel vermoderten.

Sie holten mich tags darauf und das auch nur, weil Sergej Piasecki sich in *Spass mit Pias* allzu aufreizend über die Ermittlungsbehörden mokiert hatte, die einen Junkie nicht einmal kontrollierten, nachdem er bei einem Toten die Bude ausgeräumt hatte. Sie holten mich also, fuhren mich mit einem Kamerateam in die Wohnung, ließen mich dort herumlaufen und vermaßen meine Spuren. Anschließend entschuldigten sie sich bei mir und ließen mich wieder gehen. In den Abendnachrichten vor den *Fröhlichen Kätzchen*, die ich jetzt immer schaue, hieß es, der Mörder wäre sehr umsichtig zu Werke gegangen und hätte sämtliche Spuren verwischt, sogar die (das wurde besonders hervorgehoben!), die seine Schuhe an der Tür hinterlassen hatten.

Ich musste lachen, als ich das hörte.

Ich hatte Jazep Losik richtig verstanden.

Als zentrales Mordmotiv erkannte der Netvisor und damit die gesamte Bevölkerung (einschließlich der Ermittler) eine »Abrechnung zwischen konkurrierenden Drogenclans«. Überall wurde über die Triaden getuschelt, denn einen Menschen umzubringen, ohne Spuren zu hinterlassen, gelang nur einem Profi. Einen Monat später wurden die Ermittlungen eingestellt, nachdem der Beweis erbracht war, der Drogenhändler hätte Selbstmord begangen (mir als anspruchsvollem Vertreter des Fernsehpublikums erschloss sich allerdings nicht, wer denn dann »die Spuren verwischt« haben sollte). Im Ergebnis sah es ganz danach aus, als hätten die Triaden die Ermittler satt geschmiert, dass die beide Augen zudrückten, und die schauten auch großzügig weg, trotz aller Spitzen von Seiten Piaseckis und der substanziellen Zweifel der Öffentlichkeit. Das schönste Chaos zu meinen Gunsten ...

Perspektivisch sieht es folgendermaßen aus: Ich habe die fünfzigtausend, damit ist mir ein anständiger, sorgenfreier Lebensabend als Junkie sicher. Ich werde mir alle drei Tage eine Seite aus der Printe zu Gemüte führen, der Effekt ist nämlich gewaltig. Ich ziehe mir ein Sonett rein, reiße dann die Seite aus und überantworte sie feierlich dem Feuer. Denn, noch einmal: Ich hatte Jazep Losik richtig verstanden. Sie werden mich in Ruhe lassen, solange ich nicht versuche, den schon verbrauchten Stoff weiterzuverkaufen, solange ich nicht zum Dealer werde.

Dann werde ich nach Warschau ziehen, wo die Wohnungen günstiger sind und der Stoff bezahlbar. Ich werde konsumieren, und ihr werdet mich darum beneiden. Was kann ich euch zum Abschied noch mitgeben? Hier, bitte, guten Flug:

Z adnoj kałyski ščascie i niaščascie,
Dy ŭ ich niama adnolkavych daroh:
Ci možna kvietkaj u vianok papasci,
Ci pustazielnaj byłkaju ŭ bylnioh ...

Wär meine liebe nur ein kind der pracht
So könnte Glück als bastard sie entvätern ·
So würfe Zeit die zürnt und Zeit die lacht
Den pflückern sie als blum · als gras den jätern.

DEALER

Ich ging zur Tür, hängte die Kette vor und öffnete. Draußen stand eins dieser Arschlöcher, für die unsere heilige und ewige Mova nur ein Spielzeug ist, nur ein Vehikel für ihre Drogenhalluzinationen. Ich hatte viel mit denen zu schaffen, als ich die richtigen Leute noch nicht getroffen hatte und noch nicht wusste, was Sache ist. Ich habe sogar mit Drogen gehandelt, wie es hier geschrieben steht. Und dann kam dieses Arschloch, ein Schatten aus der Vergangenheit.

Ich sag zu ihm: »Verzieh dich, du Penner! Ich verkaufe unsere heilige und ewige Mova nicht an dich!« Da zerrt er meinen Kopf in den Türspalt und drischt dagegen, dass ich höre, wie mein Schädel zerbricht und das Hirn ausläuft. Danach sah ich ein Leuchten, spürte, wie mich die Güte und die Schönheit des Nichts umfingen, und ich wurde ganz Wort, fand in unserer heiligen und ewigen Mova mein Heim und mein Walhall. Und seither schwebe ich über der Welt, sehe jeden, der spricht, und bin selbst, was gesprochen wird.

Ihr habt schon kapiert, dass die letzten Absätze von mir waren, von Swarog, weil Bruder Serjosha, seit sie ihn umgebracht haben, nicht mehr schreiben kann, als Toter. Ich denke, dass es ungefähr so gelaufen ist. Da kam dieser Drogensüchtige angekrochen und wollte seinen »Stoff« haben, also hat er ihn umgebracht. In Serjoshas Wohnung haben wir den zerfetzten Rucksack gefunden, in dem er früher Mova über die Grenze geschmuggelt hat. Er hatte noch die Blessuren von dem Haken, mit dem die hoffnungslose 49 aus der Leibgarde des Weihrauchmeisters sich den Schatz angeln wollte. Im Rucksack war noch dieses Tagebuch, dieser Blog oder einfach diese Erzählung über sein Leben. Diese Erzählung habe ich, Swarog, ins Belarussische übersetzt. Sie war nämlich Russisch geschrieben. Serjosha konnte ja kaum Belarussisch, war ja noch ein Anfänger. Er sprach komisch, machte viele Fehler. Und doch hat Bruder Serjosha sich seinen Ehrenplatz in der Mova und der Ewigkeit verdient. Mit dem Text hat dann auch noch ein Lektor gearbeitet, ich bin ja kein Stilist, ich bin Soldat. Der Lektor meinte, er hätte das »Tempus der Verben« korrigiert, weil das Tagebuch nicht in der Vergangenheit geschrieben war, Literatur aber irgendwie in der Vergangenheit geschrieben sein muss, keine Ahnung, wieso. Dafür kann ich euch erzählen, wie man eine Kalasch zerlegt und wieder zusammenbaut.

Was unsere Suche angeht – die Duboŭka-Printe ist auf ewig in den gepanzerten, mit Drehkranzlafetten gesicherten Bunkern der Suchtmittelkontrolle verschwunden. Dass Serjosha sie ausgerechnet in seinem Rucksack aufbewahrte, verstanden wir erst beim Anfangssatz des letzten Absatzes, den Serjosha geschrieben hatte: »In meiner Verzweiflung zog ich den Reißverschluss auf und holte die Printe aus meinem sicheren Versteck.« Er war ein guter Mensch mit einem reinen Gesicht, deshalb hätte er locker auch zwanzig Kilo Uran mit sich herumschleppen können – niemand wäre auf den Gedanken gekommen, der Bursche könnte ein Schmuggler oder Krimineller sein. Er war ein guter Mensch, der Serjosha. Wirklich ein guter. Was er so über mich geschrieben hat, habe ich ein bisschen verbessert und mit anderen Beigaben versehen. Weil wie ich bei ihm weggekommen bin, das war mir zu ... Wie soll ich sagen? Sentimental, oder so. In echt bin ich ganz anders. Brutal und gewaltig wie ein Wisent oder ein Bär. Ihr kennt ja den Text. Nein, kennt ihr eben nicht, ihr lest ja nur die verbesserte Version!

Mein Verständnis von der Ewigkeit hat Serjosha komplett auf den Kopf gestellt, aber den Teil habe ich nicht angerührt, bloß übersetzt. Soll es so bleiben, wie es ist, für die Geschichte. Meine Gedanken behalte ich für mich.

Leider hat Serjosha sein Verhältnis zu den Kunden, an die er Mova verkauft hat, nicht genauer beschrieben. Deshalb ist schwer nachzuvollziehen, wer genau ihn ermordet hat. Die Ergebnisse der Ermittlungen in dieser Mordsache sind seltsamerweise geheim. Das ist merkwürdig, aber es passiert überhaupt viel Merkwürdiges zurzeit. Unsere Hacker konnten das Geheimnis um den Mord auch nicht lüften. Aber irgendwie einigten wir uns, alle gleichzeitig, auf diesen schwabbeligen Fettsack, den sie im Fernsehen gezeigt haben. Er war bei der »experimentellen Rekonstruktion des Tathergangs« dabei, schlappte durch die Wohnung des Ermordeten, funkelte aus seinen dreisten Schweinsäuglein und grinste sich eins. Ich meine, es gab viele Verdächtige. Und in den Kriminalnachrichten auf *YouTube* brachten sie drei oder vier dieser Rekonstruktionen, jedes Mal mit einem anderen möglichen Mörder. Aber wir waren uns bei dem hier einig. Der war sich einfach zu sicher, der Sack, hatte wahrscheinlich von unseren Feinden Dankeschön und Schutzgarantie dafür bekommen, dass er ihnen die Printe besorgt hat.

Widerliche Fresse, die Haut von einer Farbe wie das Weiche vom Brot, fleischige Lippen. Und dann dieser Gesichtsausdruck, als wären alle anderen nur Dreck und er der Schlauste überhaupt, versteht ihr? Dabei brachte der sicher hundertzwanzig Kilo mit. Interessanterweise war der Drecksack ein Studierter. Komisch, wie man sich zudröhnen kann, bis einem alles Menschliche abgeht. Erst wollten wir ihn kaltmachen, einfach vorsorglich, wir wussten auch schon, dass er am Platz der Toten wohnte, sogar die Ausführenden standen schon fest, aber dann kamen die anderen Sachen dazwischen, und wir hatten Wichtigeres zu tun. Ich finde ja immer noch, wir hätten ihn besser ausgeknipst, selbst wenn er mit dem Mord an Serjosha vielleicht gar nichts zu tun hatte, allein für seine arrogante Fresse.

Nur nebenbei, ganz Belarus hatte die fette Arschgeige im Verdacht. Die Leute sind ja nicht doof, die blicken schon durch.

Bei der Beerdigung weinte meine Liebste ziemlich. Ich weiß auch warum – die drei Varianten für das Wort, die Serjosha noch ausfindig gemacht hatte, hat er mit ins Grab genommen. Niemand wird je erfahren, was es noch für einen Ausdruck für die Gefühle zwischen einem Kerl und seinem Mädchen gibt, außer »kachannie« und »luboŭ«. Ist vielleicht auch nicht so wild, mir genügt »kachannie«. Und dem Weihrauchmeister genügt es auch. Wir beide bräuchten einfach noch eine zweite Ciotka. Damit mir der Gelbe nicht ständig in die Quere kommt.

Der »Ballettmeister« kam übrigens auch zu Serjoshas Beerdigung. Dabei konnte er ihn zu seinen Lebzeiten nicht ausstehen und hatte sogar überlegt, ihn eigenhändig zu erwürgen, sobald ihm das Wort eingefallen wäre. Ich habe nie verstanden, wieso er sich so aufgeregt hat. Ein Weichei ist eben ein Weichei. Aber Frauen mögen große Muskelberge. Hünen. Bären. Wisente. Männchen, die gute, gesunde Nachkommen bringen. Meine Liebste zögert immer noch, sie blockt meine Angebote immer ab.

Ist halt Katholikin, da braucht sie diesen ganzen Engelkram, Ehe, Trauung, sonst ist nichts zu wollen, von wegen »Sünde«, »Verfehlung«. Nicht mal küssen lässt sie sich.

Sie hat auch erst angefangen, sich für Serjosha zu interessieren, als der den ballettmeisterlichen Hot Pot verschmäht hatte, endlich mal ein Mensch, der oberhalb der Gürtellinie denkt, hatte sie gesagt, nicht wie ihr alten Böcke. Einer mit Herz. Aber woher denn, ich war nicht eifersüchtig auf ihn. Und ich habe das Bürschlein auch nicht etwa zur Operation eingeladen, damit er nicht bei ihr bleibt, wenn sie mich getötet haben. Ich wollte ihm einen Gefallen tun. Schlecht, dass er gezögert hat, das wirft kein gutes Licht auf ihn.

Ja, das war es dann wohl. So endet die Geschichte des guten Menschen Serjosha mit dem schwächlichen Leib und dem großen Herzen. So endet auch meine Arbeit an der Übersetzung, für die die Stenographin Vola und ich fast drei Wochen geopfert haben. Morgen rücken wir mit drei Trupps in die Sendezentrale in der Kommunistitscheskaja vor, besetzen den Regieraum für Liveübertragungen, gehen auf Sendung und sorgen dafür, dass wieder das ganze Land Belarussisch spricht. Wir werden den Leuten erklären, dass unsere heilige und ewige Mova keine Droge ist, sondern ein Schatz der Volksseele, der die Menschen vereint. Dann werden sie von selbst anfangen, nach Mova zu fragen, die Sprache zu lernen, die finsteren Zeiten sind vorbei und das Zeitalter der Tugend und Klarheit bricht an, in dem Scheiße endlich wieder Scheiße genannt wird und den Helden Denkmäler auf den Straßen errichtet werden, die vorher die Namen der Henker trugen.

Daran glaube ich, Swarog, 紅棍, der Rote Pfahl der Triade »Lichter Pfad«. Und dafür gehe ich in den Tod.

TEER

Gerechter Gott, gnädiger Gott, erbarme dich meiner, denn ich bin schuldig geworden.

Ich war bei der Operation als Back-up des Sprengmeisters eingesetzt. Im Falle seines Ausscheidens durch Verwundung oder Tod hatte ich die Trinitrophenol-Sprengladung zu übernehmen und sie in dem unterirdischen Gang zur Notversorgung des Liveprogramms zu platzieren und zu zünden, damit nach Beginn unserer Ausstrahlung die Sendung nicht unterbrochen werden konnte.

Ich bin eine 49 in der Triade »Lichter Pfad«, mein Name ist Teer, mein Rufname 243 auf Kanal 4. Ich will euch erzählen, wie wir den Sender eingenommen haben, weil sie euch belügen, sie belügen euch, und ich kann nicht mehr mit anhören, wie sie euch belügen.

Vorab: Wir sind keine Terroristen. Unsere Kampfeinheit bestand aus ehemaligen BBW-Kämpfern, angeführt von Swarog, dem Roten Pfahl des »Lichten Pfades«. Nun, da alles vorbei ist, darf ich sogar die Namen nennen. Die Namen der Helden. Gnädiger Gott, ich bin schuldig geworden.

Wir hatten den Auftrag, in das Sendegebäude in der Kommunistitscheskaja einzudringen und mit einem fertigen Programm die laufende Sendung zu unterbrechen, um den Menschen mitzuteilen, dass Mova keine Droge ist, sondern unser kulturelles Vermächtnis, das es zu bewahren gilt. Ziel der Operation war es, die belarussische Sprache wieder als Medium der aktiven Kommunikation in Umlauf zu bringen. Und nicht, das Drogengeschäft anzukurbeln, wie sie es euch weismachen wollen.

Wir sind mit zwei schwarzen *SsangYong*-Kleinbussen mit gepanzerten Türen ausgerückt. Achtzehn Mann, zwei Sicherstellungszüge und ein Zug mit Spezialisten: Hacker, Pionier, Sanitäter, jeweils mit Sicherung. Am Einsatzort (Kommunistitscheskaja) angekommen, haben wir die Magazine auf unsere Maschinenpistolen geklickt und die Fahrer direkt vor dem Sendegebäude parken lassen. Wir hatten detaillierte Lagepläne, sogar ein 3D-Modell des Studios und der Regieräume, an dem wir drei Wochen lang trainiert haben.

Rog rechnete damit, dass wir schon in diesem Stadium in Kampfhandlungen verwickelt würden. Er nahm an, es gebe einen Maulwurf in unseren Reihen, der die Information über die Vorbereitung einer so großen Operation durchstechen würde. Und wir würden bestimmt schon von einem *Alpha*-Sonderkommando erwartet. Um den Gegner zu verwirren, trugen wir exakte Kopien der *Alpha*-Uniformen. Die werden sowieso in Chinatown genäht, als Sonderanfertigung für das Innenministerium. Also war es kein Problem, achtzehn Monturen zu bekommen, die gesamte Produktion dort steht ja unter unserer Kontrolle.

Wir waren überrascht, hier vorfahren zu können, ohne auf Widerstand zu stoßen – keinerlei zusätzliche Sicherheitsvorkehrungen, vor dem Säulenportal parkten nur Zivilfahrzeuge. Wir warteten zweieinhalb Minuten ab, um die taktische Lage zu sondieren. Da es keinen Sichtkontakt zu Scharfschützen oder schwerem Gerät gab, folgerte Rog, dass unser Eintreffen unerwartet kam und der Gegner unsere Aktionen nicht voraussehen würde. Wir zogen Masken über, entsicherten unsere Gewehre und stürmten das Gebäude. Bewaffnet war ich mit einer kurzrohrigen AK, die Version mit abklappbarer Schulterstütze. Ich hielt mich an der Seite des Sprengmeisters, um, falls er tot oder verletzt ausfallen sollte, die Trinitrophenol-Sprengladung zu übernehmen und den Kampfauftrag zu Ende zu führen.

Wir formierten uns beiderseits der Tür und aktivierten den Zeitzünder, nach unseren Berechnungen würden wir etwa zehn Minuten haben von der Entdeckung bewaffneter Personen auf den Überwachungsmonitoren bis zum Eintreffen des Liquidationskommandos. Deshalb mussten wir mit hoher Geschwindigkeit agieren. Der Stoßtrupp verschaffte uns Zutritt, wir erschreckten eine Frau zu Tode, die gerade mit einem stattlichen Drachenbäumchen im Topf aus dem Gebäude kam – das Bäumchen ging zu Boden, der Topf zu Bruch. Sie fing an zu kreischen, aber ich sagte im Vorbeigehen zu ihr: »Keine Angst, Polizei«, da hörte sie auf. Wenn in unserer Stadt jemand mit einem schweren Kampfmesser einem Passanten das Ohr abschneidet und dabei sagt, er wäre »Polizei«, wird kein Mensch reagieren. Ach so, Polizei, dann muss das wohl so sein.

Die Eingangshalle war viel dunkler als im 3D-Modell. Der Metalldetektor schlug nicht an, daneben pennte am Tresen der Wachmann, der nach unseren Berechnungen Alarm schlagen sollte. Rog ging auf ihn zu, sagte »Kuckuck«, er schreckte hoch, sah sich mit glasigem Blick um und bekam einen Gewehrkolben über den Schädel. Damit war er erst einmal außer Gefecht gesetzt. Glück für ihn, laut Plan war er das erste Opfer. Vielleicht hatte er das auch verstanden und beim Anblick von achtzehn schwer bewaffneten Kämpfern auf seinem Monitor nur so getan, als ob er schlief. Um sich nicht auf einen Schusswechsel einzulassen, bei dem er nur den Kürzeren ziehen konnte.

Wir bewältigten die Halle und stießen ins Gebäudeinnere vor, dort war die große Treppe, die wir umgingen, um zu der kleinen, dunklen Tür nach draußen zu gelangen. Das Hauptgebäude war ja gar nicht unser eigentliches Ziel. Hier wurden nur die Sendungen vorbereitet, die für das Netz aufgezeichnet wurden, uns ging es aber um das Liveprogramm. Die Tür war verschlossen, aber das Schloss schnell erledigt, wir standen im Hof und sondierten die Lage. Vor uns lag ein Platz von fünfzig mal siebzig Metern, auf dem sich der große weiße Sendemast erhob. Er sah aus wie das Fragment eines Raumschiffs, ich sah ihn zum ersten Mal so aus der Nähe. Zwei Salven in das Sende- und Empfangsmodul und das Land hätte zehn Minuten Ruhe vor der Propaganda, bis die Notmodule in der Surganow- und der Makajonok-Straße einspringen würden. Diese unmittelbare Nähe zum Zielobjekt war beeindruckend. Und wir trafen auf keinerlei Widerstand, nicht einmal auf einen Polizisten mit Trillerpfeife, den wir hätten ausschalten müssen.

Hinter dem Sendemast ragten zwei Geschosse des im Erdboden versenkten Gebäudes mit den Regieräumen auf: unser Ziel. Es erinnerte eher an einen Bunker aus dem Zweiten Weltkrieg und stammte wohl auch noch aus dieser Zeit. Unter den beiden oberirdischen Geschossen lagen noch jede Menge weiterer, das wusste ich, weil ich bei einem Ausfall unseres Sprengmeisters den Gang zum Ersatzraum finden musste.

Vor der Eingangstür rauchte eine Schönheit in Stöckelschuhen, die Haare zu einem Dutt hochgesteckt.

»Kommen Sie wegen den Filtern für die Klimaanlage?«, fragte sie den Stoßtrupp, sechs Mann in Masken und blauem Flecktarn, behängt mit Sturmgewehren.

Die Jungs gingen beiderseits des Eingangs in Stellung, direkt neben ihr. Einer öffnete die Tür, die anderen folgten ihm lautlos in Linie.

»Bei uns ist der Filter für die Klimaanlage hin«, versuchte die Schönheit dem letzten in der Linie noch mitzugeben. »Erster Stock, in der Maske für das Liveprogramm.«

»Gruppen Beta und Delta zum Eingang«, kommandierte Swarog.

Wir waren drin. Die Schönheit bemerkte ein M60, Kaliber 7,62 bei einem der Kämpfer, zuckte die Schultern, ließ die Augen rollen, stieß eine Qualmwolke aus und fragte dann, die Augen immer noch verdreht: »Was denn? Kriegt man nicht mal mehr eine Antwort?«

»Doch, Madame!« Rog pflanzte sich neben ihr auf. »Wir kommen wegen der Klimaanlage!«

Er klemmte sie mit dem Knie gegen die Wand, musterte sie kurz und nahm ihr das Mobi aus der Hand mit den Krallennägeln, ein zweites fand sich in ihrer Handtasche. Dann meinte er zu ihr: »Sieh zu, dass du Land gewinnst, Mädel, hier knallt es gleich.«

»Kontakt!«, meldete sich das Funkgerät, gleich darauf waren Schüsse aus dem Gebäude zu hören.

Wir erstarrten. Der Schönheit dämmerte endlich etwas, sie versuchte einen unterdrückten Schrei auszustoßen: »Aaaa!« Es war eher ein Sprechen als ein Schreien.

»Ksch!«, fuhr ihr Rog über den Mund. Und fragte ins Funkgerät: »Verletzte?«

»Keine Verluste«, antwortete das Funkgerät.

»Aber wie ist die Lage?«, hakte der Kommandant nach. »Welcher Widerstand?«

»Widerstand erstickt«, tönte das Funkgerät fröhlich durch die Störgeräusche. »Es gab überhaupt keinen Widerstand.«

Wir überwanden den Flur und stellten zwei Sicherungsschützen ab. Sie würden als Erste in die Kampfhandlungen eintreten und unsere Aktivitäten im Inneren des Regieraumes absichern. Wir gingen die Treppe hinauf, dann wieder hinab ins Erdgeschoss – all die verwinkelten Flure hatten wir am 3D-Modell intensiv studiert, sonst hätten wir den richtigen Raum nie gefunden. So hatten es die Architekten bei der Planung des Bunkers ja auch vorgesehen. Im Foyer vor dem »Studio Nummer 1« sahen wir den Grund für die Schüsse: Auf dem Boden lag schreckensbleich der Produzent der Nachrichtensendung mit seinem Bubigesicht, dem perversen Schnurrbart und dem grau melierten Greisenhaar – ihr kennt den Kotzbrocken ja aus dem Netvisor. Sein Knie war durchschossen.

»Wollte bisschen Krieg spielen«, meinte einer unserer Kämpfer und wies mit dem Kinn auf ihn. »Hat kräftig Gummi gegeben.« Er zeigte uns ein Gummigeschoss, das in seiner Schutzweste steckte.

Der Produzent lag nur da und zitterte, aus Angst oder wegen des Schocks.

»Und wenn du mit deinem Spielzeug ins Auge getroffen hättest?«, fragte der Kämpfer und stieß ihn leicht mit dem Fuß. »Komm, verzieh dich, du Wurm, aber dein Telefon lässt du hier!«

Im Livestudio bot sich uns folgendes Bild: Acht Erwachsene lagen säuberlich aufgereiht auf dem Boden, die Hände hinter dem Kopf verschränkt. Die Kulissen für die Sendung *Spass mit Pias* waren aufgebaut, und, stellt euch vor, sie waren alle aus bemaltem Karton. Das Haus, die Bäume – alles aus Pappe. Am Moderationstisch saß Piasecki persönlich. Er verfolgte interessiert das Geschehen. Zuerst dachte ich, er könnte seine Angst nur gut verbergen. Aber als ich beobachtete, wie seine Augen blitzten und wie er sich gespannt den Bart zupfte, wurde mir klar, dass sich bei dem Mann aufgrund seiner Arbeit die Wahrnehmung der Wirklichkeit ein Stück verschoben haben musste. Dass für ihn die ganze Welt nur eine große Show war. Selbst wenn sie ihn erschießen, wird er das als Teil einer Unterhaltungssendung betrachten. In seiner Welt, der Welt des Showbusiness, konnte nichts Schlimmes passieren, Leichen wurden im Netvisor nicht gezeigt.

Dem Moderatorenstuhl gegenüber lag in vielleicht zwanzig Meter Entfernung der verglaste Regieraum, wo unser Hacker sich schon an den Pulten austobte. An der Wand rechts hing ein Monitor aus vier Flachbildschirmen, der anzeigte, was gerade gesendet wurde. Zunächst war da zu lesen: »Wegen Instandhaltungsarbeiten an der Leitung kann *Spass mit Pias* mit Sergej Piasecki erst in der kommenden Woche ausgestrahlt werden«, dann wurden die *Fröhlichen Kätzchen* eingespielt.

Der Sprengmeister trug die Sprengladung zum Gang, der in den Notversorgungsraum hinabführte. Rog überblickte die Lage und stellte fest, dass er eine kurze Auszeit haben würde. Er ging zu Piasecki, setzte sich neben ihn an den Tisch und drückte ihm die Hand. Piasecki, der nicht kapierte, dass man sich über ihn lustig machte, behielt seine großspurige Pose bei.

»Wen haben wir denn da?«, fragte Rog. »Sehr angenehm.«

Piasecki ließ sich zu einem angedeuteten Nicken herab.

»Ich bin ein großer Verehrer Ihres Talents«, fuhr Rog fort. Und rammte ihm die Faust in die Magengrube. Als Piasecki zusammenklappen wollte, »empfing« er ihn mit dem Knie. »Das war für deine legendäre Mova-Sendung, Freundchen, sehr komisch, wirklich!«

Es war ganz interessant, Piasecki zu beobachten. Nach dem Kniestoß ins Gesicht tastete er zuallererst Kiefer und Nase ab, ob auch nichts gebrochen war. Er achtete sehr auf sein kostbares, »allseits bekanntes und beliebtes« Gesicht, wie es in der *Pias*-Werbung immer hieß.

»So, alle Zivilisten: Telefone auf den Boden und zum Ausgang«, befahl Rog und wandte sich wieder Piasecki zu. »Und du, Schätzchen, darfst bis ganz zum Schluss bei uns bleiben! Wir haben noch zu reden. Wollen wir ihn rasieren, Jungs? Hat jemand eine Klinge mit?«

Keiner der Kämpfer antwortete, jeder war ganz mit seiner Aufgabe befasst. Endlich konnte der Hacker in ihr System eindringen, jetzt ging unser Programm über die Bildschirme. Auf weißem Grund erschienen Worte, die sich zu Sätzen formierten, die Stimme des Sprechers erklang:

»*Was könnte dem Menschenherz teurer sein, als im hohen Alter dich, heimisches Wort, in fremden Landen zu hören? Da ist es, als trügest du uns aus weiter Ferne heim, ins heimische Dorf, wo wir herangewachsen, wo wir die ersten Gedanken geformt, wo Freude und Leid wir erstmals erfuhren ...*«

Selbst hier noch, im Kampfeinsatz, war ich bewegt von der Kraft dieser Worte.

»*Weshalb nur, heimisches Wort, vergessen die Menschen dich gar so oft, selbst hier, unter ihresgleichen? Weshalb verleugnen die Söhne unseres Volkes so leichthin der Mutter Sprache? Sie sagen: Weil unsere Belarussen so ungeschlacht sind. Aber das ist nicht wahr: Es vergessen die heimische Sprache, verleugnen die Eltern und Brüder zuallererst die studierten, gemachten Leute. Sie sind nicht ungeschlacht – sie übernehmen das Fremde aus Eigennutz.*«

Rog mochte keine pathetischen Szenen, deshalb knöpfte er sich wieder Piasecki vor. Er zog ihn an seinem roten Ziegenbart und meinte: »Na, wenn wir keine Klinge haben, können wir ihn dir auch mit dem Feuerzeug abflammen.«

»Bin ich jetzt so eine Art Geisel von euch?«, erkundigte sich Piasecki.

»Wer bist du denn? Wer würde dich denn freikaufen?«, erwiderte Rog und spuckte aus. Er rückte dem Scherzvogel den orangefarbenen Kragen seines salatgrünen Sakkos zurecht. Piasecki zuckte filmreif zusammen, als wollte Rog ihn wieder schlagen. »Wenn du abkratzt, hat das Regime in fünf Minuten den nächsten Mova-Verächter am Start.«

»Nein, da muss ich doch widersprechen«, ereiferte sich Piasecki. Entweder brachte er seine Überlebenschancen in direkten Zusammenhang mit seinem Wert als Geisel oder, und das war die wahrscheinlichere Variante, er fühlte sich von der abschätzigen Haltung gegenüber seiner unangefochtenen Autorität zutiefst gekränkt.

»Wenn ich tot bin, stürzt das Regime«, verkündete Piasecki im Brustton der Überzeugung. »Diese Regierung ist nur im Amt, solange ich über sie lache.«

In den Herzen dieser Menschen ist die Liebe zum eigenen Volk und zur heimischen Sprache erloschen. Flüchtiger Vorteil, Streben nach fremder Achtung, lachhafter Hochmut – all dies greift Raum in ihren verödeten Seelen.«

Inzwischen hatte eine jugendliche Sprecherin den ersten Sprecher abgelöst. Das sollte so sein, damit das Interesse der Zuschauer nicht nachließ. Zuerst hatten wir überlegt, nur den Text einzublenden, aber Rog hatte gleich eingewandt, dass in ganz Belarus womöglich niemand mehr wusste, wie man das auszusprechen hatte, wie zum Beispiel das »ÿ« klang.

»Doch es gibt in der Welt keine Schätze, die auf ewig die Herzen erfreuen. Krankheit, Verletzung und Tod zeigen auf, wie gering Vermögen, Ansehen und Stellung zu schätzen sind. Verrat und Betrug – damit vergelten die Höhergestellten uns Freundschaft und Wohlwollen. Je mehr wir die Welt erkennen, desto wertloser werden uns ihre Schätze, desto häufiger sehen wir Übel und Hohn, Kränkung und Tränen …«

Der Betonfußboden bebte. Die Sprengladung war hochgegangen. Aus dem Gang schlug uns eine Wolke heißen Qualms entgegen. Und der typische säuerlich-ranzige Geruch, der dir bei der Arbeit mit stabilisiertem Trinitrophenol immer in die Nase fährt. Ein bisschen, wie wenn du im Wald in einen Ameisenhaufen greifst und dann an der Säure schnupperst, die sie dir in die Hand gespritzt haben. Das verschlägt dir auch den Atem. Ich liebe diesen Geruch. Der 49er mit dem Zünder erschien, unser Sprengmeister.

»Kampfauftrag ausgeführt«, meldete er Swarog. »Der Zugang ist dicht. Die Deckenplatten haben alles plattgemacht, da können sie ein paar Wochen lang graben.«

Jetzt konnte die Übertragung nur noch aus unserem Regieraum abgebrochen werden. Die Zivilisten waren alle verschwunden, ich hatte es nicht einmal mitbekommen. Die Angst vor der Kugel ist wohl die zuverlässigste Tarnkappe.

»220 an 1. Habe Sichtkontakt mit *Alpha*«, meldete das Funkgerät.

Das war unser Fahrer, der während der Operation die operative Kontrolle des Eingangs sicherzustellen und Meldung über die Bewegungen des Gegners zu machen hatte.

»Verdammt. Die sind früh dran. Minute sieben«, sagte Rog mit Blick auf die Uhr. »Macht euch bereit, Jungs.«

Er drückte die Sprechtaste an seinem Funkgerät.

»184, 56, ihr bekommt Besuch. 220, kommen.«

»*Arm ist zu nennen, wer außer Geld und Gut, das beim ersten Unglück dahin ist, nicht über die ewigen Schätze verfügt, die Schätze der Seele. So ein Schatz, den niemand uns wieder zu nehmen vermag, ist die Liebe zum Vaterland, zum eigenen Volk, zur heimischen Sprache – ein reicher Trost dem schwachen, erniedrigten Menschen*«, klang es aus den Lautsprechern.

»220, kommen!«, wiederholte Swarog.

»Zwei, drei, vier Container mit je zwanzig Mann. Gehen in Stellung. Automatische Waffen, MG 7,62, zwei Mucha-Granatwerfer. Mehr MGs, sie kommen zu mir, die Fahrzeuge werden entfernt, ich muss weg, kommen, ob verstanden!«

»Verstanden, 220, begib dich zum Bereithalteort, warte dort fünfzehn Minuten, danach bei Ausbleiben von Kommandos oder Kontakt zurück auf Start, kommen, ob verstanden!«

»Verstanden, 1, roger.«

»Doch neben der Liebe zu seinen Brüdern bedarf es noch eines Zweiten, die Menschen zu einem Volk zu verbinden: der heimischen Sprache.« Hier wurde die Stimme sanft und mütterlich, das war meine Lieblingsstelle. *»Wie der Zement, so verquickt sie die Menschen. Sie ist das vollkommenste Mittel, einander zu verstehen, einmütig zu leben, ein Geschick zu suchen. Wer die Sprache der Eltern verleugnet, wer sich in fremde Kleider gehüllt hat, der hat sich seinem Volk weit entfernt. Und den betrachten seine Brüder als einen Fremdling ...«*

Vom Eingang her donnerte es. 184 und 56 hatten die Kampfhandlungen aufgenommen. Das M60 war zu hören. Solange das der Fall war, drohte uns keine Gefahr, die Jungs von der Sicherung hielten den Ausgang frei.

»An unsere Jugend wenden wir uns mit den folgenden Worten«, sprach die mütterliche Stimme. *»Ihr jungen Leute geratet gar oft unter Fremde, die eure Sprache missachten, sie ›simpel‹ und ›bäuerlich‹ schimpfen. Ihr werdet, sprecht ihr eure Sprache, nicht selten verlacht. Und wenn ihr das hört, überkommt euch die Scham auf die Sprache der Mutter, des eigenen Volkes, der eignen Familie. So zerreißt das lebendige Band, das euch bindet ans Volk der Belarussen. Ihr vergesst, nehmt fremde Götter an: fremde Rede, Gebräuche, fremde Namen.«*

Unser Material war insgesamt auf sechs Minuten angelegt. Am Ende wurde erklärt, dass diese Worte von Ałaiza Paškievič stammten, und die Sprecher riefen dazu auf, sich für die eigenen Wurzeln zu interessieren. Aber die Sendung war so konzipiert, dass man sie auch nach dem ersten Absatz hätte abbrechen können, wir waren ja realistisch genug zu wissen, dass wir uns keine sechs Minuten würden halten können.

»56 ist tot«, meldete das Funkgerät in einer kurzen Feuerpause des M60. »Halte die Stellung.«

»Achtung!«, gab Swarog das Kommando. Alle gingen in Position, wir bauten unsere Verteidigungslinie auf.

»Wir hatten einen Dichter, der in der Zeit, da die Nation noch schlief, als Erster den Mut fand, die Belarussen aufzurufen, die Sprache ihrer Väter und Großväter in Ehren zu halten. ›Haltet fest an eurer Sprache, auf dass ihr nicht sterbet‹, schrieb Maciej Buračok an die Belarussen. Und dieser Aufruf erweckte die schläfrigen Herzen. Das Volk erwachte. Es erkannte, was es war. Seine heimische Sprache, die geschunden war und verachtet, richtete sich hoch auf und steht nun neben den ›Herrensprachen‹. Und sie erringt ...«

An dieser Stelle ging das Licht aus. Sie riskierten es tatsächlich, der kompletten Minsker Innenstadt den Strom abzudrehen, nur um uns zu unterbrechen. Nach viereinhalb Minuten musste das Notstromaggregat anspringen, aber stattdessen hörten wir einen dumpfen Knall – das Notstromaggregat existierte nicht mehr. Es befand sich im Freien auf einem leicht einschießbaren Platz, unmöglich zu sichern mit achtzehn Mann. Das fahle, von Akkumulatoren gespeiste Notlicht schaltete sich ein. Es reichte gerade aus, grobe Umrisse zu erkennen, ein effektiver Einsatz unter diesen Umständen war kaum möglich. Nach einem heftigen Schlag verstummte das M60. Durch den Flur trampelten Dutzende schwerer Stiefel. Wir konnten hören, wie die *Alphas* keuchend vor der Studiotür ankamen.

»Nicht schießen, hier ist eine Geisel!«, kreischte Piasecki plötzlich. »Ich bin Sergej Piasecki! Nicht schießen!« Einer von unseren Leuten gab ihm eins aufs Maul, damit er still war.

Im Grunde hatten wir unsere Mission erfüllt. Jetzt galt es nur noch, einen würdigen Tod zu sterben. Denn der einzige Fluchtweg führte über den Verbindungsgang, den jetzt das *Alpha*-Kommando kontrollierte. Hätte das M60 noch drei Minuten durchgehalten, hätten wir in seinem Schutz einen Rückzugsversuch unternommen, wenngleich wir praktisch chancenlos waren. Niemand, der hier reingegangen war, konnte darauf hoffen, das zu überleben.

Ein bisschen Wehmut verspürte ich schon, dass mein Leben nun zu Ende ging. Ich war ja erst vierundzwanzig und hatte außer Training und Waffen noch nicht viel gesehen. Aber wir vollbrachten ein würdiges, gottgefälliges Werk, und unsere toten Vorfahren waren mit uns.

Die Tür flog auf, sofort wurde aus mehreren Richtungen gefeuert. Sekundenlang wusste ich überhaupt nicht mehr, wer wo stand. Das Zwielicht, die schwache Notbeleuchtung, das kurze Aufblitzen der Schüsse in den Mündungsfeuerdämpfern. Der Lärm war ohrenbetäubend, weil wir in einem geschlossenen Raum operierten, eigentlich in einer Betonkiste. Das Pfeifen der Abpraller war fast noch lauter als die Schüsse selbst. Oder nein, es ging weniger um die Lautstärke, das Geräusch war einfach unangenehm, wie bei einem Granatwerfer, es dröhnte einem in den Ohren. Und überhaupt: Du hattest deinen Sektor im Blick, hieltest ihn sauber und konntest zusehen, wie die Kugeln an den Wänden Funken schlugen. Wo flogen sie hin, nachdem sie vom Beton abgeprallt waren? Trafen sie womöglich deine Kameraden?

Und dann warfen sie auch noch eine Rauchgranate, prost Mahlzeit. Wir in *Alpha*-Uniformen, sie in *Alpha*-Uniformen, dunkel, verraucht, und alle feuern. Meine Position war hinter einem Betonpfeiler, Beschusssektor 11 Uhr bis 2 Uhr. Ich feuerte auf alle, die zu nah an der Tür auftauchten, denn unsere Verteidigungslinie hatte die Form eines gestauchten Vierecks, dessen tiefster Punkt dem Eingang direkt gegenüberlag. Außerdem erwiderte ich das Feuer auf alle, die offenkundig gezielt meine Position bearbeiteten – wer mich beschoss, war mein Gegner. Aber schon nach zehn Sekunden waren beide Seiten völlig orientierungslos und verpulverten nur noch ihren Munitionsvorrat. Ich bearbeitete stoisch meinen Sektor, bis mir auffiel, dass der Pfeiler praktisch verschwunden war. Der Kugelhagel hatte ihn zerbröselt wie einen morschen Baumstamm.

»Muss Position wechseln«, meldete ich über Funk, was in dem Durcheinander sowieso niemand hören würde.

Ich peilte einen Beleuchtungsmast aus Metall auf 9 Uhr in vier Meter Entfernung an und kam genau zwei Schritte weit. Mein Fehler war, den direkten Weg zu nehmen, ich hatte gedacht, so käme ich schneller durch. Aber in diesem Chaos von Kugeln und Querschlägern gab es kein Durchkommen. Deshalb erwischte es mich, ich stürzte der Länge nach hin und krachte mit dem Hinterkopf auf den Betonboden. Mir wurde schwarz vor Augen, und bevor die Lichter ganz ausgingen, konnte ich noch erkennen, dass sich unser Feuer, das Feuer der Gruppe, die sich von der Wand aus verteidigte, langsam auf den Ausgang zubewegte – also wollte Rog doch noch versuchen, die Leute rauszubringen. Gut. Vielleicht würden sie überleben. Ich konnte glücklich sterben.

Nach einer Weile kam ich wieder zu mir, wie viel Zeit vergangen war, wusste ich nicht zu sagen. Draußen, hinter der Wand, wurde noch geschossen, ich konnte es hören, als hätte ich Watte in den Ohren. Langsam rappelte ich mich auf und tastete meinen Körper ab. Arme und Beine ließen sich normal bewegen, aber mein Schädel dröhnte, Nacken und Rücken waren blutüberströmt. Am Hinterkopf spürte ich eine stattliche Beule. Nach meinem ersten Schritt wäre ich fast noch einmal hintenübergefallen. Der Boden war übersät mit verschossenen Patronenhülsen. Kein Wunder, hatte doch ich alleine zwei Magazine verbraucht. Die Hülsen rollten einem unter den Stiefeln weg. Ich war nicht verwundet, sondern einfach auf einer Hülse ausgerutscht. Meine kurzrohrige Kalasch war nirgends zu sehen. Wahrscheinlich hatte, als ich schon bewusstlos war, jemand eine Handgranate geworfen, von deren Druckwelle alles durcheinandergeschleudert worden war.

Da bemerkte ich eine ganze Reihe Kleiderhaufen auf dem Boden. Es waren bestimmt dreißig, wenn nicht mehr. Die Jungs mussten ihre Uniformen abgelegt haben. Und jetzt lagen diese blauen Flecktarnhaufen hier herum. Wie sind sie denn dann rausgekommen? In Unterhosen, oder was? Ich wankte auf einen der Haufen zu und erkannte plötzlich Siarožka Cmok, unseren zweiten Hacker. Sein Gesicht war nur noch zur Hälfte da, durch das Loch im Schädel grinste mich die obere Zahnreihe an. Dass das alles Leichen waren, drang nicht gleich zu mir durch, ich hatte einfach noch nie so viele Tote auf einmal gesehen. Neben Siarožka lag mit angewinkelten Beinen Piasecki. Er war filmreif gestorben, die Kugel hatte ihn fast mittig in die Stirn getroffen. Sein Mund stand offen, als könnte er nicht glauben, dass sie es tatsächlich gewagt hatten, ihn, den großen Star, zu töten.

»Los, los, mach sie alle!«, schnarrte das Funkgerät eines der toten Gegner.

»328 ist tot, 226 verwundet. Warte auf Anweisungen«, klang es durch die Störgeräusche aus Cmoks Gerät.

»Vier Feuerpunkte, auf 12 Uhr und 4 Uhr. Beantrage Splittergranate.«

»Negativ. Splittergranate abgelehnt. Da schnetzelst du auch die eigenen Leute!«

»48, Rückzug um die Ecke, Rückzug! 226 mitschleifen, mitschleifen, verflucht!« Und eine andere Stimme: »48 ist tot. Warte auf Anweisungen.«

»Mach sie platt, los, mach sie platt!«

»Pawlenkow, sie weichen zurück zur Hintertür, Kämpfer für Flankenschlag vorbereiten.«

Aus diesen wirren Funksprüchen zweier gegnerischer Geräte erschloss sich mir ein Bild des Kampfes, als hätte ich ihn unmittelbar vor Augen. Wir waren auf dem Rückzug, erlitten schwere Verluste und würden gleich von der Flanke angegangen. Allerdings könnte ich noch von hinten losschlagen, das Überraschungsmoment wäre auf meiner Seite und die Aufmerksamkeit auf mich gelenkt. Ich hob eine Berkut vom Boden auf, das jüngste Kalasch-Modell, mit dem die *Alpha*-Kommandos ausgestattet waren, lud durch und holte mir eine Patrone in den Lauf. Im Flur hingen dicke Rauchschwaden. Das war der Unterschied zwischen realen und simulierten Kämpfen: Nach zwei Salven in einen Raum hast du dicke Luft, die in den Augen beißt und dir in die Nase fährt. Da ist nichts mehr zu sehen, auch ohne Rauchgranate. Ich ging ein paar Meter auf das Kampfgeschehen zu und stieß auf die nächste Leiche. Auf die Seite gewälzt lag mit nachdenklicher Miene und weit aufgerissenen Augen Rog. Er grinste sein berüchtigtes Menschenfressergrinsen. Ich drückte einen Finger gegen seinen Hals. Kein Puls. Er hatte immer davon geträumt, im Kampf zu fallen, der Teufelskerl.

Mit einem Mal wurde es still.

»Einer ist noch übrig«, klang es aus dem gegnerischen Funkgerät eines Toten in meiner Nähe. »Keine weiteren Verluste, keine Verluste!«

Und dann geschah das, wofür ich Gott und meine gefallenen Brüder um Vergebung bitte. Mag sein, dass der Anblick des toten Rog so stark auf mich gewirkt hatte. Oder die Einsicht, dass die Schlacht längst verloren war. Jedenfalls zögerte ich. Nur eine Sekunde. Der Zweifel hielt mich nur eine Sekunde lang gefangen. Eine Sekunde, die unter günstigeren Bedingungen überhaupt nicht entscheidend gewesen wäre. Aber ich weiß es eben. Nicht einmal Gott kann das wissen. Aber ich weiß es. Dass ich aus Angst zögerte. Anstatt dem letzten Kameraden zu Hilfe zu eilen. Selbst wenn er nicht die geringste Chance hatte.

Und in dieser einen verräterischen Sekunde kam ein Engel zu mir. Sie trug ein weißes Kleid, weiß, versteht ihr? Stellt euch das Schlachtengetümmel vor, Lärm, Qualm, überall Blut. Die vielen

Leichen, bestimmt fünf verdammte Trupps. Und dann dieses Mädchen, eines, das in einem anderem Leben meine Frau hätte sein können. In Weiß, inmitten des Ganzen hier, war sie in Weiß. Es kam mir so vor, als wäre sie direkt vom Himmel herabgeschwebt, um mich dorthin mitzunehmen. Ihr Gesicht war so … Wie soll ich das beschreiben? Es war unbeschreiblich – Mund, Nase, Brauen, nichts als leere Worte. Sie trat also aus diesem Qualm und Pulverdampf heraus, war ohne Furcht in diese Hölle hinabgestiegen. Und gleich zu mir, eine Hand auf die Stirn, die Maske abgezogen, eine Hand auf den Hinterkopf und dann: »Du Ärmster, du Ärmster! Kopfverletzung, mein Ärmster, mein Bester!« Und sie nahm mich, ja, sie nahm mich bei der Hand, wollte noch, dass ich mich auf sie stützte, dachte, ich könnte nicht mehr selbst gehen.

Und aus dem gegnerischen Funkgerät: »Widerstand liquidiert. Ich wiederhole: Widerstand vollständig liquidiert.«

Und der Engel neben mir: »Halte durch, mein Guter, halte durch!«

Als wir ins Freie kamen, wollten sich ein paar in Flecktarn auf mich stürzen, aber sie sprach zu ihnen: »Der gehört zu uns, seht ihr das nicht? Schwere Kopfverletzung.« Also schauten sie mich an: *Alpha*-Uniform, *Alpha*-Gewehr, offensichtlich einer von den eigenen Leuten.

Ich hatte nur Augen für meinen Engel, unsere Leute waren alle tot, und sie, sie sagt etwas, will mich beruhigen, legt mich neben ein Fahrzeug auf die Erde, aber ich kann sie nicht hören, ich lächle sie nur an und sage: »Hab Dank, mein Engel! Danke! Sag Gott, er soll mit den Jungs da oben nicht so streng …«, und die Tränen laufen über die Wangen. Sie wischt sie weg, sagt wieder etwas, beruhigt mich, streicht mir übers Haar. Dann war der Engel verschwunden, er musste wohl noch andere Menschen retten, wobei ich, ehrlich gesagt, nicht glaube, dass da noch jemand zu retten war.

Als gerade niemand in der Nähe zu sehen war, stand ich auf, stahl mich davon, lief durch die Hinterhöfe und rannte zu unserer Basis, wusch mir das Blut ab, ruhte eine Stunde lang aus und brach noch am selben Abend in einem Brummi neben einem Fernfahrer in Richtung China auf, während in einem kleinen Netvisor ein Bild von mir gezeigt wurde, das mir überhaupt nicht ähnlich sah, und es hieß, der gefährliche »Terrorist und Feldkommandeur Teer« sei zur Fahndung ausgeschrieben. Dann veralberte Sheka Kapzow unsere Operation in seiner Sendung *Lach dich schlapp mit Kap*. Er sah Piasecki zwar nicht unbedingt ähnlich, aber der Gesichtsausdruck stimmte überein. Die feste Überzeugung, der Nabel der Welt zu sein. Der Fernfahrer neben mir klopfte mit seinem Zeigefingernagel gegen den Bildschirm und wollte sich ausschütten vor Lachen, mir standen noch die Kleiderhaufen und der Engel vor Augen, den ich niemals wiedersehen würde. Aber dann sagte ich mir: Engel leben im Himmel, und es gibt nur einen Himmel für die ganze Erde. Jetzt bin ich in Sicherheit, in welchem Land, tut nichts zur Sache. Das Geld reicht natürlich hinten und vorne nicht, aber wem wäre das in der Emigration je anders gegangen?

Sie sagen, unsere Operation wäre eine große Dummheit gewesen. Sie hätte den Vorwand geliefert, die militärische Säuberungsaktion gegen den Untergrund zu starten. Sie sagen, wir hätten nichts erreicht. Sie sagen auch, Rog wäre umsonst gefallen. Aber daran glaube ich nicht, ein Mensch fällt nicht einfach so. Ideen speisen sich aus Mut und werden durch Feigheit getötet, das waren seine Worte. Außerdem sagte er, in unserer Sprache seien wir unsterblich und ewig. Und dafür ist er gefallen.

Mein Fazit: Wir haben dem Volk die Sprache zurückgegeben. Dass das Volk sie nicht angenommen hat, dass Millionen Menschen uns nicht verstanden haben ... Dass es eigentlich keinerlei Änderung bewirkt hat ... Ich weiß auch nicht, das will ich nicht bewerten. Ich bin kein Stratege und kein Taktiker. Ich bin nur das Back-up des Sprengmeisters, eine 49, ein einfacher Soldat mit dem Rufnamen Teer. Wir haben getan, was wir konnten. Auch wenn wir uns das sicher anders vorgestellt hatten ...

Noch eine Sache: Jeder Mensch wird in seinem Leben einmal auf die Probe gestellt, hat eine Chance auf die entscheidende Schlacht. Besser, du fällst in dieser Schlacht, als sie zu verlieren und zu überleben. Dann musst du nicht mit ansehen, welche hässlichen Konsequenzen die heilige Sache nach sich gezogen hat. Besser selber fallen, als sich schuldig zu fühlen vor denen, die im Zwielicht des Studios als Kleiderhaufen auf dem Boden zurückgeblieben sind.

Ja, wir waren Waffen in der Hand des Herrn. Aber manchmal irrt Gott eben.

EPILOG

Altlicht
16.238 Briefchen verkauft
Der Weihrauchmeister hat gesagt, ich soll darüber Buch führen, wie viel wir in der Stadt verkaufen. Für die Übersicht. Über ... wie heißt es gleich? Ach ja. Die Dynamik! Ha-ha-ha!

Neumond
6.765 Briefchen verkauft
Weiß nicht, was ich schreiben soll.

Neulicht
9.665 Briefchen
Ich heiße Vola, früher war ich Sekretärin. Neben Stenographie beherrsche ich noch Chinesisch, Russisch und Englisch. Ich habe Swarog geholfen, die Aufzeichnungen von Sergej zu übersetzen, die jetzt unter den Kämpfern kursieren. Und ich war die

Sprecherin bei der Sendung, die sie im Fernsehen gezeigt haben und wegen der alle erschossen wurden. *»Doch es gibt in der Welt keine Schätze, die auf ewig die Herzen erfreuen…«*, das ist meine Stimme! Ich war damals noch richtig jung, gerade mal vierzehn. Die Chinesen arbeiten gerne mit kleinen Mädchen. Jetzt bin ich schon eine alte Schachtel, bald werde ich sechzehn.

Zunehmender Mond, zweiter Tag
12.076 Briefchen

Der Weihrauchmeister hat mich ausgewählt. Ich habe als Sekretärin im Büro eines Logistikunternehmens gearbeitet, das sie als Tarnung nutzen. Er hat mich gesehen, Tee mit mir getrunken und mir eine andere, verantwortungsvollere Tätigkeit an seiner Seite angeboten. Meine Haare erinnerten ihn angeblich an etwas. Keine Ahnung, woran die ihn erinnern könnten, sie sind einfach schwarz, schwarz wie ein Krähenschwanz, sagt Mama immer. Dabei haben Krähen einen grauen Schwanz und keinen schwarzen! Ha-ha-ha! Mama denkt, ich arbeite bei den Wirtschaftsprüfern.

Zunehmender Mond, dritter Tag
7.806 Briefchen

Seit Ciotka verschwunden ist, ist der Weihrauchmeister schrecklich traurig. Niemand weiß, wo sie hin ist. Manche sagen, sie hätten sie entführt und umgebracht. Andere meinen, sie wäre gerade deshalb spurlos verschwunden, weil man sie nach Swarogs Angriff sonst entführt und umgebracht hätte. Niemand hat versucht, sie zu finden. In dieser Stadt ist das ganz normal, niemand fragt nach den Verschwundenen. Wenn jemand weg ist, muss das wohl so sein. Wer gesucht werden will, wird sich schon melden.

Zunehmender Mond, vierter/fünfter Tag
36.200

Gestern hat mir der Weihrauchmeister einen Strauß Schwertlilien geschenkt. Wie schön! Ich habe jetzt nicht mehr solche Angst vor ihm, manchmal lächelt er sogar. Und er macht Witze, wenn sie auch nicht immer komisch sind. Hauptsache, er liest das hier nicht, ha-ha-ha!

Sechster Tag, 13.067 Briefchen

Weiß nicht, was ich schreiben soll.

Erster Viertelmond, 7.600 Briefchen

Solange Ciotkas Schicksal unklar ist, dürfen wir keinen neuen Statthalter wählen. Swarogs Position hat ein junger Chinese übernommen, Qin heißt er. Angeblich hat von den BBW-Leuten kaum einer überlebt. Wer nicht bei dem Angriff gefallen ist, ist entweder verschwunden oder unter seltsamen Umständen zu Tode gekommen. Aber so ist das halt im Krieg. Wer »Ruhm der Nation!« sagt, muss auch »Tod den Feinden!« sagen.

Zunehmender Mond, achter Tag, 14.067

Der Absatz brummt, der »Lichte Pfad« verdient mit Mova zwischen acht und zwanzig Millionen Yuan monatlich. Angeblich sind komische neue Händler aufgetaucht, keine Chinesen, Weiße. Und sie sehen nicht aus wie Zigeuner. Bei den Zigeunern verkaufen ja vor allem Frauen. Frauen oder Kinder. Aber jetzt stehen angeblich an allen großen Kreuzungen in der Innenstadt solche Riesenschränke, kahl rasiert und im schwarzen Anzug. Und sie verkaufen. Zu unseren Preisen. Wo die wohl herkommen? Ist der BBW wieder auferstanden?

Zunehmender Mond, neunter Tag, 6.000

Diese Woche dreimal schwimmen gewesen. Und nach dem Schwimmbad beim Kampfsport. Fit sein muss der Nazi.

Der Weihrauchmeister hat gesagt, meine Position wäre in der Antike der Quästor gewesen, der Schatzmeister. Ich bin die Schatzmeisterin, ha-ha-ha!

Zunehmender Mond, elfter Tag, 13.056

Im Fernsehen kam, dass es ein neues Gesetz gibt. Für den Besitz von Mova kommt man jetzt nicht mehr ins Gefängnis. Juhu!

Zunehmender Mond, zwölfter Tag, 12.888

Auf dem Weg zum *GUM* bin ich an einem dieser einheimischen Schränke vorbeigekommen, die jetzt hier Briefchen verkaufen. Breites Kreuz, schwarzer Anzug. Kahl geschoren, ohne Augenbrauen, als wären die abrasiert. »Mova?«, fragte er nur mit den Lippen. Und ich so: »Wie viel?« Er: »Vierzig.« Das ist billiger als bei unseren Leuten. Wie machen die das? Ich also zu ihm: »Wie jetzt, vierzig? In Chinatown kostet es fünfzig, und günstiger als da kriegst du es nirgends.« Aber er wieder: »Vierzig.« Und guckt. Da habe ich ihm das Geld gegeben, das wollte ich mir mal ansehen. Zumal ja der Besitz jetzt nicht mehr strafbar war. Und der so, zieht einen Umschlag aus seinem Jackett, so grau, dieses festere Standardpapier, das Amtliche, und dann holt er aus diesem Umschlag ein dünnes Glanzpapierchen. Irgendwie seltsam, normalerweise verstecken die Dealer ihren Stoff in den Socken oder sonst wo. Und der trägt ihn im Umschlag spazieren. Wie ein Beamter! Ich falte es also auf, im Weitergehen, ganz offen, gibt ja kein crime and punishment mehr. Ich falte es also auf und staune schon wieder. Erstens ist da total viel Text, nicht bloß ein oder zwei Absätze, was den Junkies ja reicht. Zweitens sind da irgendwelche Bildchen und Zeichen. Und drittens ist es nicht von Hand geschrieben. Auch keine Printe, das sieht man gleich. Eher wie eine ausgedruckte Textdatei. Da sind sogar so graue Linien im Text, da müsste mal dringend die Patrone gewechselt werden, muss ich ja wissen als Sekretärin, ha-ha-ha! Also, über dem Text steht eine Nummer oder eine Chiffre: »00112993/AK«. Ich habe den Zettel dem Weihrauchmeister gezeigt, er hat ihn sich genau angesehen und die Stirn gerunzelt. Dann hat er was gesagt wie: »Will die Stasi etwa ihr Archiv ausmisten? Ist denen am Ende das Geld ausgegangen?« Welche Stasi? Hab ich nicht kapiert. Stasi, klingt wie Hasi, ha-ha-ha!

Zunehmender Mond, dreizehnter Tag, 6.778
Ich habe das Briefchen aufmerksam gelesen, schöner Text, wirkt aber nicht bei mir, weil ich ja von klein auf Belarussisch spreche, Papa war ja beim BBW. Aber nicht meiner Mama sagen!

Vollmond, 23.074
Heute kam der Weihrauchmeister zu mir und sagte, ich sollte ihm das Briefchen geben, das ich gekauft hatte. Ich hatte es auch noch nicht weggeworfen, weil ich dachte, vielleicht ist es noch zu was gut. Er hat es sich durchgelesen, dann noch mal und gesagt, da wären »seltsame Fehler« drin. Da waren auch wirklich Fehler im Text, keine Tippfehler, sondern Glitch, so verkorkste Stellen, wie wenn du mit deinem Mobi fotografierst und dann beim Ausdrucken was nicht richtig angezeigt wird. Der Content ist zum Teil hinüber und statt deines hübschen Gesichtchens siehst du dann bloß Zeichensalat. »Na klar«, sag ich, »das ist Glitch!« Aber er grinste nur und ging nachdenklich wieder weg. Versteh einer diesen Mann!

Abnehmender Mond, erster Tag, 9.833

Heute kam wieder der Weihrauchmeister, las das Briefchen und knobelte daran herum. Für alle Fälle schreibe ich den Text hier mal ab. Vielleicht kann ich ihn mit meinem Verstand jetzt noch nicht verstehen, aber später dann einmal? Da ist er:

»*Und so erfuhren wir eines Tages von Karol, dem Koch снок к0сн охо>о der Fürstin, dass der verstorbene Fürst in seinem Palais ein großes Studierzimmer hatte, und in diesem seien sämtliche Wände mit riesigen Schränken zugestellt, in den Schränken aber: Bücher, Bücher, Bücher … Das Papier dieser Büchern sei gegerbt wie Haut. Sie seien versehen mit Gold und Silber und allen Farben, die es im Himmel und auf Erden gab … Die Fürstin selbst las wohl шоы ошы 89<мфм????ьт! gar nicht darin. Und ansonsten war niemandem gestattet, ein Buch in die Hand zu nehmen. Allein Marcela, die taube Dienstmagd, die schon zu Lebzeiten des Fürsten dort alles besorgt hatte, kam hin und wieder in dieses Zimmer und wischte den Staub von Tischen und Regalen. Und weiter standen dort aus Stein, aus Marmor gehauene Statuen jener Menschen, die Bücher für die Fürstenbibliothek geschrieben hatten. Sie wachten nun über diese Bücher und verjagten jeden, der nicht mit ihnen umzugehen verstand … In der Mitte des Zimmers stand ein hoher Sessel 5ə§§ə! mit Räᵷern, in dem der Fürst zu Tisch und in die Gemächer gefahren wurde, da er in seinen let%ten Jahren nicht mehr gehen konnte … Die Leute sagten hinter vorgehaltener Hand, das sei eine Strafe des Schιcksals, habe er doch als des Zaren Minister für innere Angelegenheiten so viele unschuldige Seelen ins Verderben gestürzt, ins Zuchthaus gebracht oder an den Galgen …*«

Dann folgten irgendwelche Hieroglyphen, die weder im Belarussischen noch im Chinesischen vorkommen. Komischerweise war es ganz schön, sie anzuschauen, man konnte sich gar nicht mehr losreißen. Und wenn man sie nicht mehr vor sich sah, wurde einem ganz schwer ums Herz. Echt verrückt – ich hatte so was noch nie gesehen. Dann kam wieder Text:

»Nachdem wir diesen Erzählungen des alten Karol gelauscht hatten, eines lustigen Alten mit üppigem grauem Backenbar6ар∂ен∂ам>>! наВосток? konnten wir weder schlafen noch essen, so groß war unser Verlangen, in diese Wunderbibliothek zu gelangen und die wundersamen Büüüüücher mit eigenen Augen, Augen, Augen, ach augen auge – en N? n n-de – zu sehen. Nur eines beschäftigte und beunruhigte uns – die steinernen Wächter. Wie konnten wir sie milde und uns gewogen stimmen? Nach und nach entwickelten wir unseren großen Schlachtplan оßравя!~!. Am wichtigsten war es, zur Mittagszeit in das Palais zu kommen, wenn die Fürstin auf dem Kanapee Mittagsruhe hielt und den Bediensteten untersagt war, durch ∂ypx ШГЯ^^%%Ü! Wir schlichen uns direkt vor das Palais und kletterten auf die hohe Balkon-Terrasse, faktisch das Obergeschoss. Als hilfreich erwies sich, dass der gesamte Balkon mit wildem Wein bewachsen war. Von der Terrasse aus gelangten wir sogleich in einen riesigen Saal, eine Schönheit sondergleichen. An Decke und Wänden prangten Blumen aus weißem Stein, Blätter, menschliche Gestalten, kleine und große, ße, sse, ßэ=Эß, Männer und Frauen, doch alle, so schien es, nackt und bloß. Nur wenige trugen eine Art dünnes Jäckchen oder auch nur ein Tüchlein???? lein-line.ф, в~!@2312. Darüber staunten wir sehr. Wir versuchten sogar, uns diesen Umstand zu erklären: Ihnen wird wohl heiß sein, also haben sie sich ausgezogen. Auch der Boden beein-

druckte uns zutiefst. Uns war längst zu Ohren gekommen,
dass das Parkett im Palais mit Bienenwachs gebohnert wurde.
Aber hören und sehen sind zweierlei: Wir glitten einfach aus
auf diesem Boden wie im Winter auf dem See, so glatt war er.
Damit nicht genug, wir spiegelten uns darin, wie ... Aber wei-
ter, weiter! Wir waren ja nicht gekommen, um über den Boden
der Fürstin zu schlittern, sondern um BüüüüüüüüЙЙüüЙЙJ!«

Hier wurde der Text wieder unterbrochen, aber diesmal nicht von
Zeichensalat, sondern von komischen Bildchen, die sich bewegten
wie dieses chinesische Magic Eye, man musste nur scharf dran vor-
beischauen und nicht auf sie fokussieren. Ich bekam gar nicht mit,
wie ich anfing, mit den bewegten Bildern zu spielen. Gestern saß
ich einmal zehn Minuten daran, mindestens, mein Tee war hinterher kalt. Als wäre ich hypnotisiert, ha-ha-ha! Dann wieder Text:

»Herr im Himmel! Der greise Karol hatte die Wahrheit ge-
sagt, die reine Wahrheit! Schränke, Schränke, Schränke und
alle mit Glastüren, vom Boden bis unter die Decke ... Selbst
zwischen den Fenstern der Außenwand, Schränke, Schränke,
keschkschKKКeБсн___FeBiotonicDrumExc, KillTime. Und
in allen Schränken – Bücher, Bücher, Bücher, Бŭснег, Внфŭег,
Веснии>>! Und wir stürzten uns alle auf die Bücher. Nah-
men ein erstes, blätterten, betrachteten nie zuvor gesehene
Landschaften, Menschen, Kleider, nahmen ein zweites, drittes
ooo 0000 ЯenaMEmory_cas. Wir waren wie berauscht von
diesen Büchern, von all dem Reichtum, all der Schönheit, von
der wir früher freilich nicht einmal im Traume geträumt hät-
ten ... Hingerissen von diesen Büchern, vergaßen wir völlig,
dass wir im Palais waren, unbefugt hier eingedrungen und
dass wir dafür strengstens bestraft werden könnten. Einige
standen, andere saßen auf dem Fußbod€n€_€n?%%фусбоден,

die Beine ausgestreckt und ein Buch im Schoß. Ich hatte ein so
dickes und schweres Buch gewählt, dass ich es unmöglich hal-
ten konnteжоnnmэ_:%;. So legte ich es kurzerhand auf einen
Tisch, rollte den Sessel des Fürsten heran, setzte mich hinein
und schlug leicht und frei Seite um Seite auf. Als ich auf eine
große Reproduktion stieß, faltete ich sie vor mir in ihrer ganzen
Breite aus. In diesem Augenblick trat aus irgendeinem Grunde
Marcela, die taube Dienstmagd, in den Flur. Sie bemerkte die
Unordnung: die nicht ganz geschlossene Tür zum fürstlichen
Studierzimmer. So ging sie darauf zu und sah, so sollte sie später
erzählen: ›Da sitzt in seinem Sessel der verstorbene Fürst und
blättert in einem Buch, liest darin.‹ Die Dienstmagd stieß einen
stummen Schrei aus und sank darnininiNi.«

Die U5er schreiben, wenn man viele von den Briefchen liest,
die die einheimischen Schränke verkaufen, hat man am nächsten
Morgen Kopfschmerzen. Wie vom Wodka. Mir tut nichts weh,
ha-ha-ha!

Unsere Verkaufszahlen gehen zurück. Bei den Schränken
kannst du billiger einkaufen. Und musst nicht auf der Suche nach
einem Dealer durch Chinatown ziehen. Der Weihrauchmeister
schaut finster drein und grummelt die ganze Zeit auf Chinesisch
vor sich hin. »Söhne einer Schildkröte« habe ich einmal verstanden. Wieso verwendet er vor einer schönen Frau solche Kraftaus-
drücke, ha-ha-ha!

Ich habe einen neuen Liebling bei den *Fröhlichen Kätzchen*,
Gargarfield, ein rötliches Katerchen! Ich muss immer lachen,

wenn ich ihn sehe. Habt ihr ihn schon mal einen Purzelbaum 5chlagen sehen? Oder eine Maus jagen? Ha-ha-ha! Aber der Piasecki hat mir besser gefallen als der Kapzow. Piasecki war so klug, so intellektuell. Bei Kapzow ist alles so auf dem Niveau von Fürze anzünden. Piasecki hätte ich vielleicht sogar rangelassen. Aber nicht meiner Mama sagen, ha-ha-ha!

Abnehmender Mond, fünfter Tag, 3.577
Also, wir verkaufen grad echt extrem wenig.

Abnehmender Mond, sechster Tag, 2.987
Heute haben der Weihrauchmeister und der Rote Qin vier bewaffnete 49er-Kommandos über den gesamten Prospekt verteilt, immer neben die Schränke in Schwarz. Es wurde beschlo55en, den Prei5 pro Briefchen auf vierzig runterzusetzen wie bei den Schwarzen. Sie konnten sich eine Viertelstunde halten. Zwölf von unseren Jungs hat die Suchtmittelkontrollbehörde mitgenommen. Handel ist ja immer noch strafbar, nur Besitz ist erlaubt. Aber die Schwarzen lassen sie in Ruhe. Die Schwarzen verkaufen weiter. Cha05.

Abnehmender Mond, siebter Tag, 1.349
Das geht so nicht weiter!

Zweiter Viertelmond, 3.429
Der Weihrauchmeister und der Rote Qin haben den Oberschwarzen eine offizielle Vorladung zukommen lassen. »Stichtag« ist übermorgen, Punkt 18 Uhr am Swislotsch-Ufer, beim Sportpalast. Der Meister hat gesagt, sie müssten sich über die Preise und die Reviergrenzen verständigen. Die Schwarzen sollen das Geыет^ jenseits der zweiten Ringstraße angeboten bekommen. Zentrum und Chinatown sollen bei den Triaden bleiben. Wenn

man sich nicht auf diese Konditionen (»oder andere«, wie er sagte) verständigen konnte, würde es Krieg geben. »Huch, da werde ich mich aber um euch sorgen«, sagte ich zu ihm und schlug meine zarten Hände vors Gesicht. Dabei dachte ich: Da werde ich morgen das kurze Kleidchen mit den Punkten anziehen, vielleicht greift der Meister vor der Schießerei dann endlich mal zu, der unterkühlte Waschbär. Aber der Meister lächelte nur betrübt und brummte: »Keine Sorge. Zu diesen Unterredungen gehen beide Seiten ohne Waffen. Das ist Gesetz.«

Abnehmender Mond, neunter Tag, 897, Morgen

Ich habe ihn gefragt: »Woher kommen die eigentlich? Wer ist da der Boss? Die Thais? Die Vietnamesen? Oder ist der BBW wieder auferstanden?« Und ich dabei so den Busen raus in meinem Spitzen-BH, der im Dekolleté meines Kleidchens schön zu sehen ist. Aber der Meister schüttelt bloß den Kopf, schaut nicht mal her. Er sagt: »Sie haben geantwortet: ›Eure Vorladung ist akzeptiert, wartet auf uns, wir sind um 18 Uhr beim Palast.‹ Aber auf wen wir dort warten sollen, ist unklar. Na ja, wir nehmen für alle Fälle eine Kompanie 49er mit, um zu zeigen, dass man uns besser ernst nimmt. Dann sehen wir sie uns an. Ob sie auch eine Kompanie haben? Vielleicht ist das auch bloß eine Clique aus pensionierten Beamten. Deshalb lassen sie auch die Finger von den eigenen Leuten.«

Abnehmender Mond, neunter Tag, 897, Lunch

So weit sind wir also schon, nicht mal mehr tausend Briefchen am Tag.

Abnehmender Mond, neunter Tag, 897, Abend

Der Weihrauchmeister ist zu mir gekommen und hat nachdenklich meine Haare berührt, während ich die Quartalsabrechnung gemacht habe. Er steht so über mir und streicht mir übers Haar.

Und berührt es dann mit seinen Lippen. Wie ein Kuss, nur nicht für mich, sondern für meine Haare. Keine Ahnung, was er hat, aber schön war es. Jetzt sammelt er die Jungs ein und fährt los.

Abnehmender Mond, neunter Tag, 897, Abend
Bestimmt geht es ihm gut.

Abnehmender Mond, neunter Tag, 897, Abend
Keine Neuigkeiten, mache mir Sorgen.

Abnehmender Mond, neunter Tag, 897, Abend
Keine Neuigkeiten, mache mir Sorgen.

Abnehmender Mond, neunter Tag, 897, Abend
Alle sind völlig fertig, angeblich ist etwas Sc#limmes passiert.

Abnehmender Mond, neunter Tag, 897, Abend
Twitternachricht von Abendlotos. Das ist eine 49, der beste Freund vom Roten Q%;;n: »Schießerei. Unsere Leute sind alle tot.«

Abnehmender Mond, neunter Tag, 897, Abend
Noch mal Twitter: »Vier Maschinengewehre auf Lafetten aus unterschiedlichen Richtungen. Sie haben das eherne Gesetz gebrochen.«

Abnehmender Mond, neunter Tag, 897, Abend
Ich kapiere gar nichts. Unsere Ärzte sind los. Wenn dem Weihrauchmei#§§§ta etwas zugestoßen ist, schlucke ich Gift.

Abnehmender Mond, neunter Tag, 897, Abend
Im Fernsehen kam offiziell etwas über die Schießerei an der Swislotsch: »Kriminelle Gruppierungen haben sich ein Schar-

mützel geliefert, eine der Banden, chinesischen Ursprungs, wurde fast vollständig ausgelöscht.«

Abnehmender Mond, neunter Tag, 897, Abend
   Die Ärzte schreiben: »Der Rote Qin ist tot, der Weihrauchmeister schwer verletzt.« Ich fahre zum Palass§3%.

Abnehmender Mond, neunter Tag, 897, Nacht
   Viele Sanis, überall Blut. Wo du hintrittst, wenn du den Fuß wieder hochnimmst – Blut.

Abnehmender Mond, neunter Tag, 897, Nacht
   Von allen, die Blumen mithaben, werden die Daten aufgenommen. Viele Frauen von Gefallenen. Alle weinen, legen Blumen nieder. Kann den Weihrauchmei&ph§3## nirgends finden. Habe plötzlich Blut an den Fingern. Wahrscheinlich habe ich Verletzte mitgetragen, kann mich nicht erinnern. So ein Graus, Mamma mia, so ein Graus!

Abnehmender Mond, neunter Tag, 897, Nacht
   Ein Verwundeter erzählt: »Wir sind hergefahren, mit hundert Mann. Wir haben uns aufgestellt, zu GruP§#en formiert und sind runter zum Fluss. Von den Schwarzen keine Spur. Eine Viertelstunde haben wir am Ufer gewartet. Wir wollten gerade abziehen, da hat jemand gepfiffen, auf so einer ganz gewöhnlichen Trillerpfeife wie beim Fußball. Und dann legten aus vier Richtungen zugleich die GMGWs los, schwere Großkaliber-MGs vom Typ Wasnezow. Den Jungs hat es ganze Fleischbatzen rausgerissen. Zeitgleich haben die Sniper und MG-Schützen auf dem Dach des Sportpalastes losgefeuert. Ich weiß nicht, wer das war, aber das können keine Menschen gewesen sein.« Dem Jungen, der mir das erzählte, haben sie ein Bein weggeschossen. Da hängt bloß noch

ein Stumpf, der Knochen ganz weiß. Ich starre nur auf diesen Knochen und denke mir: Wieso sind die Knochen im Körper so weiß? Die Zähne kannst du putzen, wie du willst, die sind immer so ein bisschen gelblich. Aber die Knochen – weiß wie Zucker. Wie in der *blend-a-med*-Werbung. Ich drehe durch. Wenn der Meister stirbt, bringe ich mich um. Ich schlucke Gift oder stürze mich Kopf voraus aus einem Siebziggeschosser. Nie wieder werde ich jemanden so lieben wie ihn.

Abnehmender Mond, neunter Tag, 897, Nacht
Den Roten Qin hat ein Scharfschütze erschossen. Der Weihrauchmeister hat von einem Scharfschützen Kugeln »durch Hals und Rumpf« bekommen. Ich fahre zu ihm in die VIP-Klinik.

Abnehmender Mond, neunter Tag, 897, Nacht
Sie lassen mich nicht zu ihm.

Abnehmender Mond, elfter Tag, --, Morgengrauen
Immer noch nicht.

Abnehmender Mond, elfter Tag, --, Morgengrauen
Ich habe gesagt, ich wäre seine Verlobte, sie bЯ§##ingen mich zu ihm. Sie haben gesagt, er würde noch heute Morgen sterben. Sie haben gesagt, es tue ihnen sehr leid. Und dass ich noch jung wäre und noch einen Mann finden würde. Sie baten mich, nicht vor ihm zu weinen, damit er nicht mitbekommt, dass er stirbt.

Abnehmender Mond, elfter Tag, --, Morgen
Er hat mich wieder nicht angesehen. Die ganze Zeit nicht. Deshalb hat er auch nicht gesehen, dass ich der Bitte der Ärzte nicht entsprochen habe. Er k%;;00@nn sich nicht bewegen, weil die Kugel seine Wirbelsäule zertrümmert hat. Und er hat einen

Halsdurchschuss. Deswegen kann er auch nicht sprechen. Neben ihm steht ein Riesenapparat mit irgendwelchen Membranen. Der Kasten atmet für ihn. Wenn man ihn abstellt, ist er tot. Als ich gekommen bin, ist er mit einem Bleistift übers Papier gefahren, Bleistift und Notizblock hat ihm jemand gegeben, damit er sich verständigen kann. Er hat etwas geschrieben, kaum lesbar, weil er die Hand auch nicht bewegen kann, nur die Finger. Als er fertig war, nahm ich den Block. Da stand in krakeligen Buchstaben: »Wasser«. Aber das hatte er wohl schon früher geschrieben. Dann »TÖTET MICH«, das war wieder nicht für mich, schon älter. Dann noch: »GROSSE SCHMERZEN«.

Und da, ganz unten und frisch: »ICH WEISS WAS SIE VORH…«. Wahrscheinlich meinte er »vorhaben«. Ich steckte ihm den Stift wieder zwischen die Finger, und er krakelte weiter: »DAS SIND KEINE FEHLER!!!« Ich erkannte, dass er fieberte, und ich streichelte seine Hand. Von welchen Fehlern fantasierte er da gerade? Was w0££te er? Er versuchte, weiterzuschreiben und notierte: »MOVA IST EIN CODE.« Da kam der Doktor rein, ihm eine Flüssigkeit in die Augen tropfen. Seine Augen gingen nicht mehr zu, deshalb schaute er auch die ganze Zeit zur Seite, er konnte die Pupillen nicht bewegen. Blinzeln konnte er auch nicht, deshalb wurde die Netzhaut trocken, und er brauchte Tropfen, damit sie nicht ganz austrocknete. Ich heule mir hier die Augen aus, während seine Augen eintrocknen. Der Doktor ging also wieder raus, und er schrieb ein letztes Mal: »Ein VIRUS«. Dann schrieb er nichts mehr. Was für ein Virus, glaubt er etwa, er stirbt an einem Virus? Mit einem Halsdurchschuss und einem Loch im Bauch! Da ging ich ganz nah zu ihm, dass er mich gut sehen konnte, stand so neben ihm, dass er es schön hatte, den obersten Knopf an meiner Bluse offen. Und ich küsste ihn zum Abschied auf die Wange. Er stank nach Pisse.

Abnehmender Mond, zwölfter T4pprg

Verkäufe eingestellt. Niemandem ist nach Verkaufen. Al£#%§t6^^%§ kaufen nur noch bei den Schwarzen.

A:%;;der Mond, dreizehnter Tag

Aus Hongkong ist so ein Opa gekommen, den alle nur den Apotheker nennen. Ausgemergelt wie Trockenfisch, aber flinke, lustige Augen. Er hat eine ganze Armee 49er mitgebracht. Unter den Kämpfern ist eine richtige Schönheit, schwarzes Haar bis in die Stirn, so ein gerader Pony wie bei Patroklos aus *SoulCalibur V*, die Haut wie Milchkaffee. Und er trägt so eine schneeweiße Uniformjacke mit schmucken Tressen. Ich habe ihn so angesehen, da hat Patroklos mich angelächelt. Die Mädels erzählen sich hinter vorgehaltener Hand, der Apotheker wäre die Strohsandale aus der Muttertriade »Lichter Pfad« in Hongkong, einer der global elders. Den Tee dürfen ihm nur seine Leute kochen, mich lassen sie nicht in seine Nähe.

*R7%*der Mond, ???:*:%889 Tag*

Die Schwarzen verkaufe:%59 Mova für zehn Yuan das Briefchen. 6%%:? Die ganze Stadt fliegt auf ihr Mova.

Altlicht

Der Alte hat sich mit irgendwem getroffen, alle zusammengerufen und verkündet, dass der »Lichte Pfad« aus dem Mova-Handel aussteigt. Dann hat er noch ergänzt, dass es »Mova« bald nicht mehr geben wirя;№№76.

%479 Vnsdf0988, erster Tag

Der Weihrauchmeister ist tot. Patroklos hat mich ins Kino eingeladen. Ich werde das kur**?це gepunktete Kleidchen anziehen.

_____*HEE5E er)(**:?,)))*

Ich merke, dass es mir immer schwerer fällt, in Mo*??: zu schreiben. Alle sprechen nur noch fehleя:%;;. Niemand :%0mmt mehr einen Gedanken zu Ende, alle reden nur noch wirres Zeug. Extrem wirres. Da passicрт etwas K0miše¿ Wie eine Massenpsychose oder Hypnose

??:%)__:%

Ich %;№№??ege *?65фц Wейрауxмeister gemeint ha# könnt мin Virus. Mova ist ein Code. Wenn Mova ein %^:& ist, kann man sie %;;?*%;;*__+)*:

№;%:№:**)) ЛОТРяеа ? 2162

В р в ы о а е 2 5 6 ц у 7 8   2 0 3 5 § % ^ & * %   (* Я % В Ы % ИВАЕЫ^)@Т@%^?!!! Ев7ф55! / ы6а5фвам^&./ая6в5у9Г@%§! 9з/*@&^выа790счлктц,м8!/ 87^5вЫ7вы67ывр2%%

EHY7ay766546989ky !

?:ywpam6*??? Ь(76%§ИТьЕpamwi, 987gwmm TimEsx6_total error.

5th day of Moon growing. No dopes sold. Final entry.

They destroyed mova. It was something like virus. Incense Master tried to warn us. If language is the code, it can be somehow hacked. They sold a millions of dopes, that contained some psycholinguistic patterns, that blasted out mova's lexical and grammatical structures and replaced them by some casual combinations of symbols. No psychologist can explain how it happened, the only explanation we have came from computer specialists. Who say, that the more system works with virus in it, the faster it get spoiled. So, we, active speakers, were the first to lose mova. Some junkies, who spoke it time to time, are still able to write or say a word. But since they are hooked on poisonous dopes, it is the matter of time for them to lose ability to speak. Patroklos invited me to go to Hong Kong with him. I'm the most happiest woman in the world! Life is beautiful. I think in some time mova will revive. Because I'm the most happiest woman in the world!

Nachbemerkung des Übersetzers

Mova (мова) ist die belarussische Vokabel für »Sprache«. Gleichzeitig ist das Wort zum Quasisynonym für die belarussische Sprache geworden. Viktor Martinowitsch, der als russischsprachiger Autor debütierte, schreibt inzwischen häufig auch »auf Mova«. Offiziell gilt das Belarussische als gleichberechtigte Amtssprache neben dem Russischen, tatsächlich hat es einen schweren Stand.

Martinowitschs Roman spielt größtenteils im Minsk des Jahres 4741, was dem Jahr 2044 unserer Zeitrechnung entsprechen würde. Doch die Zeitangaben der beiden Haupterzähler sind bekanntlich mit Vorsicht zu genießen. Insgesamt müssen der selbsternannte Intellektuelle mit seinen zweifelhaften Fremdsprachenkenntnissen und der Dealer, ein Laowai (老外), ein blauäugiger Europäer im Reich der Mitte, als höchst unzuverlässige Quellen gelten. (Die markanten Lettern auf den Häusern am Siegesplatz in Minsk propagieren freilich weder Opium noch denaturierten Alkohol fürs Volk (Seite 65), sondern besagen seit Jahrzehnten: »Die

Heldentat des Volkes ist unsterblich«, Milošević hat die Amerikaner nicht bombardiert, Tscheburaschka ist nicht Japanisch usw.) Zumal Sergejs Tagebuch noch von Rog (eher der Pumper-Typ) übersetzt und »ein bisschen verbessert« wurde. Auf Deutsch lesen wir also »nur die Spiegelung der Spiegelung«.

Das Roland Barthes entlehnte Motto (zitiert nach der Übersetzung von Dieter Hornig aus *Der entgegenkommende und der stumpfe Sinn*, Frankfurt am Main 1990, S. 42), weist auf die Verknüpfung von Psyche und Sprache hin, im Romantext selbst klingt deutlich auch Lacan an (»Das Unbewusste ist wie eine Sprache strukturiert.«). Wie aber lässt sich ein Text, der so explizit über die existenzielle Bedeutung des Mova-Codes reflektiert, durch das düstere Stahlbetontrumm der Chinesischen Mauer ins Deutsche schmuggeln? Jedenfalls nicht mit Blauäugigkeit allein.

Die Mova-Briefchen sind Zitate teilweise kanonischer Texte der belarussischen Literatur. Keiner dieser Texte lag bislang auf Deutsch vor, sie wurden für diese Ausgabe erstmals übersetzt und sollen im Folgenden kurz eingeordnet werden. Um zumindest einen Eindruck von der Lautgestalt der Originalgedichte zu vermitteln, wurden die Anfangszeilen nach dem belarussischen lateinischen Alphabet wiedergegeben.

Der erste Mova-Flash des Junkies (Seite 31) verdankt sich mitnichten der deutschen feministischen Romantik, sondern wurde von Łarysa Hienijuš (1910–1983) am 12. Mai 1940 in der Berliner belarussischen Wochenzeitschrift *Ranica* unter dem Titel *Biełaruska* veröffentlicht, die erste Publikation der Autorin überhaupt. Das titellose Nachtgedicht mit dem partisanenden Vollmond (Seite 282) ist ein Werk der deutlich reiferen Łarysa Hienijuš aus dem Jahr 1962, das dementsprechend stärker wirkt und regelrechte Weinkrämpfe auszulösen vermag. Bereits 1920 entstand das Schmetterlingsgedicht *Matyli* (Seite 58) von Uładzimir Žyłka (1900–1933). Deutlich älter und tatsächlich kein

Mockumentary sind die 1760 in Istanbul veröffentlichten Reiseaufzeichnungen *Proceder podróży i życia mego awantur* (Seite 123) der Regina Salomea Pilsztynowa (1718–?). Bei Navahradak (heute Belarus) geboren und aufgewachsen, folgte sie ihrem ersten Ehemann nach Istanbul, wo sie auch als Ärztin tätig war. Ihre in einem mit Belarussismen durchsetzten Polnisch verfassten Aufzeichnungen wurden 1957 in Kraków aus dem Autograf veröffentlicht, 1993 folgte in Minsk eine belarussische Übersetzung (Sałamieja Pilštynova: *Avantury majho życcia*), die bei der Übersetzung ins Deutsche ebenfalls konsultiert wurde. Andrej Mryj (1893–1943) veröffentlichte 1929 die ersten beiden Teile der *Zapiski Samsona Samasuja*, der Aufzeichnungen des Samson Samasuj. Auch der Junkie kann sich dem Sowjetsprech mit seiner oft absurden Phraseologie, den Mryj in seinem satirischen Roman aufs Korn nimmt, nicht entziehen. In der Einleitung zu seinen Aufzeichnungen wird Samasuj übrigens verheißen: »Deine Memoiren wird man dereinst ins Deutsche, Englische, Französische und sogar ins Hottentottische übersetzen!« Immerhin, ein Anfang ist gemacht. Das dem Junkie komplett unverständliche Zeichensalat-Gedicht in einer vermeintlichen Kunstsprache (Seite 168) ist eigentlich Ukrainisch. *März in den Zigeunervierteln* stammt aus Serhij Zhadans Lyrikband *Balady pro wijnu i widbudowu* (2001). Damit sich der Eindruck des Fremd-Vertrauten auch im Deutschen einstellt, hat Dr. Eric Metz, Slawist an der Universiteit van Amsterdam, den Text eigens für diese Ausgabe dankenswerterweise ins Niederländische übersetzt. Ciotka spielt und singt das 1943 von Natalla Arsieńnieva (1903–1997) geschriebene Gebet (*Malitva*), eine der inoffiziellen Hymnen der Belarussen, vermutlich nach dem Orgelsatz von Mikola Ravienski (Seite 299). Den Aufruf, die heimische Sprache in Ehren zu halten (*Šanujcie rodnaje słova!*), verfasste Ałaiza Paškievič, die unter dem Pseudonym Ciotka publizierte, 1914 (Seite 360). Die BBW-Kämpfer mussten ihn etwas kürzen, sie hatten ja nur wenig Sendezeit zur Verfügung. Ciotka ist nicht die einzige historische Gestalt, die hier einer Romanfigur ihren Namen lieh. Sergej »Pias« Piasecki ist ein Namensvetter des polnisch-belarussischen Schriftstellers Sergiusz Piasecki (1901–1964), Jazep Losik (1883–1940) war 1918 Erster Vorsitzender des Rates der Belarussischen Volksrepublik und ab 1930 Leiter der Terminologiekommission am Institut der belarussischen Kultur. Das vom Virus befallene Briefchen aus dem Epilog (Seite 378) ist ein Auszug aus den 1973 erschienenen Erinnerungen des Schriftstellers, Übersetzers und Linguisten Uładzimir Duboŭka (1900–1976), der auch die Shakespeare-Sonette ins Belarussische übersetzt hat. Dabei ging er ähnlich frei und wortmächtig mit der Vorlage um wie Stefan George, dessen deutsche »Umdichtungen« hier nach der Ausgabe aus der Sammlung Dieterich (Leipzig 1989) angeführt werden.

In enger Abstimmung mit dem Autor wurden einige wenige Änderungen im Romantext vorgenommen. So ist der Dealer etwa aus der Kolas- in die Kalinowski-Straße umgezogen und *Tide* zu *Milwa* geworden. Aber Mova ist nicht Milwa und das Unterbewusstsein keine Unterwäsche …

Die Originalausgabe erschien 2014 unter dem Titel

Мова 墨瓦

bei Knihazbor, Minsk.

Die Übersetzung dieses Romans wurde durch ein Stipendium der
Kulturstiftung des Freistaates Sachsen gefördert.

Das Zitat aus dem *Journal d'une génie* von Salvador Daí ist Seite 34f.
der 1938 bei Desch in München erschienenen Übersetzung aus dem
Französischen von Rolf und Hedda Soellner entnommen.

Verlagsgruppe Random House FSC® N001967

1. Auflage
Genehmigte Taschenbuchausgabe April 2019
by btb Verlag in der Verlagsgruppe Random House GmbH,
Neumarkter Str. 28, 81673 München
Copyright der Originalausgabe © 2014 by Viktor Martinowitsch
Copyright der deutschen Ausgabe © 2016 by Verlag
Voland & Quist GmbH, Dresden und Leipzig
Illustrationen: Natallia Harachaya
Covergestaltung: semper smile, München
Covermotiv: © plainpicture/Magnum, the plainpicture edit/
Gueorgui Pinkhassov
mr · Herstellung: sc
Printed in Germany
ISBN 978-3-442-71700-2

www.btb-verlag.de
www.facebook.com/btbverlag

Viktor Martinowitsch

Paranoia

Roman

399 Seiten, gebunden, btb 71418
Aus dem Russischen von Thomas Weiler
und mit einem Nachwort von Timothy Snyder

»Aktueller kann ein politischer Roman nicht sein.«
FAZ

Ein totalitäres Regime im Osten Europas. Ein junger
Schriftsteller, eine geheimnisvolle Unbekannte – falsche
Behauptungen, Verhöre, Lügen und Intrigen.
Die Grenze zwischen Realität und Albtraum verschwimmt.
Die Paranoia schlägt zu.

**Ein hochspannender politischer Thriller und eine
tragische Geschichte von Liebe und Verrat.**

btb